W0206570

Stan Jones

Gefrorene Sonne

Stan Jones

Gefrorene Sonne

Aus dem Englischen von Peter Friedrich

Unionsverlag

metro – Spannungsliteratur im Unionsverlag,
herausgegeben von Thomas Wörtche

Deutsche Originalausgabe

Auf Internet
Aktuelle Informationen
Dokumente, Materialien
www.unionsverlag.ch

© by Stan Jones 2002
© by Unionsverlag 2002
Rieterstrasse 18, CH-8027 Zürich
Telefon 0041-1-281 14 00, Fax 0041-1-281 14 40
mail@unionsverlag.ch
Alle Rechte vorbehalten
Umschlaggestaltung: Heinz Unternährer, Zürich
Umschlagfoto: Paul Souders/Stone
Druck und Bindung: Ebner Ulm
ISBN 3-293-00297-8

Für die Menschen, die mein Leben bedeuten:

Rufus, Etta, Susan, Paul und Sydnie.

Eines Tages, während unser Schiff den Großkreis entlang segelte, bemerkte ich eine Kette nackter Bergrücken, die sich entlang des nördlichen Horizonts aus der See erhoben. Sie ähnelten rauchenden Schlackehaufen; die Sonne überzog ihre Flanken mit einem grünlichen Schimmer, wie Grünspan auf Kupfer. Ich fragte einen Mitreisenden, was sie seien. Ich meinte, die Antwort »Illusionen« zu vernehmen, aber heute weiß ich, dass er sagte, es seien die Aleuten.

Corey Ford, »Where the Sea Breaks Its Back«

Erster Teil

Chukchi

Sonnenschein und Anmut

»War sie nicht wunderschön?«

Nathan Active betrachtete die überlebensgroße Fotografie, die an der Wand vor dem Büro des Direktors der Chukchi Highschool hing. Ein Mädchen, halb Eskimo, halb Weiße, stand an einem Sommertag auf einer Klippe vor dem Hintergrund der Bucht von Chukchi. Sie hielt ein Rosenbukett im Arm und trug ein Abendkleid, eine Tiara und eine Schärpe, auf der »Miss North World« stand. Auf einem kleinen Messingschild unter dem Bild stand »Grace Sikingik Palmer«.

»Sie war eine Schönheit vom Tag ihrer Geburt an.« Jaron Palmer war Anfang fünfzig, schätzte Active. Hoch gewachsen, die silbergrauen Haare glatt zurückgekämmt, Jeans, die Hände in die Taschen seiner weißen Windjacke vergraben. Ein gut aussehendes Gesicht, der Schnitt von Augen und Nasenrücken erinnerte an einen Fuchs. »Darum habe ich sie Grace genannt, Anmut. Aber ich bezweifle, dass sie heute noch so aussieht.«

Active zog ein Notizbuch aus der Tasche. »Wann haben Sie das letzte Mal von ihr gehört?«

»An Weihnachten werden es zehn Jahre.« Palmer sprach mit einem ausgeprägten, schleppenden Südstaatentonfall. Active fragte sich, warum es wohl so viele Südstaatler in die Arktis verschlug, wo sie den Inupiat-Eskimos das Evangelium predigten und gar nicht so selten, wie auch in Palmers Fall, eine Eskimofrau heirateten.

»Sie hat im Herbst, nachdem das Bild aufgenommen wurde, an der Universität in Anchorage angefangen«, fuhr Palmer fort. »An Weihnachten kam sie noch nach Hause, und seitdem haben wir sie nicht mehr gesehen.«

»Sie hat nie angerufen? Oder geschrieben? Was ist mit ihrer Mutter? Hat sonst jemand aus der Familie von ihr gehört?«

»Nein, aber mein Sohn Roy ist ihr zufällig begegnet, als er im Winter vor drei Jahren wegen eines Basketballturniers in Anchorage war. Sie hing in einer der Bars dort herum. Im Junction.«

Active verzog das Gesicht. »Puh.«

»Sie kennen das Junction, Nathan?«

»Jeder in Anchorage kennt das Junction, Reverend. Es ist ein Sammelbecken für Asoziale.«

»Sammelbecken für Asoziale?«

»Ein Sozialarbeiterspruch für die Hölle auf Erden.« Er wandte sich wieder der Fotografie zu. »Hat Roy nur davon gehört oder hat er sie mit eigenen Augen gesehen?«

Palmer nickte. »Er hat sie gesehen. Sie ... sie ...«

Die Stimme des Geistlichen brach und er musste sich abwenden. Er zog ein rotes Taschentuch hervor und schnäuzte sich. Dann ging er quer durch die Aula zu einem Wasserspender, bückte sich, um zu trinken und kam wieder zurück.

»Sie kam gerade aus dem Junction und sie war betru-huhunk...« Palmer zog abermals sein Taschentuch heraus und wandte sich mit bebenden Schultern ab.

Sein Elend schien so tief zu sein, dass Active es nicht wagte, ihn zu stören. Er wartete schweigend und betrachtete das Mädchen auf dem schwarzweißen Wandbild.

Der Pastor der Pfingstgemeinde von Chukchi hatte Recht. Seine Tochter war eine Schönheit oder war es zumindest gewesen. Wohlgeformte, gerade Nase und hohe Wangenknochen. Dunkle, leicht schrägstehende, mandelförmige Augen mit einem eigenartigen, silbernen Schimmer in den Winkeln. Volle Lippen. Glatte, getönte Haut und lange, dunkle Haare, die im Licht der sommerlichen Sonne der Fotografie glänzten. Sie hatte ein wenig vom Aussehen ihres Vaters geerbt, vor allem um die Augen herum.

Endlich verebbte das Schluchzen und Palmer schnäuzte sich wieder die Nase. Das Gesicht des Pastors war jetzt zu einer Maske der Entschlossenheit erstarrt und er sprach mit monotoner Stimme weiter.

»Roy sah sie betrunken aus dem Junction kommen. Sie war mit zwei Männern zusammen. Roy hielt sie für Soldaten, dem Haarschnitt nach zu schließen. Sie hatten sie in die Mitte genommen, um sie zu stützen. Ein Schwarzer und ein Weißer.«

Palmer machte eine Pause, presste die Lippen zusammen, schluckte zweimal und blinzelte heftig. Active wollte etwas sagen, spürte aber, dass das einen erneuten Zusammenbruch zur Folge haben würde. Er nickte aufmunternd.

»Roy – hatte ich Ihnen gesagt, dass Roy mein Sohn ist?«

Active nickte wieder.

»Roy wollte sie überreden, mit nach Hause zu kommen. Er sagte: ›Komm heim, Sikingik.‹ Wissen Sie, was das bedeutet, Nathan?«

»›Sonne‹, glaube ich.«

»Stimmt, ›Sonne‹. Sie war voll Anmut und Sonnenschein, ein Geschenk Gottes.« Palmer verstummte und presste einen Moment lang die Lippen zusammen. »Wie auch immer, Roy sagte ›Komm heim, Sikingik.‹ Und Grace sagte einfach … es fällt mir schwer, solche Worte zu wiederholen. Ich bin ein Mann Gottes. Und sie ist meine Tochter. Verstehen Sie?«

Active nickte.

»Sie sagte ›Fick dich, Roy.‹ Und der weiße Soldat sagte ›Wie hast du sie gleich wieder genannt, Nanuk?‹«

»›Sikingik‹, sagte Roy. ›Das ist ihr Eskimoname.‹«

»›Uns hat sie erzählt, dass sie Amazing Grace heißt‹, sagte der Schwarze. ›Und jetzt kann sie uns gleich beweisen, ob sie wirklich so toll ist.‹ Dann setzten sich die drei in ein Taxi und fuhren davon. Roy hatte ein paar Eskimos vor der Bar herumhängen sehen und fragte sie ein bisschen aus. Sie meinten, dass Grace auf der Straße lebt, wie nennen sie es dort? Auf der Four Street?«

Active nickte. »Ursprünglich waren das, glaube ich, die

Bars entlang der Fourth Avenue. Aber tatsächlich bedeutet es in Anchorage, dass einer obdachlos ist.«

»Nun, sie sagten, dass sie auf der Four Street lebe und … alles dafür tat, um an Alkohol zu kommen.«

In diesem Moment tönte ein Summer durch die stille, leere Halle. Überall sprangen Klassenzimmertüren auf und eine Flut von Highschoolschülern ergoss sich in die Aula, hauptsächlich Inupiat, zwischen die sich vereinzelt ein koreanisches oder weißes Gesicht mischte. Sie starrten die beiden Erwachsenen neugierig an, die da in ihrer Schule herumstanden. Palmer ergriff die Gelegenheit, abermals sein Taschentuch zu benützen, während Active das Bild von Grace Palmer fixierte.

Ein Zug von Trotz oder Entschlossenheit lag um ihre Augen und Lippen. Wie hatte ein Mädchen wie dieses nur auf der Straße landen können, ein Mädchen mit so einem Gesicht und solcher Willenskraft, die diesen außergewöhnlichen, leuchtenden Augen mit ihrem seltsamen Schimmer innezuwohnen schien? Was konnte er sonst noch darin lesen? Verzweiflung? Trotz? Widerwillen? Gab es Frauen, die ihre eigene Schönheit ablehnten?

Er schüttelte den Kopf und fragte sich, wie sie heute aussehen mochte. Das Foto war zehn Jahre alt. Dann musste sie inzwischen achtundzwanzig sein. Er stellte sich die einst makellose Haut vor, gegerbt vom Wetter und vom Suff. Vielleicht auch mit Aknepusteln übersät, die das Leben in Bars, Obdachlosenheimen und provisorischen Zelten aus Plastikfolie mit sich zu bringen schien. Er stellte sich das Gesicht mit ein paar Zahnlücken vor und malte im Geiste einen Pinselstrich getrockneten Blutes unter ein Nasenloch.

So plötzlich wie sie gekommen war, verebbte die Schülerflut wieder und es wurde still in der Halle. Active wandte sich zu dem Pastor um. »Warum haben Sie so lange gewartet?«

»Es ist nicht leicht, sich einzugestehen, dass die eigene Tochter nichts von einem wissen will.« Palmer betrachtete das

Wandbild. »Man hofft immer, dass sie doch wieder auftauchen wird, anruft, irgendetwas. Wenn man sich an die Behörden wendet, ist es, als würde man offiziell zugeben, dass man versagt hat, dass sie endgültig verschollen ist.«

Palmer räusperte sich und steckte das Tuch wieder in die Tasche. »Aber ich habe schon einmal nach ihr gesucht. Meine Frau hatte mich darum gebeten, damals, nachdem Roy sie vor dem Junction gesehen hatte. Kennen Sie sich in der Bibel aus, Nathan?«

Active schüttelte den Kopf. »Nicht besonders.«

»›Meine Tochter, ich will dir Ruhe schaffen, dass dirs wohlergehe.‹ So steht es im Buche Ruth.« Er verstummte mit einem abwesenden Ausdruck in den Augen, als wolle er sich die Reise noch einmal vergegenwärtigen. Schließlich zuckte er die Achseln. »Diese Leute von der Straße wollten nicht mit mir reden.«

»Und warum ausgerechnet jetzt? Gibt es irgendetwas Neues?«

»Nein, es ist wieder meine Frau, die mich dazu drängt. Sie hat Leberkrebs. Chronische Hepatitis. Bei Roys Geburt brauchte sie mehrere Bluttransfusionen und ich vermute, dass sie sich dabei angesteckt hat.« Er wandte sich von dem Wandbild ab und sah Active an.

»Wie auch immer, sie möchte ihre Tochter noch einmal sehen. Ich mache mir nicht viel Hoffnung, Grace nach so langer Zeit zu finden, aber Sie wissen ja, wie Frauen sind. Mütter. Sie wollte, dass ich Sie bitte, sie zu suchen.«

Active runzelte die Stirn. »Sie kennt mich? Ich glaube nicht, dass wir uns schon einmal begegnet sind.«

»Alle Eskimos kennen Sie, Nathan. Den Jungen aus Chukchi, der als Baby adoptiert wurde und als State Trooper zurückkehrte! Aber natürlich. Ida meinte: ›Bitte diesen Eskimo-Trooper darum, er wird es tun.‹«

Active sagte so sachte wie möglich: »Es tut mir leid, dass ich Sie das bei all ihren Sorgen fragen muss: Sind Sie sicher, dass sie noch am Leben ist? Zehn Jahre sind eine lange Zeit, besonders auf der Four Street, und seit drei Jahren hat sie keiner mehr gesehen.«

Palmer zuckte zusammen und starrte auf das Wandbild. »Ich habe versucht, mit Ida darüber zu reden, aber ...«

»Ich kann eine Vermisstenanzeige erstatten bei der Polizei in Anchorage.« Active fragte sich, ob Palmer klar war, wie wenig eine solche Anzeige bewirken würde. Obdachlose Eskimos streiften durch die Straßen der Stadt wie die Schatten vorüberziehender Wolken. Sie kehrten für eine Weile in ihre Heimatdörfer zurück, sie fanden vorübergehend Arbeit außerhalb der Stadt, sie zogen zu Freunden oder Freundinnen. Die überarbeiteten Großstadtpolizisten nahmen sie meist nur zur Kenntnis, wenn einer von ihnen tot in einer Gasse oder steifgefroren in einem Park gefunden wurde. »Vielleicht kann die Polizei vor Ort in den Asylen nachforschen, in den einschlägigen Bars und so weiter.«

»Würden Sie das wirklich tun, Nathan? Ida greift nach jedem Strohhalm.« Palmer schien sich jetzt besser in der Gewalt zu haben. Vielleicht lag es daran, dass sie jetzt von der Gefühlsduselei wegkamen und in die Männerwelt tatkräftigen Handelns zurückkehrten. Darüber redeten, was man unternehmen konnte.

Active seufzte und sah den Geistlichen an. »Sie werden sich kein Bein ausreißen, fürchte ich. Außer sie hätten Grund zu der Annahme, dass ihr etwas zugestoßen ist.«

»Außer, dass ihr etwas zugestoßen ist! Mein Gott, sie hat mit Soldaten geschlafen und ...« Palmer unterbrach sich und schüttelte den Kopf. »Können Sie es denn nicht selbst versuchen, Nathan? Ich musste Ida versprechen, Sie darum zu bitten.«

»Richten Sie Ihrer Frau aus, dass es mir Leid tut, Reverend, aber für eine Vermisstenanzeige wie diese zahlen die Trooper keine Reisekosten.«

Palmer wandte sich wieder dem Wandbild zu und betrachtete es schweigend. Dann seufzte er. »Ich habe sie schon darauf vorbereitet, dass ich wahrscheinlich keinen Erfolg haben würde. Aber jetzt kann ich wenigstens sagen, dass ich es versucht habe.«

»Kümmert sich jemand aus der Familie um Ida?«

»Ihre Schwester Aggie kommt in ein paar Tagen aus Isignaq herunter. Das wird ihr eine Hilfe sein.«

»Ich selbst kann nichts tun, aber vielleicht gibt es eine andere Möglichkeit. Ich habe einen Freund bei der Stadtpolizei in Anchorage.« Active zeigte auf das Wandbild. »Haben Sie ein normalgroßes Foto von ihr? Dann schicke ich es zusammen mit der Anzeige weg.«

Palmer griff in seine Windjacke und zog einen zerknitterten Fotoumschlag heraus, der von einem blauen Gummiband zusammen gehalten wurde.

»Ida hat das hier irgendwo im Haus aufgestöbert.« Palmer reichte ihm den Umschlag. »Ich weiß nicht, was alles darin ist, ich habe es nicht über mich gebracht, nachzusehen. … Aber hierher komme ich manchmal, weil … Dieses große Bild, es ist fast so, als würde sie wieder vor mir stehen. Vermutlich habe ich Sie deshalb um ein Treffen in der Schule gebeten. Aber ich hätte mich vor all diesen Kindern nicht so gehen lassen sollen.«

Ein perfektes Mädchen

Martha Active Johnson hörte sich gerade Leonora Oneoks Bitte um Bisamratten-Urlaub an, als Nathan den Kopf ins Büro steckte.

»Soll ich später wieder kommen?«, fragte er.

»Nein, nein.« Martha schüttelte den Kopf. »Warte noch eine Sekunde draußen. Leonora und ich sind beinahe fertig. Also, Leonora?«

Leonora hatte sich in ihrem Stuhl umgedreht, um zu sehen, mit wem Martha sprach. Jetzt wandte sie sich schnell wieder zurück und nickte. Ja, sie waren beinahe fertig.

Leonoras Lippen waren eigentümlich zusammengepresst und sie hielt den Blick, ungewöhnlich für sie, auf die Hände gesenkt. Wurde sie etwa rot? Martha betrachtete neugierig das Mädchen, ihre neuste Hilfslehrerin. Wie die meisten Frauen in Chukchi, die nicht hochgradig kurzsichtig waren, musste sie bemerkt haben, dass Nathan in seiner Alaska-State-Trooper-Uniform verdammt gut aussah.

Und wie immer, wenn Martha ihren Sohn so unerwartet zu Gesicht bekam, regte sich auch ihr Herz, aber natürlich auf andere Art. Es lag nicht nur daran, dass er so jung und schlank und gut aussehend war, mit seinen kurz geschnittenen schwarzen Haaren und der glatten braunen Haut. Es lag an den wachsamen, tief liegenden Augen und den jungenhaften, sensiblen Lippen. Sie verrieten jemandem, der Nathan so gut kannte wie sie, dass er tief drinnen immer noch ein Kind war, das nicht wirklich glauben konnte, dass es geliebt wurde oder jemals geliebt werden würde.

Sie schüttelte ihr schlechtes Gewissen ab und widmete ihre Aufmerksamkeit wieder Leonora Oneoks Bitte um Bisamratten-Urlaub. Leonora stammte aus Ebrulik, einem Dorf am Isignaq River, hundert Meilen landeinwärts von Chukchi. In den unzähligen Seen der umliegenden Tundra wimmelte es von Bisamratten. Jetzt, wo der arktische Frühling Einzug hielt, machte sich die Oneok-Familie auf den Weg in die Tundra zur Bisamrattenjagd. Leonora wollte zwei Wochen Urlaub haben, um sich anzuschließen.

Martha wusste es zu schätzen, wenn die Eskimomädchen mit ihren Familien in Kontakt blieben, wenn Eskimomädchen die alten Jäger- und Sammlertraditionen wach hielten. Anscheinend kamen sie auf diese Weise besser mit der Welt der Weißen zurecht als jene Mädchen, die sich von den alten Sitten lossagten und versuchten, gänzlich in der Moderne zu leben. Die Schulbehörde der Region Chukchi sah das genauso und es war offizielle Politik, solche Urlaubsgesuche zu genehmigen.

Aber Martha, als Leiterin des Hilfslehrerprogramms an der Chukchi Highschool, musste irgendwie auch den verbleibenden Monat bis zum Ferienbeginn überbrücken. Die arktische Sonne strebte ihrem sommerlichen Zenit zu, sodass bereits rund um die Uhr Tageslicht herrschte. Die Flüsse landeinwärts brachen auf und das Eis des zugefrorenen Meeres vor der Stadt wurde dünn. Um diese Jahreszeit eine Highschool voller lebhafter Halbwüchsiger in Zaum zu halten, verlangte von Lehrern und Helfern vollen Einsatz, und vielleicht noch ein bisschen mehr. Sie beschloss, Leonora einen Schrecken einzujagen.

»Ich brauche dich hier«, sagte sie zu dem Mädchen. »Du weißt ja, wie die Kinder sind. Und du bist noch nicht lange bei uns, du hast noch nicht viel Anspruch auf Urlaub.«

Leonora blinzelte und rümpfte die Nase in der Inupiat-Geste von Verneinung und Betroffenheit. »Arii! Ich habe es meiner Mutter versprochen. Sie hat Sorge um mich, in einer großen Stadt wie Chukchi.«

Martha musste lächeln. Chukchi hatte zwar nur 2500 Einwohner, aber immerhin fünf oder sechs Mal mehr als Ebrulik. Sie ließ das Lächeln in ein Stirnrunzeln übergehen und versuchte so auszusehen, als zermartere sie sich das Gehirn nach einer Lösung.

Leonora war zwar ein Mädchen vom Land, aber sie war intelligent, sprach fließend Inupiaq und arbeitete hart. Mit ein wenig Unterstützung würde sie vielleicht die University of Alaska in Fairbanks oder Anchorage besuchen und eines Tages als ausgebildete Lehrerin zurückkehren.

»Wie wärs, wenn du dir eine Woche frei nimmst und dann für den Rest des Schuljahrs hier bleibst?«

Leonoras Gesicht leuchtete auf und verzog sich zu einem breiten Lächeln. Sie hob die Augenbrauen, das Zeichen der Zustimmung bei den Inupiat. »Vielen Dank. Ich sage meiner Familie, dass sie ein guter Mensch sind.« Sie erhob sich zum Gehen.

»Wie steht es mit dem Boot deines Vaters?«

Leonora hielt mit einem Ausdruck der Verwirrung inne. »Gut, würde ich sagen.«

»Geht es nie kaputt?«

»Manchmal, vielleicht.«

Jetzt war Leonora auf der Hut. Martha schloss die Akte des Mädchens und legte sie in einen Drahtkorb auf dem Schreibtisch. »Ich hoffe doch sehr, dass es nicht gerade kaputtgeht, wenn es Ende nächster Woche Zeit für dich ist, aus dem Lager zurückzukommen.«

Leonora seufzte. »Ich sage Vater, dass er alles ganz genau überprüft, bevor wir fahren.«

Martha hob zustimmend die Augenbrauen und Leonora eilte hinaus.

Es war trotzdem nicht unwahrscheinlich, dass Mr. Oneoks Außenborder plötzlich und unerwartet einen Defekt hatte, wenn es Zeit war, Leonora nach Ebrulik zu bringen, damit sie das Flugzeug zurück nach Chukchi und zu ihrer Arbeit an der Highschool erwischte. Aber Martha beschloss, dass sie schon irgendwie über die Runden kommen würde, falls ›Bootsprobleme‹ das Mädchen im Bisamratten-Lager festhielten. Vielleicht konnte sie die ungenehmigte Abwesenheit später als Druckmittel benutzen, damit Leonora beispielsweise im Herbst früher mit der Arbeit anfing und mithalf, alles für das nächste Schuljahr zu organisieren.

Martha lächelte, als Nathan eintrat und den Platz einnahm, den Leonora frei gemacht hatte. »Wie schön, dich zu sehen, mein Liebling! Wie lang ist es her, dass du mich zu Hause besucht hast? Beinahe eine Woche?«

Martha musterte ihren Sohn eingehend, während er verzweifelt nach einer Verteidigung gegen den unausgesprochenen Vorwurf suchte. Er hatte eine gesunde Farbe, sah gut genährt und ausgeruht aus. Martha war nicht ganz einverstanden mit Nathans Freundin Lucy Generous, aber wenigstens schien sie sich gut um ihn zu kümmern.

»Ich war abends immer im Fitnesscenter«, sagte er schließlich. »Ich habe über den Winter etwas Gewicht zugelegt.«

»Vielleicht liegt es an der Kocherei einer gewissen Person, dass du dick wirst. Ich könnte dieser Lucy ein paar meiner Diätrezepte verraten. Bohnensprossen, Jogurt, Tofu, ungeschälter Reis. Was immer du willst, ich hab ein Rezept dafür.«

Nathan schnitt eine Grimasse, dann rang er sich endlich das Lächeln ab, auf das sie gehofft hatte. »Ich glaube ich würde lieber ein Jahr lang trainieren, als fünf Minuten lang so ein Zeugs zu essen. Aber ich bin nicht gekommen, um übers Essen zu reden. Oder über Lucy.«

Sie erwiderte sein Lächeln. »Du meinst, du kommst in offizieller Mission? Ich wusste gar nicht, dass ihr Trooper inzwischen Mütter verhaftet, nur weil sie versuchen, ihre Pflicht zu tun.«

Nathan zog sein Notizbuch aus der Gesäßtasche. »Es ist tatsächlich eine offizielle Angelegenheit. Erinnerst du dich an Grace Palmer?«

»Natürlich erinnere ich mich an sie. Das hübscheste Mädchen der Schule. Das intelligenteste dazu. Hat die Abschlussrede gehalten, wurde Miss North World und plötzlich, aus heiterem Himmel, ist sie auf der Four Street gelandet. Traurig, nicht?«

»Was ist mit ihr passiert?«

»Anchorage ist kein guter Ort für Eskimomädchen. Oder auch Jungs. Deshalb versuche ich immer …« Sie verstummte, weil sie merkte, dass die Unterhaltung auf den Punkt zusteuerte, an dem sie immer mit ihrem Sohn zu streiten begann. Jetzt war er zwar im Dienst, vielleicht ließ er es durchgehen. Nein, da war er schon wieder, dieser Gesichtsausdruck.

»Hast du dir auch ständig Sorgen gemacht, während ich da unten aufgewachsen bin? Vielleicht hättest du dir vorher Gedanken darüber machen sollen, bevor du mich zu einer weißen Familie gegeben hast.«

Als ihr Sohn vor zwei Jahren nach Chukchi versetzt worden war und diese Auseinandersetzungen angefangen hatten, war Martha an diesem Punkt immer in Tränen ausgebrochen, und auch jetzt fühlte sie, wie ihre Augen feucht wurden. Aber durch lange Übung hatte sie gelernt, die Tränen zurückzuhalten und diese Qual zu ertragen, die sich anscheinend alle paar Monate wiederholen musste.

»Aber du weißt doch, wie es war, Nathan. Ich war erst fünfzehn, als ich dich bekam. Damals wollte ich nichts anderes als mich betrinken und mich amüsieren. Ich wusste, dass ich nicht fähig war, mich um ein Baby zu kümmern.« Sie vernahm das Flehen in ihrer Stimme und fragte sich wieder einmal beschämt, ob sie jemals selbst daran glauben würde, dass es richtig gewesen war, Nathan von einem Lehrerpaar an der Chukchi Highschool adoptieren zu lassen. Es sei denn, es gelang ihr, ihn davon zu überzeugen. »Ich wusste, dass Ed und Carmen sich gut um dich kümmern würden, selbst nachdem sie nach Anchorage gezogen waren. Stimmt das etwa nicht?«

»Ja, aber wie Babysitter. Nicht wie echte Eltern.«

»Das ist nicht wahr. Ich habe alle paar Wochen mit Carmen gesprochen, während du dort groß geworden bist. Sie liebt dich sehr. Und Ed auch, glaube ich. Du schienst mir immer sehr glücklich als kleiner Junge, wenn sie dich zu Besuch mitbrachten.«

Nathan saß schweigend da und dachte darüber nach. Nach und nach entspannten sich die zusammengekniffenen Lippen und Augen, und der mürrische Ausdruck wich aus seinem Gesicht. Auf seine offene Art sagte er: »Ich glaube, das weiß ich alles. Ich sage nur, wie es sich für mich angefühlt hat, wenn ich darüber nachdachte, dass du mich weggegeben hast.«

»Das tut mir Leid. Ich habe mein Bestes versucht, auch wenn es vielleicht falsch war.«

»Das weiß ich, Aaka. Jedenfalls hier oben.« Er tippte sich an die Schläfe, dann ließ er die Hand zum Herzen sinken. »Aber hier unten, da scheine ich es nicht zu begreifen.«

Sie musste einen Moment warten, bevor sie wieder ein Wort herausbekam. »Weißt du, ich bin froh, dass die Trooper dich hierher auf deinen ersten Posten geschickt haben, auch wenn du es nicht wolltest.«

Sie wartete, hoffte, er würde sagen, dass er seine Ansicht über Chukchi geändert habe und auch darüber, wieder in ihrer Nähe zu sein. Oder wenigstens etwas Höfliches, Unverbindliches, damit sie glauben konnte, was sie gerne glauben wollte.

Aber das hätte nicht zu Nathan und seiner schmerzhaften Aufrichtigkeit gepasst.

»Aaka, ich reiche immer noch jedes Mal ein Versetzungsgesuch ein, wenn eine Stelle in Anchorage frei wird«, sagte er sanft. »Das habe ich dir doch gesagt.«

»Ich weiß, Liebling, ich weiß.« Die Tränen traten ihr wieder in die Augen und diesmal griff Nathan nach seinem Taschentuch. Sie schüttelte den Kopf, um ihn davon abzuhalten. »Kümmere dich nicht um mich.«

Sie öffnete eine Schreibtischschublade, fand ein Kleenex und tupfte sich die Augen. »Na, jedenfalls, warum interessierst du dich für Grace Palmer?«

»Gerade eben hat Jaron Palmer mich gebeten, sie zu suchen. Er sagt, ihre Mutter habe Krebs und wolle sie vor ihrem Tod noch einmal sehen.«

»Oh je, so viel Kummer in dieser Familie. Erst der Selbstmord von Jeanie, und dann landet Gracie auf der Four Street. Und jetzt ist auch noch Ida krank.«

»Jeanie? Wer ist Jeanie?«

»Sie war Gracies kleine Schwester. Ein paar Jahre, nachdem

Grace aufs College ging, hat Jeanie irgendwelche Pillen geschluckt und sich umgebracht.«

»Die kleine Schwester von Grace hat Selbstmord begangen? Das hat Jaron gar nicht erwähnt.«

Martha sah ihn an und wunderte sich darüber, wie wenig ihr sonst so intelligenter Sohn doch über die Menschen wusste. »Ich vermute, es fällt ihm nicht leicht, darüber zu sprechen.«

»Ja, wahrscheinlich nicht. Weiß man, weshalb?«

»Eigentlich nicht. Ich glaube, bei der Autopsie hat sich herausgestellt, dass sie schwanger war. Aber ich habe noch von keinem Mädchen aus Chukchi gehört, das sich umbringt, nur weil es ein Kind bekommt.«

»Wer war der Vater?«

»Ich weiß nicht. Irgendein Junge.«

Martha schwieg einen Moment lang und dachte über das Unglück der Familie Palmer nach. »Geh doch in unsere Bibliothek und sieh die Jahrbücher durch aus der Zeit, als Gracie hier war. Sie taucht fast auf jeder zweiten Seite auf. Sie war das perfekte Mädchen, bis sie nach Anchorage ging. So etwas kommt vor.«

»Und gar nicht so selten, nehme ich an.« Nathan schüttelte den Kopf, schrieb etwas in sein Notizbuch und steckte es dann ein.

»Vermutlich.« Martha schüttelte ebenfalls den Kopf und schob die Tragödie der Familie Palmer zur Seite. Sie betrachtete Nathan und sprach ein stummes Dankgebet, dass ihr eigenes, verwerfliches Verhalten als junges Mädchen für keinen von ihnen beiden zur Tragödie geworden war.

»Magst du am Sonntag zum Essen kommen? Ich koche Muktuk. In Point Hope haben sie dieses Frühjahr schon vier Wale gefangen und einer meiner ehemaligen Schüler hat versprochen, dass er morgen etwas schickt.«

Sie wusste, dass Nathan, entgegen seinen Anstrengungen, nichts an Chukchi leiden zu können, eine große Vorliebe für diese saftigen Streifen Walhaut entwickelt hatte, an denen noch der Speck hing. Besonders frisch gekocht. »Lucy kann auch kommen.«

»Ich frage sie. Sie hat immer noch Angst vor dir. Du musst aufhören, sie nach ihren Collegenoten auszufragen.«

»Na, ich will doch nicht, dass du ein Dummchen heiratest.«

»Sie ist nicht dumm, und wir heiraten auch nicht. Wir … gehen nur miteinander aus.«

Martha unterdrückte den Impuls, zu sagen, dass sie wohl hauptsächlich miteinander zu Hause blieben. Jedenfalls soviel sie gehört hatte. Im Alter von vierundvierzig Jahren lernte sie langsam, Auseinandersetzungen zu vermeiden, die sie nicht gewinnen konnte. Manchmal. »Aha. Na, ich verspreche, dass ich kein Wort von Noten sage werde, wenn sie zum Muktuk kommt.«

»Ich sags ihr. Wiedersehen, Aaka.«

»Tschüss, Liebling. Du rufst noch an wegen Sonntag, ja?« Sie sah ihm nach, wie er durch die Aula zur Bibliothek ging. Ein paar Minuten später kam er mit ein paar Highschool-Jahrbüchern unter dem Arm wieder heraus und wandte sich durch die Halle dem Ausgang zu.

Er brauchte dringend einen Haarschnitt, stellte sie fest, als er seinen Trooperhut aufsetzte. Sie fragte sich, ob diese Lucy ihn darauf aufmerksam machte.

Die Vermisste

Active blieb auf dem Platz vor der Schule stehen, um das Frühlingswetter zu genießen, dessen sich Chukchi mittlerweile erfreute. Der Himmel war blau und die Strahlen der Sonne, die nun bis August über dem Horizont stehen würde, wärmten sein Gesicht, während gleichzeitig eine kühle Meeresbrise darüber strich.

Jenseits der Beach Street, fünfzig Meter vom Strand entfernt, war die Chukchi Bay eine einzige, blendend weiße Fläche, zu grell für das bloße Auge. Teiche blauen Schmelzwassers kräuselten sich auf dem Eis.

Zwischen dem Eis und dem Ufer rauschten die angeschwollenen Frühlingswasser der Flüsse Katonak und Isignaq an der schmalen Zunge aus Kies und Tundra vorbei, auf der die Siedlung stand. Er entdeckte die schlanken, schwarzen Köpfe zweier Seehunde, die gegen die Strömung anschwammen. Sagte ihnen ihr Instinkt, dass es jetzt flussaufwärts Futter gab, oder waren sie nur ruhelos und neugierig, genau wie die Menschen um diese Jahreszeit?

Ein roter Honda Four-Wheeler sauste über den Schotter die Beach Street entlang nach Norden, gelenkt von einer Eskimofrau mit einem kleinen Mädchen vor sich auf dem Sattel. Der Parka der Frau hatte einen Buckel auf dem Rücken, aus dem in Nackenhöhe der Kopf eines Babys herausguckte. Active ging die Stufen hinunter zu seinem Trooper-Suburban, den er vor der Schule geparkt hatte. Er sperrte die Tür auf, warf die Highschool-Jahrbücher auf den Beifahrersitz und stieg ein. Dann drehte er den Schlüssel und die alte Kiste erwachte rumpelnd zum Leben. Wie er während seiner zwei Jahre in Chukchi herausgefunden hatte, lief der Suburban zwar immer zuverlässig, aber niemals störungsfrei. In letzter Zeit funktionierte der linke Blinker nicht mehr, außer wenn die Scheinwerfer eingeschaltet waren. Also machte er sie an, als er von der Schule wegfuhr, obwohl der Tag so hell war, dass sie praktisch unsichtbar waren.

In Chukchi war es um diese Jahreszeit wirklich schön, das musste er zugeben. Solange man den Blick auf die Schönheiten der Natur gerichtet hielt und die Stadt selbst mit ihren viereckigen, ungestrichenen Holzhäusern und dem Gewirr von schlammigen Straßen ausblendete. Die zurückweichenden Schneeverwehungen gaben eine ganze Winterladung von Hundehaufen frei. Dazwischen Karibuknochen, weggeworfene Abfallbeutel, verlorene Fäustlinge, Zigarettenschachteln und zerquetschte Bierdosen. Er kam an zwei Raben vorbei, die sich an der hinteren Hälfte einer Schildpattkatze zu schaffen machten, deren Kopf und Vorderläufe noch in einem langsam schmelzenden Schneehaufen festgefroren waren.

Nur allzu bald würde das Eis auf dem Meer verschwunden sein und mit ihm das gute Wetter. Wochen, wenn nicht Monate voller Nebel und Wind würden folgen, und die wenigen Tage mit blauem Himmel und Sonnenschein dazwischen machten es nur noch schlimmer. Na ja, wenn er weiter um die Versetzung nach Anchorage nachsuchte, musste sie ja irgendwann durchgehen.

Er parkte vor der Polizeizentrale von Chukchi und ging, die Jahrbücher unter den Arm geklemmt, hinein. Bei der Funkzentrale, wo Lucy Generous gerade in ihr Headset sprach, hielt er inne.

»Ah-hah... ah-hah... ah-hah«, sagte sie und verdrehte bei jedem »Ah-hah« die Augen. Sie hielt einen Finger hoch, womit sie »eine Minute« meinte und formte lautlos mit dem Mund: »Elmer.«

Active nickte und verzog mitfühlend das Gesicht. Elmer Newsome hatte siebenundzwanzig Jahre lang die Ölheizung des staatlichen Krankenhauses in Chukchi gewartet, war dann in den Ruhestand getreten und überraschenderweise in der Stadt geblieben. Nach allgemeiner Ansicht war er einer dieser unglückseligen Weißen, die zu lange im Busch geblieben waren und dann feststellen mussten, dass sie für ein anderes Leben nicht mehr taugten. Jetzt verbrachte er seine Zeit mit Saufen in seiner Hütte in der Lagoon Street, wenn er nicht gerade bei Lucy oder jemand anderem in der Funkzentrale anrief und die Verhaftung irgendeines Nachbarn verlangte, weil dieser seine

Hunde in Elmers Hof ihr Geschäft verrichten ließ. Active wartete, aber die »Ah-hahs« nahmen kein Ende. Schließlich warf Lucy achselzuckend die Hände in die Luft, während sie immer noch alle paar Sekunden »Ah-hah« sagte.

Er gab auf und schleppte die Jahrbücher zwei Treppen höher zu den Büros der Trooper. Im Empfangsbereich hatte Evelyn O'Brien, die rothaarige Trooper-Sekretärin, einen Kopfhörer aufgesetzt und tippte ein Diktat in ihren Computer. Sie blickte auf, nickte und sah wieder auf ihren Bildschirm, ohne dass sich das leise Klappern der Tastatur verlangsamt hätte.

Es war nur ein einziger anderer Trooper da, Howie Nelson, den er undeutlich durch die Glasscheibe in seiner Bürotür erkennen konnte. Er hatte einen Telefonhörer zwischen Schulter und Ohr geklemmt, kritzelte Notizen auf einen Block und sagte »Ja ... ja ... ja«, während er schrieb.

In seinem eigenen Büro angekommen, ließ Active die Jahrbücher auf einen Stuhl fallen, ging dann wieder hinaus und blieb vor Evelyns Schreibtisch stehen. Nach einigen Augenblicken hörte sie auf zu tippen, schaltete das Diktiergerät aus, nahm den Kopfhörer ab und hielt ihn ihm hin. »Erklären Sie sich freiwillig bereit, die Abschrift für mich fertig zu machen? Das würde die Unterbrechung entschuldigen.«

Active hob begütigend die Hände. »Tut mir Leid. Ich wollte nur wissen, ob Sie Grace Palmer kennen.«

»Was denn, hält Lucy Sie nicht mehr genug auf Trab, dass Sie sich plötzlich für Grace Palmer interessieren?«

»Nein, es ist beruflich.« Er berichtete der Sekretärin von Jaron Palmers Bitte.

Evelyn legte den Kopfhörer auf die Tastatur und lehnte sich im Stuhl zurück. »Klar erinnere ich mich an Gracie. Wer würde das nicht? Intelligent, schön und ein Basketball-As. Eine unschlagbare Kombination, jedenfalls in Chukchi.«

»Sie haben sie nicht gemocht?«

Evelyn blickte ihn mitleidig an. »Das hat nichts mit Abneigung zu tun, Sie Dummkopf, es ist reiner Neid. Niemand hat so viel Jugend, Verstand und Schönheit auf einmal verdient. Das ist nicht fair.«

»Waren Sie denn zufrieden, als sie auf der Four Street gelandet ist?«

Evelyn errötete ein wenig und senkte den Blick auf die Tastatur, was er als Schuldeingeständnis wertete. Aber sie sagte: »Natürlich nicht. So viel Leid hat niemand verdient.«

»Wie war sie denn?«

»Sie war perfekt, das wird Ihnen jeder sagen. Wir hatten sie öfter als Babysitter, als unsere Kinder noch klein waren. Matt und Lisa haben sie vergöttert – sie hat ihnen immer Eskimogeschichten erzählt und sogar abgespült und Staub gesaugt, was keiner unserer anderen Babysitter jemals gemacht hat, ob sie nun weiß, Eskimo oder koreanisch waren. Aber sie hat nie von sich erzählt, war immer verschlossen.«

Active kehrte an seinen Schreibtisch zurück und schlug das erste der Jahrbücher auf, das aus Grace Palmers erstem Schuljahr. Wie Martha angedeutet hatte, war sie überall und bei allen Aktivitäten vertreten: Basketball, Orchester, Jahrbuchredaktion, Honor Society, Inupiat-Kulturverein, sogar im Matheklub. Sie war schlaksig und hatte noch nicht die passende Frisur für sich entdeckt, aber es war bereits erkennbar, dass sie eine Schönheit werden würde. Und auch der Trotz war bereits erkennbar, der einem aus dem Bild der Miss North World in der Highschool entgegenstarrte.

In den anderen drei Jahrbüchern war es dasselbe, nur die Aktivitäten wechselten. Matheklub und Mitarbeit am Jahrbuch wurden durch Skilanglauf und die Schulzeitung ersetzt. Und sie war zu der Grace Palmer des Wandbildes herangereift.

Als Nächstes öffnete er den Umschlag, den ihm Jaron Palmer gegeben hatte. Er erwartete, ein paar Schnappschüsse von Grace aus den letzten Jahren zu sehen, bevor sie nach Anchorage gegangen war.

Stattdessen fand er ihr ganzes Leben als Bildergalerie vor – Fotos aus frühester Kindheit bis hin zu dem Bild, das an der Wand der Highschool hing. Er ordnete sie so gut wie möglich chronologisch und blätterte den Stapel durch. Bilder von Grace als Baby mit einer Eskimofrau, die er für Ida hielt, die Mutter. Dann mit einem Mädchen, das vermutlich Jeanie war, die jüngere Schwester. Ein Bild von Grace als kleines Kind, angeschnallt im rechten Sitz eines Cessna-Buschflugzeugs, während ein jugendlicher Jaron Palmer links am Steuerruder saß.

Bei einem Foto, das Grace bei einer Geburtstagsparty zeigte, stutzte er. Da musste sie etwa fünf oder sechs gewesen sein. Sie stand mitten im Zimmer, trug ein weißes Rüschenkleid, glänzende schwarze Lackschuhe und eine kleine, goldene Tiara. Luxuskleider für das Chukchi von damals, dachte Active, sogar für die Tochter des Pastors der Pfingstgemeinde. Sie hatte die Hände vor der Brust zusammengeschlagen, die Augen weit aufgerissen, und ihr Mund stand vor Begeisterung offen. Sie blickte auf irgendetwas außerhalb des Kamerawinkels zur Linken des Fotografen, wahrscheinlich auf jemanden mit einem Geschenk.

Da war keine Spur des Widerwillens, der sich in dem Bild der Miss North World zeigte. Er blätterte den Rest der Schnappschüsse durch und versuchte zu erkennen, wo er erstmals auftrat.

Bei einem Foto von Grace im Alter von etwa dreizehn Jahren hielt er inne. Da hatte sie anscheinend im Rechtschreibwettbewerb der Junior Highschool den zweiten Platz belegt. Der Widerwillen trat ganz deutlich zu Tage. Vielleicht bezog er sich auf den koreanischen Jungen neben ihr, der gewonnen hatte, aber er lag auch in allen anderen Bildern danach.

Active seufzte, steckte die Fotos wieder in den Umschlag und verschloss ihn mit dem Gummiband. Er hatte den Eindruck, dass alle Mädchen zornig wurden, wenn sie in die Pubertät kamen. Mit Kelly war es genauso gewesen, seiner eigenen kleinen Schwester – eigentlich Adoptivschwester, dem leiblichen Kind von Ed und Carmen, das drei Jahre nach seiner Adoption zur Welt gekommen war.

Innerhalb eines einzigen Jahres hatte sich Kelly von einer süßen, zwölfjährigen Fußballfanatikerin in einen kreischenden Dämon verwandelt, dem absolut gar nichts im Leben recht war. Nicht ihre Eltern, schon gar nicht ihre Mutter, nicht ihr Adoptivbruder, nicht ihr Haus in Muldoon, nicht ihre Schule, nicht Fußball, einfach überhaupt nichts.

Aber Kelly war, wie die Schwestern von Nathans Freunden auch, irgendwie darüber hinweggekommen und wurde wieder menschlich, als sie ungefähr siebzehn war. Jetzt war sie glücklich verheiratet mit einem Umweltbiologen in Ketchikan und erwartete um das Erntedankfest herum ihr erstes Kind.

Grace Palmer hatte anscheinend nicht so viel Glück gehabt. Was immer es war, das Mädchen in der Pubertät packte, Grace Palmer hatte es nicht mehr losgelassen und sie auf die Four Street in Anchorage getrieben. Vielleicht lag es daran, dass sie aus dem Busch kam, oder dass sie halb Inupiaq und halb Weiße war. Wahrscheinlich war sie inzwischen hoffnungslos verloren, falls sie überhaupt noch lebte.

In jedem Fall würde ihr Retter nicht Nathan Active heißen.

Er hob den Hörer ab und drückte die Kurzwahltaste zur Polizeizentrale in Anchorage. »Hi, die Trooper aus Chukchi hier«, sagte er, als die Vermittlung sich meldete. »Ist Dennis Johnson im Haus?«

»Bleiben Sie dran, ich sehe nach«, sagte die Telefonistin. Sie klang, als wären ihre Stimmbänder von Whisky und Zigarettenrauch zu Schuhleder gegerbt.

Active kannte Dennis Johnson, seit sie beide als Zehnjährige in der Freiluftarena der Grundschule in Muldoon angefangen hatten, Eishockey zu spielen. Er war der einzige Eskimo im Team gewesen, Dennis der einzige Schwarze.

Bei seinem ersten Besuch bei Dennis daheim hatte er dann festgestellt, dass sein neuer Freund nur halb schwarz war, der Sohn eines schwarzen Vaters und einer weißen Mutter. Und Dennis hatte, wie sein Vater, eine Weiße geheiratet.

Active war nach einigem Nachdenken – und ohne es Dennis gegenüber jemals zu erwähnen – zu dem Schluss gekommen, dass die Männer des Johnson-Klans wohl entschieden hatten, das Rassenproblem zu lösen, indem sie ihren Stammbaum weiß einfärbten. Dennis' eigene kleine Tochter konnte mit ihrem leicht olivfarbenen Teint und dem lockigen Haar ohne weiteres als Südländerin durchgehen.

Die Telefonistin meldete sich wieder. »Er ist auf Streife. Soll ich Sie verbinden?«

»Nein, schalten Sie mich einfach auf seine Mailbox, bitte.« Es klickte und dann hörte er Dennis' Stimme, die ihn bat, eine Nachricht zu hinterlassen.

»He, Slick«, sagte er nach dem Pfeifton. »Hättest du Lust, mir zu helfen, eine Schönheitskönigin zu finden? Warte auf ein Päckchen in der Post.« Das sollte Dennis' Interesse so weit wecken, dass er zumindest einen Blick auf die Fotos und den Bericht warf, wenn sie in Anchorage eintrafen.

Er legte auf, tippte einen Bericht über alles, was er über den Fall Grace Palmer wusste und druckte ihn aus. Drei der neuesten Fotos des Mädchens schob er in einen gefütterten Umschlag, fügte den Bericht hinzu und adressierte das Päckchen an Dennis.

Er stapelte die Jahrbücher auf einem Tisch neben seiner Bürotür und nahm sich vor, sie beim nächsten Mal, wenn er das Büro verließ, zur Highschool zurückzubringen. Aber was tun mit dem Rest von Jaron Palmers Fotos? Er konnte sie natürlich in der Kirche vorbeibringen, aber der Pfarrer hatte nicht gesagt, dass er sie gleich zurück haben wollte. Active warf sie in die Schreibtischschublade.

Tausend Pfade

Punkt zwölf Uhr mittags blickte Lucy Generous von ihrer Konsole auf und sah, wie Nathan aus dem Treppenhaus trat und mit diesem besonderen Lächeln auf den Lippen auf ihre Funkzentrale zukam.

»Was gibts zum Essen?«

»Tunfischsandwichs, genau wie sie deine Naluaqmiut-Mutter in Anchorage immer gemacht hat«, sagte sie mit dem ihr eigenen Lächeln. »Ich verrate Martha nichts, wenn du auch nichts sagst.«

Natürlich war ihr klar, dass Nathan ganz genau wusste, was es zum Mittagessen gab. Sie war am Morgen gerade dabei gewesen, die Sandwichs zu belegen, als er kam, um sie abzuholen. Er hatte zugesehen, wie sie die Sandwichs in Ziploc-Beutel packte und zusammen mit zwei Pepsi light und einer großen Packung Tortilla-Chips in eine Einkaufstüte steckte. Es war ein altes Spielchen zwischen ihnen: Martha versuchte immer, Nathan den Lebensstil von Chukchi nahe zu bringen, während er sich halsstarrig an seine Gewohnheiten aus Anchorage klammerte, einschließlich der Tunfischsandwichs – mit Mayonnaise und einer Spur Senf –, die sie mindestens einmal die Woche zu Mittag aßen.

Während sie ihren Kopfhörer ablegte und den Mantel von der Stuhllehne nahm, fragte sie sich, ob Nathan wusste, wie ernst dieses spezielle Spielchen war. Jedes Mal, wenn sie ihm ein Tunfischsandwich machte – so viel war ihr klar –, gab sie ihm nicht einfach etwas zu essen, das ihm schmeckte. Sie tat etwas für ihn, das Martha nicht tun würde.

Gemeinsam verließen sie die Polizeistation. Sie hätte sich gerne bei Nathan untergehakt, aber sie wusste, dass er das nicht leiden konnte, wenn er in Uniform war. Also steckte sie die Hände in die Manteltaschen, bis sie seinen Suburban erreichten.

Sie wartete neben dem großen Außenspiegel, während Nathan die Beifahrertür aufsperrte. Wie üblich hatte er seinen klapprigen Suburban wie eine Tresorkammer gesichert, obwohl sie und verschiedene andere Polizeiangestellte, die im Erdgeschoss arbeiteten, ihn ständig im Blick hatten.

»Eines Tages werde ich dich dabei ertappen, wie du etwas dem Zufall überlässt.«

Nathan sah sie an und setzte seinen ernsthaftesten Gesichtsausdruck auf. »Das ließe sich arrangieren. Welcher Tag wäre dir am liebsten?«

Sie lachte, kletterte hinein und dachte daran, wie sehr sie ihre gemeinsamen Mittagsmahlzeiten genoss. Besonders an Tagen wie heute, wenn sie nicht in ein Restaurant gingen, sondern in der Frühlingssonne auf der Beach Street parkten und über die Chukchi Bay blickten, während sie ihre Sandwichs aßen und Radio hörten. Bei solchen Anlässen konnte sie sich vorstellen, dass das, was zwischen ihnen war, für immer sein würde.

Nathan stieg ein, ließ den Motor an und fuhr weg von der Polizeistation. Er stellte das Radio an, damit sie den *Mukluk Messenger* hören konnten, die beliebteste Sendung auf *Radio Kay-Chuck*.

Während der letzten Tage war halb Chukchi begierig einer Saga von Liebe und Verrat gefolgt, eingeflochten zwischen Durchsagen über Lebensmittellieferungen, öffentlichen Anhörungen und den Flugplänen für den Schwarm von Buschfliegern, die Chukchi mit den umliegenden Dörfern verbanden.

Anscheinend hatte ein gewisser Harvey Salmon Chukchi verlassen, um mit dem Schneemobil den Isignaq River zur alljährlichen Schneehuhnjagd im Frühling hinaufzufahren. Aber als die Jagd zu Ende ging, war das Eis des Flusses und der Chukchi Bay schon zu dünn für einen sicheren Heimweg. Harvey hatte deshalb Margaret Salmon über *Mukluk Messenger* informiert, dass er das Schneemobil den Sommer über bei seinem Bruder Charlie in Ebrulik lassen und am nächsten Tag mit einem Charterflug nach Chukchi zurückkommen würde.

Aber Harvey hatte verschlafen und den Flieger verpasst, so lautete jedenfalls seine Nachricht am zweiten Tag, und würde noch eine Nacht oder zwei in Ebrulik zubringen müssen, bis das nächste Flugzeug kam.

Dem war postwendend eine Antwort von Margaret Salmon gefolgt, die mit unzweideutigen Worten nachfragte, was Harvey denn eigentlich so ermüdet habe, dass er nicht aus dem Bett gekommen war. Sie erinnerte ihn daran, dass genau dasselbe schon im letzten Frühjahr geschehen war und legte ihm dringend ans Herz, das nächste Flugzeug nicht zu verpassen. Eine zweite Nachricht von Margaret hatte angeregt, dass jemand, den sie nur als »Shirley aus Ebrulik« bezeichnete, doch besser in die Kirche gehen und mit Gott darüber Zwiesprache halten solle, was sie so in ihrer »Freizeit« getrieben hätte.

Aber Harvey hatte auch das nächste Flugzeug verpasst. Diesmal mit der Erklärung, dass er seinem Cousin bei der Reparatur eines Four-Wheelers helfen müsse.

Und jetzt, da die Saga schon in den fünften Tag ging, kam die neueste Meldung von Margaret: »An Harvey in Ebrulik: Ankomme heute Nachmittag mit Lienhofer Charter. Rate dir gut, am Flughafen zu sein. Ohne Shirley.«

»In Harveys Haut möchte ich jetzt nicht stecken«, sagte Nathan, während er in einer kleinen Parkbucht an der Beach Street anhielt. Das Eis vor ihnen war so hell, dass sie die Augen zusammenkneifen mussten.

»In Shirleys auch nicht.« Lucy öffnete die Einkaufstüte und reichte ihm erst ein Sandwich, dann ein Pepsi light. »Diese Margaret ist dick und gemeingefährlich. Sie war mal im Knast, weil sie Harveys Haar mit einem Einwegfeuerzeug in Brand gesteckt hat. Das war vor deiner Zeit hier.«

»Hast du das mit eigenen Augen gesehen?«

Sie knuffte ihn leicht in die Seite. »Das sagst du immer. Natürlich habe ich es nicht selbst gesehen. Aber jeder weiß, dass es stimmt.«

Nathan lachte in sich hinein und schüttelte den Kopf, dann nahm er sein Sandwich aus dem Ziploc-Beutel und biss hinein. Ein nachdenklicher Ausdruck glitt über sein Gesicht, während sie die Tortilla-Chips aufmachte und die Tüte zwischen ihnen auf den Sitz stellte.

»Bist du jemals Grace Palmer begegnet?«

»Grace Palmer?« Sie streckte die Hand aus, um das Radio auszuschalten, überlegte es sich dann anders und zog ihre Hand wieder zurück. Sie hoffte, dass ihr Gesicht nicht verriet, wie bestürzt sie war. »Was ist mit ihr? Ist sie wieder da?«

Nathan warf ihr einen eigentümlichen Blick zu. »Nein, aber ihr Vater hat darum gebeten, dass ich ... dass die Trooper sie suchen. Ihre Mutter hat Krebs.«

»Ach ja, das habe ich gehört.« Sie war verlegen, weil sie sich so erleichtert fühlte. Und sie hoffte, dass das ihrer Stimme nicht anzuhören war. »Die Familie kann einem Leid tun, so viele Probleme.«

»Hört sich so an. Und, hast du sie gekannt?«

»Gracie? Eigentlich nicht. Weißt du, sie war viel älter als ich. Sie war schon weg von der Highschool, bevor ich hinkam. Ich erinnere mich nur, dass sie wirklich hübsch war und die älteren Mädchen sie alle nicht ausstehen konnten. Sie fanden sie überheblich.«

»Überheblich?«

»Du weißt schon.« Sie streckte die Nase in die Luft und tippte sich mit zwei Fingern unters Kinn. »Sie musste immer ihren Willen haben. Hochnäsig.«

»Hochnäsig, hm?« Nathan klang amüsiert.

»Jawohl, hochnäsig.« Sie nickte, streckte dann die Nase wieder in die Luft, schob die Unterlippe vor und kicherte. »Überheblich.«

»Tja, hatte Fräulein Überheblich Hochnäsig einen Freund, der wissen könnte, was aus ihr geworden ist?«

Sie drehte sich im Sitz halb zu ihm um. »Ich glaube nicht. Ich habe gehört, dass Reverend Palmer sehr streng war und die Mädchen nicht oft ausgehen durften.«

»Tatsächlich? Ich dachte, ihre Schwester wäre schwanger gewesen, als sie sich umbrachte.«

»Na ja, ich vermute, Väter wissen eben nicht alles, was ihre Töchter so anstellen, oder?« Sie gab ihm über den Sitz hinweg einen Stups gegen die Schulter.

»Ja, wohl wahr, und dem Himmel sei Dank dafür.«

Sie glucksten beide und bissen in ihre Sandwichs. Gleich fühlte sie sich wieder besser, glaubte, die Situation unter Kontrolle zu haben. Sie wollte gerade ihr Pepsi öffnen, als die dumme Frage, die sie hinunterzuschlucken versucht hatte, plötzlich aus ihr herausplatzte.

»Was wäre, wenn du sie vor mir kennen gelernt hättest?«

»Was?« Sie meinte, er hätte es mit einem kleinen, schuldbewussten Zusammenzucken gesagt. »Was meinst du damit?«

»Sie ist so hübsch. Und auch so klug. Was, wenn du ihr zuerst begegnet wärst?«

»Du bist doch hübsch und klug.« Er senkte die Stimme und tat verschwörerisch, als könne jemand vor der Tür lauschen. »Und gut im Bett dazu.«

Sie wusste, dass er sie nur aufzog, um sie aus dieser merkwürdigen Stimmung zu reißen. Und das war auch ganz richtig so, denn sie benahm sich dumm. Oder tat er es vielleicht doch deshalb, weil er sich schuldig fühlte? Sie wusste es nicht. Sie lächelte schwach.

»Also gar nichts wäre, wenn ich ihr zuerst begegnet wäre.«

Sie lächelte abermals, trank einen Schluck von ihrem Pepsi light und sah aus dem Beifahrerfenster.

»Außerdem ist sie wahrscheinlich inzwischen weder hübsch noch klug, nach all der Zeit auf der Four Street«, hörte sie ihn sagen. »Und ich bezweifle, dass sie ein Tunfischsandwich machen könnte wie du.«

Sie spürte, wie sie wütend wurde und starrte weiter aus dem Fenster, damit Nathan es nicht merkte. Der Knoten des Unbehagens in ihrem Innern fühlte sich wieder ein wenig größer an, härter und schwerer zu ertragen. Plötzlich erschien ihr die Sonne auf dem Eis kalt und grell, eine blaue Flamme, die das Auge verbrannte, ohne das Herz zu erwärmen.

All die Fragen, die sie ihm nicht stellen konnte, ballten sich in ihrem Magen zu diesem Knoten zusammen. Fragen wie: Ich weiß, dass du viel klüger bist als ich, aber wie sehr stört dich das? Wenn du eine Stelle in Anchorage findest, werde ich dich dann begleiten? Oder bin ich nur ein Zeitvertreib, so lange du in Chukchi bist?

Es machte ihr Angst, darüber nachzudenken, aber ihre Beziehung hatte einen Punkt erreicht, an dem all diese Fragen nur auf eine Art beantwortet werden konnten. Und das war, indem Nathan selbst eine Frage stellte: Willst du mich heiraten?

Aber sie wusste, dass das nicht geschehen würde, ganz egal, wie oft sie »Mrs. Lucy Active« auf die Rückseite von Umschlägen und Servietten schrieb, sich dann dumm vorkam und sie zerriss, bevor sie jemand sehen konnte.

»Du siehst einfach zu gut aus«, sagte sie endlich. Sie wusste, dass das unbefriedigend klang, aber alles andere, was im Moment aus ihr herausdrängte, hätte die Sache nur verschlimmert.

Sie beobachtete im Seitenfenster, wie Nathans undeutliches Spiegelbild die Hände hochwarf. Dann wandte er sich zu ihr und schaltete das Radio ab. »Tut mir Leid«, sagte er. »Was habe ich angestellt?«

»Nichts.« Sie wusste, dass sie sich lächerlich machte, deshalb drehte sie sich zu ihm um und sagte mit, wie sie hoffte, neutralem Gesichtsausdruck: »Ich glaube, ich fühle mich nur nicht besonders gut, das ist alles. Bringst du mich heim? Ich glaube, ich melde mich heute Nachmittag krank.«

Als Nathan wissen wollte, warum, wiederholte sie einfach ihre Worte und danach sagte er nichts mehr. Er fuhr sie zu der kleinen Hütte, die sie mit ihrer Großmutter Pauline Generous teilte, wenn sie nicht gerade bei Nathan wohnte.

Er wollte aussteigen und sie zur Tür bringen, aber sie sagte: »Lass das!«, sprang hinaus und eilte auf die Hütte zu, bevor er noch etwas erwidern konnte. Ihre Großmutter war bestimmt mit den anderen Aanas im Seniorentreff, wo sie ›Snerts‹ spielten und tratschten. Sie rannte in das einzige, winzige Schlafzimmer der Hütte, warf sich aufs Bett und konnte endlich ihrem Schluchzen freien Lauf lassen.

Während Nathan Active Lucy nachsah, wie sie in der Hütte ihrer Großmutter verschwand, staunte er wieder einmal über die weibliche Intuition oder übersinnliche Wahrnehmung oder wie auch immer sie seine Gedanken las, noch bevor ihm selbst klar war, was in ihm vorging. Im selben Moment, als Lucy gefragt hatte: »Was, wenn du ihr zuerst begegnet wärst?«, hatte er die Wahrheit erkannt und begonnen, sich hinter Ausflüchten zu verstecken.

Und jetzt war er beschämt. Er hätte ehrlich zu ihr sein sollen: Na gut, Grace Palmer ist – oder war – sehr attraktiv, und natürlich hätte ich mich für sie interessiert, wenn ich dich nicht kennen würde. Aber ich kenne dich ja, also spielt das keine Rolle. Außerdem werde ich ihr nie begegnen. Und selbst wenn, würde sie wahrscheinlich nicht mehr so aussehen …

Er schüttelte den Kopf. Nein, das war eines von diesen Gesprächen, die tausend verschiedene Pfade nehmen konnten, aber immer zum gleichen Ergebnis führten. Lucy würde verletzt und zornig sein und er würde wieder einmal erkennen, wie wenig er von Frauen verstand. Oder jeder anderen Variante der menschlichen Rasse, wenn man es genau nahm. Er schaltete das Radio wieder ein und fuhr zurück zur Polizeistation.

»Ich habe Ihnen gestern schon die Frachtnummer durchgegeben!«, fauchte Evelyn O'Brien ins Telefon, als Active, der in Gedanken immer noch bei Lucy war, die Tür zum Büro der Trooper öffnete. »Also, wo ist der verdammte Toner?«

Sie sah hoch, bedeckte die Sprechmuschel mit der Hand und funkelte ihn an. »Scheiß-Anchorage, den Kerlen ist es piepegal, ob wir Toner zum Kopieren haben oder nicht.«

Er wusste nicht, ob das heißen sollte, dass er an dem Problem schuld war – vielleicht, weil er aus Anchorage stammte – oder ob sie einfach erwartete, dass er Mitgefühl äußerte. Nach einigem Nachdenken zuckte er vieldeutig die Achseln und schüttelte dann den Kopf, was, wie er hoffte, als Geste kollegialer Betroffenheit über die Inkompetenz dieses Idioten in Anchorage aufgefasst werden würde, der die Tonerlieferung verschusselt hatte.

Die Sekretärin schüttelte ebenfalls den Kopf und schien zufrieden gestellt. »Ach ja. Der Chef will Sie sehen.«

Sie machte eine Kopfbewegung zu Captain Patrick Carnabys Büro hin, dann nahm sie die Hand von der Sprechmuschel. »Was? Zwei Wochen? Und womit soll ich in den zwei Wochen kopieren?«

Active betrat das Büro des Abteilungsleiters und schloss die Tür hinter sich, gerade als Evelyn verlangte, den Vorgesetzten des Idioten in Anchorage zu sprechen.

»Anscheinend ist Evelyn wieder mal auf hundertachtzig.« Active ließ sich in einen der beiden grünen Plastikstühle fallen, die vor Captain Carnabys Schreibtisch standen.

Carnaby sah von einem Stapel Datenblätter auf seiner Schreibunterlage hoch und warf einen Blick auf die Sekretärin draußen. »Ja, sie muss sich gelegentlich mal Luft machen, sonst fängt sie an, auf uns herumzuhacken. Ein reiner Glücksfall, dass ich sie mit dieser Tonergeschichte ablenken konnte.«

Active hatte noch nie darüber nachgedacht, aber Carnaby hatte wohl tatsächlich den einzig richtigen Umgang mit ihrer aufbrausenden, aber höchst kompetenten Sekretärin gefunden. Wieder mal ein Beispiel für die Kombination aus Scharfblick, Intuition und Intellekt, durch die Carnaby sich seinen Ruf als ›Super Trooper‹ erworben hatte.

Außerdem hatte er auch das Aussehen eines Super Troopers: Einsneunzig groß mit kantigen Zügen und ohne ein Gramm Fett. Haare und Schnurrbart zeigten noch kaum einen Sprenkel Grau.

»Ja, besser Anchorage bekommt Evelyns Zorn zu spüren als wir«, stimmte Active zu. »Sie wollten mich sprechen?«

»Ach ja. Habe hier ein paar gute Neuigkeiten für Sie.« Carnaby klopfte auf die Datenblätter vor sich und begann den Stapel durchzublättern. »Das ist die vierteljährliche Budgetanpassung. Anscheinend können sie uns keinen Toner beschaffen und sie haben uns zehntausend Dollar aus dem Etat für verdeckte Ermittlungen gegen die Alkoholschmuggler gestrichen, aber es gibt Geld für neue Computer. Schauen wir mal, hier ist es.«

Active überflog das Blatt, das Carnaby ihm über den Schreibtisch zuschob und stieß einen Pfiff aus. »Wir schicken den Macintosh zum Teufel und bekommen dafür Windows? Ich dachte, das wäre so eine Art Glaubensfrage für unsere Computerleute.«

»Der neue Direktor für öffentliche Sicherheit ist eben ein Windows-Mann. Anscheinend meint er, der Apple Macintosh wäre nicht männlich genug für Leute, die Waffen tragen und Verbrecher festnehmen.«

Active, der das nachfühlen konnte, lachte in sich hinein.

»Außerdem hat er eine Studie in die Finger bekommen, wonach Apple auf dem absteigenden Ast ist und wir eines Tages auf der Macintosh-Insel festsitzen, wenn wir jetzt nicht wechseln«, sagte Carnaby. »Vermutlich ist unseren Fachleuten aus der Datenverarbeitung deshalb die Vision eines brennenden Arbeitszeugnisses erschienen und siehe, sie wurden bekehrt.

Jetzt sind sie alle Windows-Jünger. Wen kümmerts, so lange die verdammten Dinger E-Mails verschicken und diese verdammten Datenblätter verarbeiten können.«

Carnaby nahm Active die Seite aus der Hand und deutete auf eine Zeile ungefähr in der Mitte. »Das da sind jedenfalls Sie.«

»Ich?« Active sah genauer hin. Auf der Zeile stand »Windows-Lehrgang (S.Z.K. Anchorage) – $ 1000.«

Carnaby nickte.

»Ich brauche keine Windows-Schulung. Ich habe einen PC zu Hause.« Active warf nochmals einen Blick auf die Zeile. »Was heißt überhaupt ›S.Z.K.‹?«

»Das ist das Allerneueste. Schulung zur Kollegenfortbildung.«

Active bemühte sich, den Silben einen Sinn zu entringen, dann gab er es auf. »Na gut, und was heißt Schulung zur Kollegenfortbildung?«

»Das bedeutet, dass sie zu geizig sind, uns alle zum Lehrgang nach Anchorage zu schicken. Oder auch nur, uns einen Ausbilder zu schicken, der es uns vor Ort beibringt.« Carnaby schüttelte den Kopf, vermutlich über die Sparsamkeit der Buchhalter der Abteilung. »Wir sollen deshalb eine Person hinschicken, damit sie lernt, wie sie dem Rest von uns das Nötige beibringt. Und dafür lassen sie tausend Dollar springen – ein Rückflugticket nach Anchorage, plus Kost und Logis für eine Person.«

»Ich soll also dazu ausgebildet werden, meine Kollegen weiterzubilden. Sehe ich das richtig?«

»Sie habens erfasst.«

»Aber warum ich?«

»Zwei Gründe. Erstens haben Sie laut ihrer Personalakte einen Abschluss in Informatik, sind also erste Wahl, um den Rest von uns zu schulen.« Carnaby hielt inne, als warte er auf Actives Reaktion.

»Und der zweite Grund?«

»Nun, damit kommen wir zu unserem Silberstreifen am Horizont.« Carnaby senkte den Blick auf das Datenblatt und sah verlegen drein.

»Welcher Silberstreifen?«

»Na ja, wo Sie doch aus Anchorage sind, habe ich mir vorgestellt, sie könnten vielleicht bei Ihrer Familie übernachten und uns ein paar Spesen sparen. Ein Hunderter hier, ein Hunderter da, und vielleicht können wir dieser Tage doch noch genügend für eine kleine verdeckte Ermittlung zusammenkratzen.«

»Was? Warum sollte ich …«

Carnaby hob die Hand, durchwühlte die Post in seinem Eingangskorb und zog einen Umschlag der Alaska Airlines hervor. »Außerdem habe ich noch ein paar Frequent-Flyer-Punkte hier. Sie können umsonst fliegen, auf meine Coupons.«

Er lehnte sich in seinen Stuhl zurück, verschränkte die Hände hinter dem Kopf und hob die Augenbrauen in der ›weißen‹ Geste des Fragens.

Active wusste, dass er in der Falle saß. In der Stadt Chukchi herrschte seit letztem Herbst striktes Alkoholverbot, und postwendend war die Mordrate gesunken, es hatte weniger verprügelte Ehefrauen, missbrauchte Kinder und andere Indikatoren sozialer Missstände gegeben.

Aber die Wirkung hatte nicht angehalten. Chukchis eingesessene Drogenhändler hatten schnell auf diese einträglichste und gefährlichste aller Drogen umgestellt, und inzwischen näherte sich die Kriminalitätsrate langsam wieder ihrem alten Niveau. Es war Aufgabe der Trooper, zusammen mit der Stadtpolizei von Chukchi das zunehmend löchrige Alkoholverbot durchzusetzen.

Das Problem waren die Finanzen. Es war teuer, verdeckte Ermittler einzuschleusen und sie so lange in Chukchi einzusetzen, bis sie das Vertrauen der Schmuggler gewannen und einen

Scheinkauf einfädeln konnten, der dann zur Anklageerhebung reichte.

Wenn er mit Carnabys Frequent-Flyer-Coupons flog und bei Ed und Carmen wohnte, dann waren plötzlich tausend Dollar übrig und der Super Trooper hatte sich zweifellos schon einen Weg ausgedacht, wie er sie in eine verdeckte Ermittlung umleiten konnte, ohne die Aufmerksamkeit der Erbsenzähler im Hauptquartier in Anchorage zu erregen.

»Also gut, ich fliege. Und wann?« Active zog sein Notizbuch hervor.

»Nächste Woche. Vom Elften bis Fünfzehnten. Lassen Sie Evelyn die nötigen Vorbereitungen treffen.« Carnaby warf wieder einen Blick auf die Sekretärin. »Gott sei jedem gnädig, der dabei etwas vermasselt.«

Active schrieb den Termin in sein Notizbuch. »Gut. Sonst noch etwas?«

»Ich habe ein schlechtes Gewissen, dass ich Sie um Ihr Spesengeld bringe.« Carnaby schob das Datenblatt mit der Computerschulung wieder an seinen Platz und glättete die Kanten des Stapels. »Sie könnten nach dem Lehrgang Urlaub nehmen, wenn Sie wollen. Ein paar Tage bei Ihrer Familie unten verbringen, alte Freundschaften auffrischen, ein bisschen ausspannen von Chukchi. Sie werden überrascht sein, wie sehr Sie es nötig haben, nach – wie lange sind Sie jetzt hier?«

»Zwei Jahre ungefähr.«

»Und wann sind Sie zum letzten Mal hier rausgekommen?«

»Letzten Sommer, würde ich sagen.«

»Ja, aber nur wegen Ihrer Aussage bei dem Kokainprozess, der nach Anchorage verlegt worden war, stimmts? Das war kein richtiger Urlaub.«

Active schüttelte den Kopf. »Ich mache eigentlich gar nicht so gerne Ferien.«

»Na, das müssen Sie noch lernen. Man brennt aus, wenn man nicht von Zeit zu Zeit einen Gang runterschaltet. Wir sind jetzt in voller Besetzung, es wäre ein guter Zeitpunkt für einen Urlaub.«

»Ich sage Ihnen noch Bescheid.« Active verließ Carnabys Büro und ging in sein eigenes zurück, während sich zwei Gedanken in seinem Kopf gegenseitig in die Quere kamen.

Der eine Gedanke war, dass er vielleicht persönlich ein wenig in der Grace-Palmer-Angelegenheit herumschnüffeln konnte, während er in Anchorage war.

Der andere war, wie um Himmels willen er Lucy so kurz nach ihrem Streit beim Mittagessen erzählen konnte, dass er nach Grace Palmer suchen wollte. Was, wenn er Lucy einlud, ihn zu begleiten? Das würde ihr gefallen. Wenn ihr überhaupt etwas gefallen konnte, das er in letzter Zeit unternahm.

Zu hungrig, um zu warten

Er versuchte, sie am Nachmittag anzurufen, gab aber auf, nachdem es zehnmal vergeblich geklingelt hatte. Falls sie zu Hause war, wollte sie nicht mit ihm reden. Nach der Arbeit fuhr er bei Paulines Hütte vorbei und klopfte an die Tür. Auch hier keine Antwort.

Er blieb unschlüssig vor dem Eingang stehen und blickte die Beach Street hinauf und hinunter, als könne er in den nachmittäglichen Sonnenstrahlen, die vom Eis auf dem Meer reflektiert wurden, eine Antwort finden. Niemand in Sicht, außer ein paar Highschooljungs, die auf einem leeren Grundstück Basketball spielten, und zwei Mädchen, die zu jung für einen Führerschein waren und auf einem Honda Four-Wheeler vorbeidüsten. Schließlich schüttelte er den Kopf und kehrte zu seinem Suburban zurück.

Als er neben dem winzigen, sperrholzverkleideten Haus anhielt, das ihm die Trooper als Dienstwohnung zur Verfügung stellten, begriff er, wo Lucy war. Er sah, dass die Tür zum Kunnichuk, dem Windfang, und die eigentliche Haustür dahinter offen standen.

An Frühlingstagen riss sie gerne Türen und Fenster seiner Junggesellenhütte, wie die Wohnung bei den Troopern genannt wurde, sperrangelweit auf, um Sonne und eine frische Brise von der Eisfläche hereinzulassen. Das vertrieb den abgestandenen, verwohnten Geruch, der entstand, wenn eine Behausung den ganzen Winter verschlossen bleiben musste. Durchs offene Küchenfenster konnte er ihr Profil sehen, während sie an der Spüle arbeitete.

Zu ihm zu kommen und Abendessen zu kochen, war vermutlich ihre Art, sich zu entschuldigen, ohne dass sie ihren Stolz verraten und die Worte aussprechen musste. Aber wie immer, wenn sie Streit gehabt hatten, wusste er selbst nicht so recht, was er sagen sollte. Als er geparkt hatte und das Haus betrat, wusste er es immer noch nicht, also schnüffelte er laut und fragte: »Was riecht denn hier so gut?«

Sie wandte sich von dem Salat ab, den sie in einer großen Schüssel auf der Abtropfmulde anmachte und sagte: »Das ist Weißlachs. Martha hat ihn gebracht.«

»Das habe ich mir gedacht.« Das leckere weiße Fleisch des großen Bodenfisches, den die Fischer durch Löcher im Eis fingen, war hier in Chukchi zu einem seiner Lieblingsgerichte geworden.

Sie bückte sich, um durch die Glasscheibe in den Backofen zu schauen und richtete sich wieder auf. »Ich nehme an, Leroy war letztes Wochenende draußen. Das Essen dauert noch eine Viertelstunde, vielleicht auch zwanzig Minuten.«

Durchs Küchenfenster fiel die Nachmittagssonne auf sie und wieder einmal bewunderte er ihre Anmut. Sie trug weiße Jeans und ein kurzärmliges T-Shirt, das sich blendend von ihrer braunen Haut und dem dichten, schwarzen Pferdeschwanz abhob, der ihr über den Rücken fiel. Und das Gesicht, diese unglaublichen gespiegelten Diagonalen: Der Mund mit seinen hochgezogenen Winkeln, schrägstehende Mandelaugen und geschwungene braune Wangenknochen. Er hatte oft versucht, sich Lucys Gesicht einzuprägen, aber er konnte es sich nie bewusst ins Gedächtnis rufen. Stattdessen trat es ihm manchmal wie von selbst vor Augen, vor allem, wenn er draußen in der Wildnis war und eine weiße Falte in den winterlichen Bergen bewunderte, oder eine Gewitterwolke, die sich an einem Sommertag über den Hügeln im Landesinnern auftürmte.

»Was ist los?«, fragte sie, als sie merkte, dass er sie schweigend anstarrte.

»Zwanzig Minuten?«

Sie legte den Kopf schief, lächelte und stützte sich mit den Händen auf die Kante der Spüle hinter ihr, sodass sich das T-Shirt vorne spannte. »Warum, bist du zu hungrig, um zu warten?«

Offensichtlich hatte sie seine Gedanken erraten. Oder er ihre. Bei Lucy wusste er nie, ob er einen Schritt voraus oder drei Schritte zurück war, aber er hatte den Verdacht, dass meistens Letzteres der Fall war. Jetzt kam es nicht darauf an, denn es war sonnenklar, dass sie beide dieselbe Vorstellung davon hatten, wie sie ihren Streit beilegen wollten.

Er ging zu ihr, ließ seine Arme unter ihren hindurchgleiten, packte ihre Gesäßbacken und zog sie so fest an sich, wie er konnte. Sie stieß einen kleinen Seufzer aus, der weniger ein Zeichen von Leidenschaft war, dachte er, als der Erleichterung, des Willkommens oder der Heimkehr. Dann verschloss er ihren Mund mit seinen Lippen und fühlte in diesem Augenblick, dass er sie am liebsten eingeatmet und eine Weile lang sicher in sich aufgehoben hätte.

Er spürte, wie ihre Arme sich von der Spüle lösten und seinen Nacken umklammerten, so fest, dass es ein bisschen wehtat. Dann hoben sich ihre Füße vom Boden und ihre Beine schlangen sich um seine Hüften und genau in dieser Stellung trug er sie ins Schlafzimmer.

»Mein Gott«, sagte sie ein paar Minuten später neben ihm. »Ich wusste nicht, dass es so …«

»Ja, ich weiß.« Er betrachtete ihren Bauch und ließ seine Finger über die glatte, sanft gewölbte Haut gleich unter dem Nabel gleiten.

»Ich hätte sie schon ausgezogen, du musstest nicht …«

Der Anblick des weißen Baumwollstoffs, der diesen kleinen Hügel bedeckte, und ihrer Schamhaare, die durch das Gewebe schimmerten, hatte ihn dazu gebracht, ihr den Slip herunterzureißen.

Nicht, dass er das vorgehabt hätte. Er hatte eine langsamere Enthüllung im Sinn gehabt, den Slip über die Rundung ihrer Hüften herunterzuschieben, ihn erst über ein Knie, dann über das andere gleiten zu lassen, über ihre schlanken, braunen Waden. Aber während er zusah, wie sie sich das T-Shirt über den Kopf zog, dann ihre Brüste aus dem Büstenhalter befreite und anschließend ihre Jeans herunterzerrte, konnte er sich kaum noch zurückhalten. Und als er dann den Slip sah und seine Hand hineingleiten ließ und ihr heißes Fleisch auf seiner Handfläche spürte, da war es um ihn geschehen – ohne bewussten Gedanken hatte er den Gummi gepackt, daran gerissen und dann war der Slip nur noch ein Hauch von Stoff in seiner Hand gewesen.

»Er war so weiß gegen deine Haut, tut mir Leid …«

»Das muss es nicht. Mir tuts nicht Leid. Es war wie, es war wie … ich weiß nicht, wie es war.«

»Ich kauf dir einen neuen.«

»Ach was, ich trage einfach keinen mehr, wenn ich herkomme.«

Und irgendwie hatte sie das wieder heiß gemacht, und

plötzlich war er wieder auf ihr drauf und in ihr drin, und sie war so unbeschreiblich weiblich und duftend und feucht vom ersten Mal, dass er laut aufschrie, bevor das zweite Mal vorbei war und sie lachte oder weinte, er war sich nicht sicher.

Keuchend rollten sie auseinander. Sie legte den Arm über die Augen und er sah, wie ihre Brüste sich hoben und senkten, während ihr Atem sich beruhigte. »Mmm«, sagte sie schließlich. Sie drehte sich zu ihm herum und knabberte an seiner nackten Schulter. »Das war eine Zehn auf der Skala.«

»Eine Zwanzig. Zweimal Zehn.«

Sie kicherte und sagte wieder »mmm« und kuschelte sich an ihn. Ihr Körper war feucht und warm und jetzt vollkommen entspannt. Er schob ihr seinen Arm unter den Kopf, sodass ihre Wange an seiner Brust lag.

»Ich muss für eine Weile nach Anchorage.«

»Mmm«, sagte sie. Dann spürte er, wie sie sich versteifte. »Wann? Warum?«

»Montag«, sagte er, und erklärte ihr die Sache mit der Schulung zur Kollegenfortbildung und dass er bei Ed und Carmen wohnen würde, um den Etat der Abteilung in Chukchi für verdeckte Ermittlungen gegen Alkoholschmuggler aufzustocken.

»Dann bist du also Freitag zurück?« Er fühlte, wie sie sich wieder entspannte. »Soll ich hier bleiben und die Wohnung hüten? Und dafür sorgen, dass du dich willkommen fühlst, wenn du zurückkommst?«

»Eigentlich habe ich daran gedacht, da unten noch ein bisschen Urlaub anzuhängen. Möchtest du mitkommen? Wir könnten ein paar Tage miteinander in Anchorage verbringen.«

»Und bei Ed und Carmen wohnen?« Er hörte das Unbehagen in ihrer Stimme. Sie hatte seine Adoptiveltern noch nicht kennen gelernt.

»Na ja, du könntest das Gästezimmer haben.« Er zog den Arm unter ihrem Kopf hervor und rollte sich zu ihr herum.

»Aber es liegt gleich neben meinem Zimmer und hat ein riesiges Bett, und die Matratzen quietschen nicht und die Dielen im Gang auch nicht, und die Türangeln werde ich ölen.»

Sie lächelte. »Na ja, vielleicht könnte ich … nein, kann ich nicht. Ich habe Prüfungstermine. Wie lange willst du bleiben?«

»Eine Woche, denke ich. Carnaby sagt, dass ich noch ausbrenne, wenn ich keinen Urlaub mache.«

»Eine Woche ist kein richtiger Urlaub.«

»Na ja, ich halte sowieso nicht viel vom Ferien machen.«

»Was hast du alles vor?«

»Ich weiß noch nicht. Dennis Johnson besuchen, denke ich. Vielleicht ein bisschen Hockey spielen, wenn er noch in einer Mannschaft ist. Mich ein wenig im Hauptquartier herumtreiben und sehen, was am schwarzen Brett für Stellenangebote auftauchen.«

Sie stemmte sich auf einen Ellbogen hoch und sah mit ernstem Gesicht auf ihn herab. »Wirst du nach Grace Palmer suchen?«

»Eigentlich nicht. Das ist Sache der Stadtpolizei da unten. Wahrscheinlich werde ich Dennis drängeln, damit er ein bisschen herumstochert und ich ihrem Vater etwas berichten kann, wenn ich zurückkomme, das ist alles. Nur …«

»Nur was?«

»Es ist eigenartig, dass sie seit drei Jahren niemand mehr gesehen hat. Man sollte doch meinen, dass sie irgendjemandem über den Weg gelaufen wäre und die Palmers davon gehört hätten.«

»Vielleicht ist sie tot.«

»Vielleicht. Aber das hätten die Palmers auf jeden Fall von der Polizei erfahren. Außer, sie war eine Jane Doe, eine unidentifizierte Leiche. In Anchorage werden jedes Jahr zwei oder drei Leichen gefunden, die sie nicht identifizieren können.«

»Das ist traurig.« Sie rollte sich wieder auf den Rücken. »Man stirbt und niemand kennt einen und die Familie erfährt nie, was passiert ist.«

»Ja, vielleicht frage ich mal bei der Abteilung für unidentifizierte Tote nach und zeige ihnen Grace' Foto.«

Lucy schwieg lange. Der einzige Laut im Haus war das Tröpfeln der undichten Toilette. »Dann wirst du also nach ihr suchen.«

»Nur ein bisschen.«

Sie antwortete nicht, deshalb stupste er sie mit dem Ellbogen in die Rippen. »Denkst du, ich sollte es lieber lassen? Jaron Palmer war ganz aufgewühlt.«

»Tu, was du für richtig hältst.«

»Ich weiß nicht.« Er verschränkte die Hände hinter dem Kopf. »Vielleicht frage ich Martha. Sie kennt die Familie. Sie hat Grace gekannt, als sie zur Highschool ging.«

Sie setzte sich ruckartig auf und ihre Augen sprühten. »Natürlich wird Martha dir raten, nach ihr zu suchen.«

»Was?«

»Diese Martha … ach, vergiss es!«

Sie schloss die Augen und Tränen quollen zwischen den zusammengepressten Lidern hervor. Zwei Weinkrämpfe an einem Tag war viel, selbst angesichts des Zustands, in den ihre Beziehung in jüngster Zeit geraten war. »Hast du …«

»Nein, es ist nicht PMS!«

»Bist du etwa …«

»Nein, ich bin auch nicht schwanger!« Sie wälzte sich aus dem Bett, sammelte ihre Kleider vom Boden auf und stapfte aus dem Schlafzimmer. Einen Augenblick später hörte er die Badezimmertür zuknallen und das Wasser laufen.

Er schlüpfte in seine Hose und knöpfte sein Hemd zu, während er zur Schlafzimmertür ging. »Was ist denn los? Hör mal, wo liegt denn das Problem?«

Schweigen.

»Hör mal, der Weißlachs verbrennt noch.«

»Schalt ihn aus. Das sollte ja wohl nicht einmal für einen Mann zu schwierig sein.«

Er ging in die enge Küche und schaltete den Backofen aus. Als er sich wieder zum Badezimmer wandte, kam Lucy fertig angezogen heraus und trug den kältesten Ausdruck zur Schau, den er je an ihr gesehen hatte. Sie riss ihre Jacke von seinem Sofa und stürmte ohne ein Wort durch den Kunnichuk hinaus.

Er rannte zur Kunnichuk-Tür und rief ihr nach: »Ich fahre dich heim!« Als sie einfach weiterging und sich nicht einmal umwandte, hüpfte er auf bloßen Füßen hinter ihr her.

Er holte sie ein und griff nach ihrem Arm. »Dann lass mich doch wenigstens Schuhe anziehen, damit ich dich nach Hause begleiten kann.«

»Nein!« Sie riss sich los und lief weiter.

Er blieb stehen, bis sie sich dreißig Meter entfernt hatte, und dann, da ihm nichts Besseres einfiel, folgte er ihr.

Sie drehte sich nach ihm um, las zwei Steine auf, warf einen davon auf unbeholfene, mädchenhafte Art und verfehlte ihn um drei Meter. »Hör auf, mir nachzulaufen, oder ich rufe die Polizei.« Sie warf den zweiten Stein, traf wieder nicht und hob einen dritten auf.

Das war absurd. Wenn er ihr weiter folgte, würde sie weiter mit Steinen werfen und irgendwann treffen. Vielleicht würde sie sogar einen Streifenwagen anhalten, wenn zufällig einer vorbei kam.

Im besten Fall würde er gnadenlosen Spott ernten für seinen Auftritt in Chukchis großem Straßentheater. Im schlimmsten Fall konnte die Polizei ernsthaft wegen Ruhestörung gegen ihn ermitteln. Es würde in den Polizeinachrichten auf *Radio Kay-Chuck* gemeldet werden, seine Mutter würde davon erfahren, Patrick Carnaby, Evelyn O'Brien ... Er machte kehrt und ging zum Haus zurück. Als er den Kunnichuk erreicht hatte, blieb er stehen und blickte sich noch einmal nach der kleinen Gestalt in Weiß um, die mit steifen Schritten die sonnenbeschienene Straße entlangstakste, gefolgt von einem langen Nachmittagsschatten. Es gab so viel Elend auf der Welt, und so wenig, was er dagegen tun konnte, vor allem gegen den Teil, den er selbst verursachte.

Zweiter Teil

Anchorage

Tedrow und Palmer

Nach der Öde der Arktis fühlte sich Nathan Active beinahe in die Tropen versetzt, als er drei Tage später in Anchorage landete. Seine Augen weideten sich an der Fülle, während er vom Flugplatz mit einem kleinen, gemieteten Dodge Neon in die Stadt fuhr – dem billigsten Wagen, den der Autoverleih anbot. Streng nach Carnabys Plan, das Spesenbudget der Schulung zur Kollegenfortbildung einzustecken und gegen die Alkoholschmuggler von Chukchi zu verwenden.

Sogar die Spenard Road, die durch das Vergnügungsviertel von Anchorage mäandrierte, prangte in sattem Grün. Birken, Tannen, Espen und Ebereschen standen in voller Knospen- und Blätterpracht. Löwenzahn blühte gelb am Ufer des Lake Spenard. Langes, frisches Gras spross auf den Seiten- und Mittelstreifen und auf jedem einzelnen unasphaltierten Flecken, wo Erde, Sonne und Regen aufeinander trafen.

Die Natur strömte eine chlorophyllgetränkte Lüsternheit aus, zu der auch die beiden Prostituierten in Hotpants passten, die in der Morgensonne an einer Bushaltestelle herumhingen, vor einem Striplokal mit namens ›Illusionen‹.

Ihre Blicke streiften über sein Auto, das sie gleich als Mietwagen erkannten, denn die eine machte eine einladende Geste, während die andere ihm ihr Profil zuwandte und die Schultern zurückwarf, um sich in Szene zu setzen. Er fragte sich, was das wohl für Frauen waren, die sich so früh an einem Montagmorgen aufrafften, um auf Kundenfang zu gehen, und welche Freier sie wohl um diese Zeit hatten. Hatten viele Pendler Lust darauf, die Arbeitswoche mit Oralsex auf einem Parkplatz an der Spenard einzuläuten?

Er dachte daran, anzuhalten, sich anzuhören, was sie zu bieten hatten und dann seine Marke zu präsentieren. Aber ihm fiel kein passender Spruch als Pointe ein, mit dem er seine Vorstellung krönen konnte. Und sie wussten wahrscheinlich ohnehin, dass die Trooper in Spenard keine Jurisdiktion besaßen, also winkte er einfach und fuhr weiter.

Die Schulung zur Kollegenfortbildung fand nicht in dem weitläufigen alten Holzgebäude statt, das den Troopern im Osten der Stadt als Hauptquartier diente, sondern in einem ziemlich neumodischen Hotel in der Innenstadt, das einer Eskimofirma aus dem Südwesten gehörte. Die Wahl des Veranstaltungsortes hing seiner Vermutung nach damit zusammen, dass der gegenwärtige Gouverneur der demokratischen Partei angehörte und es landesweit mit weniger als tausend Stimmen Vorsprung ins Amt geschafft hatte – dank einer Stimmenausbeute von bis zu neunzig Prozent in den Eskimodörfern im Hinterland. Zweifellos mussten die Demokraten eines Tages die Macht wieder abgeben, und dann würden Veranstaltungen wie diese wieder an republikanischeren Standorten stattfinden, zum Beispiel in dem Hotel ein paar Blocks weiter westlich, das einem ehemaligen Gouverneur gehörte.

Er parkte den Dodge Neon, betrat das Hotel und stieg die jadegrüne Treppe zum Hochparterre hinauf. Dort teilte ihm ein Schild mit, dass der Unterricht im Sheenjek-Saal stattfand. Der Sheenjek war, wenn er sich recht entsann, ein Fluss, der aus der Brooks Range weit östlich von Chukchi nach Süden floss.

Er fand den Sheenjek-Saal, holte sich ein Heidelbeermuffin und schwarzen Kaffee von einem Tisch an der Rückwand und suchte sich einen Platz, gerade als die Dozenten sich als Neil und Christie vorstellten und damit den Unterricht eröffneten.

Anfangs hatte er die Hoffnung, der Tag würde, wenn schon nicht lehrreich, dann wenigstens unterhaltsam werden. Da lag offensichtlich etwas in der Luft zwischen den beiden Dozenten vom Microsoft Kundendienst. Aber was?

Sie wechselten deutliche Blicke, während Neil den Computer hochfuhr, der mit dem Projektor verbunden war. Es kam zu einer Art balletttänzerischer Vermeidung von Körperkontakt, als Neil das Powerpoint-Programm startete und seine Notizen neben der Maus ausbreitete, und Christie gleichzeitig die Schulungsunterlagen aus einem großen, schwarzen Aktenkoffer holte und sie an alle Hörer verteilte.

Dann berührte Neil Christie am Arm, deutete auf etwas auf dem Bildschirm und fing an, zu erklären. Christie neigte sich zu ihm, fletschte die Zähne und zischte ihm etwas ins Ohr. Er verstummte und blickte starr geradeaus. Active hatte den Eindruck, dass Neil rote Ohren bekam, während Christie zur Tür schritt, um das Licht zu dämpfen.

»Neil, könnten wir jetzt das erste Dia haben?« Die Abneigung in ihrer Stimme war unüberhörbar.

Neil schreckte hoch und fummelte an seinem Computer. Das Powerpoint-Logo verschwand von der großen Leinwand und das erste Dia der ›Schulung zur Kollegenfortbildung‹ trat an seine Stelle. Es bestand aus eben diesen Worten und einem Cartoon, auf dem eine junge schwarze Führungskraft einer jungen weißen Führungskraft demonstrierte, wie man irgendetwas mit einem Computer anstellte: anscheinend die Anwendung von Powerpoint.

Active sank in seinen Stuhl zurück und fand sich mit der Möglichkeit ab, dass ihm der Lehrgang wenig mehr bringen würde als ein paar ausgiebige Nickerchen. Es sei denn, Neil und Christie wurden doch noch richtig handgreiflich. Na ja, er konnte die Kernpunkte des Seminars später im Lehrmaterial nachlesen und den Rest überfliegen, wenn er nach Chukchi zurückkehrte und Patrick Carnaby, Evelyn O'Brien und den Rest der Trooper-Besatzung damit traktieren musste.

Jetzt hieß Christie sie zum Lehrgang willkommen und Neil klickte sich gehorsam durch die einführenden Dias. Der Streber und die Cheerleaderin, dachte Active. Christie war eine

Blondine mit Sahneteint, nicht gerade umwerfend, kein Stoff für die Titelseite, aber schon sehr beachtlich für eine Dozentin von Computerlehrgängen.

Neil dagegen konnte den Bücherwurm nur schwer verleugnen. Seine Brille war zwar nicht mit Klebeband geflickt, aber das Gestell war dick und schwarz. Er hatte keine nennenswerte Akne, aber einen Adamsapfel, der jedes Mal aufgeregt hüpfte, wenn Christie in seine Richtung sah. Kein Plastikfutteral, um die Hemdtasche zu schützen, aber Active zählte drei Schreibstifte Gewehr bei Fuß. Active bemitleidete Neil wegen seiner vergeblichen Liebesmüh. Wie brachte er es wohl fertig, bei solchen Veranstaltungen mit Christie im Team eingesetzt zu werden? Wahrscheinlich hackte er sich in die Terminplanungs-Software der Firma ein und sorgte auf diese Weise dafür, dass Christie die Firmenzentrale niemals ohne seine Begleitung verließ. Das hätte jedenfalls zu ihm gepasst.

Active lächelte, schloss die Augen und versuchte einzuduseln, während Christie weiter zwitscherte und jetzt von einem Überblick über die Schulung zur Kollegenfortbildung zu einer Einführung in das Windows-Betriebssystem überging. Für diejenigen, die bisher nur mit dem Macintosh gearbeitet hatten. Active hatte mit beiden Computern gearbeitet, deshalb wand er sich in Höllenqualen, als Christie sagte: »Der größte Unterschied zum Mac ist diese kleine Taskleiste, die immer unten am Bildschirm auftaucht, wenn man ...«

Es gelang ihm nicht, einzudösen, deshalb setzte er sich auf, wühlte in seiner Aktentasche und zog den Umschlag hervor, den Jaron Palmer ihm in Chukchi gegeben hatte. Er blätterte die Bilder durch, fand die zwei, die er suchte und breitete sie auf der Hochglanzmappe aus, die Christie vor ein paar Minuten ausgeteilt hatte.

Im Halbdunkel betrachtete er die beiden Fotos, die seinem Eindruck nach die Eckpunkte von Grace Palmers Lebenslauf markierten. Links: Grace an ihrem sechsten Geburtstag, mit vor Freude offen stehendem Mund, weil jemand außerhalb des Kamerawinkels ihr ein Geschenk präsentierte. Eine Seele offen für das Glück. Rechts: die achtzehn Jahre alte Grace des Wandbilds, eine versteinerte Schönheit, deren Seele sich allem verschloss.

Der Unterricht endete kurz nach sechs. Christie klappte ihren Ordner zu und war schon halb zur Tür draußen, als ihr noch einfiel: »Danke, das wärs für heute, wir sehen uns morgen um acht.« Offensichtlich versuchte sie aus dem Raum zu gelangen, solange Neil noch damit beschäftigt war, den Projektor auszuschalten und den Computer herunterzufahren. Bevor er fragen konnte, ob sie zusammen was essen oder vielleicht ins Kino gehen wollten.

Das späte Ende bedeutete, dass Active nicht mehr viel Zeit zum Abendessen blieb, wenn er seine Verabredung um sieben mit Dennis Johnson im Polizeihauptquartier von Anchorage einhalten wollte. Er galoppierte die jadegrüne Hoteltreppe hinunter, sprang in den Neon und fuhr zum westlichen Ende der Fifth Avenue, dann nach Süden auf dem unerklärlicherweise so genannten Minnesota Bypass bis zu einem Carrs-Supermarkt und eilte hinein.

Als er das letzte Mal in Anchorage gewesen war, hatte er in der Feinkostabteilung … genau, da waren sie ja, die weißen Plastiktabletts mit Sushi. Er nahm sich ein Tablett mit acht Stück, ein Potpourri aus Aal, Tintenfisch, Krabben und Tunfisch und holte sich ein Pepsi light an der Selbstbedienungstheke.

Es war sein erstes Sushi seit der Versetzung nach Chukchi vor beinahe zwei Jahren, und er war sofort wieder überwältigt vom Geschmack dieses kühlen, fleischlosen, fettfreien Gerichtes, das sich die Japaner ausgedacht hatten. Sein zweiter Gedanke war, dass es irgendwie vertraut schmeckte, und plötzlich wurde ihm bewusst, dass Sushi, abgesehen von der Reisfüllung, einigen der Inupiat-Gerichte ganz ähnlich war, die ihm Martha in Chukchi immer schmackhaft zu machen versuchte. Damit ein richtiger Eskimo aus ihm wurde.

Die Digitaluhr am Armaturenbrett des Neon zeigte 7:02, als er ihn vorsichtig auf den Gehsteig vor dem Polizeihauptquartier am Ostrand des Zentrums lenkte. Das Hauptquartier lag neben einem großen Naturpark mit Birken, Espen und Pappeln, die ihre Blätter einem herunterprasselnden Frühlingsregen entgegenreckten, während er einparkte.

Er sprintete hinein, blieb im Foyer stehen, um einen Teil der Regennässe aus Haaren und Kleidung zu schütteln, und fragte am Schalter nach Dennis Johnson. Active war nicht in Uniform und er sah, dass bei der Dienst habenden Beamtin beim Anblick dieses salopp gekleideten Zivilisten die Alarmglocken schrillten. Ein waschechter Ureinwohner, der hier nach Dienstschluss einen Bullen sprechen wollte. Er brauchte nicht einmal betrunken auszusehen oder nach Alkohol zu riechen.

»Sie heißen?« Sie legte die Stirn in Falten und ihre Stimme klang kalt und mechanisch.

»Nathan Active. Ich habe einen Termin.«

»Das ist der Typ, von dem Dennis uns erzählt hat«, sagte jemand, den er nicht sehen konnte. »Da, schauen Sie.« Ein Arm erschien und deutete auf etwas auf dem Schreibtisch vor der Beamtin.

Ihr Stirnrunzeln wandelte sich zu einem Lächeln. »Natürlich, Dennis kommt gleich«, sagte sie zu Active

Während er wartete, studierte er die ›Wand des Todes‹, eine Porträtgalerie von Polizisten aus Anchorage, die im Dienst den Tod gefunden hatten. Er kannte diese Wand, ebenso eine vergleichbare im Trooper-Hauptquartier in Juneau, und er fragte sich wieder einmal, ob so etwas eine gute Idee war, als Dennis Johnsons Stimme hinter ihm losdonnerte: »He, Nathan!« Er wandte sich um, schüttelte Dennis die Hand und versetzte ihm einen spielerischen Stoß gegen die Schulter.

Active deutete auf die Wand des Todes. »Glaubst du wirklich, dass diese Jungs ein Vorbild für leicht zu beeindruckende junge Beamte wie du und ich sind?«

Dennis warf einen Blick auf die Wand und schnitt eine Grimasse. »Fängst du schon wieder damit an?«

»Das sind doch die Jungs, die es vermasselt haben! Sonst würden sie nicht da hängen, oder? Mehr sage ich doch gar nicht.«

»Würdest du jetzt bitte den Mund halten? Was ist, wenn dich einer von den anderen Jungs hier hört?«

Active zuckte die Achseln. »Ich meine nur, sie sollten lieber Schnappschüsse von all den Jungs aufhängen, die es bis zur Pensionierung geschafft haben und jetzt Charterfischer unten in Homer sind oder Sicherheitsberater bei der Pipeline. Das wär doch wenigstens eine Perspektive für uns Frischlinge.«

»Du solltest mal ein paar von den älteren Kollegen sehen, wenn sie sich das hier angucken«, sagte Dennis. »Da hängen Leute, die sie gekannt haben, da werden sie richtig rührselig ...«

»Ja, es gibt nichts Schöneres für einen richtigen Cop, als sich mal richtig auszuflennen!«

»Ach, immer noch derselbe alte Klugscheißer.« Dennis führte ihn zu einer Tür, hinter der die Büros der Polizei von Anchorage lagen. »Ich hätte gedacht, dass dich ein paar Jahre in der Tiefkühltruhe zur Vernunft bringen würden.«

»Ich fürchte nein«, sagte Active. »Schließlich ist Chukchi meine Heimatstadt.«

Die Dienst habende Beamtin betätigte den Türöffner und Dennis ging voraus in einen langen Gang.

»Heimatstadt, hm? Ich dachte, du willst da so schnell wie möglich wieder weg.«

»Will ich auch«, sagte Active. »Natürlich will ich das. Es ist nur so eine Redensart.«

»Klar willst du.« Dennis grinste breit. »Ich sag ja nur.«

»Sagst was?«

»Nichts.«

»Ja, sicher. Also was nun?«

»Es ist nur so, dass einer, der keinen Respekt vor der Wand hat« – Dennis zeigte mit dem Daumen hinter sich – »das Zeug zu einer echten Buschratte hat. Du wirst noch zum Wilden, wenn du mich fragst.«

»Ach, fick dich selber.« Active merkte, dass er ernster klang, als er eigentlich beabsichtigt hatte, aber es fiel ihm nichts Passendes ein, um seine Worte zu mildern.

»Hast du die Akte bekommen?«, fragte er nach ein paar Sekunden angespannten Schweigens.

»Gleich hier.« Dennis öffnete die Tür zu einem Verhörzimmer: Keine Fenster, nur ein Spiegel an der Rückwand, der vermutlich von der anderen Seite durchsichtig war, drei Metallstühle und eine Leuchtstoffröhre an der Decke, die ein hartes Anstaltslicht ausstrahlte und einem das Gefühl gab, es wäre drei Uhr morgens. Dazu ein abgenutzter Holztisch mit einem Stapel Aktenordner darauf. »Das ist alles, was ich bis jetzt herausfinden konnte. Ein Teil davon stammt aus unserer Papierkartei, das andere ist Zeugs, das wir nur noch im Computer haben, deswegen habe ich dir Ausdrucke gemacht.«

»Nichts von deinen Leuten auf der Four Street, hm?«

»Nada. Ich habe die Streife beauftragt, übers Wochenende ihr Foto herumzuzeigen und ein paar Fragen zu stellen.«

»Und?«

»Du weißt ja, wie es ist. Ein paar Leute meinten, sie könnten sich erinnern, sie gesehen zu haben, aber nicht genau wann, außer dass es schon lange her ist. Aber keiner konnte sich erinnern, in letzter Zeit etwas von ihr gehört zu haben.« Dennis zuckte die Achseln. »Four Street.«

»Und du hast nachgesehen, ob es einen Totenschein gibt?«

Dennis nickte. »Wieder nichts. Wenn sie gestorben ist, dann nicht in Alaska, oder sie war eine ›Jane Doe‹.«

Active hob den Papierstapel hoch. »Das war ein Haufen Arbeit. Danke.«

Dennis zuckte die Achseln. »Kein Problem.«

»Du musst nicht den Babysitter spielen. Ich finde schon hinaus, wenn ich fertig bin.«

»Und wenn du Kopien machen willst?«

»Dann suche ich mir einen Kopierer.«

»Du brauchst einen Zugangscode.«

»Dann gib mir deinen.«

»Wir dürfen ihn nicht weitergeben. Abteilungspolitik.«

Active drehte sich in seinem Stuhl um und musterte seinen Freund eingehend. Dennis mied seinen Blick. »Bist du interessiert?«

»Na ja, es hat mich irgendwie gepackt, weißt du. Dieses Bild ...« Dennis schüttelte den Kopf, öffnete den obersten Aktenordner und zeigte auf die Fotografie der Miss North World, die ihm Active ein paar Tage zuvor geschickt hatte. »Sie ist bemerkenswert, nicht wahr?«

»War sie jedenfalls.«

»Weißt du, dass sie sie auf der Four Street Amazing Grace genannt haben?«

»Ja, habe ich gehört.« Active rückte seinen Stuhl zurecht und sah dabei, dass Dennis immer noch steif dastand. Active wandte sich wieder den Akten zu und sagte über die Schulter: »Na komm schon, setz dich. Ich brauche wahrscheinlich sowieso jemanden, der mir dieses Kauderwelsch des Anchorage Police Departments übersetzt.«

Active legte sich den Aktenstapel zurecht und las die Beschriftungen. Sie enthielten alle Grace Palmers Namen und ein Aktenzeichen. Jede Ziffer schloss einen zweistelligen Code für die Jahreszahl ein, aber die Nummern waren offensichtlich nach verschiedenartigen Systemen erstellt worden. Ein Aktenzeichen erkannte er, es gehörte zu den Strafakten der Justiz; die anderen mussten Aktenzeichen des APD sein, bevor ein Verdächtiger vor Gericht kam. Als Dennis seine Vermutung bestätigte, ordnete er die Akten anhand der Codes für die Jahreszahlen in chronologischer Reihenfolge und schlug die erste auf.

»Die Polizeibeamten Jarvis und Tedrow wurden zu einer Verkehrsbehinderung auf der East Fifth Avenue vor dem Anchorage Radiator Service gerufen«, begann der Bericht.

Jarvis und Tedrow hatten, wie es schien, eine betrunkene weibliche Person von Eskimoabstammung gestellt, die mutwillig die östliche Ausfallstraße der East Fifth Avenue blockierte und damit eine Gefahr für sich selbst und die Kraftfahrer darstellte, »die mit der vorschriftsmäßigen Benutzung besagter östlichen Ausfallstraße befasst waren«, mitten im Feierabendverkehr eines späten Januartages.

Trotz wiederholter Aufforderung besagter Beamter hatte die Person sich geweigert, von ihrem Tun abzulassen und stattdessen Jarvis und Tedrow empfohlen, »sich gegenseitig auf dem Rücksitz ihres Streifenwagens einen zu blasen«, worauf sie ein »nicht identifiziertes Objekt, möglicherweise einen Brocken Eis« vom Schneewall der östlichen Ausfallstraße aufgehoben und auf die beiden Beamten geworfen hatte. Das hatte laut Bericht der Beamte Tedrow als »Androhung unmittelbarer physischer Gewalt« aufgefasst, woraufhin die Person – die später als Grace S. Palmer identifiziert wurde – überwältigt, in Handschellen gelegt und wegen schwerer Behinderung des Straßenverkehrs, Widerstands gegen die Staatsgewalt und tätlichen Angriffs festgenommen wurde. Es gab ein Polizeifoto von Grace Palmer, auf dem sie mit trüben Augen aufsässig in die Kamera starrte, aber ansonsten ziemlich genau so aussah wie auf dem Wandbild in der Chukchi Highschool.

Der Polizeibericht endete mit einem Gerichtsaktenzeichen und der Notiz, dass die Angelegenheit an den Bezirksstaatsanwalt von Anchorage weitergeleitet worden war.

Active fand die Gerichtsakte mit der entsprechenden Nummer und schlug sie auf. Sie enthielt ein einzelnes Blatt, einen Computerausdruck, der mit keinem Wort einen tätlichem Angriff oder Widerstand gegen die Verhaftung erwähnte und besagte, dass Grace Sikingik Palmer sich der Verkehrsbehinderung für schuldig erklärt hatte und zu dreißig Tagen Gefängnis verurteilt worden war, zwanzig davon auf Bewährung.

»Zehn Tage«, sagte Dennis, der über Actives Schulter mitgelesen hatte. »Das ist viel für einen Bagatellfall wie den. Normalerweise gibt es ein Bußgeld, vielleicht fünfzig Dollar.«

»Was hältst du davon?«

Dennis runzelte nachdenklich die Stirn und blätterte den ersten Ordner noch einmal durch. »Na ja, sie haben die anderen Anklagen fallen lassen, weil sie sich in der Verkehrssache schuldig bekannt hat, so weit ergibt es einen Sinn. Aber ich weiß nicht, wie der Richter auf eine Haftstrafe verfallen ist.« Er schüttelte den Kopf.

»Vielleicht hat besagte Person besagtem Richter empfohlen, besagtem Staatsanwalt einen zu blasen«, schlug Active vor. »Hinter besagtem Richterstuhl.«

Dennis gluckste. »Das wäre ihr zuzutrauen.«

Der nächste Fall war vierzehn Monate später datiert. Der Beamte Terrence Wilson, der in Zivil in der Junction Bar ermittelt hatte, war von einer weiblichen Person von Eskimoabstammung angesprochen worden, die ihm für tausend Dollar Oralsex anbot. Er hatte versucht, sie in Gewahrsam zu nehmen, sie hatte sich widersetzt, er hatte sie überwältigt. Sie war wegen Widerstands gegen die Staatsgewalt und Prostitution angezeigt worden.

Das Polizeifoto zeigte Grace Palmer mit einem blauen Auge, geplatzter Unterlippe und einem fehlenden unteren Schneidezahn. Active sah sich die unverletzten Teile ihres Gesichts genauer an. Aufgedunsen, schlechte Haut, die frühere Schönheit noch erkennbar, aber durch das Leben auf der Four Street verwittert.

Active blätterte zurück zu Wilsons Zusammenfassung der Festnahme, die wesentlich kürzer ausgefallen war als Jarvis' und Tedrows quälend ausführlicher Bericht über ihren Zusammenstoß mit Grace Palmer auf der East Fifth im Jahr zuvor.

Er wandte sich zu Dennis, der von dem Polizeifoto wie hypnotisiert schien. »Tausend Mäuse für eine Blasnummer. Ist das nicht ein bisschen viel für die Four Street?«

»Keine Frage. Zwanzig Dollar kommen eher hin. Fünfzehn, wenn das Mädchen wirklich dringend einen Drink oder einen Fix braucht.«

Active fand die Gerichtsakte über den Prostitutionsfall und öffnete sie. Wieder ein einzelnes Blatt mit der Mitteilung, dass die Anklage im Interesse der Justiz fallen gelassen worden war.

»Was ist mit dem Beamten, der sie festgenommen hat, diesem Terrence Wilson?«

Dennis runzelte die Stirn, schüttelte den Kopf. »Ich glaube nicht, dass ich ihn kenne.« Er blätterte zur ersten Seite der Akte und deutete auf das Datum des Vorfalls im Junction. »Siehst du, das war ein paar Jahre, bevor ich bei der Polizei angefangen habe. Vielleicht ist Wilson gegangen, bevor ich eingestellt wurde.«

»Vielleicht«, sagte Active. Er schlug die nächste Akte auf und stellte dabei fest, dass sie aus der Zeit stammte, als Roy Palmer seine Schwester gesehen hatte, wie sie mit zwei Soldaten aus dem Junction kam. Active fragte sich kurz, ob Soldaten sich Tausend-Dollar-Blasnummern leisten konnten, entschied, dass dem nicht so war und fing an, die Akte zu lesen.

Diesmal gab es nichts Uneindeutiges, keine Niederschlagung im Interesse der Justiz oder etwas anderes.

Eine betrunkene weibliche Person von Eskimoabstammung war festgenommen worden, als sie um drei Uhr früh an einem Sommermorgen auf der Fourth Avenue die Fenster einer Spelunke zerschmetterte, die sich Sunrise nannte. Weitergehende Ermittlungen hatten ergeben, dass die Fenster jeder einzelnen Bar zwischen dem Junction und dem Sunrise auf ähnliche Weise eingeschlagen worden waren, vermutlich mit dem Knüppel, den die Person schwang, als sie von den Polizeibeamten Lucas und Tedrow zur Rede gestellt wurde. Abermals Tedrow. Kein Wunder, dass ihm der Stil bekannt vorkam.

Die Person, die sich als Amazing Grace ausgab, dem Beamten Tedrow aber als Grace S. Palmer bekannt war, hatte bereitwillig zugegeben, die Fenster eingeschlagen zu haben, jedoch behauptet, die Bars seien selber schuld, wenn sie »so beschissen früh« zumachten und empfahl den beiden Beamten, sich in der Gasse hinter dem Sunrise gegenseitig einen zu blasen, wenn ihnen etwas nicht passte.

Woraufhin die Beamten Lucas und Tedrow die Person festgenommen hatten, wobei selbige den Knüppel auf den Fuß des Beamten Lucas fallen ließ und möglicherweise damit zwei seiner Zehen verletzte. Da besagte Person jedoch glaubwürdig darauf bestand, dass das Fallenlassen unabsichtlich geschehen sei und sich bei dem Beamten Lucas entschuldigte, wurde beschlossen, sie nur wegen groben Unfugs und Sachbeschädigung anzuzeigen. Der Vorfall mit dem Knüppel wurde lediglich zu den Akten genommen, falls der Beamte Lucas im Nachhinein Ansprüche wegen Dienstunfähigkeit erheben sollte.

Das Polizeifoto zeigte ein Gesicht, das reinste Four Street war. Rot, aufgedunsen, die fein geschnittenen Züge der Miss North World verschwunden, als wären sie in eine Schüssel mit Teig eingesunken. Der untere Schneidezahn fehlte immer noch. Active zuckte zusammen, schloss die Akte, und als er aufblickte, sah er, wie Dennis die Ecke eines Aktenordners über das Miss North World Foto schob. Active schaute ihn fragend an und Dennis sagte: »Ich will das nicht mehr sehen. Möchtest du Kaffee?«

Active nickte und öffnete die Gerichtsakte über den Fall mit den eingeschlagenen Fenstern, während Dennis zur Tür des Verhörzimmers hinausging. Neunzig Tage Haft, davon sechzig auf Bewährung, insgesamt neuntausend Dollar Schadenersatz, zu zahlen an verschiedene Barbesitzer entlang der Fourth Avenue. Zahlungen aus der Alaska-Öldividende an Grace Palmer sollten in einen Entschädigungsfond fließen, bis alle Ansprüche der Barbesitzer befriedigt waren.

Er schlug gerade den letzten Ordner auf – eine reine Polizeiakte ohne zugehörige Gerichtsakte –, als Dennis mit dem Kaffee in zwei Styroporbechern zurückkam.

Wieder hatte das Schicksal Amazing Grace und den Beamten Tedrow zusammengeführt. Diesmal war Tedrow mit einer Beamtin auf Streife gewesen, einer gewissen Teri Amundsen, und Active war gespannt, welche sexuelle Ratschläge Grace Palmer wohl zwei Beamten unterschiedlichen Geschlechts mit auf den Weg geben würde.

Tedrows Stil war in den vorhergehenden Akten zwar umständlich, aber immerhin verständlich gewesen, doch der Kette von Ereignissen, die in dieser Winternacht Tedrow wieder einmal mit seiner bevorzugten betrunkenen weiblichen Person von Eskimoabstammung zusammenstoßen ließ, vermochte Active kaum zu folgen. Schauplatz war diesmal die Aurora-Bingohalle am Northern Lights Boulevard.

Wie es schien, war die Person schon wiederholt aus der Aurora-Bingohalle hinausgeworfen worden und hatte schließlich Hausverbot erhalten, weil sie zu viele Bingokarten auswendig kannte. In der fraglichen Nacht hatte sie die Räumlichkeiten trotz des Hausverbots »infiltriert« und war vom Betreiber des Aurora Bingo, Edward Noyuk, entdeckt worden. Beim folgenden Wortwechsel war Noyuk mit etwas ins Auge gestoßen worden, das sich Farbkleckser nannte, woraufhin man die Beamten Amundsen und Tedrow zum Tatort gerufen hatte.

Bei ihrer Ankunft hatten sie die Person in einem Hinterzimmer vorgefunden, wo sie von einem Wachmann der Aurora-Bingohalle und Edward Noyuk festgehalten wurde, dessen Auge verletzt zu sein schien und/oder blutete. Noyuk sagte, dass er keine Anzeige erstatten wolle, wenn die Beamten die Person, welche Noyuk als Amazing Grace identifizierte, die jedoch dem Beamten Tedrow als Grace S. Palmer bekannt war, wegschafften.

Woraufhin die Beamten Tedrow und Amundsen die Person zum Verlassen der Aurora-Bingohalle aufgefordert hatten, andernfalls sie wegen Hausfriedensbruch und tätlichen Angriffs auf Noyuk mit einem Farbkleckser festgenommen würde. Als Reaktion darauf hatte die Person – mit wunderbarer Unparteilichkeit, dachte Active – Tedrow und Amundsen geraten, sich hinter das Aurora Bingo zu begeben und sich gegenseitig einen zu blasen. Im Endeffekt hatte sie jedoch zugestimmt, die Räumlichkeiten zu verlassen und wurde zuletzt gesehen, als sie sich die C Street entlang nach Norden trollte.

Kein Polizeifoto und keine Festnahme, was erklärte, warum es keine Gerichtsakte über die Farbkleckser Attacke gab.

»Begreifst du das?« Active schob Dennis die Akte zu, der sie schnell überflog. Das meiste hatte er bereits über Actives Schulter gelesen.

»Ich weiß nicht, warum jemand Hausverbot kriegen sollte, weil er Bingokarten auswendig lernt.«

»Vielleicht kann man auf die Art schummeln?«

Dennis schüttelte den Kopf. »Ich wüsste nicht, wie. Die Kugeln kommen völlig wahllos aus der Trommel. Die Karten auswendig zu lernen, würde nichts daran ändern.«

»Und was ist überhaupt ein Farbkleckser?«

»Du weißt nicht, was ein Farbkleckser ist? Gibts denn in Chukchi kein Bingo?«

»Aber natürlich. Im Busch hat es geradezu religiösen Status, genau wie Basketball. Aber ich gehe nie hin, außer wenn ich Lucys Großmutter ab und zu mal absetze.«

Dennis' Augen leuchteten auf und Active wusste sofort, dass er sich verraten hatte. Er hatte noch nie zuvor etwas von seinem Privatleben in Chukchi erzählt. Aber jetzt war es zu spät, und Dennis zog ihm die Geschichte aus der Nase, nicht jedes Detail, aber es reichte, dass Dennis die weißen Flecken auffüllen und schließlich mit einem Anflug von Triumph sagen konnte: »Verstehe ich das richtig, dass diese Lucy zum Beispiel Dinge wie einen Haarföhn und Kleider in deiner Wohnung aufbewahrt?«

Active konnte bloß nicken und fühlte eine diffuse Verlegenheit wegen etwas, das ihn, wie er wusste, nicht im Geringsten verlegen machen sollte, etwas absolut Normales und Natürliches. Na ja, wenigstens hatte ihm Dennis nichts über den Streit wegen Grace Palmer entlockt.

»Hast du ein Foto von ihr?«

Er zog seine Brieftasche heraus und zeigte Dennis den Schnappschuss, den Lucy ihm an dem Tag gegeben hatte, als sie ihn um einen von sich bat. Er hatte das Bild widerstrebend angenommen und seines widerstrebend gegeben. Es war ein weiterer Schritt auf einem unbekanntem Weg gewesen, dem er nicht traute, aber er hatte mitgemacht, weil … warum hatte er eigentlich mitgemacht? Er wusste es nicht.

»Sehr hübsch«, sagte Dennis. »Wirklich sehr hübsch.«

Active nahm das Bild und betrachtete es. Lucy sah tatsächlich sehr hübsch aus. Eingehüllt in ihren Parka, die große Wolfskrause wie ein Feuerrad auf die Schultern zurückgeworfen, ihr Gesicht gebadet im weichen Licht eines Wintertages, lächelnde Augen, lächelnde Lippen.

»Ja, die würde ich festhalten.«

»Kümmere dich um deinen eigenen Kram«, sagte er so leichthin wie er konnte. »Erzähl mir lieber, was ein Farbkleckser ist.«

»Das ist so eine Art gigantischer Filzstift, mit dem sie ihre Bingokarten markieren.« Dennis machte tupfende Bewegungen mit einem imaginären Farbkleckser. »Du weißt schon, I-27, O-69. Wenn die Kleckse die richtige Form ergeben, ein

Karo oder ein X oder was immer das jeweilige Spiel verlangt, dann hast du ein Bingo.«

»Klingt anspruchsvoll.«

»Oh ja, sehr. Was glaubst du, warum auch Besoffene und Penner es spielen?«

»Ein Farbkleckser scheint nicht gerade eine gefährliche Waffe.«

»Vielleicht hat der Bingobetreiber sie deshalb laufen lassen.«

Active sah nach dem Datum der Akte, der letzten Spur, die Amazing Grace Palmer in den Aufzeichnungen der Polizei von Anchorage hinterlassen hatte. »Ziemlich kalte Spur. Die Akte ist über drei Jahre alt.«

»Ja, aber es gibt da auch noch Ludovic«, sagte Dennis.

»Wer ist Ludovic?«

Dennis stand auf. »Mir nach. Die Akten können wir ruhig hier lassen.«

Er ging voraus, den Flur entlang zu einem offenen Bereich mit einem halben Dutzend Computern. Frauen in Zivil – Schreibkräfte, vermutete Active – beugten sich über zwei davon.

»Dürfen wir eines Ihrer Terminals benützen, Jean?«, fragte Dennis die ältere der Frauen.

Jean blickte nicht von ihrem Bildschirm auf. Sie steckte bloß ihre Nase in ein Kleenex und nieste. »Bnöder Heufnupfen. Ich haffe ef, wenn die Bäume vögen.«

Dann wedelte sie mit einer Hand vage in Richtung der unbesetzten Geräte. »Nur fu«, murmelte sie. »Heute naufen fie anne.«

Dennis setzte sich an eines der Terminals und loggte sich ein. »Habt ihr Ludovic noch nicht in Chukchi?«

»Nie von ihm gehört.« Active spähte Dennis über die Schulter, während ein langes Textmenü auftauchte. »Ich vermute, die Trooper sind zu geizig oder zu pleite. Was ist das?«

Dennis tippte etwas am unteren Rand des Bildschirms ein und ein Formular mit Feldern für Nachname, Vorname, zweiter Vorname erschien. »Ludovic ist so ein Freak hier in der Stadt, der Aufzeichnungen aller öffentlichen Daten kauft, die von Staats wegen gesammelt werden. Irgendwie führt er sie alle zu einer riesigen Datenbank zusammen. Führerscheine, Jagdscheine, Gerichtsakten, Anträge auf Öldividenden, alles, was nicht von Gesetzes wegen geheim ist, Ludovic hat es.«

Active stieß einen leisen Pfiff aus. »Big Brother, was?«

»Absolut. Wenn wir so etwas zusammentragen wollten, würden die Bürgerrechtler uns ganz schön auf die Finger klopfen. Aber Ludovic ist keine Behörde, also kommt er damit durch, was bedeutet, dass wir auch rankommen, wenn wir seine Gebühren bezahlen. Und die Bürgerrechtsbewegung kann nicht das Geringste dagegen tun.« Während Dennis sprach, hatte er »Palmer, Grace« eingetippt.

»Das sollte reichen.« Dennis drückte auf ENTER und der Bildschirm wurde einige Sekunden lang schwarz, bevor ein paar Datenzeilen erschienen.

Diesmal stieß Dennis einen Pfiff aus. »Sie hinterlässt nicht gerade eine breite Spur. Hatte anscheinend nie einen Führerschein, hat nie gejagt oder geangelt. Hier sind lediglich die Gerichtsakten, die wir uns schon angesehen haben, und Anträge auf die Öldividende bis vor vier Jahren.«

»Danach nichts mehr?«

»Wahrscheinlich hat sie keine Anträge mehr gestellt, nachdem ihre Dividende gepfändet wurde wegen der Fenster, die sie eingeschlagen hat.«

»Klar. Können wir den letzten Antrag abrufen?«

Dennis nickte, drückte eine Taste und ein Auszug mit Grace Palmers Namen darauf erschien, gefolgt von einer Adresse und Zimmernummer in der East 16th Avenue.

»Ganz schön miese Gegend.«

»Besonders diese Adresse hier«, sagte Dennis. »Die Creekview Apartments. Das ist eine Absteige, die die Obdachlosen benutzen, wenn sie gerade ein paar Kröten haben oder wenn es richtig kalt wird. Sogar wenn sie nicht dort wohnen, lässt der Besitzer sie ihren Dividendenscheck dort empfangen und löst ihn gegen Bargeld ein, abzüglich einen Hunderter für seine Mühe.«

»Vielleicht sollten wir mal mit ihm reden.«

»Ja, wahrscheinlich.« Dennis drückte eine Taste und der Drucker neben dem Terminal erwachte ratternd zum Leben. »Ich könnte ihm einen Besuch abstatten, wenn ich morgen Streife fahre, ihm das Bild zeigen und fragen, ob er in letzter Zeit etwas von ihr gehört hat.«

Active zog das Blatt aus dem Drucker. Anscheinend wurde es langsam Zeit für ein neues Farbband, denn er musste die Augen zusammenkneifen, um den Text entziffern zu können. Er stieß Dennis an. »Siehst du das? Sieht so aus, als hätten einiger ihrer Mitbewohner zur selben Zeit ihre Anträge gestellt.«

Dennis nickte. »Vielleicht. Oder vielleicht haben sie alle einfach ihre hundert Mäuse bezahlt, um ihre Dividenden dort zu bekommen. Sie müssen sich nicht einmal gekannt haben.«

»Shaneesha Prather, Angelina Ramos. Schon mal mit ihnen zu tun gehabt?«

Dennis nahm das Blatt, sah sich die Namen an und sprach sie laut vor sich hin. »Ich glaube nicht.«

»Sollten wir mit ihnen reden?«

»Das könnten wir, aber sie werden auch nicht leichter zu finden sein als deine Schönheitskönigin. Du weißt, wie es ist mit den Leuten von der Four Street.«

Active zuckte die Achseln. »Ich werde es einfach zu den Akten nehmen, denke ich.«

Sie gingen zurück zum Verhörzimmer und Active ordnete die Akten zu einem sauberen Stapel, dann schob er den Ausdruck mit den Öldividenden in den letzten Ordner, den mit Grace Palmers Besuch bei Aurora Bingo. »Kann ich die für ein paar Tage behalten?«

»Sicher, aber verlier sie nicht. Ich musste dafür unterschreiben.«

Sie gingen durch den Flur zurück und am Empfangsschalter vorbei, wo Active der Dienst habenden Beamtin dankend zulächelte und seinen Besucherausweis zurückgab. Dann traten sie hinaus in die Frühlingssonne, die immer noch nur knapp oberhalb der verschneiten Gipfel jenseits des Cook Inlet westlich von Anchorage stand.

»Kommst du noch mit zu mir?«, fragte Dennis. »Francie würde dich furchtbar gern wieder sehen. Und die Mädchen, du glaubst nicht, wie groß sie geworden sind. Ich erinnere mich noch, wie ich sie ...«

Er streckte seine große schwarze Hand aus und machte sie hohl, als hielte er ein kleines Kätzchen darin, dann schüttelte er den Kopf.

»Danke, aber ich sollte lieber mal bei meinen Leuten vorbeischauen. Wenn ich mich nicht bald blicken lasse, ruft Carmen noch bei deiner Firma an und lässt mich suchen.«

»Wie wärs mit morgen Abend? Komm doch zum Abendessen, und danach spielen wir ein bisschen Hockey. Wir haben um sechs ein Spiel und irgendjemand fällt bestimmt wieder aus oder holt sich eine geplatzte Lippe oder so. Die ›Anchorage Finest‹ können immer einen guten Spieler gebrauchen.«

»Ich passe«, sagte Active. »Ich glaube, ich werde bei der Aurora-Bingohalle vorbeifahren und sehen, ob ich Edward Noyuk auftreiben kann. Nach deinen Akten ist er der letzte Mensch, der Grace Palmer ... eh, gesehen hat.«

Dennis warf ihm einen seltsamen Blick zu und Active fragte sich, ob Dennis gemerkt hatte, dass er fast gesagt hätte: »... der letzte Mensch, der Grace Palmer lebend gesehen hat.«

Die Bingozone

Aurora Bingo nahm eine lange, niedrige Ladenfront an der Nordseite des Northern Lights Boulevard ein. Die Fenster lagen direkt in der grellen Abendsonne, als Active kurz nach sieben am nächsten Tag eintraf. Das war zweifellos eine Erklärung für die schwarzen Vorhänge an den Fenstern. Eine andere mochte die Angst sein, die Spieler daran zu erinnern, dass sie kostbares sommerliches Tageslicht bei Bingo und Rippies vergeudeten.

Während er den Mietwagen parkte und absperrte, versuchte Active sich zu erinnern, was sich vor Aurora Bingo in dem Gebäude befunden hatte. Irgendein obskures alaskisches Kaufhaus. Muskeg Outfitters, das war es. Das Muskeg hatte von allem etwas geführt, von Damenunterwäsche bis zu den weißen, aufblasbaren ›Hasenstiefeln‹, die seismologische Erkundungsteams beim winterlichen Einsatz auf dem North Slope trugen, dem flachen Tundragebiet am Polarkreis. Das Muskeg war auch Vertragshändler für Pfadfinderzubehör gewesen, und seine Adoptivmutter hatte ihn einmal im Jahr mitgenommen, um ihm dort eine neue Uniform zu kaufen. Das Muskeg gab es schon lange nicht mehr, es war verdrängt worden, als Anchorage vom Ölgeld reich wurde und die großen Handelsketten – Walmart, Kmart, Fred Meyer – die Zeichen der Zeit erkannten und hierher expandierten. Aber wie hatte noch gleich der Muskeg-Slogan gelautet, den er als Kind hundert Mal am Tag im Radio gehört hatte? Er schüttelte den Kopf, unfähig, ihn sich ins Gedächtnis zu rufen.

Er trat ein und blieb unmittelbar hinter der Tür stehen, um sich in dem großen Raum umzusehen. Zu seiner Linken befand sich eine kleine Bühne mit der Ansagerkabine, wo die Bingokugeln in einer Plexiglastrommel durcheinander wirbelten. Wann immer eine oben herausschoss, erschien die Zahl auf den

Bildschirmen, die über den großen Raum verteilt standen, und ein kleiner, dürrer, langhaariger Ureinwohner gab sie über Lautsprecher bekannt. Er war ein Eskimo, vermutete Active.

Die Spieler saßen an langen Tischen vor der Bühne und tupften auf Papierbogen herum, auf denen – Active sah dem zunächst sitzenden Spieler über die Schulter, um nachzuzählen – jeweils sechs Bingokarten aufgedruckt waren. Ab und zu hob einer die Hand, um einen Boten zu sich zu rufen und zusätzliche Bogen zu kaufen.

Die Gesichter waren meist dunkel wie sein eigenes, oder dunkler – Eskimos, Asiaten, Hispano-Amerikaner und Schwarze. Und noch etwas hatten die Leute gemeinsam: Arbeiterkleidung. Aurora Bingo war ein Meer von Jeans, Khakis, Sweatshirts, T-Shirts und Jogginghosen, Baseballmützen, Cowboystiefeln und Turnschuhen. Die Männer tätowiert, viele der Frauen mit hoch toupierten Frisuren und hier und da eine Aana im traditionellen Kaliko-Sommerparka.

Eine Plexiglaswand teilte den großen Raum in zwei Hälften. Der Teil bei der Tür nahm etwa zwei Drittel der Fläche ein. Active studierte die Aufteilung ein paar Sekunden lang, bevor er den Sinn begriff: Seine Seite war voller Raucher. Ein Schild an der Abtrennung deklarierte die andere Seite als »rauchfreie Bingozone«.

An der hinteren Wand befanden sich ein Imbissstand, wo Brezeln und Hotdogs von Rotlichtstrahlern warm gehalten wurden, und ein Schalter, an dem zwei Frauen Bingobogen verkauften. Dazwischen ging es zu den Waschräumen und einer kleinen Kabine, wo zwei weitere Frauen Rippies feilboten: kleine Kartonstreifen, die sich aufreißen ließen und im Innern Symbole wie bei Spielautomaten zeigten – und entsprechende Gewinne verhießen. Das Geschäft mit den Rippies schien aber zurzeit flau zu sein, da die Spieler sich alle in grimmiger Konzentration über ihre Bingobogen neigten, während die Kugeln aus dem Behälter rollten und der Ausrufer die

Nummer bekannt gab. Er ging zum Schalter an der Rückwand und wartete, bis eine der beiden Frauen frei war. Sie war Asiatin, eine Filipina vielleicht.

»Ist das da oben Edward Noyuk?« Er deutete auf den Ausrufer in der Kabine.

Die Filipina lachte. »Ja, aber hier nennen wir ihn alle Special Ed.«

»Special Ed? Wie in Sonderausgabe? Warum das?«

Sie zuckte die Achseln. »Weiß nicht. So wird er eben gerufen.«

»Wie lange noch bis zur Pause?«

Sie sah auf die Uhr. »Vielleicht zehn, fünfzehn Minuten.«

»Wie viel kostet ein Bogen?«

»Ein einzelner Bogen? Fünfzig Cents.«

Active nickte und schob einen Dollarschein über die Theke. Sie schob zwei Vierteldollarmünzen Wechselgeld zurück.

»Welche Farbe möchten Sie?« Sie wies auf die Stapel von Bogen auf der Theke. Jeder war auf verschiedenfarbigem Papier gedruckt: Braun, rot, grün und weitere Farben, die er nicht benennen konnte, wahrscheinlich malve und mint und jasmin und noch andere dieser Farbtöne, deren Bezeichnungen nur Frauen und Raumausstatter kannten.

»Was würden Sie denn empfehlen?«

Sie starrte ihn an und schüttelte irritiert den Kopf. »Jedes Spiel hat eine andere Farbe. Sehen Sie?« Sie reichte ihm eine gedruckte Liste der Spiele für die laufende Veranstaltung. »Wir sind jetzt bei Nummer fünf. Das ist das olive Spiel. Nummer sechs ist das rote Spiel, und dann ist Pause.«

»Also gut, dann rot.«

Sie klaubte einen Bogen vom roten Stapel, schob ihn vor ihn hin und legte die Liste mit den Spielen darauf. »Brauchen sie einen Farbkleckser?« Sie hielt eine grüne Flasche von der Dicke eines Gartenschlauchs in die Höhe. »Macht einen Dollar fünfzig.«

Active zahlte, nahm seine Bingoausrüstung und ging auf die Kabine zu, wo er vorhatte, Special Ed in Aktion zu beobachten. Der Qualm, der von den Spielern aufstieg, war jedoch so dicht wie aus einem Tal voller Fumarolen. Schließlich fand er in der rauchfreien Zone einen leeren Platz in der Nähe einer der kalikogekleideten Aanas, gerade als jemand in der Raucherabteilung schrie: »Bingo!« Ein Bote kam aus der Kabine, um die Karte des Gewinners mit der Bildschirmanzeige zu vergleichen.

Die greise Dame hatte vom Alter gebeugte Schultern. Graue Haarsträhnen standen in alle Richtungen ab. Sie saß neben einer pummeligen jungen Ureinwohnerin in moderner Kleidung, wahrscheinlich ihre Enkelin, vermutete Active. Am Kaliko der Aana und ihren Gesichtszügen war deutlich sichtbar, dass sie Eskimos waren, aber sie sahen nicht aus, als wären sie Inupiat, und die Sprache, in der die alte Dame ihre Enkelin ansprach, während sie ihre Bogen für das rote Spiel zurechtlegten, klang auch nicht wie Inupiaq. Wahrscheinlich waren sie Yup'ik, ein Zweig der Eskimos, der die Deltas des Yukon und des Kuskokwim bewohnte, südlich von Chukchi und den anderen Inupiat-Regionen Alaskas. Als er bemerkte, dass jede von ihnen vier Bogen hatte, fühlte er sich etwas verloren mit seinem einzelnen Blatt.

Er zog die Kappe von seinem Farbkleckser und probierte ihn auf der Rückseite seines roten Bogens aus. Er hinterließ einen pfenniggroßen grünen Fleck, und als die erste Kugel aus der Trommel schoss und Special Ed »O-74, O-74« rief, war er bereit für sein erstes Bingospiel. Nur eine der sechs Karten auf dem Bogen hatte ein O-74, und zwar in der oberen rechten Ecke, also brachte er da einen grünen Fleck an und wartete auf die nächste Zahl. Die alte Dame raunte ihrer Enkelin etwas auf Yup'ik zu und als er aufsah, merkte er, dass die Aana ihn mit durchdringendem Blick musterte.

Die Enkelin schüttelte den Kopf, schien in ihrem weißen Sweatshirt mit Kapuze zu versinken und blickte starr auf die

Bingobogen. Die alte Dame spuckte Tabaksaft in einen Styroporbecher und schimpfte weiter. Diesmal schien sie das Mädchen mit dem Ellbogen anzustoßen, denn die Enkelin schreckte hoch und sagte: »Autsch!« Sie beugte sich mit hochrotem Gesicht zu Active.

»Meine Großmutter sagt, ich soll Ihnen sagen, dass Sie nicht die Ecken markieren dürfen und ob Sie denn gar keine Ahnung haben?« Das Mädchen ließ den Blick wieder auf ihre Bingobogen sinken. »Tut mir Leid, aber meine Großmutter ist sehr altmodisch.«

Active studierte seinen eigenen Bogen und den nächstgelegenen Monitor, auf dem deutlich zu lesen O-74 als erste Zahl des Spiels stand. »Aber er hat doch O-74 aufgerufen«, sagte Active. Er deutete auf den grünen Klecks.

»Das ist das große Karospiel.« Das Mädchen deutete auf das Spiel Nummer sechs auf seiner Liste, neben dem tatsächlich »Großes Karo« stand. Außerdem gab es ein Diagramm, das zeigte, wie man zum Gewinn genügend über die Karte verteilte Tupfer zusammenbekommen musste, sodass sie ein großes Karo bildeten.

»Sehen Sie, die Ecken der Karte liegen außerhalb des Karos«, sagte sie. »Die dürfen Sie nicht markieren, selbst wenn die Nummer gezogen wird.«

Er wollte sagen: »Ja, aber was um Himmels willen macht das schon?« Dann begegnete er wieder dem strengen Blick der alten Dame und überlegte es sich anders. »Sagen Sie Ihrer Großmutter, dass ich für ihre Hilfe sehr dankbar bin«, sagte er stattdessen.

Das Mädchen nickte und sagte etwas auf Yup'ik zu ihrer Großmutter, während Special Ed G-54 ausrief, die nächste Nummer des Roten Spiels, des großen Karospiels.

G-54 lag auf zwei von Actives Karten innerhalb des großen Karos, also kleckste er sie an. Auf einer dritten Karte lag es außerhalb, und er hätte es schon beinahe markiert, bevor er sich auf seine Bingomanieren besann. Er sah auf und nickte der alten Aana zu, die seinen Blick mit einem anerkennenden Lächeln erwiderte und einen weiteren Strahl Tabaksaft in den Becher schoss.

Schließlich rief jemand in der Raucherabteilung »Bingo!«. Die Aana knüllte ihre roten Bogen zusammen und knurrte ihrer Enkelin etwas zu. Dann standen sie beide auf und gingen zum hinteren Teil des Raums. Das Mädchen blieb am Imbissstand stehen, aber die Aana schlurfte weiter zu der Bude mit den Rippies.

Active ging um die Trennwand herum in die Raucherabteilung und zu der Kabine, wo Special Ed die Bingokugeln wieder in die Trommel füllte und Vorbereitungen für Spiel sieben traf, das, wenn Active sich recht entsann, das blaue Spiel war. Von nahem betrachtet sah Special Ed noch dürrer aus mit seinen langen Haaren, dem traurig herabhängenden Schnurrbart und dem Aurora-Bingo-T-Shirt. Auf einem seiner mageren Unterarme trug er eine Tätowierung der Harley-Davidson-Flügel.

»Nee, ich kenne niemanden, der so heißt«, sagte er, nachdem sich Active vorgestellt und Special Ed gefragt hatte, ob er in letzter Zeit Grace Palmer gesehen habe. »Warum wollen Sie das wissen? Sind Sie ihr Mann?«

Active wurde klar, dass er ja nicht in Uniform war. »Nein, ich bin State Trooper. Ihr Vater hat mich gebeten, nach ihr zu suchen. Sie war eine ganze Weile nicht mehr zu Hause.«

Er reichte Special Ed die beiden Fotos, eines von der Grace des Wandbilds, das andere mit der heruntergekommenen, aufgeschwemmten Grace auf dem letzten Polizeifoto. »Auf der Four Street wird sie, glaube ich, manchmal auch Amazing Grace genannt.«

Special Ed nahm die Bilder, betrachtete sie kurz und gab sie dann zurück. »Amazing Grace? An die erinnere ich mich natürlich.« Er schüttelte den Kopf. »Die hat mir 'n Kleckser ins Auge gerammt. Mann, war die giftig!«

Special Ed zog an seiner Zigarette und blies den Rauch in Actives Richtung, der der Wolke auswich. »Ja, davon habe ich gehört. Sie mussten ihr wohl Hausverbot erteilen?«

»Oh ja. Die andern Spieler ham sich immer über sie aufgeregt, besonders die Frauen. Ham gesagt, sie sei hochnäsig.«

Active fragte sich, wo er das Wort schon gehört hatte, und schließlich fiel es ihm ein. Lucy Generous hatte es in Bezug auf Grace Palmer gebraucht. »Sie haben ihr Hausverbot erteilt, weil sie hochnäsig war?«

»Ja, sie hat ihre Bogen nie markiert.«

»Was?«

»Hatte sie einfach im Kopf.« Special Ed griff sich einen alten Bingobogen vom nächsten Tisch und zeigte ihn Active. »Das hat sie nie gemacht.« Er zeigte auf die Farbkleckse, die die sechs Karten auf dem Blatt sprenkelten. »Sie hat ihre Bogen leer gelassen. Hat sie 'n paar Minuten angeschaut, dann ein Buch gelesen und auf die Nummern gehört. Irgendwie hat sie immer gewusst, wann sie Bingo hat und es ausgerufen. Hat sie wohl im Geiste markiert oder so. Wenn wir unser Gerät mit der Kartennummer verglichen ham, hat sie immer Recht gehabt, selbst wenn keine Markierungen drauf warn. Sogar wenn sie besoffen war.«

Active nahm Special Ed das Blatt aus der Hand und studierte es. Sechs Karten auf dem Bogen, fünfundzwanzig Nummern pro Karte. »Da drauf sind hundertfünfzig Nummern.« Er sah Special Ed an. »Wollen Sie sagen, dass sie die auswendig gelernt und das Spiel im Kopf gespielt hat?«

»Nein, sie hat vier Bogen gespielt, manchmal sogar acht, und sie hat sie alle auswendig gekonnt.«

Active stellte ein paar weitere Berechnungen an und pfiff zwischen den Zähnen. »Acht Bogen, das wären zwölfhundert Nummern. Haben Sie das nur gehört, oder haben Sie es mit eigenen Augen gesehen?«

Special Ed nickte entrüstet. »Klar hab ich das selber gesehen. Sie sitzt einfach da und liest ihr Buch, während die anderen Damen mit ihren Bogen beschäftigt sind und ihre Marker benutzen und sich die ganzen Finger mit Tinte voll schmieren, und das hat ihnen nich gefallen. Deshalb ham sie gesagt, sie sei hochnäsig.«

»Also haben Sie ihr Hausverbot erteilt.«

»Genau, außer sie benutzt ihren Farbkleckser. Damals, da war sie wieder hier drin und hat ihr Buch gelesen, mit den Bogen vor sich auf dem Tisch. Da bin ich hin, geb ihr einen Farbkleckser und sag, dass sie den benutzen muss, genau wie ihre Freundin ja auch. Sie sagt: ›Also gut, dann benutz ich ihn eben.‹ Und im nächsten Moment springt sie auf, wirft den Tisch um und sticht mich ins Auge.«

Active musterte Special Eds Augen. Sie sahen beide ganz normal aus. »Hat es sehr wehgetan?«

»Nee, mein Auge hat bloß ausgesehen, als ob es blutet wegen der roten Tinte in dem Kleckser, aber ich hab kaum was gespürt. Aber das Spiel war natürlich gelaufen und alle waren stinksauer. Also hat der Chef die Bullen gerufen, bloß dass die sie nich verhaftet ham, weil ich nämlich keine Anzeige nicht erstatte.« Special Ed schüttelte angewidert den Kopf. »Doch nich, weil mir 'n Mädel eins aufs Auge gibt!«

Active zückte sein Notizbuch. »Sie sagen, dass sie in dieser Nacht eine Freundin bei sich hatte?«

Special Ed nickte. »Sie warn eigentlich fast immer zusammen, wenn sie da warn.«

»Haben Sie mal den Namen der Freundin mitbekommen? Ich glaube nicht, dass er im Polizeibericht stand.«

»Nee, die Bullen ham nich mit ihr gesprochen«, sagte Special Ed. »Sie is abgehauen, wie der Streit losging. Hat wohl Amazing Grace gut gekannt, diese Angie, hat gewusst, dass es gleich Stunk gibt.«

»Die Freundin hat also Angie geheißen?«

Special Ed nickte und Active schrieb den Namen in sein Notizbuch. Er runzelte die Stirn, weil er ihm irgendwie bekannt vorkam. »Was ist mit dem Nachnamen dieser Angie?«

Special Ed dachte einen Moment nach, dann schüttelte er den Kopf. »Glaub nicht, dass ich den mal gehört hab.«

Er begann, seine Kabine für das nächste Spiel herzurichten. Active begriff, dass die Pause sich ihrem Ende zuneigte.

»Wie hat diese Angie ausgesehen? War sie eine Ureinwohnerin?«

»Glaub nich«, sagte Special Ed. »Eher klein, dunkle Haare, dunkle Haut, dunkler als meine. Keine Ureinwohnerin, eher Mexikanerin vielleicht.«

Active machte sich entsprechende Notizen. »Und Amazing Grace?«

»Doch, die war 'ne Ureinwohnerin. Inupiaq wie ich, glaub ich.« Special Ed warf Active einen Seitenblick zu. »Sie sin auch einer, was?«

»Nein, ich meine, wie sah sie aus?«

»Weiß nich. Wie Amazing Grace eben.«

Active reihte die beiden Fotos auf Special Eds Theke auf und tippte nacheinander darauf. »Eher so, oder eher so?«

Special Ed beugte sich konzentriert über die Bilder, dann tippte er auf das Miss-North-World-Foto. »Eher so, würd ich sagen.«

Active ließ den Blick zwischen dem Bild und Special Ed hin und her wandern. »Sind Sie sicher?«

»Denk schon.« Special Ed zuckte die Achseln.

Active schob die Bilder zusammen und steckte sie in die Hemdtasche. »Das ist ungefähr drei Jahre her, als sie Ihnen den Farbkleckser ins Auge gerammt hat, nicht wahr? Ist sie seitdem jemals wieder aufgetaucht?«

»Nich dass ich wüsste. War ihr doch klar, dass der Chef dann wieder die Bullen holt.«

»Wissen Sie, was aus ihr geworden ist?«

»Nee, aber … warten Sie mal, irgendjemand hat glaub ich gesagt, dass sie im Illusionen arbeitet.«

Active schrieb es sich auf. »Illusionen? Der Stripclub drüben in Spenard?«

»Glaub schon.« Special Ed trat vor das Mikrofon in der Kabine. »Spiel sieben, das blaue Spiel. Gleich gehts los.«

Die Spieler hasteten zu ihren Tischen, beladen mit Bingobogen und Verpflegung, in Alufolie gewickelte Brathähnchen oder Fisch und Chips in Plastikschalen.

Active ging zu einem Münztelefon an der Rückseite des Raums, zwischen den Türen der Herren- und Damentoiletten, warf einen Quarter ein und wählte Dennis Johnsons Privatnummer. »Ich muss zum Illusionen und einen Hinweis überprüfen«, sagte er, als Dennis sich meldete. »Weißt du, an wen ich mich da wenden muss?«

»Sie arbeitet im Illusionen?«

»Vielleicht. Oder vielleicht früher mal.«

»Wir treffen uns dort in fünfzehn Minuten.«

»Ich dachte, du hast ein Hockeyspiel?«

»Hatte ich. Wir haben gewonnen.«

»Du musst nicht unbedingt mitkommen. Sag mir doch einfach, wen …« Es klickte, dann war die Leitung tot und Active begriff, dass Dennis einfach aufgelegt hatte. Er seufzte und legte ebenfalls auf.

»Aufgepasst Leute, jetzt kommt das Doppel-Hollywoodspiel, Doppel-Hollywood«, sagte Special Ed über Lautsprecher, während Active durch die Türen der Aurora-Bingohalle hinaus in die Sonne trat. Sie war weiter in Richtung Westen gewandert, aber immer noch genauso hell wie bei seiner Ankunft vor einer Stunde. Als er den Mietwagen aufschloss, bemerkte er, dass die Sonnenstrahlen die Fassade des Gebäudes jetzt aus einem bestimmten Winkel streiften, sodass die Buchstaben des alten »Muskeg Outfitters«-Schildes als Relief unter der neuen Farbe sichtbar wurden. Er konnte sogar den berühmten Muskeg-Slogan ausmachen, an den er sich vorher nicht hatte erinnern können: »Wir betrügen die anderen und geben die Ersparnisse an Sie weiter.« Während er über den Northern Lights Boulevard in Richtung Spenard Road fuhr, fragte er sich, ob Aurora Bingo sich den Slogan zusammen mit dem Gebäude angeeignet hatte.

Illusionen

Er brauchte nur acht Minuten, um das Illusionen zu erreichen, ein heruntergekommenes, einstöckiges Gebäude mit billiger brauner Holztäfelung und Flachdach in einer Biegung der Spenard Road. Auf einem Plastikschild über der Tür stand »Illusionen« und »Oben-ohne, Unten-ohne« in schwarzen Klebebuchstaben.

Active erwog, im Auto auf Dennis zu warten. Dann fiel ihm ein, dass Grace Palmer möglicherweise in diesem Moment auf der Bühne tanzte, nicht weiter als fünfzig Meter von der Stelle entfernt, wo er gerade saß. Er schloss den Wagen ab und überquerte den asphaltierten Parkplatz, begleitet von einem langen Schatten, der ihm das unbehagliche Gefühl vermittelte, von einem Geist verfolgt zu werden. Rasch betrat er das Dämmerlicht des Stripclubs.

Ein Hüne von Rausschmeißer, den Active für einen Samoaner hielt, musterte ihn von Kopf bis Fuß und winkte ihn durch. Anscheinend war er zu dem Schluss gekommen, dass er weder zu jung war für das Illusionen, noch zu gefährlich.

Der Club teilte sich in zwei Ebenen. Beim Eingang befanden sich eine Bar, ein paar Videospiele und einige Tische, an denen halb nackte Tänzerinnen mit Männern tranken, die zu desinteressiert wirkten, um Kunden zu sein. Ohne dass es eine Unterbrechung in der Unterhaltung gegeben hätte, glitten mehrere Augenpaare über ihn hinweg. Er fühlte sich, als hätte man ihm gerade einen Anzug angemessen, oder eine Frau.

Active ging an den Tischen vorbei, gefolgt von taxierenden Blicken, und stieg die beiden Stufen in den eigentlichen Club hinunter, in dem sich eine Bühne befand. Ungefähr ein Viertel der Tische und Stühle vor der Bühne waren mit Männern besetzt, die wie Kunden aussahen. Sie hatten die Augen auf eine dralle Blondine mit fleischigen Zügen geheftet, die nackt zu pulsierenden Rockklängen tanzte. Einige Gäste hatten ihre Stühle an den Bühnenrand herangezogen.

Er wählte einen Tisch weiter hinten und sah zu, wie die Blondine ihr Publikum heiß machte. Ihre Vorstellung beinhaltete einen Hula-Hoop-Reifen, den sie zwischen die Beine nahm, als wäre er ein Pferd oder ein Fahrrad. Einer der Männer am Rand der Bühne legte einen Geldschein hin. Die Blonde wogte zu ihm hin, kehrte ihm den Rücken zu, beugte sich vor und sah ihn zwischen ihren Knien hindurch an.

Dass dem Mann gefiel, was er sah, zeigte er, indem er einen zweiten Geldschein auf den ersten legte. Die Blonde langte zwischen ihre Knöchel, nahm die beiden Scheine, richtete sich auf und tanzte davon, wobei sie das Geld um die Finger wickelte wie einen exklusiven Seidenschal.

»Hi, ich bin Gina. Kann ich Ihnen etwas bringen?«

Er drehte sich um und sah eine hagere Brünette in hochhackigen Schuhen, G-String und Bikinioberteil, die sich über den Tisch zu ihm beugte. Normalerweise hätte er gerne ihren Ausschnitt bewundert, wie sie es offensichtlich beabsichtigte, aber sie kam ihm so abgemagert vor, so ausgezehrt unter ihrem totenbleichen Teint, dass er es nicht über sich brachte. Stattdessen musterte er unwillkürlich ihre steckendünnen Unterarme nach Einstichen, und als er keine entdeckte, fragte er sich, ob sie wohl Aids hatte oder lediglich eine Essstörung.

»Was kann ich Ihnen bringen?« Diesmal fragte sie lauter, musste beinahe schreien, um sich über die Rockmusik hinweg Gehör zu verschaffen.

»Ein Pepsi light, bitte.«

Sie sah enttäuscht aus und er sagte: »Ich warte auf jemanden. Bringen Sie für ihn auch eins.«

Ihr Gesichtsausdruck änderte sich nicht, und er entschied, dass sie nicht enttäuscht, sondern einfach abgestumpft war. Oder vielleicht war sie auch high.

»Alles? Zwei Pepsi light?«

»Genau, zwei Pepsi.« Sie stakste auf ihren hohen Absätzen davon, und er folgte ihr mit den Augen, um zu sehen, ob ihre Kniekehlen Einstiche aufwiesen. Dann erblickte er Dennis Johnson an der Bar, der suchend in Richtung Bühne sah. Er stand auf und winkte und sein Freund kam eilig auf ihn zu.

»Nathan!«, sagte Dennis. »Ist sie da?« Er schlüpfte aus seiner Windjacke, warf sie auf den nächsten Tisch und setzte sich auf den Stuhl neben Active.

Active schüttelte den Kopf. »Falls ja, habe ich sie noch nicht gesehen. Wen können wir fragen, ohne dass eine Taubstummenepidemie ausbricht?«

Dennis gluckste. »Genau, das Wir-hören-nichts, wir-sehennichts, wir-sagen-nichts-Syndrom, jedenfalls gegenüber uns Bullen.«

Active sah zu den Tischen auf dem flachen Podest bei der Tür, wo die hagere Brünette jetzt mit einem jungen Kerl mit Lederjacke sprach und es vermied, in ihre Richtung zu schauen.

»Glaubst du, sie wissen, dass wir Bullen sind?«

»Klar wissen sie das«, sagte Dennis.

»Aber wir sind nicht in Uniform.«

»Die haben eine Art Radar. Schau.«

Active sah, dass die Lederjacke unterwegs zu ihnen war.

»Abend, die Herren Polizisten«, sagte er knapp, als er ihren Tisch erreichte. »Ich bin Ian, der Manager. Gibt es etwas, das ich wissen sollte? Haben wir heute Abend ein Problem?«

Dennis lächelte ein sehr breites Lächeln, das seine Zähne im Schwarzlicht, das die Bühne umgab, fluoreszieren ließ. »Aber nein, kein Problem. Ich wollte nur mal eben bei Feather vorbeischauen. Ist sie da?«

Ian sah erleichtert drein. »Sie ist hinten.« Er deutete auf eine Tür neben der Bühne. »Gehen Sie ruhig hin, wenn Sie wollen.«

Dennis sah Active an. »Nathan?«

Active wusste nicht, wer Feather war, aber er wollte sie auf keinen Fall nach Grace Palmer fragen, während eine Truppe halb nackter Stripperinnen herumhing, vielleicht auch noch ihre Freunde und ein paar Rausschmeißer. »Kann sie zu uns an den Tisch kommen?«

»Bestimmt kann sie das.« Ian machte sich auf den Weg, wandte sich dann noch einmal um und sagte mit schmalem Lächeln: »Die Pepsis gehen übrigens aufs Haus. Sagen Sie Ihrer Bedienung, ich hätte das gesagt.«

»Wer ist Feather?«, fragte Active, während Ian hinter der Tür neben der Bühne verschwand.

»Du hast noch nie von Feather gehört? Sie ist die Chefstripperin hier. Außerdem eine bekannte Bodybuilderin. Hat etliche nationale Titel gewonnen ... Schau dir das bloß an.« Dennis deutete auf die Bühne, wo Gina die üppige Blonde ersetzt hatte. Ein schrilles, aggressives Lied war anstelle der Rockmusik zu hören und Gina ließ sich über die Bühne treiben wie ein Zombie. »Ein Jammer, nicht wahr?«

»Sie hat gesagt, ihr Name sei Gina. Kennst du sie?«

Dennis zuckte die Achseln. »Nein, aber mir sind Dutzende wie sie begegnet, als ich noch bei der Sitte war.«

Er verstummte, als die üppige Blonde, jetzt mit Röhrentop und Minirock bekleidet, die beiden Pepsis auf den Tisch stellte. »Das macht fünf Mäuse«, sagte sie.

Dennis nickte zu der Tür hin, die hinter die Bühne führte. »Ian meinte, das geht aufs Haus.«

»Wers glaubt.«

Dennis zuckte die Achseln, gab ihr einen Zehner und sie tappte auf ihren bloßen Füßen davon. »Was ist mit dem Wechselgeld?«, rief er ihr nach.

»Wers glaubt«, rief sie zurück.

Er lachte. »Die da wirds wahrscheinlich schaffen. Aber das Mädchen da auf der Bühne? Schau sie dir an, sie ist das reinste Gespenst. Einige von ihnen scheinen es ohne große Schwierigkeiten zu packen. Sie müssen ein paar Kinder großziehen, oder sie finanzieren sich das College, und kehren später einfach in ihr altes Leben zurück. Und andere, die schaffens nicht, die frisst es auf. Wenn du in einem Monat noch mal herkommst, dann wird diese Gina verschwunden sein, und keiner wird wissen, wohin.«

Das machte Active einige Sorgen. »Nicht einmal Feather behält die Übersicht? Ich dachte, Feather würde wissen …«

»Was würde Feather wissen?«, fragte eine Stimme hinter ihnen. Er spürte eine Hand auf seiner Schulter und dieselbe Stimme sagte: »Und wer will das überhaupt wissen?«

Er wandte sich um und erblickte eine honigblonde Frau mit Muskeln wie vergoldeter Marmor, die sich in den Stuhl neben Dennis gleiten ließ und ihm einen schnellen Kuss auf die Wange gab. Sie stellte ihr Glas ab, das mit einer bernsteinfarbenen Flüssigkeit gefüllt war und auf dessen Rand eine Zitronenscheibe steckte. Sie war barfuß, trug ein blaues Bikiniunterteil aus Satin und eine blaue Polizeiuniformjacke, die sie nicht zugeknöpft hatte.

»Feather! Mein Gott, haben wir uns lange nicht gesehen!«, rief Dennis.

»Ich war die ganze Zeit hier, Süßer. Und wo warst du?«

Dennis blickte zu Boden, dann zur Seite, trank einen Schluck von seinem Pepsi light und wirkte verlegen.

»Daheim bei seinem kleinen Frauchen, was?« Feather zwinkerte Active zu und wandte sich wieder an Dennis. »Und genau da gehörst du auch hin. Bleib dabei.« Sie tätschelte ihm die Hand und sah Active an. »Wer ist dein Freund hier? Auch ein einsamer Cop?«

»Nathan, darf ich dir Feather vorstellen. Feather, Nathan Active von den Alaska State Troopern in Chukchi.«

Active streckte Feather die Hand entgegen und sie ergriff sie. Ihre Hand war trocken, warm und klein. »Willkommen in den Illusionen, Nathan.«

»Ist mir ein Vergnügen«, sagte er.

»Sind die neu?« Dennis deutete auf ihre Jacke. »Sie sehen größer aus.«

Feather schlug ihre Jacke zurück und betrachtete kritisch ihre Brüste. Sie waren groß, rund und perfekt.

»Was meint ihr denn?«, fragte Feather. »Zu groß?«

Dennis verengte abschätzend die Augen. »Tja, für mich warst du immer der Typ hübsche Kleine, Feather. Du bist keine große Frau. Die da sind ein bisschen überproportioniert.«

Sie seufzte und bedeckte sich wieder. »Ich weiß. Aber ein Mädchen muss eben am Ball bleiben. Und da ist dieser heiße junge Schönheitschirurg, ganz neu in der Stadt. Er hatte so ein Einführungsangebot, dreitausend Dollar für ein Paar neue. Fünf, nein, sechs von uns haben sie sich machen lassen.«

Sie nippte an der bernsteinfarbenen Flüssigkeit in ihrem Glas und musterte Active. »Und was führt euch beide hierher?«

»Nathan sucht ein Mädchen.«

Nathan wollte dieser Darstellung der Situation widersprechen, aber Feather kam ihm zuvor und meinte tadelnd:

»Aber Dennis, du weißt doch, dass wir solche Dienstleistungen hier in den Illusionen nicht anbieten.« Sie grinste, und Dennis grinste ebenfalls. »Aber wenn wir es täten, was für eine Art Mädchen würde er denn ...«

Sie verstummte, als Active den Kopf schüttelte und abwehrend die Hand hob.

»Bitte, Miss Fea... ehm, Feather. Hören Sie nicht auf diesen Idioten. Ich versuche ein Mädchen aus Chukchi aufzuspüren, als Gefallen für ihren Vater.«

Feather trank noch einen Schluck und hob die Augenbrauen. »Ureinwohnerin?«

»Ja, halb Eskimo, halb Weiße.«

Er zog seine beiden Fotos von Grace Palmer hervor und legte sie auf den Tisch. »Ich habe gehört, dass sie hier arbeiten könnte oder vielleicht einmal gearbeitet hat. Sie heißt Grace Palmer.«

Feather nahm das Wandbild-Foto in die Hand, betrachtete es und stieß einen Pfiff aus. »Miss North World?« Dann nahm sie das letzte Polizeifoto hoch, sah es an und zuckte zusammen. »Wie sieht sie heute aus?«

Active und Dennis schüttelten gleichzeitig den Kopf, dann sprach Active: »Ich bin nicht sicher. Seit drei Jahren hat sie niemand mehr gesehen. Der letzte Mensch, der sie gesehen hat, meint, sie hätte eher so ausgesehen.« Er tippte auf das Wandbild-Foto.

»Tja, ich kenne niemanden hier, der so aussieht. Und nicht einmal wir würden jemanden einstellen, der *so* aussieht.« Sie zeigte auf das Polizeifoto.

Sie warf einen Blick Richtung Bühne, wo Gina, das Mädchen mit den Gliedern so dünn wie Heuschreckenbeine, gerade ihre Vorstellung beendete und hinter der Bühne verschwand. Feather schüttelte den Kopf und nahm wieder das Wandbild-Foto in die Hand.

»Wir stellen hier nicht viele eingeborene Damen ein«, sagte sie. »Die meisten haben kurze Beine und schmale Hüften, um ehrlich zu sein. Aber eins kann ich euch sagen, wenn dieses Mädchen hier aufgetaucht wäre, hätte ich sie vom Fleck weg engagiert und ich würde mich daran erinnern. Tut mir Leid, Nathan.«

Active nahm ihr das Foto aus der Hand und betrachtete es. Feather stand auf und ergriff ihr Glas. »Ich bin dran.«

»Was ist das eigentlich für ein Zeug?« Active deutete auf das Glas.

»Ginseng und Honig.« Sie winkelte den Arm an und ließ ihren Bizeps tanzen. »Vom Pepsi kriegt man keinen Körper wie diesen, Nathan.«

Sie zwinkerte ihm zu, verschwand hinter der Bühne und tauchte Augenblicke später auf der Bühne wieder auf, jetzt mit zugeknöpfter Uniformjacke. Außerdem trug sie eine Polizeimütze, den Schirm tief in die Stirn gezogen, und zielte mit einem 45er-Colt direkt ins Publikum. Etwas Lautes, Pulsierendes, Jazziges dröhnte los und Feather begann sich zu bewegen.

Sie hatte eine bessere Choreografie als die beiden anderen, und ihr Tanz war athletischer. Sie strich wie ein Tiger über die Bühne, blies in eine Trillerpfeife und zielte mit der Requisiten-Automatik auf imaginäre Bösewichte. Nach jedem Schuss blies sie nicht vorhandenen Pulverdampf von der Mündung der Waffe, zwängte sie dann zwischen die Falten der Uniformjacke und ließ einen weiteren Knopf aufspringen.

»Klasse Show, was?«, schrie Dennis über die Musik hinweg. »Die anderen, die kommen einfach raus, schmeißen ihre Klamotten weg und hüpfen nackt durch die Gegend. Aber Feather, die spannt einen auf die Folter.«

»Ja, klasse Show«, sagte Active. Er las die beiden Fotos von Grace Palmer auf, sah sie noch einmal kurz an, steckte sie in die Brusttasche und stand auf.

»Sie ist doch noch gar nicht vorbei«, beschwerte sich Dennis, während er ebenfalls aufstand und sich bereitmachte, den Club zu verlassen.

Aber Active steuerte die hinterste Ecke der Bar an und stieß die Tür zur Herrentoilette auf. Er drehte den Wasserhahn ganz auf und spritzte sich das eiskalte Wasser ins Gesicht und über die Haare. Als er schließlich den Hahn zudrehte, sagte Dennis hinter ihm: »Und was nun, Kumpel? Wir sind so ziemlich am Ende der Fahnenstange angelangt, oder? Vielleicht wärs an der Zeit, den John-Doe-Typen zu besuchen.«

Dennis riss einen Streifen von einer Rolle Toilettenpapier ab, die auf dem Spülkasten stand und reichte ihn Active. Dann ließ er den Deckel herunter und setzte sich auf die Toilette.

Active trocknete sich das Gesicht ab und drückte das Papier fest gegen die Augen. Es war feucht und kühl, fühlte sich gut an. Er starrte sich in dem schmierigen Spiegel über dem Waschbecken an. Wer war der Fremde mit den geröteten Augen, der ihm da entgegenblickte, und was zum Teufel hatte er im Sinn?

»Schon irgendetwas vom Manager der Absteige gehört, wo sie gewohnt hat?«

»Der war nicht da.« Dennis schüttelte den Kopf. »Ich hab meine Karte hinterlassen.«

Dennis klang teilnahmsvoll, was Active irritierte. Er wandte sich um und sah seinen Freund an. Vergeblich versuchte er, einen Weg zu finden, wie er Dennis sagen konnte, sich sein Mitleid an den Hut zu stecken. Schließlich zuckte er die Achseln.

»Vielleicht kannst du morgen zum Mittagessen etwas mit dem John-Doe-Typen ausmachen, okay?«

Dennis nickte.

Die himmlische Tote

Beim Lehrgang am nächsten Morgen war Neil mit dem hüpfenden Adamsapfel durch einen Neuankömmling aus Redmond ersetzt worden, eine dunkelhaarige Frau namens Rita, die in den Vierzigern war und sich ausgesprochen geschäftsmäßig gab, während sie Christie bei ihrer Präsentation half.

Active fragte sich, wie Christie das wohl gedeichselt hatte. Wahrscheinlich stand sie sich gut mit jemandem in der Zentrale von Microsoft und hatte diesen Jemand angerufen, ob es nicht irgendwo irgendeinen Einsatz gab, für den ausschließlich Neil infrage kam. Vielleicht hatte sie eine Gegenleistung versprochen, zum Beispiel dass sie die nächste Gruppe in Fargo oder Gary oder Newark oder sonst wo in der tiefsten Provinz ohne Murren übernehmen würde, und plötzlich fand sich Neil auf dem Rückweg nach Redmond wieder und Christie hatte endlich ihre Ruhe.

Active seufzte und versuchte, sich auf den Unterricht zu konzentrieren, aber er konnte nur an das denken, was mittags auf ihn zukommen würde. Bei der ersten Kaffeepause am Morgen hatte ihn die gut aussehende Tlingit von den Troopern aus Sitka, mit der er schon die ganze Woche geflirtet hatte, gefragt, wie es mit einem gemeinsamen Mittagessen aussah. Aber er hatte keine Sekunde lang daran gedacht, die Verabredung mit Walter Cullars abzusagen, dem John-Doe-Mann der Polizei von Anchorage.

Cullars' Arbeitsplatz war ein Kellerbüro im Polizeihauptquartier, zwei Stockwerke unter der Erde, an einem Gang, der gesäumt war von weißen Kartons voller Akten, die zum Transport in ein Außenlager des Polizeiarchivs bestimmt waren. Cullars' Büro war die zweite Tür links, auf der »Vermisste Personen« stand.

»Walt Cullars, Nathan Active«, stellte Dennis vor, als sie eintraten.

Active ergriff Cullars' Hand und musterte ihn einigermaßen überrascht. Er war alles andere als der Bürokratentyp, den er erwartet hatte und sah eher aus wie ein ranghoher Polizeioffizier, ein Detective Lieutenant vielleicht. Gepflegt, mittelgroß und mittelschwer, in den Fünfzigern, sauber gestutzter Salz-und-Pfeffer-Schurrbart. Die ergrauenden Haare gerade lang genug, dass sie sich leicht wellten; kurzer, fester Händedruck. Active fragte sich, was er für eine Vergangenheit hatte. Vielleicht wusste Dennis Bescheid. Er würde ihn später fragen, wenn er daran dachte.

»Dennis hat mir schon ein wenig von Ihrem Projekt erzählt, Nathan«, sagte Cullars, während seine beiden Besucher sich in gelbe Plastikstühle vor seinem verbeulten, grauen Metallschreibtisch fallen ließen. »Aber warum skizzieren Sie mir den Fall nicht noch mal, während ich uns Kaffee mache. Mit oder ohne?« Er hob die Augenbrauen in der ›weißen‹ Geste des Fragens.

»Schwarz«, sagte Active. »Hell, ohne Zucker«, meinte Dennis. Cullars nickte und machte sich an der Kaffeemaschine auf dem Aktenschrank hinter seinem Schreibtisch zu schaffen.

Active versuchte vergeblich, sich vorzustellen, wie man Grace Palmers Geschichte kurz skizzieren konnte. Deshalb berichtete er Cullars einfach ihren Namen und die Umstände ihres letzten bekannten Kontakts mit den Behörden, die Auseinandersetzung mit Special Ed in der Aurora-Bingohalle im Winter vor drei Jahren.

Cullars kehrte an den Schreibtisch zurück und stellte zwei Styroporbecher und eine Steinguttasse ab, auf der stand: »Das Leben ist ein Miststück, muss man dann auch noch eins heiraten?« Er kritzelte das Aurora-Bingo-Datum auf seinen Notizblock und runzelte die Stirn. Abwesend öffnete er die oberste Schreibtischschublade und brachte fünf Tütchen Zucker zum Vorschein. Er klemmte sie zwischen Daumen und Zeigefinger, riss sie alle auf einmal auf und schüttete sie gleichzeitig in seine »Das-Leben-ist-ein-Miststück«-Tasse, rührte mit einem Kugelschreiber um und trank einen großen Schluck.

Nathan griff nach seinem Styroporbecher, nippte daran und sah Dennis über den Rand hinweg mit hochgezogenen Augenbrauen an. Dennis verdrehte die Augen und schüttelte leise den Kopf, wie um anzudeuten, dass er auch nicht mehr wusste.

Endlich sagte Cullars: »Seit damals hatten wir zwei, die passen könnten.« Er schob seinen Stuhl zurück und stand auf. »Warten Sie eine Sekunde, ich hole sie.«

Er zog eine Schublade unter der Kaffeemaschine auf und nahm zwei dünne Akten heraus, eine rote und eine blaue. »Sind bei denen nie besonders weit gekommen. Vielleicht können wir heute eine davon abschließen.«

Er öffnete die blaue Mappe und breitete sie vor ihnen aus. Active wollte anfangen, den zuoberst liegenden Bericht zu lesen, aber Cullars wedelte abwehrend mit der Hand und Active lehnte sich zurück, um zuzuhören.

»Die hier wurde im Sommer nach Ihrem Bingo-Vorfall von ein paar Kindern gefunden. Sie lehnte an einer Birke in einem Park in der Nähe der East Highschool. Sie trug Winterkleidung und war schon ziemlich verwest, sie lag wohl schon eine ganze Weile dort.«

Er schob den Bericht zur Seite und ein kleiner brauner Umschlag mit Fotografien kam darunter zum Vorschein, mit einer Heftklammer verschlossen. »Komische Sache das«, sagte er und griff nach dem Umschlag. »Aber keine Anzeichen von Fremdeinwirkung. Keinerlei Papiere, niemand hat sie je als vermisst gemeldet, sie hatte nichts bei sich außer einer alten Bibel und einer leeren Flasche Wodka. Ich nehme an, sie hat in einer Winternacht unter dem Baum Schutz gesucht und ist einfach nicht mehr aufgewacht. Wahrscheinlich ist niemandem aufgefallen, dass sie nicht mehr da war.«

Active wartete beklommen und dachte über die Bibel nach, während Cullars versuchte, die Klammer zu entfernen. Grace Palmer war die Tochter eines Geistlichen. Schließlich hatte Cullars den Umschlag aufbekommen und breitete die fünf Fotos im Format 13 x 18 auf dem Tisch aus, einige vom Fundort, andere von der Autopsie.

Auf den Bildern der Autopsie war nichts, was Active erkannt hätte. Die vom Fundort zeigten eine eingeschrumpfte

Mumie, die in einem zerlumpten grauen Parka, dunklen Jogginghosen und abgetragenen lila Schneemobil-Stiefeln unter einem Baum zusammengesunken war. Die Frau hatte dunkles, glattes Haar ohne eine Spur von Grau und eingeborene Gesichtszüge, aber vom Gesicht war nicht genug übrig, um viel mehr zu sagen.

Active schauderte und sah weg. »Wie alt war sie?«

Cullars wühlte sich durch den Ordner und las von einem Autopsiebericht ab. »Alter zweiundzwanzig bis siebenundzwanzig Jahre zum Zeitpunkt des Todes, alter Bruch im linken Scheinbein, gut verheilt, vermutlich keine Schwangerschaften, schwere Raucherin. Keine signifikanten Anzeichen von Traumata oder Krankheiten, außer eine wahrscheinlich vergrößerte Leber, vermutlich infolge Alkoholmissbrauchs, aber keine aussagekräftigen Gewebeanalysen wegen des Zustands der Leiche. Glauben Sie, dass es ihre Grace Tucker ist?« Er blickte auf zu Active.

»Palmer. Grace Palmer.«

»Richtig, Palmer.« Cullars schüttelte entschuldigend den Kopf. »Wie auch immer, glauben Sie, sie ist es?«

Plötzlich blitzte das Polizeifoto von der Festnahme wegen Prostitution vor Actives geistigem Auge auf. »Irgendwelche fehlenden Zähne?«

Cullars blätterte weiter zur zweiten Seite des Autopsieberichts, dann wieder zurück zur ersten. »Backenzahn oben rechts«, sagte er. »Das ist alles.«

»Der Frau, nach der wir suchen, fehlt hier unten ein Zahn.« Active tippte sich vorne auf den Unterkiefer, um die Stelle zu zeigen. »Falls der Pathologe nicht etwas ziemlich Offensichtliches übersehen hat, ist sie es nicht.«

Cullars sah nach, wer die Autopsie unterschrieben hatte. »Nein, das war Dr. Kenders. Ihm entgeht nie etwas.«

Er seufzte und schob die Berichte und Fotos zurück in die blaue Mappe. »Ich schätze, die Akte der Toten unter der Birke bleibt offen.«

»Was für ein Baum?«, fragte Active. »Lassen Sie mich das Foto noch einmal sehen.«

Cullars suchte ihm den Umschlag aus der Akte heraus und er blätterte durch die Fotografien, bis er eines fand, auf dem der Baum, an dem die Frau lehnte, gut zu sehen war.

»Das ist keine Birke, das ist eine Kiefer.« Active deutete auf den Baum auf dem Foto. »Sehen Sie?«

Cullars warf einen kurzen Blick darauf. »Für mich siehts nach einer Birke aus.«

»Nein, eine Birke ist ein Laubbaum mit glatter, weißer Rinde.« Active deutete wieder. »Das hier ist ein Nadelbaum mit rauer, dunkler Rinde, es ist eine Kiefer.«

Cullars nahm den Abzug in die Hand und studierte ihn. »Wirklich? Das muss ich durcheinander gebracht haben. Ich dachte immer, die dunklen wären Birken.«

Active warf Dennis einen verwunderten Seitenblick zu, während Cullars die Fotos in den Umschlag zurückschob, ihn verschloss und wieder in die blaue Mappe legte. Dennis verzog das Gesicht und tippte sich mit dem Zeigefinger an die Schläfe. Active kam zu dem Schluss, dass Cullars anscheinend etwas einfältig war und das APD ihn deshalb in den Keller verbannt hatte.

Cullars schob die blaue Mappe unter die rote und legte den Zeigefinger auf diese. »Damit bleibt nur unsere ›himmlische Tote‹, aber ich muss sie warnen, da ist nicht viel übrig mit dem man etwas anfangen könnte.«

Er schlug die rote Akte auf und zog einen braunen Umschlag mit Fotos heraus. Er löste den Verschluss und breitete die Abzüge, die diesmal 20 x 30 Zentimeter maßen, auf seiner Schreibtischunterlage aus. Active sah hin und bevor er schnell den Blick abwandte, hatte er einen flüchtigen Eindruck von einer Ansammlung blutiger Körperteile, die einfach kein vollständiges menschliches Wesen ergeben konnten. Dennis ging es ebenso.

»Sie ist am östlichen Ende der Four Street von einer Schneefräse überfahren worden«, sagte Cullars. »Das war im Februar, um Mitternacht, etwa sechs Wochen nach dem Vorfall im Aurora Bingo. Schneesturmwetter, in solchen Nächten fragt sich wohl jeder in Anchorage, was zum Teufel er hier überhaupt zu suchen hat.«

Cullars schien ihr Unbehagen zu bemerken, denn er schob die Fotos zu einem Stapel zusammen und legte sie mit der Bildseite nach unten hin. »Der Fahrer des Schneepfluges sah sie aus dem nächtlichen Schneetreiben auftauchen und die Arme schwenken, dann ein dumpfer Schlag und sie war schon in der Schraube, bevor er noch auf die Bremse treten konnte.«

Er tippte auf den umgedrehten Stapel von Fotos. »Die Stücke hier kamen aus dem Gebläse und landeten im Schneeanhänger hinter der Fräse. Wir brauchten zwei Tage, um die Ladung durchzusieben und das ist alles, was wir gefunden haben. Als der Fahrer auf die Bremse trat, ist das Schneerohr nach vorne geklappt, und wir nehmen an, dass die weiteren Überreste ihres Körpers in die Schneewälle entlang der Four Street gesprüht wurden.«

Active starrte den Stapel an. »Sie hatte keine Papiere bei sich?«

Cullars schüttelte den Kopf. »Nichts. Von ihren Kleidern war nicht viel übrig, also kann mans nicht so genau sagen.«

»Noch weitere Zeugen außer dem Schneepflugfahrer?«

»Wir konnten keine finden. Der Fahrer glaubte, er hätte ein paar Minuten später jemanden aus dem Schneesturm auftauchen sehen, vielleicht noch eine Obdachlose, aber sie warf nur einen einzigen Blick auf die Szene und gab dann Fersengeld. Aber er stand zu sehr unter Schock, um sich sicher zu sein. Wenn in dieser Nacht noch jemand dabei war, haben wir sie nie gefunden. Oder ihn.«

Während Active niedergeschlagen dachte, dass es kein Wunder war, wenn Cullars die Frau aus dem Schneesturm nicht finden konnte, nahm Dennis den Tatortbericht aus der Mappe und blätterte ihn durch. »Hat die Mordkommission sich nie damit befasst? Wenn noch jemand anderes am Schauplatz war und dann wegläuft, so wirft das doch Fragen auf.«

»Ich habe auch gedacht, ob sie vielleicht gestoßen wurde, aber es ist mir nicht gelungen, die Mordkommission dafür zu interessieren. Sie hatten damals mit einer Art Bandenkrieg oben in Mountain View zu tun, mit einem toten Filipino in der Pine Street und ein paar angeschossenen vietnamesischen Jungs. Und hier gabs eigentlich keinen richtigen Anhaltspunkt. Ein Obdachloser, der vom Schauplatz eines Unfalls wegrennt, was heißt das schon? Auch wenn er gar nichts mit der Sache zu tun hat, würde so einer nicht dableiben und mit der Polizei reden. Und ich bin nur der Kerl aus dem Keller, verstehen Sie? Die Mordkommission hört nicht auf mich.«

Dennis zuckte die Achseln. »So sind die manchmal.«

»Immer«, sagte Cullars.

»Hat die Autopsie irgendetwas erbracht?«, fragte Active.

»Nicht viel.« Cullars ließ seinen Finger über den Bericht gleiten und las die Hauptpunkte vor. »Sechsundzwanzig, plus/minus ein oder zwei Jahre, mindestens eine Schwangerschaft, starke Raucherin. Schwer angetrunken, litt unter einer ziemlich ernsten Lungenentzündung, als sie überfahren wurde.«

»Haben die Fingerabdrücke Sie weiter gebracht?«

»Es gab keine«, erwiderte Cullars. »Die linke Hand haben wir nie gefunden, an der rechten hingen nur noch zwei Finger, und die waren zu zerfetzt, um Abdrücke zu nehmen.«

»Wie stehts mit den Zähnen?« Active tippte sich wieder gegen den Unterkiefer.

Cullars schüttelte den Kopf. »Der größte Teil des Schädels fehlte. Ein Stück Kopfhaut, an dem noch das linke Ohr und etwa fünf Zentimeter Oberkiefer hingen, ist alles, was wir gefunden haben. Zähne überhaupt nicht.«

»Und sie glauben, sie war eine Ureinwohnerin?«, fragte Active. »Wie kommen Sie darauf?«

»Möglicherweise eine Ureinwohnerin«, sagte Cullars. »Haut und Haare waren dunkel. Vielleicht auch eine Asiatin, Filipina, Indianerin oder eine aus dem Südpazifik, Sie wissen schon. Wollen Sie sich die anschauen?« Er tippte auf die Fotografien.

»Ich glaube nicht, wenn Sie lediglich ein Ohr und ein Stück Kopfhaut haben«, meinte Active. »Das bringt uns nicht weiter. Ich habe Grace Palmers linkes Ohr nie gesehen.«

Er erhob sich, um zu gehen. Es deprimierte ihn, dass er der Antwort keinen Schritt näher gekommen war.

»Schade«, sagte Cullars. »Schätze, unsere himmlische Tote bleibt ebenfalls unidentifiziert.«

Active setzte sich wieder. Eine Alarmglocke schrillte in einem entfernten Winkel seines Hirns. »Das wollte ich noch fragen. Warum nennen Sie sie so? Himmlische Tote?«

Dennis, der ebenfalls schon aufgestanden war, ließ sich wieder in den Stuhl sinken.

»Wegen der Tätowierung natürlich.« Cullars musterte sie träge. »Habe ich die Tätowierung nicht erwähnt? Sie haben doch die Aufnahmen von der Tätowierung gesehen?«

Sie starrten ihn verständnislos an. Cullars wirkte plötzlich verlegen und sagte: »Tut mir Leid. Ich dachte, ich hätte es Ihnen gesagt. Sie hatte ein ›Jailhouse Special‹.«

Während sich Dennis wieder an die Schläfe tippte und Grimassen schnitt, drehte Cullars die Fotos mit der Bildseite nach oben, blätterte sie durch und schob zwei der Farbabzüge aufeinander gelegt über den Tisch.

Auf dem oberen, einer Totalen, war bildfüllend ein kopfloser, verstümmelter Frauentorso zu sehen, der linke Arm am Bizeps abgetrennt, der rechte Arm vollständig, aber zerfetzt, linkes Bein intakt, vom rechten nur der Oberschenkel, ein klaffender diagonaler Schnitt quer über den Bauch. Sie hatte einmal eine ganz hübsche Figur gehabt, obwohl sie zum Zeitpunkt ihres Todes einen kleinen Kugelbauch angesetzt hatte, vermutlich vom Trinken.

Cullars tippte auf die linke Brust der Leiche, wo irgendeine Zeichnung auf der Haut sichtbar war, dann zog er die untere Aufnahme heraus. »Deshalb nenne ich sie die himmlische Tote.«

Active studierte die Nahaufnahme der Zeichnung direkt über dem Warzenhof, ein versonnener, androgyner Engel, der über dem Herzen der toten Frau schwebte. Die Tätowierung war in geschickten, wenn auch ungeschulten schwarzen Strichen ausgeführt, die eine Art Sehnsucht oder Einsamkeit in den Gesichtszügen einfingen. »Und Sie meinen, das wurde im Gefängnis gemacht?«

Cullars nickte. »Höchstwahrscheinlich. Anscheinend nehmen sie Zahnpasta und mischen Zigarettenasche darunter oder schmelzen einen schwarzen Damestein aus Plastik ein. Sie tätowieren sich gegenseitig mit angespitzten Gitarrensaiten und dem Motor aus einem Kassettenrecorder, oder was immer sie auftreiben können. Manche werden ziemlich geschickt darin und machen dann sogar, wenn sie rauskommen, ganz legal in Tätowierung. Falls es so etwas gibt.«

Active schob die Fotografie von sich und fühlte sich ratlos. Ein tätowierter Engel, die Tochter eines Geistlichen ... konnte sein, konnte aber auch nicht sein. »Haben Sie in den Tätowierstudios nachgeforscht, ob irgendjemand die Arbeit erkennt?«

»Ja, ich war bei einigen.« Cullars schüttelte den Kopf. »Sie reden genauso ungern mit uns Bullen wie die Leute von der Straße. Angeblich kannten sie den Stil nicht. Aber sie haben alle gemeint, dass es nach einer Gefängnisarbeit aussieht.«

Dennis neigte den Kopf über den Engel, um ihn sich genauer anzusehen. Cullars stand auf und goss sich Kaffee nach. Er riss gerade fünf weitere Zuckertütchen auf, als Dennis sagte:

»He, was ist das?« Er deutete auf einen Punkt zwischen den Füßen des Engels.

Cullars beugte sich vor, um besser zu sehen, dann winkte er ab. »Ach, das. Vielleicht ein Muttermal. Oder die Nadel ist ausgerutscht.« Er schüttete den Zucker in seinen Kaffee.

Active betrachtete den Punkt genauer. Er fragte sich, warum er ihm zuvor nicht aufgefallen war. Dennis' Kopf tauchte neben ihm auf.

Der Punkt sah nicht aus wie ein Muttermal oder wie ein schwarzer Tintenklecks. War da nicht eine feine Linienstruktur? »Haben Sie ein Vergrößerungsglas?«, fragten Dennis und er gleichzeitig.

Cullars angelte eine Lupe aus der Schublade mit dem Zuckervorrat und reichte sie weiter. Dennis richtete die Lupe auf den Punkt, während er und Active mit zusammengekniffenen Augen das unscharfe kleine Abbild studierten. Das war hundertprozentig eine Linienstruktur, dachte Active, aber schwer auszumachen. Die Details des Punktes lagen gerade an der Grenze der Auflösung des Objektivs, mit dem das Foto geknipst worden war.

»Sieht aus wie Buchstaben«, sagte Dennis schließlich. »Einer im anderen. O-R vielleicht.«

Active sah Cullars an. »Signieren diese Tätowierer im Knast ihre Arbeit? Haben Sie schon mal von einem mit den Initialen O.R. gehört? Vielleicht können wir ihn auftreiben, oder sie, und erfahren, wer die Tote war.«

»Nicht, dass ich wüsste.« Cullars nahm einen tiefen, genüsslichen Schluck aus seiner Kaffeetasse und sog die Wangen ein. »Aber manchmal geben sie dem Bild einen Titel.«

»Einen Titel? Mist.« Active entriss Dennis die Lupe und beugte sich wieder über den Punkt. »G.P. Das heißt es. Nicht O.R., sondern ein G mit einem P darin. Mist.«

Active spürte, wie es in seinem Magen heiß aufwallte, während seine Vermutung zur Gewissheit wurde. Er warf die Lupe auf den Tisch, streifte mit einem letzten Blick den zweiten Farbabzug, das Foto von Grace Palmers verstümmelten Torso mit seinen eigentümlich hübschen Brüsten und dem traurigen kleinen Säuferbauch, dann sprang er auf und ging zur Tür. Heftig atmend versuchte er, die aufsteigende Übelkeit niederzukämpfen.

Dennis, der die Lupe wieder an sich genommen hatte, prüfte die Initialen nochmals und nickte. »Ja, ich glaube, du hast Recht, Nathan. Es ist ein P in einem G.« Er seufzte, ein tiefer, pfeifender Seufzer, dann legte er das Vergrößerungsglas hin.

»Glauben Sie, dass sie es ist?« Cullars nahm jetzt selbst die Initialen unter die Lupe.

Active war schon halb aus der Tür, als er hörte, wie Dennis Cullars' Frage beantwortete: »Ja, Walter, ich glaube, Sie können den Fall der himmlischen Toten abschließen.«

»Aber das ist ein P«, sagte Cullars. »Haben Sie nicht gesagt, ihr Name wäre Grace Tucker? Hier steht G.P.«

Diese Angie

»Tut mir Leid, Mann. Ich hatte vergessen, dass Cullars so beschränkt ist. Soviel ich weiß, hat er sich vor ungefähr fünf Jahren bei einer wilden Verfolgungsjagd überschlagen und sich dabei schwere Kopfverletzungen zugezogen. Deshalb sitzt er jetzt im Keller.«

Active, die Ellenbogen auf einen Stapel Archivkartons gestützt, starrte auf die Wand und antwortete nicht.

»Wenigstens wissen wir jetzt Bescheid, hm?«

»Glaubst du, seine Vermutung stimmt? Dass sie gestoßen wurde?« Active wandte sich zu seinem Freund um.

Dennis kratzte sich am Kinn. »Schwer zu sagen. Ich habe

gehört, vor dem Unfall soll er eine verdammt gute Nase gehabt haben, aber jetzt ... tja, du hast ihn ja erlebt.«

»Ja, aber es scheint ihm nicht viel zu entgehen, zum Beispiel die Frau, die in der Nacht im Schneesturm unterwegs war. Glaubst du, es war diese Angie?«

»Wer?«

Active rekapitulierte seine Unterhaltung mit Special Ed im Aurora Bingo.

Dennis legte die Stirn in Falten und überlegte einen Moment. »Wer weiß? Die Spur ist ziemlich kalt, falls es wirklich diese Angie war. Aber ich kann dich mit der Mordkommission kurzschließen, wenn du willst.«

»Glaubst du, sie würden etwas unternehmen?«

»Mal sehen, das ist jetzt wie lange? – fast dreieinhalb Jahre her. Opfer und Verdächtige beides Obdachlose, keine Zeugen, kein Beweismaterial, keine Spuren. Ja, ich glaube, sie werden etwas unternehmen. Sie werden die Information zur Kenntnis nehmen und sie zu den Akten legen, genau wie sies bei Cullars gemacht haben.«

»Dann also nicht.«

Dennis zuckte die Achseln. »Egal, jedenfalls muss ich jetzt zurück zur Arbeit. Kommst du zurecht?«

»Mir gehts bestens. Noch ein Nachmittag Fortbildungsseminar ist genau das, was ich jetzt brauche.«

Sie gingen gemeinsam den Flur entlang. »Möchtest du heute Abend etwas unternehmen?« Dennis sagte es ein wenig zu beiläufig. »Kino vielleicht?«

Active warf ihm einen Seitenblick zu. »Spielst du jetzt meinen Babysitter? Ich sage doch, mir gehts bestens.«

Dennis zuckte die Achseln.

»Außerdem muss ich mich ein bisschen um Ed und Carmen kümmern, sonst schmeißen sie mich raus«, sagte Active. »Der Preis für mietfreies Wohnen ist, dass man Zeit mit seinen Eltern verbringt. Schon vergessen?«

Dennis lachte in sich hinein. »Wie wärs dann mit Freitag? Die Finests haben wieder ein Hockeyspiel und ich glaube, wir brauchen noch einen Verteidiger. Einer unserer regelmäßigen Mitspieler hat gerade Nachtschicht.« Er sah Active an. »Im Ernst. Ehrlich.«

Die Vorstellung von krachenden Schlagschüssen und groben Bodychecks reizte ihn. Das Denken ausschalten, sich nur auf Schnelligkeit, Reflexe und mannhafte Gleichgültigkeit gegenüber dem Schmerz verlassen. »Ja, gerne. Wie viel Uhr?«

»Acht Uhr, im Fire-Lake-Sportzentrum«, sagte Dennis.

»So weit draußen in Eagle River? Ist wohl nicht einfacher geworden, Zeit auf dem Eis zu bekommen, was?«

»Ja, immer noch dasselbe. Wenn wir in der Stadt im Ben Boeke spielen, müssen wir um fünf oder sechs Uhr morgens anfangen.«

Active verzog das Gesicht. »Ich denke, ich schaffe es zum Fire Lake.«

»Wir haben noch Reserveausrüstung, falls du dein altes Zeug nicht mehr findest«, sagte Dennis.

Unter der Leitung von Christie und Rita verlief das Seminar ohne Spannungen und dramatische Konflikte, sodass Actives Gedanken abschweiften und er die letzten paar Tage noch einmal Revue passieren ließ.

War tatsächlich erst Mittwoch? War es wirklich erst fünf Tage her, seit ihm Jaron Palmer in der Chukchi Highschool das Wandbild von Grace Palmer gezeigt hatte? Fünf Tage, seit Lucy Generous noch vor ihm selbst gespürt hatte, was in ihm vorging und sie diesen großen Streit gehabt hatten?

Inzwischen kam es ihm so vor, als spuke ihm Grace Palmer schon jahrelang im Kopf herum, als hätte er sie persönlich gekannt, hätte selbst mit angesehen, wie sie die Fenster entlang der Four Street einschlug, wie sie Polizisten und vielleicht sogar einem Richter empfahl, sich gegenseitig einen zu blasen.

Als wäre er dabei gewesen, wie sie den Aanas im Aurora Bingo ihre Überlegenheit zeigte und Special Ed den roten Farbkleckser ins Auge stieß. Und jetzt war sie weg.

Nein, das war Blödsinn. Absoluter Schwachsinn. Sie war nie da gewesen. Sie war vor drei Jahren in eine Schneefräse geraten, bevor er jemals ihren Namen gehört hatte, bevor er jemals den silbernen Schimmer in den Fuchsaugen an der Wand der Chukchi Highschool entdeckt hatte. Er stellte sich vor, wie Grace Palmer wild die Arme schwenkend der Schneefräse des Räumdienstes von Anchorage in den Weg trat, drehte und wendete das Bild im Geiste und versuchte zu erkennen, wie sehr es schmerzte. Im Grunde nicht besonders. Es war gar nicht so schwierig, von ihr abzulassen, und er fühlte sich Lucy Generous plötzlich auf eine Weise wieder nah, wie schon seit ... ja, seit wann eigentlich nicht mehr? Seit der Nacht, als er Grace Palmers Polizeiakten mit Dennis Johnson durchgegangen war.

Aber jetzt dachte er wieder an Lucy, an ihre Wärme und ihr Lächeln. War er jemals jemandem begegnet, der seine Gefühle so offen zeigte? Er erinnerte sich an ihren Versöhnungssex nach dem großen Streit am vergangenen Freitag, nein, eigentlich zwischen zwei Auseinandersetzungen, und er spürte, wie sein Glied sich regte. Er musste die Beine übereinander schlagen.

Er wollte etwas Nettes für Lucy besorgen, bevor er nach Chukchi zurückfuhr, und sich noch einmal bei ihr entschuldigen. Vielleicht würde er sie heute Abend anrufen, ein paar pikante Andeutungen machen, hören, wie sie reagierte, vielleicht konnten sie es zur Abwechslung mal mit Telefonsex probieren. Er schüttelte den Kopf, trank einen Schluck von dem Pepsi light unter seinem Stuhl und hob sich den Gedanken für später auf.

Was war da eigentlich geschehen? Diese Grace-Palmer-Geschichte. Panik vermutlich. Panik wegen Lucy Generous, obwohl ihm nicht ganz klar war, womit sie ihm einen solchen Schrecken eingejagt hatte.

Die Ehe? Lag es daran? War er vor sich selbst erschrocken, weil er merkte, dass er nahe daran war, die bewusste Frage zu stellen? Nicht, dass es große Zweifel über Lucys Antwort gegeben hätte.

Vielleicht hatte er sich deshalb auf Grace Palmer fixiert – die geheimnisvolle Schöne, verloren und vor allem unerreichbar. Weil er in Panik geriet beim Gedanken, dass sich in ihm vielleicht ein Heiratsantrag anbahnte wie ein Nordlicht, das im winterlichen Himmel zu flackern begann. Er hatte sich von etwas abgelenkt, das ihm Angst machte, indem er sich auf etwas konzentrierte, das er nicht haben konnte und wahrscheinlich nicht einmal haben wollte, falls er es fand. Genauso war es.

Was immer der Auslöser gewesen sein mochte, jetzt, wo er wusste, dass Grace Palmer nicht mehr lebte, schien es vorbei zu sein. Darum tat ihm der Gedanke an ihren schrecklichen Tod nicht so weh wie erwartet. Ein trauriges Ende, gewiss, und es würde nicht leicht sein, Jaron Palmer die Wahrheit zu sagen. Aber es war keine ungewöhnliche Geschichte für die Four Street.

Carmen bereitete gerade Heilbutt und gebackene Kartoffeln auf dem neuen Gasgrill zu, als ihr Adoptivsohn die Schiebetür zur hinteren Veranda öffnete.

»Es ist fünf vorbei«, sagte Nathan, den Kopf durch die Tür gesteckt. »Willst du ein Bier?«

Sie sah auf die Uhr. »Stimmt. Ich glaube, du liest meine Gedanken.«

Er grinste, verschwand und kam einen Augenblick später mit einem Heineken und einem eiskalten Glas für sie zurück, einem Pepsi light und einem Glas voll Eiswürfel für sich selbst. Er schenkte ein und inspizierte den Grill. »Heilbutt, hm? Das perfekteste Nahrungsmittel, das uns Mutter Natur geschenkt hat.«

»Ich dachte, das wäre Milch?«

»Nur, weil die Kühe keinen Heilbutt essen.«

Sie kicherte und musterte ihn, während sie an ihrem Bier nippte. Es war das erste magere Witzchen, das er die ganze Woche gerissen hatte. Die Anspannung, die ihn bis jetzt so verschlossen hatte erscheinen lassen, war verschwunden. Gott sei Dank.

Sie fragte sich, was der Grund für seine Niedergeschlagenheit war. Gab es vielleicht Probleme bei der Arbeit, in diesem Computerkurs, wegen dem er nach Anchorage gekommen war? Hatte er Streit mit seiner Freundin in Chukchi, dieser Lucy Generous, von der ihr Martha am Telefon erzählt, die Nathan aber bis jetzt nicht erwähnt hatte? Oder hatte es mit dem Projekt zu tun, an dem er und Dennis Johnson nach Dienstschluss gearbeitet hatten? Mit der Suche nach Grace Palmer, dieser verschollenen Schönheitskönigin?

Von einem bestimmten Zeitpunkt an vertrauten Söhne ihrer Mutter nichts mehr von Bedeutung an. Schon gar nichts, was ihnen Sorgen machte. Das war ihr bewusst. Aber Nathan war schon als Kind außergewöhnlich verschlossen gewesen. Sogar für einen adoptierten Eskimojungen, der bei weißen Eltern tausend Kilometer von Chukchi entfernt aufwuchs. Im Laufe dieser Woche hatte er jedenfalls nicht das Geringste von sich erzählt. Aber vielleicht jetzt?

»Guter Tag gewesen?«, fragte sie leichthin und nach gründlicher Überlegung.

Er seufzte. »Ja und Nein.«

»Also eine Art Zen-Tag?«

Er lachte, aber nur ein wenig. »Wir haben herausgefunden, dass Grace Palmer tot ist, das ist alles.«

Carmen prüfte ein Heilbuttfilet mit der Grillgabel und sah, dass es schon durch war, obwohl die Kartoffeln noch ein paar

Minuten brauchten. Sie hob die Filets auf einen Teller, deckte sie mit Folie zu und stellte sie auf das obere Gitter des Grills, um sie warm zu halten. »Das ist ein Jammer. Wie ist sie gestorben?«

Er berichtete ihr von Grace Palmers Begegnung mit einem Schneepflug auf der Four Street im Winter vor drei Jahren. Davon, wie Dennis' scharfer Blick einen kleinen Punkt entdeckt hatte, der in Wirklichkeit Grace Palmers Initialen war. Und wie er und Dennis darüber spekuliert hatten, ob Grace Palmer von jener schemenhaften Gestalt vor den Schneepflug gestoßen worden war, die der Fahrer einen Moment lang aus dem Schneesturm hatte auftauchen sehen.

»Wirklich? Sie wurde ermordet?«

Er runzelte die Stirn. »Ich weiß nicht. Vielleicht. Aber es ist so lange her, und die Person im Schneesturm könnte inzwischen ebenfalls tot sein. Außerdem besteht so gut wie keine Aussicht, sie zu finden. Oder ihn. Egal, das ist das Problem des APD, nicht meins. Ich weiß, was ich ihrem Vater sagen muss, und mehr wollte ich auch gar nicht.«

Er ging hinüber zum Grill, hob die Folie über dem Heilbutt an, stibitzte einen Bissen und hielt ihn dann zwischen den Zähnen fest, während er zum Abkühlen Luft darüber blies. »Mmmm, iss ass guh. Assuh ie kann?«

»Was? Sprich nicht mit vollem Mund, vor allem nicht mit heißem Heilbutt.«

Nach ein paar Sekunden hatte er den Heilbutt ohne sich zu verbrennen verdrückt und versuchte es noch einmal: »Mmmm, ist das gut. Hast du sie gekannt?«

»Grace Palmer? Nein, wenn ich mich recht erinnere, war sie noch ein Baby, als wir hierher gezogen sind.« Sie drückte die Ecke der Folie wieder an, die Nathan offen gelassen hatte. »Ich entsinne mich dunkel, dass ein Pastor der Pfingstkirche in die Stadt kam, während wir noch dort wohnten. Könnte ihr Vater gewesen sein. Und ich weiß noch genau, darüber gelesen zu haben, dass ein Mädchen aus Chukchi die Wahl zur Miss

North World gewonnen hat. Aber ihr Name hat mir nichts gesagt. Was für eine schreckliche, traurige Geschichte.«

»Ja.« Er schüttelte den Kopf und zog die Stirn wieder in Falten. »Es wird nicht leicht sein, es ihrem Vater beizubringen, aber wenigstens hat die Sache nun ein Ende.«

Sie stach die Grillgabel in eine Kartoffel und zog sie wieder heraus. »Ich glaube, sie sind durch. Schneidest du ein bisschen Brot auf, während ich den Salat mache?«

Nathan stand auf und nahm den Teller mit dem Heilbutt, während sie die Kartoffeln auf einen zweiten Teller häufte. »Was ist mit Ed? Isst er heute Abend nicht mit uns?«

»Er macht morgen mit seinen Fünftklässlern einen Ausflug in eine Feuerwache. Er hat nur ein Sandwich gegessen und ist dann wieder gegangen, um alles zu organisieren.«

Sie gingen ins Haus und beschäftigten sich mit Brot und Salat, bis sie beschloss, ihr Glück zu versuchen. »Martha hat mir gesagt, dass du dich mit jemandem triffst? Einer Lucy Generous?«

Er grinste. »Kann man so sagen.«

»Und ist sie … ist sie nett?«

Er grinste wieder. »Nein, mir sind die Fiesen lieber.«

Carmen spürte, wie sie leicht errötete. »Tut mir Leid, ich wollte nicht neugierig sein, aber du weißt ja, wie Mütter sind.«

»Ja«, sagte er. »Alle beide.«

»Wir sind sozusagen in der Übermacht, hm?«

»Ja, genau.« Dann überraschte er sie, indem er sich zu ihr beugte und ihr einen Kuss auf die Wange gab. »Aber nett.«

Das brachte sie zum Lächeln und dann überraschte er sie noch mehr. »Keine Sorge«, sagte er. »Vielleicht gibts bald Neuigkeiten aus dieser Ecke.«

Sie wandte sich um und starrte ihn an. »Was für Neuigkeiten? Welche Ecke? Höre ich da Hochzeitsglocken läuten?«

»Tja«, sagte er und grinste listig, »wenn ich das jetzt sage, wärs ja keine Neuigkeit mehr, oder?« Mit diesen Worten setzte er sich an den Tisch und fing an, sich den Teller mit Heilbutt voll zu schaufeln.

Während des Essens versuchte sie, noch mehr aus ihm herauszukriegen, aber er antwortete nur mit seinem Grinsen. Sie wechselte das Thema und erzählte von der Heilbutt-Fangtour, die sie am Wochenende nach Homer unternehmen wollten. Damit, so sagte sie, würden sie die Tiefkühltruhe wieder auffüllen und ihm vielleicht sogar etwas nach Chukchi mitgeben können.

Er äußerte höflichen Enthusiasmus, bezweifelte jedoch, dass selbst der beste Heilbutt aus Homer sich mit dem Weißlachs aus Chukchi messen konnte. Er versprach, bei seinem nächsten Besuch eine Kostprobe mitzubringen.

Carmen nahm sich vor, in Chukchi anzurufen. Am Ende hatte Martha eine Ahnung, worum es bei diesen Neuigkeiten ging. Vielleicht hatte Nathan seiner leiblichen Mutter etwas erzählt, das er ihr verschwieg.

Nach dem Essen half Nathan Carmen, das Geschirr in die Spülmaschine zu räumen, dann ging er die Treppe hinauf in sein altes Zimmer. Seit seinem Auszug wurde es als Computerzimmer benutzt und an seinem alten Telefonanschluss – dem »Teenageranschluss«, wie es im Telefonbuch von Anchorage geheißen hatte – hing jetzt das Modem. Doch auch der Telefonapparat im Zimmer funktionierte noch. Glück gehabt, dachte er. Wenn er tatsächlich den Mut für einen Versuch aufbrachte, Lucy per Ferngespräch zu verführen, dann wollte er nicht, dass Carmen oder Ed zufällig einen Nebenanschluss abnahmen und mithören konnten. Die Chancen standen etwa gleich, dass das Gespräch entweder das aufregendste oder das dämlichste Telefonat sein würde, das je unter ihrem Dach geführt worden war.

Würde er es wirklich fertig bringen? Er versuchte sich vorzustellen, wie er Lucy fragte: »Was hast du gerade an?«, aber die Szene wollte einfach nicht plastisch werden. Entweder blieb ihm im entscheidenden Augenblick die Sprache weg, oder er konnte ein Kichern nicht unterdrücken. Oder Lucy würde einfach vor Lachen herausplatzen angesichts seiner männlichen Blödheit.

Nein, lieber einfach anrufen, eine ganz normale Unterhaltung führen und sich auf die Mitteilung beschränken, dass Grace Palmer tot war. Er konnte andeuten, dass die Grace-Palmer-Affäre für ihn eine Art Krisis gewesen war, deren Höhepunkt er überwunden hatte. Er hatte das vage Gefühl, ihr eine Erklärung schuldig zu sein. Vielleicht würde sie das als solche akzeptieren, wenn er schon nicht die richtigen Worte fand.

Jedenfalls konnte es im Vergleich zu ihren beiden letzten Gesprächen, seit er in Anchorage war, nur besser werden. Die hatten hauptsächlich daraus bestanden, dass Lucy fragte: »Hast du sie gefunden?«, dann seine Antwort: »Nein«, woraufhin sie sagte: »Aber du suchst weiter? Na, dann viel Glück.« Klick, aufgehängt.

Er setzte sich an den Computertisch, seinen alten Schreibtisch, auf dem das Telefon stand, und dabei fiel ihm wieder der Stapel Polizeiakten über Grace Palmer auf, die Dennis Johnson ausgegraben hatte. Er hatte sie zwei Nächte zuvor, nachdem sie sich durch die Aufzeichnungen des APD geackert hatten, achtlos weggelegt. Jetzt waren die Akten über den ganzen Tisch verstreut und zwei davon waren zu Boden gefallen. Er schichtete sie wieder zu einem Stapel und sicherte ihn mit einem großen Gummiband, das er in einer Schreibtischschublade gefunden hatte. Dann legte er sie auf seine Aktentasche gleich neben dem Bett.

Als er den Tisch endlich frei hatte, griff er nach dem Telefon und wählte die Nummer von Lucys Großmutter in Chukchi. Aber nicht Lucy kam an den Apparat, sondern Pauline Generous.

Bevor er auch nur fragen konnte, ob Lucy zu sprechen sei, sagte die alte Dame bereits dasselbe, was ihre Enkelin schon die ganze Woche lang gesagt hatte.

»Hast du Gracie Palmer schon gefunden?«

Er kämpfte mit sich, ob er Pauline erzählen sollte, was er herausgefunden hatte, entschied sich aber dagegen. Er wollte nicht, dass Jaron oder Ida Palmer durch den schier endlosen Strom von Klatsch, der sich tagtäglich durch die Straßen von Chukchi ergoss, vom Tod ihrer Tochter erfuhren. Er nahm an, dass Lucy das Geheimnis für sich behalten konnte, jedenfalls für ein paar Tage. Aber Pauline würde es nicht einmal zehn Minuten lang fertig bringen, den Mund zu halten. Jedenfalls nicht, wenn sie erst mal mit den anderen Aanas im Seniorentreff zu ihrer täglichen Partie ›Snerts‹ zusammensaß, diesem unverständlichen Kartenspiel, das man nirgendwo außer in Chukchi und den umliegenden Dörfern zu spielen schien.

»Nein, ich hab sie nicht gefunden«, sagte er. »Aber ich habe es aufgegeben. Es ist zu Ende.«

Die alte Dame schnaubte. »Ist auch besser so. Suchst du Lucy? Sie ist drüben bei dir und taut den Kühlschrank ab, glaube ich.«

Er bedankte sich und legte auf. Insgeheim hoffte er, dass vielleicht doch noch eine Chance auf Telefonsex bestand. Was hatte Lucy schon wieder gesagt, als er ihr vor einer Woche bei ihrer Versöhnung den Slip heruntergerissen hatte? Dass sie keinen mehr tragen würde, wenn sie das nächste Mal zu ihm kam? Das war es.

Wie sollte er beginnen? »Hast du das an, was du anhaben wolltest, wenn du wieder zu mir kommst?« Ja, das brachte er vielleicht gerade noch über die Lippen. Die Worte klangen nicht unaussprechlich, und wenn Lucy auf seine Wellenlänge kam, dann würde die Natur eben ihren Lauf nehmen. Oder nicht.

Er stand auf und sperrte die Zimmertür ab, setzte sich wieder an den Schreibtisch und wollte gerade nach dem Hörer greifen, als das Telefon klingelte. Er starrte es überrascht an und überlegte beim Abheben, wer wohl auf Eds und Carmens Modemanschluss anrufen sollte.

»Wo gibts denn sowas? Der alte Teenageranschluss ist ja noch in Betrieb!«

»Dennis! Du bist wahrscheinlich der einzige Mensch auf Erden, der sich noch an die Nummer erinnert.«

»Ja, ich hab ein Gehirn wie Fliegenleim, alles bleibt dran kleben. Hast du eine Minute Zeit?«

»Doch, ja.« Active hoffte, dass es tatsächlich nur eine Minute dauern würde, sodass er seine Verführungspläne mit der ahnungslosen Lucy weiterspinnen konnte.

»Ich habe gerade gedacht, vielleicht schaue ich noch schnell vorbei und nehme die Akten mit, dann kann ich sie morgen zurückgeben.«

»Jetzt? Heute Abend noch? Soll ich sie dir nicht lieber morgen Mittag vorbeibringen? Oder du kannst sie im Hotel abholen.«

»Ach, na ja, ich, also ...«

»Was?«

Langes Schweigen in der Leitung. »Bist du sicher, dass du das hören willst?«

»Was?«

Dennis seufzte. »Erinnerst du dich noch, dass ich mit diesem Kerl im Creekview reden wollte?«

Active wusste nicht sofort, was Dennis meinte. »Die Absteige, wo sich Grace Palmer die Öldividende auszahlen ließ?«

»Genau. Neulich hatte ich den Manager verpasst, aber er hat mich heute Nachmittag zurückgerufen. Und er erinnert sich an sie. Sie hat wirklich eine Weile dort gewohnt, es war nicht nur eine Postadresse.«

Warum fiel ihm Dennis damit auf die Nerven? Die tote Grace Palmer war doch nur noch eine Akte in Walt Cullars' Kellerbüro. »Und?«

»Und erinnerst du dich an die beiden Frauen, die da angeblich mit ihr zusammen gewohnt haben? Laut Manager war eine davon tatsächlich ihre Zimmergenossin.«

Ein unbehagliches Gefühl stieg in Active hoch. Etwas in Verbindung mit den Zimmergenossinnen rumorte in seinem Hinterkopf. Shaneesha Prather hatte die eine geheißen, und die andere …

»Angelina Ramos«, sagte Dennis.

»Angie«, sagte Active. »Diese Angie, von der Special Ed mir erzählt hat.«

»Sehe ich auch so«, sagte Dennis.

»Und woher kommt Ramos? Ist sie Mexikanerin?«

»Nein, Filipina. Ist bei denen ein ganz geläufiger Name.«

»Und der Kerl vom Creekview kannte sie?« Active versuchte, beiläufig zu klingen, obwohl er die Worte durch seine immer enger werdende Kehle pressen musste.

»Nein, der hatte keinen Schimmer.« Active wollte schon aufatmen, als Dennis triumphierend hinzufügte: »Aber der Computer.«

Active seufzte. »Und weiter?«

Dennis erklärte, wie er Angelina Ramos in den Akten der Alaska-Öldividende aufgestöbert hatte. Nach Grace Palmers Tod hatte sie ein Jahr lang nicht kassiert, dann aber in Dutch Harbor einen neuen Antrag gestellt. Ihr letzter Antrag, der erst drei Monate zurücklag, nannte als Postadresse die Firma Elizabeth Cove Seafoods in eben diesem Fischerhafen auf den Aleuten. Ein Anruf bei der Zentrale des Arbeitsamtes hatte Dennis bestätigt, dass laufend Beiträge zur Arbeitslosenversicherung vom Gehaltskonto einer gewissen Angelina Ramos bei Elizabeth Cove Seafoods in Dutch Harbor eingezogen wurden.

»Es war Cullars, der die Idee hatte, beim Arbeitsamt anzurufen«, schloss Dennis. »Schätze, er hat immer noch einiges auf dem Kasten, wenn er auch nicht mehr der Alte ist. Vielleicht liegt es an dem vielen Zucker.«

Active dachte nach. »Und wo stehen wir jetzt?«

»Ich übergebe die Sache dem Morddezernat«, sagte Dennis. »Die Ramos ist nach Grace Palmers Tod untergetaucht und hat sich nach Dutch Harbor abgesetzt. Warum hätte sie die Öldividende ein Jahr lang sausen lassen sollen, außer um ihre Spuren zu verwischen? Keiner, der bei Verstand ist, lässt sich ein Fünfzehnhundert-Dollar-Geschenk von Vater Staat entgehen.«

»Ich verstehe immer noch nicht, warum du jetzt die Akten brauchst. Kann das nicht bis morgen warten?«

»Ich will sie heute Nacht noch einmal durchgehen. Mal sehen, ob die Ramos noch irgendwo anders als dem Creekview auftaucht«, sagte Dennis. »Dann schreibe ich einen kurzen Bericht und gebe ihn morgen früh dem Morddezernat. Das müsste sie eigentlich auf Trab bringen, egal, wie viel sie zurzeit zu tun haben. Und dann kann ich endlich an meine eigentliche Arbeit zurück und deine Schönheitskönigin vergessen.«

»Ja, schön«, sagte Active.

»Ja, schön.«

»Na gut, komm rüber. Ich hab sie sowieso schon für dich zusammengepackt.«

Sie legten auf und Active holte den Stapel von seinem Aktenkoffer. Er überlegte sich, dass er lieber unten auf den Stufen vor dem Haus auf Dennis wartete, die Abendsonne genoss und versuchte, an gar nichts zu denken.

Es funktionierte nicht. Wenn er den Kopf zurücklegte und die Augen schloss, sah er unweigerlich Grace Palmers Gesicht vor seinem geistigen Auge aufflackern. Das Gesicht vom Wandbild. Die Fuchsaugen verschleiert, kein silberner Schimmer mehr darin. Tote Augen.

Er stapfte mit den Akten wieder nach oben, warf sich aufs Bett, zog das Gummiband ab und schlug den ersten Ordner auf.

Fünfzehn Minuten später, gerade als unten die Türglocke ertönte, schloss er den letzten Ordner und besah sich die drei

Blätter, die er bei seiner Suche herausgelegt hatte. Bei dem einen handelte es sich um den Beleg der Öldividendenauszahlung, der bewies, dass Grace und Angie zusammen im Creekview gewohnt hatten. Ein zweites stammte aus Grace Palmers Akte wegen Verkehrsbehinderung. Jemand namens »A. Ramos« hatte fünfzig Dollar Kaution für sie hinterlegt. Das dritte Blatt war aus der Akte über Grace Palmers Schaufensterbummel mit Glasbruch auf der Fourth Avenue. Der Polizeibeamte Tedrow hatte sorgfältig die Personalien aller Anwesenden aufgenommen, einschließlich einer gewissen »Angie Ramoth«, die zwar zugab, Grace Palmer zu kennen, aber jegliche Kenntnis vom Einschlagen der Fenster leugnete.

Na und, sagte er sich. Ein paar Obdachlose, seit Jahren befreundet, geraten im Suff und im falschen Augenblick in Streit, vielleicht wegen einer Flasche, und eine von ihnen endet als Hackfleisch in einer Schneefräse. Na und? Eher ein Unfall als ein Mord. Lass es bleiben, soll doch die Mordkommission sich damit abgeben, das ist ihr Job. Ob Angie Ramos wegen Grace Palmers Tod ins Gefängnis wandert, wen kümmerts? Nicht mein Bezirk, nicht mein Fall, nicht mein Problem. Die toten Augen würden tot bleiben.

Er hörte Carmen zur Tür gehen, um Dennis einzulassen, hörte, wie sein Freund die Treppe heraufpolterte, und als Dennis' Gestalt den Türrahmen ausfüllte, lagen die Akten wieder säuberlich aufgestapelt und wurden von einem Gummiband zusammengehalten.

»Sind sie das?«, fragte Dennis.

»Das sind sie«, antwortete Active. »Aber ich brauche sie noch ein Weilchen.«

Dennis runzelte die Stirn und sah aus, als versuchte er, die Pointe zu ergründen. »Für dein Poesiealbum, oder was?«

»Nein, für Dutch Harbor.«

»Dutch Harbor?«

»Da fahre ich hin.«

»Du? Wann?«

»Freitagabend, nach dem Unterricht, Samstagvormittag, wann immer ich einen Flug bekomme.«

»Ich weiß nicht …«

»Komm schon! Du sagst selbst, dass das Morddezernat möglicherweise nichts unternehmen wird. Glaubst du, die würden da so schnell jemanden hinschicken?«

Dennis zupfte nachdenklich an seiner Unterlippe. »Na schön, kann ja nichts schaden.« Er zog einen Stapel zusammengefalteter Papiere aus seinem Jackett. »Dann nimmst du das hier besser auch an dich. Ich habe mir eine Kopie von Cullars' Akte mit der himmlischen Toten geben lassen, als ich heute bei ihm war.«

Active griff nach den Papieren. »Sogar die Fotos?«

»Sogar die Fotos.«

Active legte das Bündel auf die anderen Akten. »Danke Dennis. Ich … na ja, vielen Dank.«

Dennis verdrehte nur die Augen und stampfte die Treppe hinunter.

Dritter Teil

Dutch Harbor

Angelina Ramos

Am Freitagnachmittag gab es keine freien Plätze mehr nach Dutch Harbor, und so wurde es Samstagmorgen, bevor Active dem Mann am Schalter der Aleutian Air Führerschein und Kreditkarte vorlegte und seine Reisetasche auf die Waage neben dem Schalter hievte. Selbst von dieser leichten Anstrengung pochte ihm der Schädel – eine Nachwehe des Hockeyspiels vergangene Nacht mit Dennis' Mannschaft, als zwei gegnerische Spieler ihn so hart in die Bande gerammt hatten, dass er ein paar Sekunden lang das Bewusstsein verloren hatte.

Der Schalterbeamte, ein properer junger Mann mit weißem Hemd, blauer Krawatte und Nickelbrille, musterte erst die Tasche, dann Active. »Ist das alles?«

»Das ist alles, außer meiner Aktentasche hier.« Active hielt sie in die Höhe, damit Mr. Jenkins, wie sein Namensschild besagte, sie inspizieren konnte.

»Sieht so aus, als ob die Reisetasche unter den Sitz passt«, sagte Jenkins. »Wollen Sie sie nicht lieber als Handgepäck nehmen?«

Active schüttelte den Kopf und meinte, er habe lieber mehr Beinfreiheit.

Jenkins blickte ihn an und hob bedeutungsvoll die Augenbrauen. »Aber vielleicht wäre es trotzdem ratsam, sie als Handgepäck zu nehmen.« Er beugte sich vertraulich über den Schalter. »Wir dürfen das eigentlich nicht sagen, aber …« Er verstummte und blickte Active erwartungsvoll an.

»Ach so«, sagte Active, als ihm klar wurde, was Mr. Jenkins erwartete. »Ich schweige wie ein Grab. Ihr Geheimnis ist bei mir sicher aufgehoben.«

Jenkins nickte und fuhr in verschwörerischem Ton fort: »Einmal wurde eine unserer Maschinen drei Tage lang durch einen Sturm in Dutch Harbor festgehalten. Seitdem treten die Leute sofort den Rückflug an, wenn der Wettergott grollt.«

Active musste ziemlich verständnislos dreingesehen haben, denn Mr. Jenkins erläuterte: »Und heute scheint der Wettergott sehr zu grollen.«

Er verstummte, sah Active an und konnte anscheinend kein Anzeichen des Begreifens entdecken. »Vielleicht bleibt keine Zeit, um das Gepäck auszuladen«, wisperte er.

Active nahm seine Tasche wieder von der Waage und bedankte sich. Er fragte sich, wie es einer Frau gelingen konnte, egal wie tot oder schön sie sein mochte, ihn an einen Ort zu locken, wo das Wetter so miserabel war, dass ein moderner Düsenjet drei Tage lang nicht aufsteigen konnte.

Der Flug nach Dutch Harbor dauerte zwei Stunden. Active war bereits nach zwanzig Minuten fest eingeschlafen, nachdem er die Stewardess um zwei Aspirin gegen seine Kopfschmerzen gebeten und seine Seminarunterlagen auf dem Schoß aufgeschlagen hatte. Schlafen war seine übliche Reaktion auf den Lärm, die Gerüche und vor allem das hilflose Eingezwängtsein bei einer Flugreise.

Er erwachte, als die Stewardess ihr Sprüchlein aufsagte, dass die Passagiere sich anschnallen und die Sitzlehnen aufrichten sollten. Als sie geendet hatte, fiel eine tiefe, Vertrauen erweckende männliche Stimme ein.

»Hier spricht Captain Ross. Dutch Harbor liegt zurzeit in einer Schlechtwetterfront, deshalb befinden wir uns in einer Warteschleife nördlich der Insel. Wir haben genügend Treibstoff, um noch, ehm, vielleicht fünfundvierzig Minuten zu warten, bevor wir nach Anchorage zurückkehren müssen.«

Aber, so fuhr Captain Ross fort, die Schlechtwetterfront bestand aus einer ganzen Reihe von durchziehenden Unwettern, zwischen denen es ruhigere Intervalle gab, sodass sie wahrscheinlich …

Plötzlich brach die tiefe Stimme mit einem Klicken ab, kam dann wieder, angespannt jetzt, ohne jede Spur der trägen Ironie, die vorher darin gelegen hatte.

»Meine Damen und Herren, Dutch Harbor ist wieder geöffnet und wir haben Landeerlaubnis«, sagte Captain Ross jetzt geschäftsmäßig. »Bitte vergewissern Sie sich, dass Sie gut angeschnallt sind. Kabinenbesatzung, bitte Landevorbereitungen.«

Er klickte sich aus der Leitung und die 737 legte sich in eine derart steile Kurve, wie Active sie noch nie in einem Flugzeug erlebt hatte, das größer war als eine Piper Cub. Ächzen und Stöhnen ertönte aus den Tiefen der Maschine, dann fuhren die Landeklappen aus und die Bremswirkung warf ihn nach vorne in den Gurt.

Er löste den Blick von der grauen Suppe vor dem Fenster, während Captain Ross seine bockende 737 durch eine mehr als tausend Meter dicke Wolkenschicht nach unten ritt, von der Active hoffte, dass sie nicht allzu viele Felsen enthielt. So richtig tauchte die Maschine nie aus dem Nebel auf, aber nach und nach stellte er fest, dass er unten Wellen ausmachen konnte, dann ein paar Sekunden lang schroffe braune Klippen und steinige Hänge, schließlich wieder Wasser. Dann huschte ein Streifen aus Strand und Landebahnlichtern vorbei und die Reifen setzten kreischend auf dem Asphalt auf.

Die Schubumkehr schwang hinter den Triebwerken aus und diese donnerten los, während der Pilot Schub gab und das Flugzeug sich verlangsamte, als würde es in einen See zäher Molasse hineinrollen.

Schließlich ließen das Donnern und die Bremswirkung nach und die Stewardess meldete sich wieder über Lautsprecher. »Willkommen in Dutch Harbor«, sagte sie, »der kürzesten Landebahn der Welt, die für eine Boeing 737 zugelassen ist.«

Das Flugzeug rollte in seine Parkposition und Active reihte

sich mit den anderen Passagieren an der Tür hinter dem Cockpit auf. Im Gänsemarsch gingen sie die Treppe hinunter in schneidenden Wind und waagrecht heranpeitschenden Regen hinein. Das also galt in Dutch Harbor als »Ruhe zwischen zwei Unwettern«. Er hatte den Terminaleingang beinahe erreicht, sein Handgepäck schlenkerte gegen sein Bein, als sich zeigte, wie weise Mr. Jenkins' Ratschlag gewesen war. Captain Ross stürmte mit langen Schritten an ihnen vorbei und sprang die Treppe zum Terminal hoch.

Als Active das Innere erreichte, stand der Pilot auf einem Stuhl und wandte sich an die Menge vor dem Schalter der Aleutian Air. »Genau das meine ich«, sagte Ross zu einem langhaarigen jungen Weißen, der offenbar gerade eine Frage gestellt hatte. »Wir haben keine Zeit, das Gepäck einzuladen. Wir haben noch nicht einmal das Gepäck ausgeladen, das wir mitgebracht haben. Die nächste Sturmbö wird uns in zehn Minuten erwischen, und bis dahin will ich mit dem Flugzeug hier weg sein. Wenn Sie Dutch Harbor verlassen wollen, dann folgen Sie mir jetzt!«

Captain Ross sprang vom Stuhl herunter und stürmte mit denselben zielstrebigen, langen Schritten aus dem Terminal, mit denen er es betreten hatte.

Die Reisenden wechselten ratlose Blicke und sahen dann die Frau hinter dem Schalter an. »Wir wissen noch nicht einmal unsere Sitzplatznummern«, sagte der Mann, mit dem Captain Ross gesprochen hatte.

Die Angestellte am Schalter zuckte die Achseln und meinte: »Das würde mindestens zwanzig Minuten dauern.« Das gab den Ausschlag und die Menge stürmte wie eine Herde durchgehender Rinder hinter dem Piloten her. Einen Augenblick lang spürte Active denselben panikartigen Drang, von Dutch Harbor wegzukommen und er musste gegen die Versuchung ankämpfen, hinterherzurennen. Na, wenigstens hatte er seine Reisetasche, Mr. Jenkins sei Dank.

Im Flughafen mietete er einen Mercury Topaz und zuckte zusammen, als er erfuhr, dass er sechzig Dollar pro Tag kostete, plus Versicherung.

Das Mädchen am Schalter, ein gelangweilter Teenager, gab ihm eine Straßenkarte und als er ihr sagte, dass er ein Zimmer im Royal Islander habe, fuhr sie mit dem Zeigefinger vom Flughafen nach Süden zu einer Einbuchtung am Ostrand einer Wasserfläche, die Captain's Bay hieß.

»Liegt genau hier, am Ende der Elizabeth Cove.« Sie tippte auf die Einbuchtung. »Nicht zu verfehlen.«

Er beugte sich über die Karte und sah sich die Stelle an. Tatsächlich, in winzigen Buchstaben stand da Elizabeth Cove. Er richtete sich auf und sah das Mädchen fragend an. »Liegt Elizabeth Cove Seafood zufällig auf dem Weg?«

»Sicher.« Sie zeigte mit der Spitze eines Kugelschreibers auf den Eingang der Bucht, auf die Stelle, wo die Küstenlinie sich wieder entlang der Captain's Bay nach Süden bog. »Wenn Sie das Hotel verpassen, landen Sie als nächstes da. Elizabeth Cove Seafoods.«

Das Mädchen – Dora stand auf ihrem Namensschild – setzte sich wieder ihre Kopfhörer auf und griff nach einem Magazin namens *6teeN*. Dora war ein rundliches Mädchen, eine Ureinwohnerin von den Aleuten vermutlich. Das Mädchen auf dem *6teeN*-Titelblatt hingegen war weiß und schien ungefähr zwei Kilo von der Magersucht entfernt zu sein.

Er ging hinaus, entdeckte den Topaz und warf seine Reisetasche auf den Rücksitz, gerade als Captain Ross' 737 am Terminal vorbeidonnerte, die Nase nach oben reckte und abhob, während die Flügel in den Windböen wippten, die von Westen her über die Insel pfiffen.

Active setzte sich ans Steuer und studierte die Karte. Der Regen prasselte gegen die Windschutzscheibe und der kleine Wagen wurde von Böen geschüttelt. Anscheinend bestand Dutch Harbor aus zwei Inseln: Einer kleineren, Akmanak genannt, mit dem Flugplatz und einem Netz von Straßen an der Südspitze, und einer größeren namens Unalaska im Osten, von Akmanak durch eine schmale Meerenge getrennt.

Hier schien alles Unalaska zu heißen. Die Insel Unalaska, die Stadt Unalaska, sogar einen See namens Unalaska gab es. Aber schließlich fand er es: eine Art Bucht nördlich des Flugplatzes auf der Akmanak-Seite mit der Bezeichnung: »Dutch Harbor«.

Dutch Harbor klang schon besser. Ein Ort, wo das Wetter so miserabel war, dass die Leute ihr Gepäck im Stich ließen, nur um wegzukommen, sollte ganz sicher nicht »Un-Alaska« heißen. Seiner Ansicht nach war das sogar typisch Alaska. Vielleicht die Quintessenz von Alaska.

Er folgte mit dem Finger dem Weg vom Flugplatz zur Elizabeth Cove und ließ den Wagen an. Elizabeth Cove lag auf der Unalaska zugewandten Seite, etwa eine Meile südlich der Meerenge zwischen den beiden Inseln. Er sah, dass es eine Brücke über die Meerenge gab und hielt die Karte ans Fenster, um besseres Licht zu haben. Ja, die winzigen Buchstaben besagten tatsächlich »Brücke zur anderen Seite«.

Er lächelte, legte den Gang ein und fuhr los. Wirklich echt Alaska, dachte er. Vielleicht war Dutch Harbor doch gar nicht so übel.

Doras Beschreibung traf zu: Es war unmöglich, das Royal Islander zu verfehlen, einen weitläufigen Neubau mit einem vierstöckigen Landhaus im englischen Stil als Hauptgebäude und etwas weniger grandiosen dreistöckigen Seitenflügeln.

Mit sinkendem Mut dachte er, dass sein Ausflug nicht billig werden würde. Er fing gerade an, sich zu wünschen, dass er sich noch in Anchorage nach einer günstigeren Möglichkeit erkundigt hätte, als ihm eine Ansammlung von Gebäuden zweihundert Meter weiter am Ufer entlang auffiel. Ein Schild wies sie als Elizabeth Cove Seafoods aus. Leicht zu Fuß zu erreichen, sodass sein Topaz für sechzig Dollar pro Tag ziemlicher

Luxus war. Ob er das Zimmer einfach abbestellen und im Topaz schlafen sollte? Er wies den Gedanken von sich und trug seine Tasche hinein, durch eine Lobby mit riesigem, offenen Kamin. Am Empfangsschalter bestätigte der Angestellte seine schlimmsten Befürchtungen: Das Zimmer kostete hundertfünfunddreißig Dollar die Nacht.

Immerhin hatte er fünfundsiebzig Satellitenkanäle und einen Jacuzzi, tröstete er sich ein paar Minuten später, als er mit dem Topaz die Zweihundert-Meter-Reise zu Elizabeth Cove Seafoods antrat.

Sein Aufenthalt würde sowieso nicht lange dauern. Vielleicht war Angie Ramos inzwischen weggezogen, oder es handelte sich um eine ganz andere Angie Ramos.

Und wenn es doch die richtige Angie Ramos war, erzählte sie ihm vielleicht, dass sie Grace Palmer vor dem Unfall mit dem Schneepflug schon einen Monat lang nicht mehr gesehen hätte. Möglicherweise hatte sie auch noch eine plausible Erklärung parat, warum sie nach Dutch Harbor gezogen war. Woraufhin er Jaron Palmers Tochter endlich in Frieden ruhen lassen könnte.

Und was, wenn irgendein Wort, irgendein Blick ihm sagte, dass Angie Ramos Grace Palmer vor den Schneepflug gestoßen hatte? Was dann? Wenn sie nicht gerade ein offenes Geständnis ablegte und ihm die Arme entgegenhielt, um sich in Handschellen legen zu lassen, dann saß er da mit seinem drei Jahre alten Mordfall ohne nennenswerte Beweise. Zuständig war das Anchorage Police Departement, und das würde sich nicht gerade ein Bein ausreißen. Eine Obdachlose brachte eine andere Obdachlose um, verließ die Stadt, bekam ihr Leben irgendwie wieder in den Griff und führte in der Polarversion von Dodge City ein unauffälliges Dasein. Die Polizei hatte wichtigeres zu tun.

Und was hatte er hier eigentlich zu suchen? Er war in Versuchung, den Topaz stehen zu lassen, zum Hotel zurückzugehen und durch fünfundsiebzig Satellitenkanäle zu zappen, bis der nächste Flug Dutch Harbor verließ.

Dann zurück nach Chukchi, die Beziehung mit Lucy kitten und sie entweder heiraten oder andernfalls so anständig sein, Schluss zu machen. Wonach zum Teufel war er eigentlich auf der Suche? Wenn nicht nach Lucy, dann hatte er kein Recht, ihr etwas vorzumachen, bis er es herausfand. Was möglicherweise nie geschehen würde.

Es sei denn, er wüsste, wie Grace Palmer gestorben war. Er lehnte die Stirn gegen das Lenkrad und seufzte. Das Ganze war wie eine Tasse Kaffee, in der noch ein Schluck übrig war. Er musste sie leeren und sich den Kaffeesatz ansehen. Er legte den Gang ein und lenkte den Topaz in Richtung Elizabeth Cove Seafoods.

Die beiden Frauen am Empfangsschalter teilten ihm als Erstes mit, dass sie keine weiteren Arbeitskräfte einstellten, jetzt, wo der Fang der Gelbflossen-Seezunge nachließ und die Rockfish-Saison noch nicht richtig angefangen hatte.

Als er sagte, dass er keine Arbeit suche, sondern ein Alaska State Trooper sei, der mit einer ihrer Arbeiterinnen sprechen wolle, einer Frau namens Angie Ramos, sahen sie ihn misstrauisch an. Eine von ihnen wich zur Seite und legte eine Hand auf den Telefonhörer. Da wurde ihm klar, dass er nicht nur in Zivil war, sondern auch etwas zerknittert vom Hinflug wirkte.

Er zog seine Marke heraus und sagte ihnen, dass sein Gepäck im Hotel sei und er noch keine Zeit gehabt habe, auszupacken und seine Uniform anzuziehen. Sie entspannten sich ein wenig. Die ältere der beiden griff nach einem Klemmbrett und fuhr mit dem Finger suchend die Seite herunter. Ein paar Zeilen vor dem Ende wurde sie fündig.

»Ja, sie ist heute da. Sie steht am Schleimband.« Die Frau deutete auf eine Tür im Hintergrund, die in die Tiefen des Gebäudes führte. »Da lang, die zweite Doppeltür links. Fragen Sie nach Mr. Phan, er bringt Sie zu ihr.«

Die andere Frau fragte: »Ist sie in Schwierigkeiten?«, während er sich zur Tür wandte. Er tat so, als hätte er sie nicht gehört.

Er ging durch einen langen Gang, gesäumt mit Kleiderhaken, an denen einige nach Fisch riechende orange Overalls hingen. Darunter standen Gummistiefel. Am Ende stieß er die stählerne Doppeltür auf und betrat die Fabrik.

Es roch so durchdringend nach Meer und verdorbenem Fisch, dass er stehen bleiben und nach Luft schnappen musste. Die Halle war ein einziges Gewimmel und von einer so chaotischen Geschäftigkeit, dass er zunächst kein System darin erkennen konnte.

Er hatte einen überwältigenden Eindruck von vielen Menschen mit hellen Haarnetzen, die orangefarbene Overalls trugen und mit einem Strom weißer Filets arbeiteten, welche aus einer Maschine am anderen Ende der Halle herausschossen. Ein Netz von Fließbändern, die sich wie in einem Flussdelta in mäandrierende Arme aufteilten, transportierten die Filets durch die Halle. Warum sich die Filetströme auf diese Art in einzelne Kanäle aufspalteten, was die Arbeiter an bestimmten Punkten der Kanäle mit ihnen anstellten und was geschah, wenn sich die Kanäle am anderen Ende des Raums wieder vereinigten, blieb ihm unverständlich. Der Lärm der stampfenden und klappernden Maschinen, die die Filets ausspuckten und die Fließbänder antrieben, war ohrenbetäubend.

Er suchte das Schleimband, wo die Fische entschuppt wurden, und sah sich die Arbeiter genauer an. Fünf davon waren Frauen, von denen zwei Filipinas sein mochten. Oder auch Koreanerinnen, Vietnamesinnen, Thailänderinnen – die Frage war, war eine davon Angie Ramos?

Neben einem der Fließbänder saß ein Asiate an einem kleinen Tisch und durchstöberte einen Karton mit Filets. Er nickte, hievte ihn auf das Fließband und zog einen weiteren Karton vom Band auf seinen Tisch. Active trat zu ihm und präsentierte seine Marke. Er musste schreien, um sich über den Krach der Maschinen verständlich zu machen. »Sind Sie Mr. Phan?«

Der Asiate blickte von den Filets auf und sah sich die Marke an, dann nickte er wortlos und mit misstrauischem Blick. Vermutlich hatte das Leben Mr. Phan gelehrt, dass von Polizisten nichts als Probleme zu erwarten waren.

Active wollte fragen, welche der Frauen am Band Angie Ramos sei und stellte zu seinem Erstaunen fest, dass seine Stimme ihm nicht gehorchen wollte. Er schluckte zweimal, bevor er endlich den Namen herausbrachte.

Mr. Phan deutete auf eine Frau, die an der ihnen nächstgelegenen Seite des Tisches in der zweiten Reihe arbeitete, sodass sie ihnen den Rücken zuwandte. Sie trug eine dunkelrote Baseballmütze über ihrem Haarnetz und den gleichen orangefarbenen Overall wie ihre Nachbarinnen.

»Ich muss mit ihr reden«, brüllte Active.

Mr. Phan runzelte die Stirn. »Geht nicht. Kein Ersatz da. Sie warten bis Mittagspause.« Seine Stimme klang hoch und nörgelnd, selbst wenn er schreien musste.

Active sah auf die Uhr. »Wie lange?«

Mr. Phan sah auf seine eigene Uhr. »Fünf Minuten. Kantine da draußen.« Er deutete auf die Doppeltür. »Ich sage ihr, Sie suchen sie.«

Active wandte sich ab, dann warf er noch einen letzten Blick zurück auf das Schleimband.

Im selben Moment wechselte Angie Ramos ein paar Worte mit ihrer Kollegin zur Linken, sodass er einen flüchtigen Blick auf ihr Profil erhaschen konnte, nur einen flüchtigen Blick. Aber es reichte, um einen fuchsähnlichen Ausdruck um die Augenbrauen und den Nasenrücken erkennen zu lassen, einen seltsamen silbernen Schimmer in den Augenwinkeln. Er streckte Halt suchend eine Hand nach der Kante von Mr. Phans Tisch aus und starrte auf dieses Profil, bis – ja, da gab es keinen Zweifel – bis Grace Palmer sich abwandte und ihre Aufmerksamkeit wieder auf das Schleimband richtete.

»Geht Ihnen nicht gut?«, fragte Mr. Phan.

Active hob abwehrend die Hand. »Nein, nein, es ist nur der Gestank.«

»Sie nicht kotzen hier, Sie gehen auf Klo.« Mr. Phan stand auf, fasste Active am Ellbogen und schickte sich an, ihn zur Tür zu führen.

Active schüttelte ihn ab, hastete hinaus und lehnte sich gegen die Wand, bis das Schwindelgefühl nachließ. Dann machte er sich auf den Rückweg durch den Gang, der ihn zum Schleimband geführt hatte und hielt Ausschau nach der Kantine.

Es zweigten nur drei Türen vom Korridor ab. An zweien davon stand »Herren« und »Damen«, die dritte führte in die Kantine. Er ging hinein in einen Raum mit Esstischen und orangefarbenen Plastikstühlen, ein paar Getränkeautomaten, einem Halbkreis aus Plastikstühlen und einem fleckigen braunen Sofa, in dessen Zentrum ein Fernsehgerät auf einem Rolltischchen stand. Im Hintergrund gab es eine Selbstbedienungstheke mit dampfendem Essen in großen Edelstahlwannen. Was immer es zum Mittagessen gab, Diätkost war es nicht, dachte er – der Raum stank regelrecht nach Bratfett.

Im Fernseher lief lautlos eine Perry-Mason-Wiederholung. Er entdeckte die Fernbedienung, drehte den Ton auf und sah, immer noch ganz betäubt, vom Sofa aus zu, wie der Fernsehanwalt wieder einmal einen Mörder so in die Enge trieb, dass er von den Zuschauerbänken des Gerichtssaals aufsprang und mit einem Geständnis herausplatzte.

Wie war es möglich, dass sie noch am Leben war? Wenn nicht sie die himmlische Tote war, wer dann? Angie Ramos? Wahrscheinlich, beinahe sicher sogar, aber wie hatte Grace Palmer …?

Kopfschüttelnd fing er an, die ganze Geschichte noch einmal zu rekonstruieren, Schritt für Schritt. Er versuchte, die Daten in die richtige Reihenfolge zu bringen, sich an die Details in den Akten zu erinnern und an das, was Cullars ihm über die himmlische Tote erzählt hatte, als er von draußen Schritte und Gesprächsfetzen vernahm. Dann Geraschel und das Gleiten von Stoff auf Stoff, während die ›Schleimbändler‹ aus ihren Overalls schlüpften und sie an die Wand hängten. Türenschlagend verschwanden sie in den Waschräumen. Einige Minuten später kamen die Arbeiter einer nach dem anderen herein und gingen zur Selbstbedienungstheke. Die meisten wirkten schmutzig und ausgebrannt, zu müde um die Mittagspause zu genießen.

Er hatte bereits sieben Schleimbändler gezählt, als ein dunkles Augenpaar hinter den Scheiben der Kantinentür aufblitzte, kaum sichtbar unter dem Schirm einer dunkelroten Mütze. Ihre Blicke trafen sich kurz, dann waren die Augen verschwunden.

Er sprang auf und rannte zur Tür, merkte kaum, wie die Arbeiter beiseite sprangen und ihn anstarrten. Als er in den Gang hinausstürzte, verschwand gerade ein weiblicher Rücken in der Damentoilette. Die Tür schlug zu und er blieb im Korridor zurück und starrte das »Damen«-Schild an.

Was nun? Er hatte Jaron Palmers Tochter gefunden und es ging ihr anscheinend gut, oder jedenfalls besser als zu der Zeit, als Roy Palmer sie mit den Soldaten vor dem Junction gesehen hatte, oder als sie auf der Four Street Fenster einschlug.

Aber sie gab sich als Angie Ramos aus, die aller Wahrscheinlichkeit nach vor drei Jahren in einem Schneesturm auf der Four Street gestorben war. War es möglich, dass Grace Palmer sie vor den Schneepflug gestoßen und ihr das Geld gestohlen hatte, die Identität und … ?

Hinter der Tür der Damentoilette hörte er schwach ein bellendes Geräusch. Als er sich vorbeugte, wurde ihm klar, dass Grace Palmer sich übergab.

Eigentlich müsste er sie nach Angie Ramos befragen, aber andererseits war die himmlische Tote die Angelegenheit des APD. Jetzt, wo Opfer und Verdächtige die Plätze getauscht hatten, wollte er am liebsten nichts mehr mit der Sache zu tun haben. Wenn es sein Gewissen erleichterte, konnte er Dennis bei der Durchreise in Anchorage Bericht erstatten, behaupten, dass Grace Palmer sich geweigert hätte, mit ihm zu sprechen. Dass sie die Identität von Angie Ramos angenommen hatte, bei der es sich höchstwahrscheinlich um die himmlische Tote handelte. Grace Palmer jedenfalls war quicklebendig.

Wenn er wollte, konnte Dennis die Mordkommission auf den Fall ansetzen, ganz nach Belieben. Und er, Nathan Active, würde nach Chukchi zurückkehren, um Jaron Palmer zu berichten, dass seine Tochter gesund und munter auf den Aleuten lebte. Zumindest am Leben war. Und dann konnte er sich vielleicht endlich diese verdammten Fuchsaugen aus dem Kopf schlagen und sein Leben weiterleben.

Aber er hatte keine Gelegenheit gehabt, ihr von der Krankheit ihrer Mutter zu erzählen. Er beschloss deshalb, ihr eine Nachricht bei Mr. Phan zu hinterlassen. Er ging in die Kantine zurück, suchte sich einen Platz in einer Ecke und schlug sein Notizbuch auf einer leeren Seite auf. Er schrieb »Liebe Grace«, dann hielt er inne. Seit Tagen hatte er nur noch als »Grace« an sie gedacht, denn durch das Studium der Polizeiakten und seine Unterhaltung mit Special Ed war sie ihm vertraut. Aber sie kannte ihn überhaupt nicht.

Miss Palmer? Nicht bei jemandem, der auf der Four Street Fenster einschlug, sich achtundvierzig Bingokarten auf einen Blick einprägte, Special Ed einen Farbenkleckser ins Auge rammte und dann unter dem Namen eines toten Mädchens untertauchte.

Er schrieb »Liebe Ms. Palmer« oben auf die Seite und begutachtete die Worte. Es sah albern aus, aber etwas Besseres fiel ihm nicht ein.

»Ihr Vater hat mich gebeten …« Er brach ab, als seine Polizistengene sich einschalteten und ihm mitteilten, dass er jetzt besser vor der Damentoilette Wache stehen sollte, falls die Mordverdächtige Grace Palmer versuchte, die Kurve zu kratzen, wenn sie mit Kotzen fertig war. Nach Anchorage zurückzukehren, ohne sie überhaupt gesprochen zu haben, sie nötigenfalls in Gewahrsam zu nehmen? Was hatte er sich bloß dabei gedacht?

Er schüttelte den Kopf und wollte gerade aufstehen, als er erstarrte. Ein Paar Beine hatte gegenüber von seinem Tisch angehalten und eine Stimme sagte: »Sie sind Inupiat.«

Er blickte auf und sah das Gesicht des Wandbildes vor sich. Älter zwar, aber – intakt. Das war das Wort, das ihm in den Sinn kam. Wieder intakt. Der fehlende Zahn ersetzt, die Aufgeschwemmtheit der Obdachlosen verschwunden, die Haut vielleicht etwas gealtert, aber immer noch makellos, bis auf eine zwei Zentimeter lange, blasse Narbe, die waagrecht über dem rechten Wangenknochen verlief. Die Augen hatten ihre außergewöhnliche Leuchtkraft wieder erlangt, den silbernen Schimmer, den sie auf dem Wandbild gehabt hatten. Und auch den Trotz. Nein, nicht Trotz. Inzwischen war es etwas anderes. Selbsterkenntnis, vielleicht, oder Resignation – schwer zu sagen. Aber im Augenblick waren es ganz einfach ungeduldige Augen. »Sie sind Inupiat«, sagte sie abermals.

Es war keine Frage, aber er nickte und begann, aufzustehen. »Ich bin Na…«

»Sie sind aus Chukchi?«

Er nickte wieder und streckte ihr die Hand entgegen. »Ich bin Nathan Active.«

Sie ignorierte seine Hand und musterte ihn stattdessen von oben bis unten, bis sich ihre Blicke kreuzten. Ihre Augen verengten sich für einen Moment und weiteten sich dann wieder, als hätte sie einen Entschluss gefasst. »Ich kann jetzt nicht reden. Kommen Sie heute Abend um sieben ins Triangle. Bringen Sie Zigaretten mit.« Sie machte kehrt und ging davon. Ein flüchtiger Eindruck von rostroten Latzhosen und einem roten Karohemd, dann war sie verschwunden.

»Halt – was ist das Triangle? Welche Sorte Zigaretten?« Er hatte die Stimme erhoben und die Schleimbändler starrten ihn wieder an, diesmal grinsten sie und hoben wissend die Augenbrauen. Er eilte ihr nach, aber sie stieß die Kantinentür auf und war bereits verschwunden, als er den Korridor erreichte.

Seine Polizistengene rieten ihm, nach ihr zu suchen, bis ihm einfiel, dass das nächste Flugzeug von der Insel nicht vor Mitternacht ging. Jedenfalls nach dem Flugplan der Air Aleutian, der sich ihm ohne bewusste Absicht eingeprägt hatte, während er seine Reise buchte. Na schön, wenn sie nicht pünktlich im Triangle auftauchte, konnte er mit der Stadtpolizei reden, falls es sowas in Dutch Harbor gab, oder mit den örtlichen Troopern. Oder sogar persönlich den Mitternachtsflug überwachen, wenn es sein musste.

Auf der Rückfahrt zum Royal Islander ließ er sich das Gespräch noch einmal durch den Kopf gehen. Vielleicht zwanzig Worte. Die Stimme leise, warm und ... und was? Amüsiert, dachte er. Sie hatte ihn gesehen, sich übergeben, zwanzig Worte mit ihm gewechselt, ihn mit ihren Röntgenaugen durchleuchtet – und es hatte sie amüsiert. Und jetzt wollte sie um sieben Uhr mit ihm reden, wenn er Zigaretten mit ins Triangle brachte, wo und was immer das sein mochte.

»Ein Schlafquartier«, sagte die Angestellte im Geschenkladen des Royal Islander. Sie war sehr breit, ungefähr so breit wie hoch, um genau zu sein. Auf ihrem Namensschild stand »Stella«, und ihre Haare waren blond, außer an den Wurzeln.

»Wohnen dort viele von den Schleimarbeitern?«

Sie nickte und er legte ihr die Straßenkarte aus seinem gemieteten Topaz vor.

Sie orientierte sich kurz, und stieß dann auf eine Stelle südlich der Einbuchtung, die Elizabeth Cove darstellte. »Ungefähr zwei Meilen den Strand lang. Triangle Seafoods. Das Schlafquartier ist im Hinterhaus. Schauen Sie einfach nach den Adlern.«

»Adler? Auf dem Schild, meinen Sie?«

Stella schnaubte. »Auf der Müllkippe. Die bei Triangle entsorgen ihren Müll nicht richtig, und es ist immer ein Schwarm Weißkopf-Seeadler auf der Müllkippe bei den Schlafquartieren. Am Auslass der Verarbeitungsanlage auch, wenn sie in Betrieb ist.«

»Sie meinen unser nationales Wahrzeichen frisst Abfall?«

»Genau. Wir nennen sie fliegende Ratten. Willkommen in den Illusionen, Freundchen.«

Der Ausdruck ging ihm einen Augenblick im Kopf herum. »Was haben Sie gesagt?«

»Fliegende Ratten. So nennen wir hier die Adler.«

»Nein, das andere. Willkommen was?«

»Ach so, willkommen in den Illusionen. So sagen wir hier zu den Aleuten.«

Er schüttelte den Kopf und staunte über die Gerüchteküche der Four Street, die irgendwie davon Wind bekommen hatte, dass Grace Palmer zu den Illusionen gegangen war – denjenigen im Nordpazifik, nicht denen auf der Spenard Road. Ein Gerücht, das bis zu Special Ed vorgedrungen war, der es irgendwie behalten, wenn auch nicht richtig interpretiert hatte, bis er, Nathan Active, drei Jahre später hereinschneite.

»Was verlangen sie denn im Triangle?«, fragte er.

Sie faltete die Karte zusammen und gab sie ihm zurück. »Fünfzig Mäuse pro Nacht. Sie stellen keine Fragen und beantworten keine.«

Sie stieß ein keuchendes Lachen aus und angelte sich aus einem Päckchen hinter der Kasse eine Zigarette.

»Welche Sorte ist bei der weiblichen Kundschaft am beliebtesten?« Er deutete auf die Regale voller Zigaretten hinter ihr, während sie sich ihre anzündete.

»Genau die hier.« Sie griff nach ihrer eigenen Schachtel und zeigte sie ihm. »Marlboro 100.«

»Marlboros, hm? Ich dachte, die wären was für Cowboys.«

»Ach, wir Mädels liegen nachts wach und träumen davon, dass der Marlboro-Mann angeritten kommt und uns auf seinem gewaltigen Gaul entführt.« Sie stieß mit einer Rauchwolke ein weiteres keuchendes Lachen hervor.

»Ich auch«, sagte Active nach einer Pause. Diesmal wurde aus dem Keuchen ein echtes Gelächter. »Ich nehme ein Päckchen.«

Sie schob es über den Tresen, zusammen mit einem Streichholzbriefchen, das das weinrote Logo des Royal Islander trug. Er schob ihr seinerseits das Geld hin und sie ließ die Registrierkasse klingeln.

»Sie werden mehr brauchen als ein Päckchen Marlboro, wenn Sie in Dutch Glück haben wollen. Die Frauen hier können sichs erlauben, wählerisch zu sein.«

Sie keuchte immer noch, als er das Telefonbuch in der Zelle neben der Lobby aufschlug und die Nummer des Triangle heraussuchte. Ja, sie hätten ein Zimmer frei, teilte ihm eine Stimme mit spanischem Akzent mit, aber sie nähmen keine Reservierungen an, er müsse schon selbst vorbeikommen, wenn er ein Bett wolle.

Er ging in sein Zimmer, packte, zahlte die Rechnung und lenkte den Topaz durch den unaufhörlichen Nieselregen die Küstenlinie von Captain's Bay entlang. Das Triangle war ein großer Komplex – Büros, Lagerhäuser und etwas, das wie eine größere Version der Fabrik von Elizabeth Cove Seafoods aussah. Er bog zwischen den beiden dem Ufer nächstgelegenen

Gebäuden ein und dahinter, genau wo Stellas Zeigefinger hingedeutet hatte, lag ein langes, eingeschossiges Gebäude, an dessen Fassade ein Schild mit der Aufschrift »Triangle Bunkhouse« hing.

Und genau wie Stella vorausgesagt hatte, konnte er drei Weißkopf-Seeadler auf der Müllkippe am hinteren Ende des Gebäudes erkennnen. Bei einem hatte sich anscheinend ein Streifen Toilettenpapier in den Klauen verfangen. Ein zweiter hatte sich irgendetwas Schwarzes – es sah aus wie Schokoglasur oder vielleicht Sirup – über den Schnabel fast bis zu dem weißen Fleck auf seinem Kopf geschmiert.

Als er noch etwa sieben Meter entfernt war, bemerkten ihn die Adler und zwei flogen davon. Der dritte, dem das Toilettenpapier zwischen den Klauen baumelte, hüpfte von der Müllkippe herunter und wandte sich seitwärts auf den Schotter. Er warf ihm einen wütenden Blick zu und ließ einen langen Schwall weißer Exkremente fahren, deren Gestank Active sogar aus der Entfernung riechen konnte.

Er kehrte um, betrat das Gebäude durch die Tür unter dem Schild »Triangle Bunkhouse« und kam in ein Büro. Es war niemand in Sicht, aber eine Tür zu seiner Linken stand offen. Er hörte einen Fernseher, der auf einen Einkaufskanal eingestellt war und von irgendwo kamen Küchengeräusche. Er wollte schon den Kopf durch die Tür stecken, als er eine Klingel am Empfang entdeckte und ein paar Mal draufschlug.

Gleich darauf tauchte eine Frau mit Schürze auf und teilte ihm Zimmer Dreizehn zu, mit dem selben spanischen Akzent, den er schon am Telefon wahrgenommen hatte. »Wollen Sie Vollpension?«, fragte sie, als er seine Kreditkarte hervorzog. »Kostet zweiundsiebzig mit Vollpension.«

Da das Zimmer allein fünfzig am Tag kostete, machte das zweiundzwanzig Dollar für drei Mahlzeiten. Eine Mahlzeit, eine gute Mahlzeit, kostete im Royal Islander rund zwanzig Dollar. »Sicher, tragen Sie mich dafür ein«, sagte er.

Sie gab ihm eine blaue Karte, auf der »Vollpension« stand und deutete auf die Tür neben dem Schalter. »Nummer Dreizehn ist den Gang entlang links, die Cafeteria liegt ganz am Ende. Frühstück zwischen sechs und sieben, Mittag zwölf bis eins, Abendessen sechs bis sieben.« Mit diesen Worten eilte sie zurück in ihre Wohnräume und machte die Tür hinter sich zu.

Nummer Dreizehn hatte drei Betten – ein Stockbett für Zwei und ein frei stehendes Feldbett, eingenommen von Rasierzeug und einer grünen Reisetasche. Er warf seine eigene Tasche und den Aktenkoffer auf das untere der Stockbetten und setzte sich, um sein weiteres Vorgehen zu überlegen.

Es war jetzt zwei Uhr dreißig. Viereinhalb Stunden, bis Grace Palmer mit ihm sprechen wollte. Was tun mit dem Topaz? Jetzt, wo er sie gefunden hatte, würde er nicht mehr viel fahren müssen, er konnte ihn also zurückgeben und sich die Sechzig am Tag sparen.

Und dann? Abendessen. Er hatte im Triangle für Vollpension bezahlt, aber Essen gab es schon um sechs Uhr. Grace Palmer wollte nach dem Essen mit ihm sprechen. Und wenn er so darüber nachdachte: Was würde passieren, wenn sie von ihrer Schicht am Schleimband zurückkam und ihn hier ebenfalls beim Essen vorfand? Beim Mittagessen hatte sie sich bei seinem Anblick übergeben müssen.

Schließlich fuhr er die fünf Meilen zum Flugplatz, gab den Wagen gab und nahm den Transferbus zum Royal Islander zurück. Im Speisesaal kostete ihn ein kreolischer Salat mit geschwärztem Lachs und ein Pepsi light beinahe einen Zwanziger einschließlich Trinkgeld, zwanzig Dollar also für das Privileg, das Abendessen nicht einzunehmen, das er im Triangle schon bezahlt hatte. Dazu kamen die fünfzehn Dollar Taxifahrt zurück zum Triangle.

Um fünf vor sieben war er wieder in Nummer Dreizehn, wühlte in seinem Aktenkoffer nach dem Päckchen Marlboro 100 und dem weinroten Streichholzbriefchen vom Royal Islander, steckte sie in die Tasche seiner Windjacke und ging durch den fensterlosen, tunnelartigen Gang zur Cafeteria.

Als er durch die Schwingtüren trat, waren noch drei Tische besetzt, einer von zwei bärtigen jungen Männern, auf deren blauen Overalls »Aleutian Seafood« stand, einer von einer untersetzten Frau mit Kurzhaarschnitt, in Jeans und Sweatshirt, die ein Taschenbuch von John Grisham las. Und am letzten, in einer Ecke, saß Grace Palmer und starrte in einen unberührten Teller mit Hackbraten und Kartoffelbrei. Sie sah auf und ihre Blicke trafen sich kurz, bevor sie wieder ihren Teller betrachtete.

Er setzte sich ihr gegenüber an den Tisch und streckte die Hand aus. »Nathan Active.« Sie trug immer noch ihre Latzhose und die dunkelrote Mütze und roch leicht nach Fisch.

Sie ließ ihre Hände im Schoß liegen. »Ich bin Angie Ramos.«

Das brachte ihn aus dem Konzept. Warum sollte sie auf einmal so tun, als wäre sie eine Filipina, nachdem sie ihn zuvor bezichtigt hatte, ein Inupiaq aus Chukchi zu sein? Ganz bestimmt sah sie nicht aus wie eine Filipina. »Nein, Sie sind Grace Palmer.«

Jetzt war sie dran mit einem langen Schweigen. Schließlich: »Haben Sie die Zigaretten mitgebracht?«

Er nahm Zigaretten und Streichhölzer aus seiner Windjacke und schob sie über den Tisch. »Hoffentlich mögen Sie Marlboros.«

»Das ist egal.« Sie blickte mit einem Ausdruck auf, den er für eine Mischung aus Verachtung und Gereiztheit hielt und trennte die Hülle der Zigarettenschachtel auf. Sie zündete sich eine an und nahm mit geschlossenen Augen einen langen, tiefen Zug, und ihre Wangen höhlten sich einen Augenblick lang. »Sie ist tot. Vielleicht sollte sie das auch bleiben.«

Sie schwieg wieder, bis er begriff, dass sie auf seine Zweifel an ihrer Identität geantwortet hatte. »Für mich sieht sie sehr lebendig aus, auch wenn sie nicht viel Appetit zu haben scheint.«

Ihre Lippen verzogen sich leicht. Es konnte ein unterdrücktes Lächeln sein. Sie sagte »Mm-hmmm« und ließ einen kleinen Aschezylinder auf die glänzende Haut fallen, die sich auf der Soße über dem Kartoffelbrei zu bilden begann. »Sie sind ein Bulle.«

»Ich bin ein Alaska State Trooper.«

Ihr Blick glitt schnell über ihn hinweg, dann zurück zu ihrem Teller. »Sie sind nicht in Uniform.«

»Ich bin privat hier.«

»Warum?«

»Ihr Vater hat mich gebeten, Sie zu suchen und Ihnen eine Nachricht zu übermitteln. Ihre Mutter ist krank und sie möchte Sie noch einmal sehen, bevor ... sie wird sich wohl nicht wieder erholen. Sie hat Krebs.«

»Was für Krebs?«

»Leber. Anscheinend hat sie sich bei der Geburt Ihres Bruders durch eine Bluttransfusion mit Hepatitis infiziert, und das hat es ausgelöst.«

Sie rauchte und musterte ihn. »Warum hat sie Sie nicht selbst darum gebeten?«

»Ich weiß nicht. Vielleicht ging es ihr zu schlecht. Ihr Vater hat gesagt, dass ihre Schwester aus Isignaq kommt, um ihr beizustehen.«

»Aggie?«

Active nickte. »Ich glaube, das hat er gesagt, ja.«

»Bringt sie Nita mit?« Sie rauchte und sah ihn unverwandt an.

»Wer ist Nita?«

»Aggies kleine Tochter.« Sie schwieg und sog wieder an ihrer Zigarette. »Nita muss jetzt neun oder zehn sein. Vermutlich gar nicht mehr so klein. Mir sind da ein paar Jahre abhanden gekommen.«

»Ihr Vater hat niemanden dieses Namens erwähnt. Ich weiß nicht, ob sie mitkommt oder nicht.«

Sie blickte auf ihren Teller, dann wieder zu ihm. »Sie tun das alles auf eigene Faust?«

Er sah zur Seite und wunderte sich, dass sie nicht mehr über ihre Mutter wissen wollte. Ihre Frage machte ihn verlegen. »Ich bin hierher gekommen, um Angie zu fragen, was aus Ihnen geworden ist.«

»Den ganzen langen Weg?« Ihr Blick ruhte immer noch auf seinem Gesicht.

»Ich musste es wissen.« Er zuckte die Achseln.

»Das Rückflugticket von Chukchi muss über tausend Dollar kosten.«

»Ich hatte ohnehin in Anchorage zu tun. Von da sind es nur neunhundert.«

Sie konzentrierte sich wieder aufs Rauchen und schien darüber nachzudenken. »Wo wohnen Sie?«

»Ich war im Royal Islander. Jetzt wohne ich hier.« Sie zuckte leicht zusammen und sagte nichts dazu, deshalb ergänzte er: »Aber ich könnte umziehen.«

»Das ist nicht wichtig.«

Er schwieg eine Weile. Sie hatte dem Treffen zugestimmt und wusste, warum er hier war, also hatte sie wahrscheinlich eine Geschichte zu erzählen. Aber sie rauchte einfach die Marlboro und starrte in ihren Teller.

Active rückte seinen Stuhl ein paar Zentimeter zur Seite und hoffte, damit dem Luftzug auszuweichen, der ihm den Rauch in Augen und Nase trieb.

Sie bemerkte es und streckte den Arm mit der Zigarette zur Seite. »Tut mir Leid.«

»Macht nichts«, sagte er. »Ich bin nur Nichtraucher.«

Sie zog an der Marlboro, blickte in ihren Teller und murmelte etwas. »Üble Angewohnheit«, glaubte er verstanden zu haben. Als sie weiter nichts sagte, nahm er den Faden wieder auf.

»Darf ich Ihnen ein paar Fragen stellen?«

»Sie könnens versuchen.«

»Ich habe mich gefragt, wie Sie zu Angelina Ramos geworden sind und was mit der richtigen Angie geschehen ist.«

»Wir waren Zimmergenossinnen, wenn Sie so wollen.« Ihre Stimme war tonlos und so leise, dass er sich anstrengen musste, um sie zu verstehen.

»Wie ist sie gestorben?«

»Der Schneepflug hat sie eines Nachts erwischt, als sie auf der Four Street den Verkehr regelte.« Die Marlboro war inzwischen bis zum Filter heruntergebrannt. Sie drückte sie im Kartoffelbrei aus. »Sagen Sie mir, wenn fünf Minuten vorbei sind, dann rauche ich noch eine.«

Active blickte auf die Uhr, um sich die Zeit zu merken, aber was er dabei vor seinem geistigen Auge sah, waren Cullars' Aufnahmen von den Überresten der himmlischen Toten. »Hatte sie einen Engel auf der Brust?«

Grace Palmer blickte auf und Überraschung zeichnete sich auf ihrem Gesicht ab. »Sie haben sie gekannt? So gut?«

»Ich habe sie überhaupt nicht gekannt. Die Polizei in Anchorage hat mir die Bilder von ihrer Autopsie gezeigt. Sie ist nie identifiziert worden. Sie haben sie die himmlische Tote genannt, wegen des Engels. Ich dachte, das wären Sie.«

Grace schrak zusammen und starrte wieder auf ihren Kartoffelbrei. Er sah den Hauch von Silber aufblitzen und betrachtete ihre Augen, bis ihm klar wurde, woher er kam. Das Weiße war nicht einfach weiß. Es war reflektierend, spiegelnd, wie Quecksilber, und das rief den Schimmer hervor, wenn sie ihn nicht direkt ansah. »Warum?«

»Wir fanden etwas unter der Tätowierung, das wie Ihre Initialen aussah.«

»Ich hab nur meine Arbeit signiert.«

»Sie haben die Tätowierung gemacht?«

Sie nickte. »Das habe ich im Knast gelernt.«

Er dachte daran, sie nach dem Wann und Wo zu fragen, entschied aber, dass das womöglich eine fruchtlose Abschweifung war.

Frankensteins

»Warum haben Sie Angies Tod nicht gemeldet? Vielleicht hätte ihre Familie gerne gewusst, was aus ihr geworden ist.«

»Das glaube ich nicht. Ihr Vater hat sie mit vierzehn rausgeschmissen, weil sie schwanger war.« Sie lachte kurz auf, ein scharfes, hartes Bellen. »Scheißkatholiken. Wie lange?«

»Wie lange …«

»Wie lange, bis die fünf Minuten um sind?«

Er sah auf die Uhr. »Es sind erst ungefähr neunzig Sekunden vorbei.«

Sie zuckte die Achseln. »Wie hätte ich mir denn ihren Namen ausborgen können, wenn ich der Polizei gesagt hätte, dass sie tot ist? Die hätten alle ihre Papiere und ihr Zeugs haben wollen. Außerdem reden die Leute von der Straße nie mit den Bullen. Bringt nur Schwierigkeiten.«

»Sie sagen, sie hat den Verkehr geregelt?«

»Ja, sie war erkältet in jener Nacht.« Grace Palmer fummelte an der Marlborokippe im Kartoffelbrei herum und fügte nichts weiter hinzu, als wäre damit Angie Ramos' Tod und alles, was damit zusammenhing, zufrieden stellend aufgeklärt. Die Küchentüren schlugen krachend auf, und sie sah zu, wie ein eingeborener Teenager mit Eimer und Wischmopp herauskam und anfing, den Boden der Cafeteria aufzuwischen.

Active schüttelte den Kopf und versuchte es noch einmal. »Warum sollte sie mitten in der Nacht den Verkehr auf der Four Street regeln, ob erkältet oder nicht?«

Sie warf ihm einen mitleidigen Blick zu. »Man regelt den Verkehr, wenn man verhaftet werden will. Irgendein Autofahrer ruft mit seinem Handy die Bullen, die sind fünf Minuten später da und man verbringt die Nacht in einer schönen warmen Zelle. Angie war in jener Nacht erkältet und beschloss, eine Weile nicht mehr im Freien zu schlafen. Deshalb sind wir zur Four Street, um den Verkehr zu regeln.«

»Sie waren mit ihr zusammen?«

»Nicht, als es darauf ankam.« Ein Ausdruck tiefen Schmerzes glitt über ihr Gesicht und sie ließ den Blick auf ihren Teller sinken. »Ich habe sie hingebracht und ihr gezeigt, wie sies anstellen muss, weil es ihr erstes Mal war. Natürlich tauchte auch bald so ein Gimpel auf und brüllte uns an, aus dem Weg zu gehen. Wir sagten ihm, er solle sich ins Knie ficken, er sagte, er hetzt uns die Bullen auf den Hals, wir sagten, die kann er auch gleich mitficken und schon brauste er mit dem Handy am Ohr davon.« Sie gab eine bemerkenswert realistische Pantomime zum Besten von einem Mann, der mit den Ellenbogen lenkte, während er in der einen Hand ein Handy hielt und mit der anderen die Nummer eintippte. Dann lachte sie freudlos auf.

»Mir war kalt, der Bacardi war alle, ich wollte nicht wieder verhaftet werden und ich dachte, Angie komme jetzt allein zurecht, also machte ich mich auf den Rückweg zu den Bars an der Four Street.« Sie hob den Blick und ihre Augen glänzten feucht. »Ich habe ein Geräusch gehört, eine Art Schrei im Wind und dann ein Rumms und bin zurückgegangen, um nachzusehen und ich, ich, ich … Scheiße, ich wusste, dass ich bei ihr hätte bleiben sollen. Sie war süß, mein Gott, sie war so süß, aber sie war simpel gestrickt. Verstehen Sie?«

Sie sah wieder auf ihren Teller, während er darüber nachdachte. Wenn der Autofahrer die 911 gewählt hatte, musste die

Polizei in Anchorage den Anruf registriert haben. Falls dieser Autofahrer überhaupt existierte. Cullars hatte keinen derartigen Anruf erwähnt, nur den Bericht des Fahrers des Schneepfluges über eine schemenhafte Gestalt im Schneesturm. Sollte er sie über ihre Rechte belehren? Eine andere Frage stellen, nur, damit sie weiter redete? Wenn er einen klaren Kopf hätte, was Grace anbetraf, gäbe es dann überhaupt eine Grundlage, sie zu verdächtigen? Sie zeigte keinerlei Anzeichen, dass sie ihn selbst verdächtigte, mehr als nur echtes Interesse an ihrer Geschichte zu haben, die jetzt eine gewisse Eigendynamik zu entwickeln schien.

»Sie haben im Winter im Freien geschlafen?« Er sprach sanft, mitfühlend, war sich nicht sicher, ob es ihm ernst war oder ob er sie nur manipulierte, jedenfalls schob er die Frage nach dem Handyanruf beiseite, der in den Polizeiakten nicht erschien. »Warum nicht in einem Asyl?«

»Sie nehmen einen nicht auf, wenn man betrunken ist, und das versuchten Angie und ich nachts immer zu sein. Außerdem waren wir beide in der Phase unserer Genesung, wo wir nicht drinnen schlafen konnten. Wir schliefen immer draußen.«

»Ihrer Genesung?«

Sie nickte, wirkte aber verstimmt und er bohrte nicht weiter. Er wechselte das Thema.

»Hatten Sie irgendwo ein Lager? Ein Zelt oder sonst einen Unterschlupf?«

Sie zog die Marlboro aus dem Kartoffelbrei und betrachtete sie. »Wie lange noch?«

»Was?« Dann begriff er ihre Frage und sah auf die Uhr. »Ungefähr eine Minute.«

»Hm.« Sie drückte den Stummel wieder in den Kartoffelbrei.

»Wollen Sie sie jetzt gleich? Sie müssen nicht warten.«

»Nein, ich will nicht schummeln. Unter Autos.«

Er dachte, dass er sich inzwischen an ihre Sprunghaftigkeit gewöhnt hatte, aber er kam nicht mit. »Unter Autos?«

»Es gab kein Lager. Wir haben unter Autos geschlafen.«

»Nicht darin?«

»Unter. Das war so nahe an Drinnen, wie wir es in dieser Phase unserer Genesung aushalten konnten.«

»Und das war wärmer, als unter einem Baum oder einem Picknicktisch zu schlafen?«

»Ein bisschen. Wir hingen bei den Wohnblöcken im Zentrum herum, bis jemand mit einem hübschen, großen Wagen ankam, einem Suburban oder so. Dann krochen wir drunter und legten uns eng aneinander. Es kam noch Wärme vom Auspuff und vom Motor. Und der Raureif, der sich in kalten Nächten bildet, konnte sich nicht auf unsere Gesichter legen.«

Sie blickte einen Augenblick nachdenklich drein, dann lachte sie leise.

»Eines richtig kalten Morgens ließ die Frau, der der Wagen gehörte, den Motor an und setzte zurück, während wir noch schliefen. Wir haben die Augen aufgemacht und sie schrie und hupte. Dann kam sie angerannt und hat an unseren Hälsen nach dem Puls gefühlt. ›Nicht bewegen. Ich hole die Sanitäter‹, hat sie gesagt und ist ins Haus zurückgelaufen.«

Er lächelte und gab ein unverbindliches »Hm« von sich. Er konnte auf diese trostlosen Geschichten von der Straße verzichten, die sie anscheinend so erheiternd fand. Aber er sah, dass sie sich nicht aufhalten ließ und fand sich damit ab, auch den Rest zu hören.

»Wir wollten ganz bestimmt nicht in einem Rettungswagen irgendwohin fahren«, fuhr sie fort. »Also mussten wir zusehen, dass wir wegkamen. Wir schliefen immer mit über der Brust gekreuzten Armen, weil das ein wenig zusätzliche Wärme brachte. An diesem Morgen war es so kalt, dass sie völlig steif waren, deshalb konnten wir uns nicht hochstemmen. Also sind wir hin und her gerollt, bis wir auf dem Hintern landeten und dann sind wir auf dem Hintern herumgehopst, bis wir endlich auf die Füße kamen und versuchen konnten, wegzulaufen.«

Jetzt stand sie neben dem Tisch und erzählte weiter. »Aber auch unsere Knöchel und Knie waren so erstarrt, dass wir bei unserer Flucht aussahen wie zwei kleine obdachlose Frankensteins.« Sie machte es vor, indem sie mit vor der Brust gekreuzten Armen steifbeinig in der Cafeteria umherstakste. Die Frau mit den kurzen Haaren sah schnell von ihrem Taschenbuch auf, folgte Grace mit den Augen, warf Active einen kurzen, ausdruckslosen Blick zu und widmete sich wieder ihrem Roman.

Grace kehrte an den Tisch zurück und setzte sich. »Den ganzen Weg die Straße entlang mussten wir unsere Finger und Handgelenke bearbeiten, bis ich meine Zigaretten rausziehen und eine anzünden konnte, und ich nahm einen Zug und ließ Angie ziehen. Und Angie schaffte es schließlich, den Bacardi aus ihrer Jacke zu ziehen und die Kappe abzuschrauben und sie gab mir einen Schluck und sie nahm einen Schluck und schon waren wir bereit für einen neuen Tag auf der Four Street.«

Sie lachte, sah ihn an, bemerkte seinen Gesichtsausdruck, schien in sich selbst hineinzuhorchen und verstummte. Dann murmelte sie unterdrückt etwas, das er nicht verstand, während wieder ein silberner Schimmer aufblitzte.

»Was?«

»Dieser Engel. Wissen Sie, wer dieser Engel war?«

Er schüttelte den Kopf.

»Angies Baby. Sie hatte eine Abtreibung, nachdem ihr Vater sie rausgeschmissen und der Junge sie sitzen gelassen hatte, und es machte sie wahnsinnig.« Grace hielt inne und schüttelte den Kopf, während sie sich erinnerte. »Immer wenn sie betrunken war, fing sie an, um das Baby zu weinen, dass es jetzt ein Engel im Himmel sei und wie sehr sie es vermisse. Deshalb habe ich ihr eines Nachts versprochen, dass ich das Baby ganz nahe an ihr Herz bringen würde, und so kam es dahin.«

Active nickte schweigend.

»Sie kannte nicht mal das Geschlecht des Babys, deshalb musste ich einen kleinen Zwitter daraus machen.«

Sie lachte wieder in sich hinein. Er dachte daran, wie Cullars den androgynen Engel ein »Jailhouse Special« genannt hatte.

»Ich habs eines Nachts gemacht, nach der Auszahlung der Öldividenden«, fuhr Grace fort. »Wir waren in einem Motel, auf einer dieser Drei-Tage-Partys, die die Leute von der Straße manchmal schmeißen, wenn sie plötzlich an ein bisschen Geld kommen, und ich habs im Badezimmer gemacht, als alle anderen schon völlig weggetreten waren. Hat sich nicht einmal entzündet.«

»Hat es geholfen?«

»Die Party?«

»Die Tätowierung.«

Es dauerte eine Weile, bevor sie antwortete. »Zuerst dachte ich Ja. Aber dann fing Angie wieder an, von dem Baby zu reden und wie sehr sie es vermisse und es wurde noch schlimmer als vorher.«

Sie zuckte die Achseln. »Sie denken, dass Angie sich vielleicht vor den Schneepflug geworfen hat, weil sie bei ihrem Baby sein wollte?«

Als Active keine Antwort gab, warf sie einen Blick auf seine Uhr und dann auf die Zigarette im Kartoffelbrei. »Schon Zeit?«

»Ja, die fünf Minuten sind um.«

Sie zog eine weitere Marlboro aus dem Päckchen und zündete sie an.

»Wenn Sie Raucherin sind, wozu brauchen Sie dann Zigaretten von mir?«

»Ich rauche nicht.«

Er sah sie fragend an, deshalb fuhr sie fort: »Ich habe gleichzeitig mit Rauchen und Trinken aufgehört. Aber ich wusste, dass ich das eine oder andere davon wieder tun würde, wenn ich zum ersten Mal mit jemandem über dieses Thema redete, und ich habe schon vor langer Zeit beschlossen, dass es Rauchen sein musste. Mit dem Rauchen kann ich wieder aufhören, aber beim Trinken bin ich nicht so sicher.«

»Sie haben sich übergeben, als Sie mich heute gesehen haben.«

Sie zuckte die Achseln.

»Aber Sie reden trotzdem mit mir.«

»Ich wusste, dass ich irgendwann mit irgendjemandem darüber reden musste, um meine Genesung abzuschließen. Ich habe mir gedacht, wenn Sie schon den weiten Weg gekommen sind, können es genauso gut Sie sein.«

Sie hob die Augen und begegnete seinem Blick. Zum ersten Mal hatte er den Eindruck, dass sie wollte, dass er seine Anwesenheit erklärte. Und zum ersten Mal war er es, der den Blick abwandte.

»Ich weiß nicht, warum ich gekommen bin. Ich dachte doch, Sie wären tot, als ich Ihre Initialen unter dieser Tätowierung gesehen habe. Und ich dachte, Angie Ramos könnte mir sagen, wie Sie gestorben sind. Und dann warf ich heute am Schleimband einen einzigen Blick auf Sie und es war, als hätte ich einen Geist gesehen. Mr. Phan hat mir geraten, auf die Toilette zu gehen, wenn ich kotzen müsse.« Er hielt inne, als er merkte, dass er stammelte wie ein Verdächtiger, der bei der ersten Frage hilflos mit einem Geständnis heraussprudelt.

Sie zog an ihrer Zigarette und fragte durch eine Rauchwolke hindurch: »Ein einziger Blick und Sie wussten, dass ich es bin?«

Er nickte und verspürte ein dringendes Bedürfnis, das Thema zu wechseln. »Sie sprechen immer wieder von Ihrer Genesung.«

Sie sah wieder ärgerlich drein, aber diesmal antwortete sie. »Ja, die ersten paar Jahre in Anchorage waren reine Verdrängungstaktik. Seitdem bin ich mehr und mehr genesen.«

»Sogar als Sie getrunken und unter Autos geschlafen haben?«

»Besonders da. Ich habe ein paar Bücher gelesen und mir wurde klar, dass der Alkohol bloße Selbstmedikation war, und das brachte mich auf den Gedanken, dass ich mich vielleicht selbst heilen könnte. Und so habe ich damit angefangen.«

»War das um die Zeit, als Angie Ramos gestorben ist?«

»Ich hatte schon vorher darüber nachgedacht. Ich hatte meinen Bruder Roy eines Nachts vor dem Junction getroffen. Er sagte: ›Komm nach Hause, Sikingik.‹ Das ist mein Eskimoname.«

Sie musste wohl etwas auf seinem Gesicht gelesen haben, denn sie hielt inne und hob die Augenbrauen. »Ja?«

»Ihr Vater hat mir davon erzählt.«

»Dann hat er wahrscheinlich auch erzählt, dass ich betrunken und in Begleitung von zwei Männern mit unehrenhaften Absichten war. Das war in meiner Amazing-Grace-Phase.« Sie grinste herausfordernd und wartete, wie er annahm, auf seine Reaktion. Er versuchte, freundliche Neutralität auszustrahlen.

»Wenn Sie die Geschichte von Amazing Grace hören wollen, müssen Sie mit der unzensierten Version leben. Es würde meine Genesung behindern, wenn ich sie beschönigen wollte.«

Er nickte. »Roy meinte, dass die Männer wie Soldaten aussahen.«

Sie starrte ihn mit einem amüsierten Ausdruck an. »Tatsächlich? Daran kann ich mich nicht erinnern, überhaupt nicht an viel in dieser Nacht, außer daran, dass das, was Roy gesagt hatte, mir ständig durch den Kopf ging: ›Komm nach Hause.‹ Ich wusste, dass ich das nicht konnte, nicht in dem Sinn, wie er es meinte. Aber ich fing an zu denken, dass ich vielleicht bereit dafür war, irgendeine Art von Zuhause zu finden, und zwar nicht auf der Straße. Das war der eigentliche Beginn meiner Genesung. Und dann ist Angie gestorben. Ich war ein paar Monate lang ständig betrunken, weil ich mir die Schuld daran gegeben habe, aber irgendwann hat es nachgelassen oder ich habe mich daran gewöhnt und dann wollte ich erst recht herauskommen.«

Er nickte und merkte sich die Zeit, als sie die zweite Marlboro im Kartoffelbrei ausdrückte.

»Angies Tod gab mir eine Möglichkeit dazu. Damals hatten wir unser Zeugs in ein paar Büschen hinter den Autowracks bei der Eisenbahn versteckt, und Angie hatte ihren Ausweis dagelassen, weil sie hoffte, sich unter falschem Namen verhaften zu lassen und ein sauberes Vorstrafenregister zu behalten. Ich nahm ihn einfach an mich und wurde zu Angelina Corazon Ramos.«

Er schüttelte den Kopf. »So einfach war das?«

»So einfach.« Sie stieß ein barsches Lachen aus. »Für die Leute, die Ausweise kontrollieren, sehen alle Leute von der Straße gleich aus. Für Bullen, Rausschmeißer, Alaska State Trooper.« Sie musterte sein Gesicht. »Und Leute mit brauner Haut sowieso. Sogar halb-braune Leute wie ich. Sie könnten im null Komma nichts untertauchen, Nathan. Wenn Sie kein Trooper wären.«

Er lächelte. »Warum sollte ich so etwas tun wollen?«

Sie schüttelte den Kopf. »Vergessen Sies. Wie lange?«

Er schaute auf die Uhr. »Ungefähr drei Minuten. Warum mussten Sie für ihre vollständige Genesung Angie Ramos sein? Grace, Angie, wo liegt der Unterschied?«

»Angie hatte kein Strafregister. Das heißt, sie konnte Arbeit bekommen.« Ihr Blick wurde nachdenklich. »Da lebt sie all die Jahre auf der Straße und wird kein einziges Mal verhaftet. Und als sie zum ersten Mal den Verkehr regeln will, überfährt sie ein Schneepflug und sie wird wieder nicht verhaftet.« Sie lachte wieder auf, aber diesmal endete sie in einem halben Schluchzer.

Er zog sein Taschentuch heraus und bot es ihr an. Sie griff danach, wischte sich aber nicht über Augen oder Nase. Stattdessen sah sie auf und richtete den Blick auf einen Punkt rechts von ihm, und er merkte, dass jemand an das Ende des Tisches getreten war.

»Alles in Ordnung mit dir?« Es war die kurzhaarige Frau, die zuvor in ihrem Roman gelesen hatte. Erst jetzt wurde ihm bewusst, dass er schon eine ganze Weile gespürt hatte, dass sie seiner Unterhaltung mit Grace Palmer folgte.

Grace zwinkerte heftig und lächelte zu der Frau empor. »Alles in Ordnung, Alice. Wirklich.«

»Ganz sicher?«

Grace lächelte noch einmal. »Wirklich. Geh ruhig schon aufs Zimmer. Ich komme bald nach.«

Er spürte Alice' Abneigung, während sie einen Moment unentschlossen stehen blieb und sich dann vorbeugte. Er versuchte, keine Reaktion zu zeigen, als ihm klar wurde, dass sie die Absicht hatte, Grace zu küssen, vermutlich auf den Mund. Aber dann geschah irgendetwas – er war nicht sicher, ob Alice es sich anders überlegt hatte oder Grace den Kopf geneigt hatte –, jedenfalls landete der Kuss auf dem Scheitel der Baseballmütze.

Alice richtete sich auf, zögerte kurz und sah ihn zum ersten Mal direkt an. Dann nickte sie ihm ruckartig zu und ging davon, bevor er ihr Nicken erwidern oder die Hand ausstrecken konnte.

Grace hielt den Kopf noch immer geneigt, und ihre dunkelrote Mütze schirmte ihre Augen vor ihm ab. »Alice ist meine Zimmergenossin.«

Alles, was ihm einfiel, hätte sich falsch angehört, also sagte er lediglich: »M-hm.«

»Sie kümmert sich um mich.«

Er unterdrückte den Impuls zu sagen: »Konnte man sehen.« Stattdessen brachte er ein, wie er hoffte, nicht wertendes »Ich verstehe« heraus.

»Sie verstehen überhaupt nichts, aber ich bin Ihnen auch keine Erklärungen schuldig.«

»Natürlich nicht.«

Sie war einen Moment still und wischte sich mit den Fingern über die Augen. Aus irgendeinem Grund benutzte sie nicht das Taschentuch, das er ihr gegeben hatte. Sie schnüffelte nur kurz daran und gab es ihm dann zurück. »Sie riechen nett. Zuverlässig.«

Er betrachtete das Taschentuch, schnupperte selbst daran und roch lediglich sauberes Leinen. Er steckte es wieder in die Tasche.

»Außerdem konnte Angie noch Öldividenden kassieren und ich nicht.«

Eine neue Wendung. Wo waren sie gerade gewesen, bevor Alice herübergekommen war? Ah ja – Verkehrsregelung und Grace' Entschluss, Angie Ramos' Identität anzunehmen.

»Ja, ich erinnere mich, dass Ihre Dividenden gepfändet wurden, um die zerbrochenen Scheiben auf der Four Street zu ersetzen«, sagte er. »Es stand in der Polizeiakte.«

»Genau. Ich konnte keine Arbeit kriegen, meine Dividende wurde nicht ausbezahlt. Es gab wirklich keinen Ausweg für Grace Palmer. Die Dividenden gingen gerade zur Post, als Angie überfahren wurde und alle Leute auf der Straße warteten nur darauf. Also habe ich ihre im Creekview in Empfang genommen und sie zu einer dieser Stellen gebracht, wo man sich die Schecks in bar auszahlen lassen kann. Ich habs als kleine Subvention betrachtet.«

Sie schielte auf seine Uhr, die er gerade mit der rechten Hand bedeckt hielt. »Wie lange?«

Er gab seine Uhr frei und sah nach. »Noch eine Minute.«

»Ich nahm also Angies Dividende und besorgte mir ein Zimmer in einer Absteige in Spenard, wo mich die Leute nicht als Amazing Grace kannten. Dann fing ich an, mich für Stellen zu bewerben, wo sie nicht wählerisch sein können – Zimmermädchen, Tellerwäscherin, Putzfrau und dergleichen.« Sie hielt inne und schloss einen Augenblick lang die Augen. »Ich hatte mein gutes Aussehen noch nicht ganz wieder gewonnen, sonst hätte ich mich vielleicht als Dekoration an den Empfang in einer Anwaltskanzlei setzen lassen. Aber so war der Übergang besser, glaube ich. Ist es Zeit?«

Er nickte und gab ihr eine Zigarette. Der junge Hausmeister näherte sich, während sie sie anzündete, und blieb stumm neben dem Tisch stehen. »Was ist los, Joseph?«, fragte sie sacht.

»Irgendwann muss ich absperren.« Joseph mied ihren Blick.

»Ach ja, tut mir Leid.« Sie sah Active an, dann wieder Joseph. »Geben Sie uns noch fünf Minuten?«

Joseph nickte und schlurfte davon. »Ein Yup'ik«, sagte sie. »Fötales Alkoholsyndrom, glaube ich.«

Active sah sich um. Die beiden anderen Gäste hatten die Cafeteria verlassen – warum hatte er ihr Weggehen nicht bemerkt? – und jetzt waren nur noch er selbst, Joseph und Grace Palmer übrig.

Das Marlboro-Mädchen

»Sie haben also meine Polizeiakte gelesen?«

Er nickte. »Sie haben eine ganz schöne Spur hinterlassen.«

»Ich war keine richtige Prostituierte, wissen Sie.«

»Sie müssen mir gar nichts erklären.«

Sie fuhr fort, als hätte sie ihn nicht gehört. »Mein Preis war eine Flasche Bacardi, wenn der Typ annehmbar war. Aber dieser Bulle von der Sitte hatte einen gemeinen Blick, deshalb sagte ich ihm, ich würde ihm nicht einmal dann einen blasen, wenn er mir tausend Mäuse zahlte.« Sie lachte. »Das hat ihm wohl gestunken, denn anschließend hat er mich nach Strich und Faden verprügelt. Und dann hatte der Kerl den Nerv mich festzunehmen! Aber tausend Dollar für eine Blasnummer auf der Four Street klang so absurd, dass es ihm nicht einmal der

Richter abgekauft hat. Deshalb bin ich nochmal davongekommen.«

»Ich weiß. Es stand in der Akte.«

Sie lachte wieder. »Sobald diese Zigarette aufgeraucht ist, ist auch unsere Zeit vorüber.«

Er hatte immer noch Fragen, vielleicht mehr als zu Anfang, zum Beispiel wegen des Handyanrufs, den die Polizei nicht in den Akten hatte. »Vielleicht könnten wir ... na ja, woanders hingehen?«

»Nein. Ich habe so ziemlich alles gesagt, was ich an einem Abend sagen kann. Noch fünf Minuten, mehr haben Sie nicht. Sie können morgen Abend wiederkommen, wenn Sie noch einmal mit mir sprechen möchten. Selbe Zeit.«

Bei dem Gedanken an einen weiteren unausgefüllten Tag in Dutch Harbor, der ein Loch in seine Ersparnisse fraß, zuckte er zusammen, aber er sagte: »Gut.«

»Tja, ich bekam dann Arbeit in einem 7-Eleven-Laden in Spenard. Slurpees, Slim-Jims, Bleifrei und Pilsener, Bacardi, Everclear, was man eben braucht, um die Nacht zu überstehen. Meine Freunde aus der Four Street schauten manchmal vorbei, um Essen zu stehlen. Ich habe sie nicht daran gehindert. Bei solchen Läden ist ein bestimmter Prozentsatz an Ladendiebstahl einkalkuliert. Wenn Sie es übertrieben haben, habe ich es aus eigener Tasche ausgeglichen, sodass es niemand merkte.« Sie inhalierte, hielt die Luft an, stieß eine Rauchwolke aus und wedelte ihm mit der Marlboro vor der Nase herum. »Sie haben auch eine Menge von *diesen* Dingern geklaut. Ungesund, aber es erleichtert das Leben auf der Four Street. Vielleicht sogar mehr als Alkohol.«

»Sie konnten einfach so aufhören zu trinken?«

»Natürlich nicht. Ich habe das Zwölf-Schritte-Programm durchgemacht und alles. Ich gehe immer noch zu den örtlichen Treffen. Aber ich stellte fest, dass ich mich schnell genug unter Kontrolle hatte, um wenigstens meinen 7-Eleven-Job nicht zu verlieren. Da wurde mir erst recht klar, dass der Alkohol Selbstmedikation war und nicht mein eigentliches Problem darstellte.«

»Was war es dann?«

Sie lächelte, eine angespannte, freudlose Grimasse. »Nicht heute Nacht. Vielleicht morgen, falls Sie wiederkommen.«

Ihr Schweigen war so düster, dass er den Drang verspürte, die Stimmung aufzuheitern. »Dann haben die Öldividende und 7-Eleven Sie also gerettet?« Es klang nicht im Geringsten heiter, nur gezwungen.

Aber sie lachte ein wenig, nicht das grimmige Aufbellen wie zuvor. »Jawohl. Angie Ramos, ein echter Yuppie. Als ich wieder etwas besser aussah, bin ich sogar zu Nordstrom und habe mir mit dem Rest ihrer Dividende ein paar anständige Kleider gekauft.«

»Und der Zahn?« Es war ihm schon im selben Moment peinlich, als es ihm herausrutschte, aber ihr schien es nichts auszumachen.

»Ach, den habe ich richten lassen, nachdem ich hier unten gelandet war und ein bisschen Geld gespart hatte. Was halten Sie davon?« Sie zog die Lippen von den Zähnen zurück wie ein knurrender Hund.

»Perfekt. Ich könnte nicht einmal sagen, welcher es war.«

Sie tippte mit dem Fingernagel gegen einen ihrer unteren Schneidezähne. »Es ist ein Implantat. Heutzutage können sie einem den neuen Zahn direkt in den Kiefer schrauben.«

Active überlegte, wie er noch einmal auf den nirgends registrierten Handyanruf zurückkommen konnte. »Die Sache in der Bingohalle, als Sie diesen Typ ins Auge gestoßen haben – war das nicht um die Zeit, als Angie gestorben ist?«

»Ja, das war so ungefähr das letzte Mal, dass wir zusammen ausgegangen sind.«

»Sie konnten sich wirklich achtundvierzig Bingokarten gleichzeitig einprägen?«

Sie lachte wieder. »Beeindruckt?«

Er zuckte die Achseln.

»Wie schon gesagt, ich dachte schon bevor Angie überfahren wurde daran, der Four Street den Rücken zu kehren und weniger zu trinken. Ich wollte wissen, was von meinem Verstand noch übrig geblieben war. Also bin ich ins Aurora Bingo, um zu sehen, ob ich immer noch ein fotografisches Gedächtnis hatte. Hatte ich, wie sich herausstellte. Aber ich vermute, einige der anderen Inupiat-Damen hielten mich für arrogant.«

»Habe ich mitgekriegt.«

»Ich habe noch andere bemerkenswerte Talente.«

»Da bin ich sicher, aber warum sind Sie nach Dutch ...«

»Haben Sie eine Visitenkarte?«

»Visitenkarte?«

Sie nickte, die Augen weit aufgerissen, vergnügt und erwartungsvoll.

Er zog eine Karte aus seiner Brieftasche und reichte sie ihr. Sie studierte sie kurz, dann sah sie ihn an.

»Ihre Privatnummer steht ja auf Ihrer Visitenkarte! Kriegen Sie denn nicht ständig mitten in der Nacht Anrufe von irgendwelchen Betrunkenen oder Spinnern?«

»Nicht so oft, wie man glauben könnte. Außerdem, hat unsere Sekretärin gemeint, wüssten sowieso alle, wo die Trooperhütte liegt. Wenn ich meine Telefonnummer nicht rausgeben würde, kämen sie einfach persönlich vorbei.«

Sie grinste und begann, vor sich hin zu pfeifen. Es klang zart und ätherisch, Variationen um eine Melodie herum, die ihm entfernt bekannt vorkam, aber nicht genug, dass er den Titel hätte nennen können.

»Erkannt?« Sie blickte ihn erwartungsvoll an.

»Ich weiß nicht. Mozart? Ich kenne mich nicht gut aus in klassischer Musik, fürchte ich. Und was hat das mit meiner Visitenkarte zu tun?«

»Es ist Ihr Lied. Nathans Lied.«

»Was?«

»Schauen Sie.« Sie deutete auf seine Telefonnummer auf der Visitenkarte und pfiff wieder dasselbe Thema. »Verstanden? Das ist Ihre Telefonnummer.«

Er musste die Augen schließen und die Ziffern auf einer imaginären Tastatur in seiner Handfläche eintippen, bevor er sich sicher war. Die Melodie war der Klang seiner Nummer, wenn man sie in ein Tonwahltelefon eintippte. »Können Sie das mit jeder Telefonnummer?«

»Außer 911.«

»Irgendjemand sagt Ihnen seine Telefonnummer und Sie können ein Lied danach komponieren?«

»Es ist ein Stück, kein Lied, wenn es keinen Text hat, aber ich kann es ja schlecht Nathans Stück nennen, oder?« Sie verstummte und schenkte ihm wieder dieses vergnügte, erwartungsvolle Lächeln. »Egal, das war jedenfalls ein Stück und nein, ich habe es nicht direkt komponiert. Erst höre ich die Nummer im Kopf, dann horche ich ein bisschen genauer in mich hinein und schließlich höre ich das eigentliche Stück. Dann pfeife ich einfach das, was ich im Kopf höre. Oder ich kanns auf dem Klavier spielen.«

Sie drückte sich den Schirm der dunkelroten Mütze tiefer ins Gesicht, zog die Schultern ein und spielte ein wenig Luftklavier auf dem Esstisch, wobei sie mit der aus dem Mundwinkel hängenden Marlboro wie ein Jazzmusiker aussah. Dann grinste sie zu ihm hoch und drückte die Zigarette im Kartoffelbrei aus. »Eine Frage noch, dann ist Schluss für heute.«

Sollte er es mit der Handyfrage versuchen? Besser nicht, sie zog sich bereits zurück. Vielleicht morgen. »Warum Dutch Harbor?«

Das Grinsen verschwand und sie blickte sich in der Cafeteria um, dann sah sie zum Fenster hinaus in den grauen Nieselregen, der auf den Aleuten als lauer Sommerabend durchgehen mochte. »Viele Gründe. Es war schwierig, die Angie-Sache durchzuhalten, wo so viele Leute Amazing Grace kannten. Und ich musste weiter weg von der Four Street, als in Anchorage möglich war. Und dann wird man hier besser bezahlt als bei 7-Eleven und hat kaum Gelegenheit, sein Geld auszugeben. Vielleicht muss ich noch ein paar Runden auf der Four Street drehen, um endgültig darüber hinwegzukommen, aber für den Moment bin ich in den Illusionen gut aufgehoben.«

Er erwog, sie noch einmal zu fragen, worüber sie hinwegkommen musste, aber er vermutete, sie würde ihn einfach wieder auf morgen Abend vertrösten. »Wofür sparen Sie denn?«

»Tut mir Leid, aber Sie haben alle Fragen aufgebraucht.« Sie lächelte und schob die Marlboros zu ihm hinüber. »Bringen Sie die morgen Abend um sieben wieder mit und ich gehöre Ihnen.« Dann zwinkerte sie ihm zu und war so schnell verschwunden, dass er keine Zeit für eine Erwiderung fand. Er nahm die Marlboros und das Streichholzbriefchen an sich und steckte sie gerade ein, als Joseph an den Tisch kam, um ihr Tablett abzuräumen.

»Werden Sie ihr wehtun?«, fragte der Junge.

»Was?«

»Werden Sie ihr wehtun? Zu viele Leute haben ihr wehgetan.«

»Nicht, wenn ich es vermeiden kann.« Aber er dachte an Dennis Johnson und das Morddezernat des APD und hatte das Gefühl, dass die Angelegenheit seiner Kontrolle entglitten war.

Er ging durch den Gang zu seinem Zimmer und fragte sich, hinter welcher Tür Grace Palmer verschwunden war, und was er tun würde, wenn er es wüsste.

Es gab immer noch keine Spur von seinem Zimmergenossen, außer, dass die Reisetasche jetzt offen stand und Unterwäsche herausquoll, zwei weiße T-Shirts und mit roten Herzen bedruckte Boxershorts.

Er sah auf die Uhr. Es kam ihm so vor, als hätte die Unterhaltung im Speisesaal stundenlang gedauert, aber es war noch nicht einmal acht. Mehr als dreiundzwanzig Stunden, bevor er Grace Palmer wieder sah. Mehr als dreiundzwanzig Stunden totzuschlagen. Und das in einer Stadt, die – abgesehen von abfallfressenden Adlern – gewiss die klaustrophobischste in ganz Alaska war, es sei denn man liebte Regen oder Bars.

Er spähte aus dem Fenster. Draußen war es immer noch hell, und das lange, sommerliche Zwielicht, das für den Nordpazifik typisch war, würde noch mehrere Stunden lang andauern. Vielleicht sollte er einen Spaziergang machen. Der Regen hatte sich aus einer horizontal heranpeitschenden Sintflut in einen leichten Nieselregen verwandelt. Er würde eine Bar oder ein Café suchen, vielleicht sogar zum Royal Islander gehen, ein Pepsi light trinken und fernsehen. Vielleicht zeigten sie ein Hockeyspiel.

Er zog einen wasserdichten Anorak aus seinem Gepäck und verließ das Zimmer. Als er am Münztelefon in der Lobby vorbeiging, fiel es ihm siedend heiß wieder ein: Er hatte Lucy Generous nicht angerufen.

Nicht letzte Nacht nach dem Hockeyspiel, von dem ihm der Kopf immer noch schmerzte. Nicht die Nacht davor, als Dennis Johnson seinen Plan vereitelt hatte, Lucy per Telefon zu verführen – wie albern sich das jetzt anhörte. Die Neuigkeit, dass Angie Ramos, Grace Palmers Freundin und möglicherweise Mörderin, in Dutch Harbor aufgetaucht war, hatte jeden Gedanken an Lucy verdrängt.

Er blieb vor dem Münztelefon stehen und zog schon seine Telefonkarte aus der Brieftasche, als er es sich anders überlegte. Wie konnte er ihr sagen, dass er zusammen mit Grace Palmer in Dutch Harbor wohnte?

Nein, besser er machte seinen Spaziergang und überlegte sich vorher, was er sagen wollte. Vielleicht konnte er von einem Restaurant aus anrufen, aus einem Gebäude, das ihn nicht an Grace Palmer erinnerte.

Er kehrte in sein Zimmer zurück, um ein paar Aspirin zu

holen, verließ dann das Haus und suchte sich einen Weg zwischen den Gebäuden des Triangle-Komplexes hindurch zur Captain's Bay Road. Die Melodie seiner eigenen Telefonnummer lief wie ein Endlosband in seinem Kopf. Der Sprühregen ließ weiter nach, aber die Gipfel, die er kurz erblickt hatte, während Captain Ross seine 737 zwischen zwei Schauern auf dem Flugplatz heruntergebracht hatte, wurden immer wieder von dahintreibenden Nebelschwaden verhüllt. Er zog die Kapuze des Anoraks hoch und folgte der Straße nach Norden. Seine Schritte knirschten auf dem Kies am Straßenrand.

Verschwommen tauchte ein Paar Scheinwerfer aus dem Nebel auf. Er sah zu, wie dahinter eine weiße Stretchlimousine erschien, die eine Bugwelle von Kies und Wasser vor sich her schob. Zu spät merkte er, dass die Welle beide Straßenränder erreichen würde, und so wurde seine Hose patschnass, während er über den Straßengraben sprang. Er kletterte eine kleine Böschung zu einem Fußweg hinauf, der parallel zur Straße verlief, und setzte seinen Weg fort. Die Fahrer von Stretchlimousinen waren anscheinend überall gleich.

Die Limousine fuhr weiter nach Süden, vermutlich zum Triangle-Komplex. Welcher Bewohner des Triangle-Schlafquartiers konnte sich wohl eine Limousine leisten?

Zehn Minuten später hörte er Reifen auf dem Schotter hinter sich und wusste noch bevor er sich umdrehte, dass es die weiße Limousine auf dem Rückweg in die Stadt war. Er trat zur Seite, um nicht wieder durchnässt zu werden, aber diesmal kam die Limousine knirschend neben ihm zum Stillstand. »Nanuuq«, Eisbär, stand in schwarzen Buchstaben auf dem Kotflügel. Das Fenster auf der Beifahrerseite glitt mit einem elektrischen Surren herunter.

»Wollen Sie mit?«, krächzte eine weibliche Stimme, die ihm irgendwie bekannt vorkam.

Er sprang über den Graben zurück, beugte sich zum Fenster und betrachtete die Fahrerin. »Sie sind doch aus dem Andenkenladen im Royal Islander. Wie war gleich der Name? Sheila?«

»He, das ist ja der junge Bursche mit den Marlboros.« Die Fahrerin streckte ihm eine üppig beringte Hand über den Sitz entgegen. »Stella. Stella Quintano. Steigen Sie ein.«

Er schüttelte ihr die Hand. »Nein, danke. Ich muss sparen. Außerdem tut mir die frische Luft gut.«

»Hat nicht geklappt mit den Marlboros, was? Ich hab Ihnen ja gesagt, dass Sie stärkeres Geschütz auffahren müssen.« Der Türknopf neben seiner linken Hand sprang heraus, während Stella keuchend über ihren eigenen Scherz lachte. »Egal, steigen Sie ruhig ein, die Fahrt geht auf Kosten des Hauses, weil ich Sie vorhin voll gespritzt habe. Legen Sie nur bitte Ihre Regensachen vor dem Rücksitz auf den Boden, mehr verlange ich nicht.«

Er überlegte einen Moment, dann schlüpfte er aus dem Anorak, warf ihn hinten rein und ließ sich neben Stella in den Beifahrersitz gleiten. Das Fenster surrte hoch, das Schloss schnappte zu und sie brachte Nanuuq in die Gänge. In einem Hagel aus Kies und Schlamm brausten sie davon und Active dachte sich, dass es angenehmer war, so einen Schauer zu fabrizieren als ihn abzukriegen.

In der Limousine war es warm und feucht, und Stella trank irgendetwas aus einem großen, blauen Isolierbecher, auf dem der Große Wagen in goldenen Sternen aufgedruckt war, wie auf der Staatsflagge von Alaska.

»Wollen Sie Kaffee?« Stella wedelte mit dem Becher in seine Richtung, bevor sie ihn auf eine grüne Metallthermoskanne schraubte, die neben ihr auf dem Sitz stand. »Geht auch auf Kosten des Hauses.«

»Ich glaube, ich könnte einen vertragen.« Nach seinem Spaziergang im Regen fror er mehr, als er erwartet hatte. Er öffnete die Thermoskanne und goss Kaffee in die Edelstahltasse, die als Kappe diente und trank, während er die Fahrerin betrachtete.

Sie trug eine Baseballmütze, auf deren Schirm »Quintano Enterprises« stand.

»Dann gehört Ihnen Nanuuq wohl?«

»Oh ja.« Stella wies mit großer Geste auf den Innenraum, als wäre er ein gewaltiges Reich und nicht bloß eine einsame Limousine, die eine Schotterstraße auf den Aleuten im Nieselregen entlangplatschte. »Und auch der Andenkenladen im Royal Islander, ein paar Taxis und ein Bed & Breakfast.«

Er stieß einen Pfiff aus. »Sie sind eine viel beschäftigte Frau.«

»Ach, in Dutch muss man mindestens drei oder vier Sachen am Laufen haben, um sich über Wasser zu halten.«

Er sah sie abermals an und irgendein Gedanke spukte in seinem Hinterkopf herum. »Quintano. Warum kommt mir der Name bekannt vor?«

Sie lachte heiser, dann drehte sie sich halb zu ihm um und musterte ihn. »Sind Sie aus Nome? Sie wirken auf mich wie ein Eskimo aus Nome.«

»Mein Vater war einer. Meine Mutter kommt aus Chukchi.«

»Aha.« Sie richtete ihre Aufmerksamkeit wieder auf die Straße. »Von da kommen Sie also? Aus Chukchi?«

Er betrachtete sich eigentlich als jemand, der aus Anchorage stammte, aber inzwischen verbrachte er schon sein zweites Jahr in der Arktis. »Im Moment ja, ich komme aus Chukchi. Aber woher wissen Sie, wie ein Nome-Eskimo aussieht?«

»Ich bin stolz darauf, sagen zu dürfen, dass ich vom Magistrat von Nome und der League of Arctic Churches aus der Stadt gejagt wurde.«

»Jetzt erinnere ich mich.« Er starrte seine Wohltäterin mit neuem Respekt an. »Sie haben es sogar in Chukchi in die Abendnachrichten geschafft. Ging es nicht um Prostitution in einer Stretchlimousine?« Er hielt inne und sah sich im Innern des Wagens um. »Diese Limousine hier?«

»Genau diese Limousine, aber da war nichts mit Prostitution. Der Bruder des Polizeichefs hatte eine Taxigesellschaft und er wollte keine Konkurrenz von dem alten Nanuuq hier haben, deshalb setzte er diese Gerüchte über mich in die Welt.« Ein Telefon in einer Halterung am Armaturenbrett klingelte. Stella nahm ab und krächzte: »Quintano.« Dann hörte sie schweigend zu. »Da kannst du drauf wetten, Süßer, ich bin im Nu da.«

Sie hängte ein und wandte sich ihm zu. »Ein paar Fischerjungs, die mit Alaska Airlines abfliegen. Wir müssen sie im East Wind einsammeln. Was habe ich gerade gesagt?«

»Ich glaube, Sie sagten gerade, dass in Ihrer Limousine keine krummen Dinger gedreht wurden.«

»Richtig, richtig. Na ja, als die Gerüchte nichts ausrichteten, hat dieser Kerl seinen Bruder, den Polizeichef, dazu gebracht, es öffentlich zu machen. Und ehe ich mich versehe, stehen Anzeigen in den Zeitungen und hängen Plakate in der ganzen Stadt, unterzeichnet vom Polizeichef und dem Kirchenrat, in denen es heißt, dass Stellas Limousinen-Service in – wie zum Teufel haben Sies genannt? – »sittenwidrige Geschäfte« verwickelt ist. Der Magistrat hat ohne Anhörung meine Lizenz eingezogen und ich stand da!« Sie schüttelte den Kopf und lachte keuchend.

»Und was haben Sie getan?«

»Was konnte ich schon tun? Ich habe Nanuuq hier«, – sie tätschelte das mit weißem Leder überzogene Armaturenbrett der Limousine – »in die nächste Hercules verladen, die Nome verließ. Machte Zwischenstation in Anchorage, um meinen Anwalt auf den Magistrat von Nome zu hetzen. Der hat mir erzählt, dass es in Dutch noch keine Stretchlimousine gibt. Und hier bin ich also, reich und glücklich. Es gibt nichts, was ein Fischer mehr hasst als ein dickes Bündel Geld in der Tasche.«

»Na, es freut mich, dass Sie auf den Füßen gelandet sind.«

»Mehr als das. Mein Anwalt hat der Stadt Nome eine Viertelmillion wegen Verleumdung und Geschäftsschädigung und was noch alles herausgeleiert.« Sie tätschelte wieder das Armaturenbrett. »Der alte Nanuuq hier hat sich als meine Fahrkarte ins Glück entpuppt. Wir haben am Ende doch noch ein Ding gedreht, aber das krumme daran war nur die Stadt Nome.«

Sie keuchte wieder, diesmal so heftig, dass Active nach dem Lenkrad griff, um Nanuuq auf Kurs zu halten.

»Sie haben eine Viertelmillion und arbeiten trotzdem noch hier?«, fragte er, als sie Atmung und Limousine wieder unter Kontrolle hatte.

Sie ließ den Blick durch den Nieselregen schweifen, der mit dem grauen Wasser der Captain's Bay verschmolz, und ein Ausdruck der Überraschung trat auf ihr Gesicht. Ob wegen seiner Frage oder wegen der Umgebung konnte er nicht sagen.

»Wahrscheinlich habe ich zu viele Flüge verpasst«, sagte sie schließlich.

»Was heißt das?«

»So sagt man in Nome zu den Weißen, die zu lange geblieben sind.« Sie schüttelte den Kopf. »Man verpasst zu viele Flüge und plötzlich stellt man fest, dass man für ein Leben an einem normalen Ort gar nicht mehr geeignet ist. Wenn man eine Stadt im Busch verlässt, landet man einfach in der nächsten.«

Sie rollten eine Weile schweigend dahin, bis er merkte, dass er sie von der Geschichte ihrer Ankunft in Dutch Harbor abgelenkt hatte. Er entschuldigte sich und fragte, ob ihr Ruf ihr nicht auf die Illusionen vorausgeeilt war.

»Was meinen Sie, Nathan?«

»Ihr Ruf. Hatte der Magistrat von Dutch Harbor nach den unerfreulichen Vorfällen in Nome keine Vorbehalte, Ihnen eine Lizenz zu erteilen?«

Stella lachte laut heraus. »Nee, die waren froh mich zu sehen. Hatte so den Eindruck, dass die Hälfte mir glaubte und der Rest hoffte, dass ich gelogen hätte.« Sie hob ihren Becher, trank und gestikulierte dann damit. »Egal, auf das Wohl des

Magistrats von Nome. Sie glauben mir doch, Nathan, nicht wahr?«

»Oh, absolut.« Er trank einen Schluck Kaffee, und sie fuhren eine Weile schweigend weiter.

»Und dieses Marlboro-Mädchen? Sie sind den ganzen langen Weg nach Dutch gekommen, um sie zu suchen?« Stella wich einem Schlagloch aus und Schotter spritzte zur Seite, als Nanuuqs Heck ausbrach. Stella fing das Schleudern ab und richtete Nanuuq wieder auf die Straße aus, ohne auch nur einen Tropfen Kaffee zu verschütten. »Die muss ja was ganz Besonderes sein.«

Active hatte nicht so viel Glück gehabt und fischte sein Taschentuch heraus, um einen nassen Flecken auf seinem rechten Knie zu betupfen. Wenigstens war der Kaffee in der Metalltasse schnell abgekühlt, sodass er sich nicht verbrüht hatte. »Ja, sie ist schon was Besonderes.«

Zu viele Flüge

»Tut weh, darüber zu reden, hm?« Stella seufzte teilnahmsvoll. Active hoffte, sie würde das Thema Marlboro-Mädchen fallen lassen.

Die Hoffnung trog. »Wie heißt sie?«

»Grace.« Er sah zum Seitenfenster hinaus. Vielleicht, wenn er Augenkontakt vermied.

»Puh. Sie hats ja schwer erwischt.«

»Kümmern Sie sich um Ihre eigenen Angelegenheiten.« Vielleicht wirkte der direkte Ansatz.

»Ich sag ja nur, das ist alles.«

»Sagen was?« Gegen seine Absicht ließ er sich darauf ein.

»Die Art, wie Sie ihren Namen sagen. Sie hats schwer erwischt.« Sie schüttelte den Kopf. »Schlimm. Ich wünschte, ein Mann würde meinen Namen noch einmal auf diese Art sagen.«

»Tut Ihr Süßer das nicht?«

»Mein Süßer?«

Er erinnerte sie an den Anruf, dass sie die Fischer abholen sollte.

»Ach, Eddie. Er führt das East Wind. Ja, er ist allerdings mein Süßer.« Sie lächelte.

»Aber er sagt Ihren Namen nicht so, wie Sie es gerne haben möchten?«

»Ach, Eddie ist schon in Ordnung, aber er ist nur ein Bettwärmer.« Sie deutete mit dem Kaffeebecher auf Active. »Was ist mit Ihnen und dieser Grace?«

»Ich bin ein Trooper. Sie ist nur ein x-beliebiger Fall.«

»Ja? Was hat sie angestellt?«

Er schwieg lange und sah aus dem Seitenfenster.

»Ah-ha!« Stellas Stimme war triumphierend und vorwurfsvoll zugleich. »Sie sind in Zivil, Sie müssen sparen und Ihre Grace ist eine Nicht-Verdächtige in einem x-beliebigen Fall.« Sie warf ihm einen Seitenblick zu. Ein wissendes Grinsen stahl sich auf ihr Gesicht. »Ah-ha.«

Der Schotter ging in Asphalt über und auf der rechten Seite tauchten die ersten Gebäude dessen auf, was als Stadtzentrum von Dutch Harbor galt. Er sah ein großes Restaurant namens The Captain's. »Lassen Sie mich da vorne aussteigen«, sagte er. »Sie können Ihre Fischer einsammeln und ich mache einen Anruf und laufe dann zum Triangle zurück.«

Stelle schwenkte wieder ihre ringbeladene Hand. »Nein, das ist zu weit zu Fuß. Bleiben Sie, wo Sie sind. Wir bringen erst die Fischerjungs zum Flugplatz und dann setze ich Sie wieder am Triangle ab.«

Sie holte eine »Quintano Enterprises« Mütze unter dem Sitz hervor. »Hier, setzten Sie die auf, dann denken sie, Sie wären mein Copilot.«

Er nahm die Mütze, musterte sie, zuckte die Achseln und setzte sie auf. Es konnte nicht schaden, den Flug zu überwachen, falls Grace Palmer die Flucht ergreifen wollte, obwohl das nach ihrem Gespräch im Triangle noch unwahrscheinlicher erschien als zuvor.

Er ließ sich in die Polster zurücksinken, schlürfte seinen inzwischen lauwarmen Kaffee und betrachtete die regenverwaschene Landschaft vor dem Fenster, bis Stella Nanuuq vor einer großen Nissenhütte zum Stehen brachte, an deren Fassade eine Neonreklame mit der Aufschrift »Eddie's East Wind« hing.

Sie drückte auf die Hupe, wartete eine Minute und hupte dann noch einmal.

»Verdammte Fischer.« Sie stellte Nanuuqs Motor ab und sah ihn an. »Schätze, ich muss die Kerle da rausholen. Kommen Sie, lassen Sie mal ihre Muskeln spielen.«

»Muskeln? Sehe ich aus wie ein Leibwächter?« Er sank wieder in die Polster zurück und schloss die Augen.

Er hörte Stella sagen: »Scheiße!« Ihre Tür ging auf, klappte zu und Schritte knirschten über den Kies. Dann öffnete sich seine Tür und ein Schwall feuchter Luft drang herein. »Sehen Sie sich mal diese Fenster an.«

Er richtete sich in Nanuuqs Polstern auf und sah in die Richtung, in die Stella deutete. »Sie sehen irgendwie milchig aus.«

»Das liegt daran, dass sie nicht echt sind, sondern aus Plexiglas.« Stella sah ihn an und erwartete anscheinend, dass er die Bedeutsamkeit dieser Information ohne weitere Erklärung begriff.

»Plastikfenster in Dutch Harbor? Kommt mir irgendwie passend vor.« Er langte nach der Tür, aber Stella stemmte ihre breite Hüfte dagegen.

»Wollen Sie wissen, warum?«

»Nicht, wenn sichs vermeiden lässt.«

»Es liegt daran, dass Eddie fast Pleite gegangen wäre, weil er ständig die Scheiben ersetzen musste.« Sie warf ihm einen weiteren erwartungsvollen Blick zu.

Er seufzte und schickte sich in das Unvermeidliche. »Also schön, warum musste Eddie ständig die Scheiben ersetzen?«

Jetzt blickte Stella wieder triumphierend drein. »Wegen der betrunkenen Fischer, die sich gegenseitig durchs Fenster geworfen haben. Ehrlich gesagt bin ich überrascht, dass meine Kunden nicht gerade unter einem davon liegen.«

Active sah genauer hin. Der Boden unter den Fenstern war mit Scherben übersät zu sein. »Großartig. Darf ich jetzt die Tür wieder zumachen?«

»Sie meinen, ein State Trooper würde ein Mädchen ganz alleine in so eine Kaschemme hineingehen lassen?«

»Wo sehen Sie hier ein Mädchen?«

Stella sagte »Ficken Sie sich selber, Nathan«, knallte ihm Nanuuqs Tür vor der Nase zu und stampfte auf das East Wind zu. Er lachte leise, stieg aus und holte sie an der Türe ein. »Na schön, Sie haben einen Leibwächter.« Er zog sich den Schirm seiner Quintano-Enterprises-Mütze tief in die Stirn, setzte eine bedrohliche Miene auf – hoffte er jedenfalls – und folgte Stellas breitem Rücken durch den Eingang.

Sie blieb gleich dahinter stehen, um die Menge in dem langen, halbzylindrischen Raum überblicken zu können.

Es war, als stünde man in einem gigantischen Abzugskanal. Er sah sich im Eingangsbereich um und entdeckte ein Schild an der Wand, auf dem in großen roten Buchstaben stand: »Fotografieren strengstens verboten.« Darunter stand in kleineren, schwarzen Lettern: »Filme und Videobänder werden beschlagnahmt und vernichtet. Für Schäden an Kameras wird keinerlei Verantwortung übernommen. Eddie.«

Er stupste Stella in den Rücken. »Was soll denn das heißen?«

Sie lachte, als sie sah, worauf er deutete. »Eddie hat einmal ein Filmteam vom *National Geographic* hier reingelassen, und sie haben zufällig einen berüchtigten Bankräuber aus Tennessee aufs Band bekommen, der hier am Schleimband arbeitete, bis Gras über die Sache gewachsen war. Als die Sendung dann lief, hat ein Bulle drunten in Tennessee den Kerl erkannt und kam raufgeflogen, um ihn zu verhaften. Wenn es etwas gibt, was Eddie hasst, dann ist es, einen guten Kunden zu verlieren, deshalb hat er das Schild aufgestellt.«

Active dachte, dass das ziemlich gute Arbeit von dem Bullen in Tennessee gewesen war – wahrscheinlich ein FBI-Agent, wenn der Flüchtling ein Bankräuber war. Stella zeigte nach vorn in die Stahlröhre des East Wind.

»Der Kerl saß genau dort an diesem Tisch und trank St. Pauli-Girl, als sie ihn auf Band aufgenommen haben. Und wissen Sie was?«

Active glaubte es zu wissen, aber er schüttelte trotzdem den Kopf. Stella war gerade so schön in Fahrt.

»Er saß genau an dem selben Tisch und trank St. Pauli-Girl, als der Bulle aus Tennessee vier Monate später auftauchte, um ihn zu verhaften.«

»Zu viele Flüge verpasst, was?«

Stella starrte ihn einen Augenblick lang an, dann grinste sie und brach in rasselndes Gelächter aus. »Das hat er wohl, Nathan, das hat er.« Sie klopfte ihm auf die Schulter und schüttelte den Kopf. »Zu viele Flüge verpasst. Das ist gut.«

Sie wandte sich wieder der Bar zu. »Und wo ist jetzt Eddie, diese kleine Ratte?«

Schließlich erschien ein kleiner, verschrumpelter Asiate – ein Vietnamese, vermutete Active – aus dem trüben Dunst am entfernten Ende der Bar. Er eilte an den Tresen und stellte ein Tablett mit leeren Gläsern ab, als er Stella am Eingang entdeckte.

»Zeit, dass du kommst. Deine Kunden machen einen Haufen Schwierigkeiten.«

Active versuchte sich vorzustellen, wie der winzige Eddie dem Leviathan Stella das Bett wärmte, aber es gelang ihm nicht. In diesem Augenblick bemerkte Eddie ihn hinter Stella. Die Augen des Barkeepers verengten sich. »Wer das? Er kein Bulle, oder?«

»Nein, nein.« Stella legte eine große Hand auf Eddies spindeldürren Arm. »Ich habe ihn mitgebracht, damit er sich drum kümmert, falls es Probleme gibt. Das ist Nathan. Nathan, Eddie.«

Eddie streckte seine Hand aus und entriss sie ihm nach einem flüchtigen Handschlag wieder. »Gibt kein Problem, wenn du deine Kunden hier rausschaffst.«

Stella ließ den Blick wieder über die Bar schweifen. »Also gut, Süßer, welche sind es?«

»Tanzboden«, sagte Eddie.

Stella runzelte die Stirn. »Horizontal oder vertikal?«

»Horizontal.« Eddie schüttelte den Kopf und eilte dann hinter den Tresen, um die schmutzigen Gläser in eine Spüle zu räumen.

»Schlimm, schlimm.« Stella runzelte abermals die Stirn und sah Active an. »Na los, kommen Sie, gehen wir sie suchen.« Sie ging die Bar entlang und er folgte ihr.

Als sie die Tanzfläche erreichten, wurde offensichtlich, dass die Menge praktisch nur aus Männern bestand. Sie hatten einen Kreis gebildet und brüllten und gestikulierten. Stella drängte sich durch den Ring und Active folgte in ihrem Kielwasser.

Sie waren immer noch drei Reihen vom Zentrum entfernt, als er erkannte, dass die Menge nicht ein paar heißen Tänzern zujubelte, nicht einmal einem kopulierenden Paar, sondern zwei Männern, die sich im letzten Stadium eines betrunkenen Kampfes auf dem Boden herumwälzten. Einer hatte bereits aufgegeben und lag, mit den Armen sein Gesicht schützend, auf dem Betonboden, während der andere noch halbherzige Schläge auf seine Unterarme austeilte.

Der obere der beiden Raufbolde meinte wohl, dass es an der Zeit war, den Kampf zu beenden, denn er holte mit der Faust bis hinters Ohr aus und sagte: »Ich reiß dir 'n Kopf ab unnan kotz ich dir in 'n Hals.« Er schlug zu, traf aber nicht, rammte seine Faust gegen den Beton und brach dann neben seinem Kontrahenten zusammen. Er hielt sich das verletzte Handgelenk und stöhnte: »Oh Scheiße, Herrgott.«

Active sah Stella an, während die Menge sich aufzulösen begann. »Die da?«

»Müssen sie wohl sein.« Stella stieß den, der sich das Handgelenk hielt, mit der Spitze ihres Gummistiefels an. »Habt ihr die Limousine gerufen?«

»Oh Scheiße«, sagte der Mann.

Stella schüttelte den Kopf. »Was schlagen Sie vor, Herr Leibwächter?«

Active kauerte sich zwischen die beiden Köpfe auf dem Boden und sagte ihnen sanft ins Ohr. »Flug geht in dreißig Minuten. Nach allem, was ich höre, sollte man nicht allzu viele Flüge aus Dutch verpassen.«

Der eine sagte abermals »Oh Scheiße«, aber er setzte sich auf. Er war ein Weißer und trug Jeans, Basketballstiefel und eine »East Wind«-Nylonjacke. Auf einem Aufnäher auf der Brusttasche stand »Dale«. Er kam taumelnd auf die Füße und stand leise schwankend da, während ein blutiger Speichelfaden aus seinem Mundwinkel hing. »Gehnwir. Willen Flugnich verpassn.«

»Was ist mit deinem Kumpel hier?« Stella stieß den zweiten Mann, der immer noch am Boden lag, mit der Stiefelspitze an, aber er regte sich nicht.

»Muss Lonnie helfn«, sagte Dale. Er bückte sich, legte seinem Kumpan die Hände auf die Schultern und fiel prompt auf ihn drauf.

Stella schüttelte den Kopf und zerrte Dale wieder auf die Füße. »Du folgst uns«, befahl sie. Dann sah sie Active an. »Sie nehmen seine Füße.« Active gehorchte, Stella packte den Mann unter den Achseln und mit Lonnie im Schlepptau torkelten sie aus der Bar.

»Legen wir ihn auf die Haube«, sagte Stella, als sie Nanuuq erreichten. Active tat wie geheißen.

Stella wandte sich an Dale, der neben Nanuuq stehen geblieben war und in den grauen Himmel starrte, während der Regen der Aleuten ihm in den offenen Mund rann. »Du wirst mir doch nicht mein weißes Leder voll kotzen?«

»Ichnich«, sagte Dale. »Kotz nie. Kannwas vertraang.«

Stella schnaubte, langte in den Wagen hinein und drückte einen Knopf, woraufhin sich der Kofferraum mit einem Surren öffnete. Sie nahm Dale am Kragen und schubste ihn auf den Rücksitz. Dann griff sie in den Kofferraum und holte einen Plastikeimer heraus. Sie stopfte ihn Dale zwischen die Knie und schüttelte ihn am Kragen. »Wenn du kotzen musst, dann da rein. Wenn was daneben geht, dann knallt dich mein Wachmann hier über den Haufen. Stimmts, Herr Leibwächter?«

»Kotznich«, sagte Dale.

Active formte eine Pistole mit rechten Hand und zielte auf Dale. »Das will ich hoffen.«

Dale hob die Hand wie ein Erstklässler, der aufs Klo muss. Active stieß Stella mit dem Ellbogen an. »Ich glaube, er will etwas sagen.«

»Was ist los, Dale?«, fragte Stella.

»Wassis mit Lonnie?« Dale deutete auf seinen Saufbruder, der immer noch rücklings hingestreckt auf Nanuuqs Motorhaube im Regen lag.

»Wird er mir mein weißes Leder voll kotzen?«, fragte Stella.

»Kannsein. Verträgt nichsoviel wie ich.« Dale runzelte besorgt die Stirn. »Wirder Wachmann ihn abknalln? Vielleicht lassen wirn besser hier. Iss besser als erschossn wern.« Er verstummte und warf einen Blick auf das East Wind und den Regen. »Wahrseinlisch jenfalls.«

»Nee, für Kerle, die nichts vertragen, hab ich ein Sonderabteil.« Stella ging zum Heck, zog eine Plastikfolie heraus und faltete sie auseinander, um den Boden des Kofferraums zu bedecken. Dann packte sie Lonnie wieder unter den Achseln und bedeutete Active mit einer Kopfbewegung, die Füße zu nehmen. »Rein mit ihm.«

Active senkte die Füße in Nanuuqs großen Kofferraum, dann hievten sie Lonnies Hüften über den Rand, schließlich auch Kopf und Schultern und legten ihn auf die Folie auf den Rücken.

Stella begutachtete ihre Arbeit und grunzte zustimmend. »Gut. Wenn er kotzen muss, läufts in die Folie.«

Dann runzelte sie die Stirn. »Nee, so könnte er ersticken.« Sie drehte Lonnie auf die Seite und zog seine Arme und Knie nach vorne, damit er stabil lag. »Das sollte reichen.« Sie knallte den Kofferraumdeckel zu und ging wieder nach vorne.

Dale, der sich umgedreht hatte, um zuzusehen, wandte sich wieder um und starrte Stella an. »Der erstickoch da hin'n!«

Stella legte die Stirn in Falten. »Da hast du wahrscheinlich recht. Du solltest lieber hinten bei ihm mitfahren und auf ihn aufpassen.« Sie packte Dale am Schlafittchen und Dale sagte hastig: »So weit isses garnich sum Flughafn.«

Sie ließ ihn los und setzte sich ans Steuer. Active glitt in den Beifahrersitz.

»Wo ist euer Zeugs?« Stella blickte Dale im Rückspiegel an.

»Unser Zeugs? Ahso, unser Zeugs. Hatter Firmenbuss schon heut nachmittach rüberfahrn.«

Stella warf Nanuuq an, wendete und dann landeten sie in einem weiteren Schwall von Kies wieder auf der Straße und brausten davon.

»Was meinen Sie, Nathan? Wollen Sie eine Dauerstellung als mein Leibwächter? Anscheinend machen Sie den richtigen Eindruck, und wenn man Eindruck macht, muss man die Fäuste manchmal gar nicht gebrauchen.« Sie lachte heiser und zündete sich eine Marlboro an.

»Ja, Dutch Harbor ist genau das, wovon ich immer geträumt habe.« Er spähte durch den Regen auf die Ansammlung von Nissenhütten wie dem East Wind, die noch aus dem zweiten Weltkrieg stammten, auf die neueren Bürogebäude aus Sperrholz und die stählernen Lagerhallen, die wahrscheinlich errichtet worden waren, als die Fischerei in der Beringsee boomte. »Die Perle der Aleuten.«

»Ah, diese kleinen Dreckslöcher im Busch.« Stella wies mit ihrer Marlboro auf die nasse graue Stadt. »Man geht die Straße entlang und kennt die Geschichte von jedem einzelnen, dem man begegnet, und die kennen Ihre. Wer eine gute Fischsaison hatte, wer danebengehauen hat. Wessen Ehegattin treu war, während er mit dem Boot draußen war und welche nicht. Wer sich die Hucke vollsäuft und wer seine Kinder nach Harvard schickt. Es ist, als ob man im Glashaus lebt. – Ach, was rede ich.« Sie schüttelte den Kopf. »Solche Orte schlagen ihre Fänge in einen hinein und lassen einfach nicht mehr los, das ist es.«

»Nur, wenn man zu viele Flüge verpasst.«

Stella lachte und steckte sich die Marlboro wieder zwischen die Zähne. »Genau, zu viele Flüge.«

Sie war eine Weile still, dann: »Was ist mit diesem Marlboro-Mädchen?«

»Was soll mit ihr sein?«

»Hat sie zu viele Flüge verpasst?«

»Das weiß ich noch nicht.«

Er sah auf die Uhr. Schon nach neun. Wenn sie erst einmal die beiden Betrunkenen am Flughafen ausgeladen und er die Abflughalle überprüft und Stella ihn zum Triangle zurückgefahren hatte, würde es zehn sein oder noch später. Zu spät, um Lucy Generous anzurufen – ihr Arbeitstag begann um sieben. Sie würde schon im Bett liegen. Wahrscheinlich in seinem, weil sie seine Wohnung hütete, während er hier in Dutch Harbor war und sich – ja, um was eigentlich kümmerte? Er seufzte, schloss die Augen und ließ sich wieder in Nanuuqs weiße Lederpolster zurücksinken. Er hörte gerade aufmerksam genug zu, um ein vereinzeltes »Aha« oder »Wirklich?« an den richtigen Stellen einzuwerfen, während Stella erzählte, wie es kam, dass der Hügel, der gerade hinter dem Flughafen von Dutch Harbor in Sicht kam, Mount Ballyhoo genannt wurde.

Der sich spiegelnde Mann

Heute Abend hatte der Hauptgang in der Cafeteria des Triangle aus Brathuhn bestanden, wenn man nach den Überresten auf dem Teller des Marlboro-Mädchens schließen durfte, als Active pünktlich um sieben Uhr eintraf.

Das Marlboro-Mädchen hatte auch heute Abend keinen großen Appetit. Von der Hühnerbrust fehlten vielleicht zwei Bissen, ebenso vom grünen Salat, und das war es schon. Ein Biskuit, ein Klacks Maisbrei und ein rötlicher Früchtecocktail waren unberührt geblieben.

Aber eines war heute Abend immerhin anders, stellte er mit einem Blick durch die Cafeteria fest. Keine Spur von Alice.

Dann, als er Hallo sagte und in den Stuhl gegenüber von Grace sank, fiel ihm noch etwas auf: Sie hatte sich zurechtgemacht. Lippenstift, leicht geschminkte Wangen und Augen, nicht allzu viel Make-up, aber bei ihrem Teint hatte sie das auch nicht nötig. Keine Spur von Fischgeruch heute Abend, nur der Hauch eines Parfums, das er nicht benennen konnte, etwas Blumiges.

Und sie trug die Haare nicht unter der dunkelroten Mütze, sondern offen, schimmernd und gekämmt, wenn sie auch etwas kurz waren.

Sehr kurz sogar, nur wenig länger als seine eigenen. Es erinnerte ihn an … an was? Otterpelz, das war es. Flussotter, wie sie die Fallensteller in der Gegend von Chukchi fingen und deren Pelz die Frauen als Besatz für ihre Parkas verwendeten. Dichter, glatter, braunschwarzer Pelz, der genauso aussah wie Grace Palmers Haar. Er verspürte den Wunsch, mit der Hand darüber zu streichen.

Sie sah auf und lächelte einen Augenblick lang. Ihre Augen wurden groß und ein silberner Schimmer blitzte kurz auf. Dann wurde sie wieder ernst. »Haben Sie die Zigaretten dabei?«

Er schob sie ihr über den Tisch zu, zog seine Windjacke aus und legte sie auf den Stuhl neben sich, während sie eine Marlboro ansteckte. Sie inhalierte, schloss die Augen, öffnete sie wieder und sprach durch eine Rauchwolke hindurch. »Was haben Sie gemacht?«

Die erste überraschende Wendung des Abends, und die Unterhaltung hatte noch nicht einmal begonnen. Er dachte eine Weile über ihre Frage nach und fand keine Antwort. »Wie, gemacht?«

»Mit dem Tag.«

Er dachte noch ein wenig länger nach, aber er begriff immer noch nicht. »Verzeihung. Wie, mit dem Tag?«

»Heute. Wenn ich der Grund bin, warum Sie in Dutch Harbor sind, was haben Sie dann den ganzen Tag lang getan?«

»Ach so, ich verstehe. Nichts besonderes. Lange geschlafen, CNN angesehen, gelesen, ein paar Anrufe gemacht.« Er zuckte die Achseln.

»Was?«

Er fing an, seine Antwort zu wiederholen, bis er merkte dass sie nicht das gemeint haben konnte. »Was … was?«

»Was haben Sie gelesen?«

Er lächelte. »Ein Computerhandbuch, ob Sies glauben oder nicht. Wenn ich wieder in Chukchi bin, muss ich den anderen im Büro beibringen, wie Windows funktioniert.«

»Ich hasse Windows.« Sie hatte den Maisbrei mit der Gabel gequirlt, und jetzt stieß sie sie in die Hühnerbrust und wischte den Mais damit auf. »Scheiß-Bill-Gates.«

»Ja, einer Menge Leute bei den Troopern ist der Macintosh auch lieber, aber …«

»Macintosh ist noch schlimmer. Mir gefällt UNIX.«

Er musste eine Pause einlegen, um das zu verdauen. UNIX war ein Betriebssystem für die Großrechner von Banken und Versicherungen und Regierungen. Er war ein paar Mal damit in Berührung gekommen, und dabei zu dem Schluss gelangt, dass es von Marsmenschen geschrieben sein musste und für die Benutzung durch Normalsterbliche nicht taugte. Wollte Grace Palmer damit sagen, dass sie …

»Wollen sie damit sagen, dass Sie tatsächlich UNIX verstehen?«

»Wen?«

Er wollte schon sagen »Sie – Sie verstehen wirklich UNIX?«, als er begriff, dass das wieder eine ihrer unvermuteten Wendungen war und sie nicht mehr von Computern sprach. Er hob kapitulierend die Hände. »Wen was?« Dann lächelte er, weil das so lachhaft klang und schüttelte den Kopf. »Was wollen Sie wissen?«

Wieder der kühle Blick. »Wen haben Sie angerufen?«

Er wich dem Blick aus. »Ach, nur ein paar Leute in Chukchi. Sie wissen schon, ich habe mich einfach mal gemeldet.«

»Eine Frau?«

»Sie war nicht da. Ich habe eine Nachricht hinterlassen.« Er hatte genau gewusst, dass sie am Mittag, als er in der Zentrale anrief, nicht da sein würde.

Und wenn er sich weiter in Grace Palmers Frage hineindachte, sah er Lucy Generous eigentlich als Frau? Eher als Mädchen, soviel war ihm inzwischen klar. Er war schon fast dreißig und er ging mit einer – nein, er schlief mit einer, und das war etwas ganz anderes –, die für ihn nur ein Mädchen war. So einer war er.

Vielleicht blieb ein Mädchen ein Mädchen, bis sie ein Kind bekam. Ging es darum? Aber was, wenn das nie geschah? Der Gedanke an ein sechzig Jahre altes Mädchen deprimierte ihn. Dennoch, wenn sie niemals Mutter wurde, dann wurde sie vielleicht niemals zur Frau.

Ach was, Quatsch. Jedenfalls, wenn man Grace Palmer ansah, die ihm am Tisch gegenüber saß und so wirkte, als wäre sie aus Diamant oder Wolfram gemacht, schön und unzerstörbar. Kinderlos – er nahm jedenfalls an, dass sie kinderlos war –, aber zweifelsohne eine Frau. Konnte Lucy oder überhaupt irgendein Mädchen zu einer solchen Frau werden, ohne das durchgemacht zu haben, was Grace Palmer auf der Four Street durchgemacht hatte? Wie viele Mädchen hätten es überlebt? Körperlich schien sie gesund zu sein – bei blühender Gesundheit sogar. Sie hatte ihr blendendes Aussehen wiedergewonnen, und er fragte sich, was für eine Konstitution eine Frau haben musste, um nicht nur die Four Street zu überleben, sondern auch noch am Schleimband aufzublühen, wo die Arbeiter eher wie Insassen eines Obdachlosenasyls wirkten.

Wie aber stand es um ihre Psyche? Sie war hochintelligent, aber da war auch diese unerklärliche, nervöse Sprunghaftigkeit, die abrupten Wendungen im Gespräch. Es schien, als hätte sie etwas tief in sich vergraben, als würde sie eine innere Zerrissenheit allein mit der Kraft eines außergewöhnlichen Intellekts und Willens zusammenhalten.

Nein, wie auch immer es ihr gehen mochte, ein Mädchen war Grace Palmer nicht. Jede Spur von Mädchenhaftigkeit war ihr auf der Four Street ausgebrannt worden.

»He, Sie da drüben«, sagte sie. »Wie heißt sie? Vielleicht kenne ich sie.«

Er schüttelte den Kopf. Anscheinend hatte sie die Frage schon einmal gestellt, während er nachdachte. »Unwichtig.«

Grace Palmer sah mit leisem Lächeln auf ihre Hände und ihre Augen blitzten wieder auf. »Na gut. Ich spare fürs College.«

Er ging Schritt für Schritt zurück in ihrer Unterhaltung und versuchte, diese letzte Wendung mit irgendetwas in Verbindung zu bringen, was einer von ihnen im Laufe des Abends gesagt hatte.

Sie richtete ihren kühlen, taxierenden Blick wieder auf ihn und schien sich seiner zu erbarmen.

»Das war Ihre letzte Frage gestern Abend, die ich nicht mehr beantworten wollte.« Ihre Stimme klang amüsiert. »Wofür spare ich? Nun, die Antwort ist: das College.«

Er begann sich zu fragen, ob die plötzlichen Kurswechsel weniger das Anzeichen für eine psychische Störung waren, als eine Taktik, ein Trick, genau wie sich achtundvierzig Bingokarten im Aurora Bingo einzuprägen.

»Sie wollen als Tote wieder an die Universität?«

»Nein, ich habe die Wiederzulassung auf meinen eigenen Namen beantragt. Ich arbeite den Sommer über noch hier, im Herbst gehe ich dann zurück, zahle Wiedergutmachung für die kaputten Fenster und schreibe mich als Grace Palmer ein.«

»Was ist Ihr Hauptfach?«

»Jura.«

»Sie wollen Anwältin werden?«

»Oder Sozialarbeiterin, wenn ich das Jurastudium nicht schaffe.« Sie nahm mit geschlossenen Augen einen Zug von ihrer Marlboro.

»Wissen Sie, die Polizeiakten in Anchorage erwähnen keinen Anruf eines Autofahrers über Sie und Angie in dieser Nacht.«

Sie machte sich nicht die Mühe, die Augen aufzumachen. »Und?«

»Na ja, normalerweise registriert die Zentrale jeden Anruf.«

Jetzt sah sie ihn an. »Vielleicht haben sies vergessen oder sie waren zu beschäftigt oder was. Oder vielleicht ist der Kerl nicht durchgekommen? Spielt das eine Rolle?«

Wenn sie log, dann gelang ihr das verdammt gut.

Sie verlagerte ihr Gewicht auf dem Stuhl. »Wollen Sie ein bisschen rausgehen, herumlaufen oder so?«

Er warf einen Blick aus dem Fenster. »Es regnet immer noch Bindfäden.«

Sie zuckte die Achseln. »Ich habe Regensachen. Die hat jeder hier. Sie nicht?«

Er nickte, und sie drückte die Marlboro aus. Als er ihr durch den Gang folgte, fielen ihm zu ersten Mal ihre schmale Taille und die schwingenden Hüften auf. Grace Palmer war für ihn bis jetzt nur ein Gesicht gewesen. Dann wieder ein Hauch von Parfum. Irgendetwas altmodisches, dachte er – Lavendel? Warum legte Grace Palmer, die Schleimbändlerin aus Dutch Harbor, die Amazing Grace von der Four Street, die Fenster einwarf und Farbenkleckser in Augen stach, Lavendel auf?

Vier Türen von seinem eigenen Zimmer entfernt blieb sie stehen, steckte ihren Schlüssel ins Schloss und stieß die Tür auf. Sie trat hinein und nahm eine Regenhaut von der Stuhllehne, dann wandte sie sich zu ihm um. »Möchten Sie bleiben?«

Er stutzte, dann sagte er sich, dass sie ja wohl nicht *das* meinen konnte. »Nein, ein Spaziergang ist mir ganz recht. Macht mir nichts aus.«

Sie sperrte wieder ab. »Ich meinte über Nacht. Welches ist Ihr Zimmer?«

Er hatte »Nummer Dreizehn« gesagt, bevor ihm überhaupt aufging, dass sie tatsächlich *das* gemeint hatte. Er drehte sich nach ihr um und starrte sie an, aber sie sah nach den Nummern an den Türen und suchte die Dreizehn.

Er fasste sie am Arm. Sie zuckte zusammen und riss sich ruckartig los, aber sie wich nicht vor ihm zurück. »Die Nacht?

Mit Ihnen?« Seine Kehle war so eng, dass er nur ein heiseres Flüstern herausbrachte.

Sie blickte zu ihm auf und wieder stieg ihm der Duft in die Nase. Definitiv Lavendel. »Ich weiß nicht«, sagte sie. »Möchten Sie?«

»Und was ist … Was ist mit Alice?«

»Alice ist heute ausgezogen. Ich habe sie darum gebeten. Um meine Genesung zu vervollständigen.«

Er sah zur Seite. »Ich muss darüber nachdenken.«

»Ich auch«, sagte sie. »Ich weiß, dass das nicht die Art ist, wie normale Menschen sowas tun, aber ich bin nicht sicher, ob ich es noch lernen kann. Hier ist Ihr Zimmer.«

Er holte seinen Anorak und sie gingen hinaus in den grauen Sprühregen des langen Aleutenabends. Unter dem bedeckten Himmel herrschte Zwielicht, aber der späte, sommerliche Sonnenuntergang und echte Dunkelheit lagen noch Stunden entfernt.

Er wollte zur Captain's Bay Road gehen, aber sie hielt ihn zurück und deutete hinter das Haus zu den Hügeln, deren Gipfel er im Regen kaum zu erkennen vermochte. »Es gibt einen Pfad hinauf. Ich gehe oft da hin.«

Er folgte ihr die Außenwand des Schlafquartiers entlang zu dem Schotterplatz, auf dem der Triangle-Seafood-Komplex stand. Schließlich gelangten sie auf einen Pfad, der durch kniehohes, triefnasses Gras führte, der einzigen nennenswerten Vegetation der Insel.

Der Pfad war schmal, vor allem von der Stelle an, wo er in die Hügel hinauf führte, sodass sie hintereinander gehen mussten und eine Unterhaltung unmöglich war. Er war allein oder jedenfalls beinahe allein mit dem Prasseln des Regens auf seiner Kapuze, dem Rascheln ihrer Kleidung im Gebüsch und seinen Gedanken. Wohin führte ihn Grace Palmer, oder wohin wollte sie ihn führen, wenn er sie ließ? Sollte er die Nacht mit ihr verbringen?

Unvorstellbar, wenn er in einem Fall ermitteln würde, aber das hier war kein richtiger Fall. Nicht einmal annähernd, wirklich nicht. Trotzdem schien es ihm unvorstellbar, aber aus anderen Gründen. Es war, als wollte man mit jemandem Sex haben, der bewusstlos war oder gar tot. Genauso war es.

Sie kletterten höher und näherten sich den Regenwolken. Langsam kam er ins Schwitzen und fragte sich, ob sie vorhatte, mit ihm bis hinauf in den Nebel zu wandern. Aber nein – sie erreichten eine Art Vorsprung, wo die Hügelflanke für ein paar Meter abflachte. Sie blieb stehen, setzte sich auf einen mit Flechten bedeckten Felsbrocken und klopfte auf die freie Stelle neben sich. »Das ist mein Platz.«

Er setzte sich zu ihr und blickte den Weg zurück, den sie gekommen waren. Der Triangle-Komplex, die Captain's Bay Road, ein paar hundert Meter der Bucht selbst ... dahinter verlor sich alles im Regen. Der Wind wehte hangaufwärts auf sie zu, aber ihr Felsen lag ein Stück von der Kante zurückgesetzt, sodass sie geschützt waren.

»Sie sind zurückgezuckt, als ich Sie vorhin am Arm gefasst habe.«

Sie berührte die Stelle, schien sich also daran zu erinnern, aber sie sagte: »Wo?«

»Im Schlafquartier. Gleich nachdem Sie mich eingeladen haben, die Nacht mit Ihnen zu verbringen.« Sein ganzes Gesicht war feucht vom Aufstieg im Regen, aber nur die Nässe in seinen Augenbrauen störte ihn. Er fuhr sich mit dem Finger darüber und schüttelte die Feuchtigkeit ab. Sie hatte nicht geantwortet, deshalb sagte er: »Oder so ähnlich.«

Sie zog einen Zweig von einer Pflanze neben dem Felsen zu sich, riss ein Blatt ab und rollte es zwischen Daumen und Zeigefinger.

»Deshalb will ich Jura studieren.« Sie roch an dem zerquetschten Blatt, dann warf sie es weg und knickte einen anderen Zweig ab mit kleinen grünen Beeren.

Er blieb stumm, bis sie hinzufügte: »Ich kann es nicht ertragen, dass mich ein Mann anfasst, außer wenn ich betrunken bin.« Sie blickte ihn erwartungsvoll an.

»Jurastud... tut mir Leid, ich verstehe einfach nicht, was das eine mit dem anderen zu tun hat. Jurastudium, Ihre Angst vor Intimitäten ...«

»Sie haben meine Haare betrachtet. Wissen Sie, warum ich sie so trage?«

Schuldbewusst erinnerte er sich, dass er vermutet hatte, es wäre wegen irgendeiner Krankheit, die sie sich auf der Straße geholt hatte, an der sie vielleicht immer noch litt. »Nein«, sagte er kopfschüttelnd.

»Nachdem ich mit dem Trinken aufgehört und mich in Angie verwandelt hatte, kehrte langsam mein gutes Aussehen zurück und die Männer, normale Männer, fingen wieder an, mich anzumachen. Und ich stellte fest, dass ich nicht damit umgehen konnte. Ich habe sie entweder angebrüllt, als wäre ich übergeschnappt, oder ich hatte einen Panikanfall und bin zur Salzsäule erstarrt. Einmal bin ich in der Stadtbibliothek von Anchorage einfach umgekippt, weil mich ein absolut anständiger und netter Kerl nach meiner Telefonnummer gefragt hat.«

Sie warf ihm wieder diesen erwartungsvollen Blick zu und er zuckte die Achseln, kam sich dabei dumm und unzulänglich vor. »Tut mir Leid. Ich verstehe immer noch nicht.«

Sie betrachtete einen Moment lang ihren Beerenzweig, und zuckte schließlich die Achseln. »Ich habe mir die Haare geschoren, aufgehört, Make-up zu tragen und den Typen erzählt, dass ich auf Frauen stehe.« Sie zuckte wieder die Achseln. »Hier unten war das besonders hilfreich.«

Sie beobachtete ihn genau, gespannt auf seine Reaktion.

»Und das erklärt Alice?«

»Ich hab Sie ja gewarnt, dass das die ungeschönte Version ist.«

»Ich will doch kein Urteil ...«

»Dann lassen Sies auch bleiben. Worauf ich hinaus will, ich habe keine Angst vor Intimität. Ich habe sie genauso nötig wie jeder andere. Und jetzt, wo ich ... ich hole Grace wieder ins Leben zurück und ich lasse mein Haar wieder wachsen und ... Scheiße, warum erzähle ich Ihnen eigentlich das alles?«

»Das müssen Sie nicht. Das habe ich schon gesagt.«

Plötzlich fiel ihr Gesicht in sich zusammen und die kühle, taxierende Grace Palmer der vergangenen zwei Tage löste sich auf. Ebenfalls verschwunden waren die nervöse, sprunghafte Heiterkeit und die Härte. An ihre Stelle trat tiefe, zornige Erschöpfung. »Gottverdammt, Nathan, jedem Mädchen stehen doch ein paar Jahre zu, in denen es einfach ein Mädchen sein darf! Verliebt sein, hübsche Dinge, Bälle. Sie sollten mal sehen, wie die Mädchen in unserem Chukchi sich für den Abschlussball ausstaffieren, es ist, es ist ... ah, nein!!« Sie weinte stumm und die Tränen rollten ihr über die Wangen.

Schließlich wischte sie sich über die Augen, schüttelte den Kopf und fuhr tapfer fort. »Scheiße, eigentlich sollte man langsam erwachsen werden, den richtigen Mann finden, in der Lage sein, einen schönen Fick zu genießen, eine Rückenmassage oder auch nur eine feste Umarmung, einfach ganz gewöhnlichen menschlichen Kontakt, aber ich ... ich ... ah.« Sie weinte wieder stumm.

Er wollte ihr einen Arm um die Schulter legen, aber sie spürte es und zuckte zurück, also ließ er es bleiben.

»Hören Sie, Sie müssen nicht weitermachen damit.« Eigentlich wünschte er um seinetwillen, dass sie aufhörte, denn jetzt spürte er, was kommen würde, aber er wollte es noch nicht hören, wollte Zeit, sich darauf vorzubereiten, kam sich dumm vor, weil er es nicht vorher schon geahnt hatte. Aber sie konnte nicht mehr aufhören, jetzt nicht mehr, das wusste er.

»Ich werde Jura studieren und dann werde ich die schärfste und härteste und gnadenloseste Staatsanwältin in Alaska werden, und ich werde mir jeden Mann schnappen, der einem Mädchen so etwas antut und ihn für den Rest seines Lebens hinter Gitter bringen.«

Jetzt brach sie zusammen und stieß tiefe, qualvolle Schluchzer aus im Regen und dem Wind, der den Abhang heraufblies. Und etwas an den Schluchzern erinnerte ihn daran, wie Jaron Palmer vor dem Wandbild von Grace Palmer in der Aula der Chukchi Highschool die Fassung verloren hatte.

Jaron Palmer, der wegen seiner verlorenen Tochter auf der Four Street zusammenbrach, Jaron Palmer, der ihm nichts von der schwangeren Tochter erzählte, die Selbstmord begangen hatte, Jaron Palmer …

Plötzlich wurde ihm innerlich heiß, und die Hitze stieg in seiner Kehle hoch wie Magma und er schaffte es gerade noch, sich wegzudrehen, bevor er sich vorbeugte und sein Magen sich auf die steinige Erde entleerte.

Als die Krämpfe schwächer wurden, fühlte er eine Hand, eine sehr kleine und zögernde Hand, die ihm hinten auf den Regenmantel klopfte. Er riss sich zusammen und setzte sich wieder auf, sodass er auf die Bucht hinaussah, und sagte sanft, während er die Säure in der Kehle spürte: »Ihr Vater?«

Sie nickte.

»Mit Ihrer Schwester auch?«

»Ja, natürlich.«

Er wusste, dass sie nahe daran war, wieder die Fassung zu verlieren, aber es gab keinen Weg, die Frage zu umgehen. »Das Baby, war er der Vater?«

»Natürlich.« Sie sprach schnell, als wolle sie die Worte heraussprudeln, bevor sie die Sprache verlor. »Wenn ich nicht weggegangen wäre, dann hätte er noch mich gehabt, dann hätte er Jeanie in Ruhe gelassen. Und ich hatte wenigstens meine geheime Kammer im Kopf, in der ich das Ganze verschließen konnte. Ich war stärker als Jeanie, ich kam an Weihnachten nach Hause und ich hätte bleiben sollen, um sie zu beschützen, oder ich hätte den verdammten Mistkerl einfach umbringen sollen, aber ich konnte es nicht, ich konnte es einfach nicht, ich, ach, ich …« Sie schluchzte und zitterte noch heftiger und heulte kläglich auf. Er legte ihr wieder den Arm um die Schultern und sie schüttelte ihn abermals ab, wütend anscheinend, dann legte sie den Kopf auf ihre Knie und schluchzte weiter, ruhiger jetzt, und dann war sie schließlich still.

Er stand auf und ging ein paar Schritte zur Seite. Konnte man Jaron Palmer noch zur Rechenschaft ziehen, nach all der Zeit? Er wandte sich zu dem Mädchen um – so dachte er jetzt an sie, jedenfalls für den Augenblick: das Mädchen auf dem Felsen. »Weiß noch jemand davon?«

»Ich habs meiner Mutter gesagt.« Sie war jetzt nur noch ein Bündel glänzender Regenkleidung auf dem Felsklotz. Er konnte kaum erkennen, woher ihre Stimme kam. »Sie hat mir gesagt, es wären nur Alpträume und ich solle sie vergessen. Aber ich werfe ihr nichts vor. Sie ist eine sehr konventionelle Frau, sehr gottesfürchtig. Wie hätte sie ihrem eigenen Ehemann so etwas zutrauen können?«

Er blieb stumm. Es gab keine Antwort auf diese Frage.

»Werden Sie ihr das sagen? Dass ich ihr nichts vorwerfe? Wenn Sie sie vor ihrem Tod noch einmal sehen?«

Er nickte. »Sind Sie sicher, dass sie es ihr nicht selbst sagen wollen?«

Sie schüttelte sich und gab keine Antwort.

»Haben Sie es sonst noch jemandem erzählt?«

»Meiner Tante Agnes. Sie hat mir das mit der geheimen Kammer beigebracht. Sie kannte irgendein Inupiaq-Wort dafür, ich habe vergessen, welches. Ihr Onkel hatte ihr dasselbe angetan, als sie ein kleines Mädchen war.« Sie lachte bitter auf. »Was ist eigentlich los mit euch Männern? Ihr entwürdigt die Leiber, die euch tragen.«

Er wunderte sich über die altmodische Sprache und fragte sie, ob es ein Bibelzitat sei.

»Die Bibel ist von Männern geschrieben worden. Das hier stammt von Shakespeares Freundin.«

Er wollte eigentlich noch einmal nachfragen, entschied sich aber dagegen und schüttelte den Kopf. »Wer immer sie war, sie hatte Unrecht. Nicht alle Männer sind so.«

»Aber genügend Männer.«

Sie setzte sich auf und starrte in den Regen. »Wissen Sie, was sein Lieblingsplatz dafür war? Sein Arbeitszimmer in der Kirche. Er nahm mich immer mit, wenn er seine Sonntagspredigt schreiben wollte.«

Sie zog ihre Regenhaut nach vorne und schien darin zu schrumpfen. »Als ich klein war, war es wundervoll. Es war einfach sein Zimmer – seine Papiere, seine Bücher, der Geruch seines Aftershaves. Im Winter hat er seine Mukluks in eine Ecke geworfen und ich hab sie angezogen und bin damit im Zimmer herumgestapft, während er auf seinem Notizblock kritzelte – er benutzte nie die Schreibmaschine für seine Predigten – und ich stellte mir vor, dass mein Mann einmal genauso sein würde. Da konnte ich ja noch nicht ahnen, dass er selbst einmal mein Mann sein würde.«

Sie lachte wieder kurz und freudlos auf. »Ich ging dann nicht mehr mit ins Arbeitszimmer und er musste sehen, wie er zu Hause an mich herankam. Manchmal stieg er mir zur Toilette nach, und es wurde so schlimm, dass ich überhaupt nicht mehr aufs Klo ging, wenn er im Haus war. Vier Jahre lang ging das so. Die Ärzte im Krankenhaus haben mich wegen chronischer Verstopfung behandelt, aber ich habe die Arznei einfach weggeschmissen und gewartet bis zum nächsten Tag in der Schule. Aber nichts hat wirklich funktioniert. Irgendwann hat er immer wieder einen Weg gefunden.«

Active ging zurück zu dem Felsblock und setzte sich wieder.

»Kennen Sie die Geschichte vom sich spiegelnden Mann, Nathan?«

Er schüttelte den Kopf. »Ich glaube nicht.«

»Tante Agnes hat mir die Geschichte erzählt, nachdem es angefangen hatte.« Grace senkte den Blick auf ihre Hände und sagte leise: »Sie konnte nicht viel tun, aber sie hat mir diese Geschichte erzählt, und ich glaube, das hat mir ein bisschen geholfen.«

Sie sah zu ihm hoch. Ihre Augen waren nass, aber sie weinte nicht mehr. Er nickte.

»Es war einmal ein Mann, dessen Freunde beschlossen, ihm einen Streich zu spielen. Sie schlichen in sein Haus, während er schlief, und bemalten ihm das Gesicht mit Kohle aus dem Feuer, so dass es aussah, als wäre er tätowiert.« Mit zwei Fingern zeichnete sie imaginäre vertikale Linien unter ihren Lippen. »Sie wissen, wie die Frauen früher ihr Kinn tätowierten?«

»Ich habe es in Büchern gesehen.«

»In Büchern.« Sie verstummte, dann schüttelte sie den Kopf. »Meine Großmutter hatte noch so eine Tätowierung. Jedenfalls haben die Freunde dieses Mannes ihn so gezeichnet, dass er wie eine Frau aussah. Am nächsten Tag bei der Jagd kam er zu einem See. Er war durstig, und als er seine Lippen zum Wasser neigte, erblickte er das Gesicht einer schönen Frau im See. Aber als er die Hand ausstreckte, um sie zu berühren, da verschwand sie.«

»Am folgenden Tag und am Tag darauf erzählte er seiner Frau, dass er wieder auf die Jagd gehe. Inzwischen war sie in den Streich eingeweiht und sagte nichts. Er kehrte zu dem See zurück, aber die schöne Frau verschwand jedes Mal unter seiner Berührung. Endlich konnte er es nicht länger aushalten und sprang in den See, um bei ihr zu sein.«

»Und dann?«

»Seine Freunde waren ihm die ganze Zeit gefolgt, um zu sehen, wie ihr Streich wirkte. Sie lachten ausgiebig über seine Dummheit. Er auch.«

»Er ist also nicht ertrunken?«

Grace schüttelte den Kopf mit einem Lächeln, das zu besagen schien, dass Nathan wirklich naiv war. »Natürlich nicht. Aber falls ich jemals meiner eigenen Tochter diese Geschichte erzählen sollte, dann werde ich den Mistkerl garantiert ersaufen lassen!« Sie lachte auf, dann verfiel sie in ein langes Schweigen.

»Wie haben Sie es geschafft, in der Schule zu funktionieren? Die glatten Einser, Miss North World, während all das daheim vor sich ging?«

»Ich weiß nicht. Wahrscheinlich dachte ich, wenn ich mich zum perfekten Mädchen mache, dann würde er begreifen, wie kostbar ich bin und mich in Ruhe lassen.« Sie schüttelte den Kopf und zuckte die Achseln. »Außerdem – alles war recht, um von zu Hause wegzukommen.«

Er schnitt eine Grimasse und sie las den Beerenzweig wieder auf, zerdrückte eine der kleinen, grünen Kugeln und schnupperte daran.

»Werden Sie uns helfen, wenn wir eine Untersuchung einleiten?«

»Sie meinen, eine Aussage machen und vor Gericht in den Zeugenstand treten, während er … während er da sitzt?«

Active nickte.

Sie erschauderte. »Nein. Ich habe nie über all das gesprochen seit Tante Aggie mir gezeigt hat, wie ich es in der geheimen Kammer wegsperren kann. Ich will nie wieder darüber sprechen. Ich weiß nicht, warum ich mit Ihnen geredet habe. Sie kamen mir so … so vertrauenswürdig vor, nehme ich an. Irgendwie schienen Sie der Richtige zu sein.«

Sie probierte eine der grünen Beeren, dann spuckte sie sie mit einer Grimasse aus. »Was glauben Sie, würde Ihr Staatsanwalt unternehmen, wenn ich mich drauf einlasse?«

»Nun, Sie sind die einzige Zeugin, obwohl ich annehme, dass auch Tante Agnes' Aussage helfen würde und die Ihrer Mutter, falls sie sich überhaupt äußern würde. Außer – ist Jeanie in Chukchi beerdigt?«

»Nein, er hat sie einäschern lassen. Warum?« Sie sah ihn an. »Ach so, Sie denken an einen DNA-Test von dem Baby?«

Er nickte. »Vielleicht hat Jaron auch daran gedacht.«

»Vielleicht. Oder er ist der Sünde mit einer Dosis altmodischer Religiosität zu Leibe gerückt. Die reinigende Kraft des Feuers und all das.« Sie lachte. »Er ist in der Pfingstkirche, müssen Sie wissen.«

»Dann liegt es nur an Ihnen. Würden Sie es fertig bringen?«

»Ich weiß nicht. Früher konnte ich nicht darüber reden, außer mit Ida und Tante Agnes. Der Gedanke daran, es von Angesicht zu Angesicht mit ihm aufzunehmen, mit seiner Macht, mit dem, was er getan hat – wissen Sie, es wirft eine Art Bann über einen, eine Art Lähmung. Man sagt zu sich selbst: ›Wenn er mich noch einmal anrührt, dann schreie ich‹, und dann rührt er einen wieder an und wieder ist man völlig hilflos. Irgendwie betäubt und gar nicht richtig da. Weg. – Ich weiß nicht. Was würde vor Gericht geschehen?«

Er schüttelte den Kopf. »Der Verteidiger, jeder halbwegs fähige Verteidiger ...«

»Ja«, sagte sie bitter, »Ich kanns direkt hören. ›Auf der einen Seite haben wir hier Amazing Grace Palmer von der Four Street, eine Soldatenhure, die für eine Flasche Bacardi mit jedem ins Bett geht und die in jüngster Zeit unter dem Namen einer Toten gelebt hat, deren Öldividende und sonstigen Besitztümer sie in die eigene Tasche gesteckt hat. Auf der anderen Seite sehen Sie hier meinen Mandanten, den Reverend Jaron Palmer, einen Mann Gottes, ehemaliger Bürgermeister von Chukchi, Aufsichtsratmitglied des Seniorenzentrums und Begründer des Katonak-300-Hundeschlittenrennens.‹ Oh, Scheiße.«

In diesem Augenblick stellte sich ihm eine beunruhigende Frage, so beunruhigend, dass sie dem hypothetischen Anwalt der Verteidigung gewiss nicht entgehen würde. »Und einmal angenommen, dass sie darauf hinweisen, dass es Ihr Vater war, der mich gebeten hat, nach Ihnen zu suchen. Warum sollte er das tun, wenn er ...?«

Sie nickte. »Gute Frage, und ich habe keine Ahnung, wie die Antwort lautet, nur, dass er wahnsinnig ist. Vielleicht will er damit sagen, dass es ihm Leid tut, vielleicht will er mich einfach wieder haben.«

Sie schauderte, hielt inne und schloss die Augen. »Oder vielleicht ist es wirklich deshalb, weil Ida krank ist und er denkt, wir könnten einfach alle so tun, als wäre nichts geschehen.« Sie schlug die Augen auf, wischte sich mit der Hand darüber und schüttelte den Kopf. »Egal, was es ist. Ich komme nicht zurück. Ich will nie wieder über all das sprechen oder ihn wieder sehen. Oder vor Gericht aussagen. Nein.«

Er fummelte unter seiner Regenjacke und förderte eine Visitenkarte zutage. »Nehmen Sie das. Da steht unsere 800er-Nummer in Chukchi drauf. Rufen Sie mich an, wenn Sie es sich anders überlegen.«

»Ist schon gut, die brauche ich nicht.« Sie schob die Karte weg und sah ihm in die Augen. »Und wenn doch, habe ich sie auswendig gelernt, als ich Nathans Lied gemacht habe.«

Sie legte ihm die Hand auf den Oberschenkel und sogar durch seine Regenkleidung hindurch erreichte ihn die Berührung. Sein Geschlecht regte sich und er kam sich dumm vor.

»Das klang irgendwie nach Abschied«, sagte sie. »Was ist mit heute Nacht?«

Er legte seine Hand auf ihre, die sich klein und kalt und nass anfühlte und sich leicht unter der seinen wölbte, als suche sie Schutz. Er schob ihre Hand in ihren Schoß zurück. »Das könnte sich zu einem Fall entwickeln, vom Privaten zu etwas Beruflichem, verstehen Sie?«

»Nein habe ich gesagt! Kein Fall. Keine Untersuchung. Kein Garnichts!«

Sie berührte wieder seinen Schenkel.

»Aber wenn Intimität so schwierig für Sie ist …« Er nahm abermals ihre Hand und legte sie in ihren Schoß zurück.

»Tut mir Leid.« Sie zuckte die Achseln und blickte starr geradeaus. »Ich gebe die Hoffnung nicht auf. Sie wissen schon, normale Beziehungen zu einem normalen Mann, um meine Genesung zu vervollständigen. Und es hat keine Beziehungen irgendwelcher Art gegeben, seit ich zu Angie Ramos geworden bin, außer zu Frauen. Ich glaube, ich habe immer noch eine gewisse Fähigkeit, Freude zu geben und zu empfangen, wenn ich mich nur … wenn ich mich nur entkrampfen könnte und – na ja, Sie sind den ganzen weiten Weg gekommen.«

Sie stand auf und betrat den Pfad zum Triangle hinunter. Nach ein paar Schritten blieb sie stehen, wandte sich halb zu ihm und sah ihn an. »Ein andermal, vielleicht.« Ein silbernes Aufblitzen, und dann machte sie sich wieder auf den Weg den Pfad hinunter.

»Vielleicht«, murmelte er.

Ein altmodisches Mädchen

Active verließ Dutch Harbor mit einer Sondermaschine, die mit einer Ladung Fracht eingeflogen war, wie man ihm am Schalter sagte. Sie stieg um drei Uhr morgens in einer Periode relativ ruhigen Wetters auf, wenig Regen, keine Verspätung und keine Spur von der Abflugpanik, die vor zwei Tagen Captain Ross und seine Passagiere ergriffen hatte.

Am Abend zuvor hatte ihm Dennis Johnson am Telefon berichtet, dass der Goalie der Finests eine Woche Nachtschicht hatte, also nahm Active ein Taxi vom Flughafen direkt zum Ben-Boeke-Eisstadion, wo die Finests diesmal spielten. Um halb sieben Uhr morgens stand er auf seiner Lieblingsposition auf dem Eis, unerschütterlich vor dem Käfig aus Stahlrohr und Fangnetz, der im Brennpunkt der Aufmerksamkeit der gegnerischen Mannschaft stand. Das waren die ›Slopers‹, dieselbe Mannschaft, gegen die Active schon am Freitag gespielt hatte. Sie bestand hauptsächlich aus Ölarbeitern, die ihre zweiwöchige Pause zwischen den Einsätzen auf dem North Slope hatten.

Active spielte aus zwei Gründen gerne im Tor. Der eine war, dass er nicht besonders viel Schlittschuh laufen musste und seine fehlende Übung daher kein allzu großes Handicap war. Am Freitag hatte er als Verteidiger gespielt und dabei eine Situation so falsch eingeschätzt, dass ihn einer der Slopers mit einem Bodycheck in die Bande gerammt hatte und er bewusstlos auf dem Eis liegen geblieben war.

Außerdem war es weniger anstrengend, als dem Puck hinterherzujagen. Er musste lediglich vor seinem Tor lauern und warten, bis der Puck zu ihm kam. In den ruhigeren Phasen, wenn sich das Spiel zwischen die blauen Linien oder vor das gegnerischen Tor verlagerte, hatte er Zeit, das Problem mit Grace Palmer zu wälzen. Wie konnte er herausfinden, ob Angie Ramos vor den Schneepflug gestoßen worden war, damit Grace ihre Identität annehmen konnte? – Zwei der Slopers brachen aus einem Scharmützel am anderen Ende der Eisfläche aus und rasten auf ihn zu, wobei sie den Puck zwischen sich hin- und hertrieben, damit die nachsetzenden Finests nicht herankamen.

Es war, als ob er einen Zug oder vielleicht eine Schneefräse auf sich zukommen sah, aber das machte ihm nichts aus. Fast hoffte er, der puckführende Sloper würde direkt in ihn hinein fahren, aber nein, der gegnerische Spieler feuerte seinen Schuss ab und wich zur Seite aus. Der Puck flog flach übers Eis und Active erreichte ihn mit dem Schläger. Er prallte ab und taumelte kraftlos in das Durcheinander zurück, das jetzt vor dem Tor der Finests entstand. Ein Gewirr aus angestrengtem Keuchen, zusammenstoßenden Körpern, aneinander krachenden Schlägern, Schlittschuhen, die über das Eis kratzten und schließlich bekam ein anderer Sloper den Puck frei und schoss ihn wieder auf Active ab, diesmal durch die Luft.

Active ließ sich auf die Knie fallen und fing ihn mit der Brustplatte auf. Der Aufprall ließ einen Augenblick lang seinen Brustkorb erdröhnen, dann warf er sich über den Puck und barg ihn unter sich, bis der Schiedsrichter zum Bully abpfiff.

Der linke Flügelspieler der Finests war ein bisschen schneller oder hatte mehr Glück mit seinem Schläger und der Schauplatz verlagerte sich wieder über die Eisfläche auf das Tor der Slopers zu.

Active richtete seine Schutzkleidung und überließ sich wieder seinen Gedanken. Hier in Anchorage war es leichter, sich nicht davon ablenken zu lassen, dass Grace Palmer auf ihre besondere Art gelächelt hatte, dass sie ein sexuelles Angebot gemacht hatte, dass ihm ihre schmale Taille und der Duft nach Lavendel aufgefallen waren, dass er sich danach gesehnt hatte, ihr mit der Hand über das Otterpelz-Haar zu streichen. Hier auf dem Eis im Boeke war es leicht, sich einzureden, dass nichts davon etwas an den Tatsachen änderte.

Und Tatsache war: Wäre es Angie Ramos gewesen, die er am Schleimband in Dutch Harbor vorgefunden hatte, dann würde er mit ziemlicher Sicherheit in diesem Augenblick das Anchorage Police Departement und seinen Beamten Dennis Johnson mit Gesuchen bombardieren, eine Morduntersuchung wegen des scheußlichen Todes von Grace Palmer unter der Schneefräse einzuleiten.

Und trotzdem wusste er, dass – diesmal war es ein einzelner Sloper, der auf ihn zu kam, so verblüffend schnell auf den Schlittschuhen, dass er sowohl die Finests als auch seine Teamgefährten hinter sich ließ, während er die Bande entlangstürmte und dann einen derart harten und hohen Schuss auf Active abfeuerte, dass der ihn nicht einmal bewusst wahrnahm.

Er reagierte lediglich auf einen Blitz, der auf ihn zufuhr und riss seinen Arm hoch, aber es reichte nicht. Der Puck wurde von der Kante des Fanghandschuhs abgelenkt, prallte gegen den Rahmen des Tores und landete im Netz.

Die Slopers jubelten und hieben ihre Schläger gegeneinander, während die Finests Active und Dennis, der ihn ins Team gebracht hatte, finstere Blicke zuwarfen.

»Hab dir doch gesagt, dass der für ’nen Hockeyspieler zu viele Zähne hat«, meinte einer der Finests zu Dennis. Active konnte nicht sehen, wer es war, aber es klang nach Taylor, der auch von Actives Vorstellung als Verteidiger letzte Woche alles andere als begeistert gewesen war, und dessen Ober- und Unterkiefer vorne völlig zahnlos waren.

Die Mannschaften entfernten sich zum Bully an der Mittellinie. Der Schiedsrichter ließ den Puck fallen, einer der Finests kam mit dem Schläger heran und das Geschehen verlagerte sich ans andere Ende des Eises.

Und dennoch, ermahnte er sich, als er zum Problem von Angie Ramos und Grace Palmer zurückkehrte: Er wusste, wenn er jetzt wieder in der Cafeteria im Triangle-Schlafquartier säße und Grace Palmer ihn mit ihren dunklen Augen anblitzen und ihm erzählen würde, dass sie nichts mit Angie Ramos’ Tod zu tun hatte, dann würde er ihr hundertprozentig glauben. Ebenso wie er mit absoluter, quälender – aber falscher – Sicherheit gewusst hatte, dass Grace Palmer tot war, nachdem er das Foto des tätowierten Engels auf der Brust der himmlischen Toten gesehen hatte.

Was nur bewies, dass nichts mehr sicher war, sobald Grace Palmer ins Spiel kam. Aber sie hatte zumindest etwas gesagt, das man ganz objektiv als Spur, als nachprüfbaren Hinweis bezeichnen konnte. Vielleicht konnte Dennis Johnson herausfinden, ob irgendetwas in den Akten Grace’ Behauptung stützte, dass Angie mit einem Autofahrer gesprochen hatte, wenige Minuten bevor die Schneefräse kam. Einem Autofahrer, der angeblich mit seinem Handy die Polizei gerufen hatte, nachdem man ihm empfohlen hatte, sich selbst zu ficken und der Polizei dasselbe zu raten. – Active ließ sich wieder in die Hocke fallen, als der Puck, ohne eindeutig im Besitz der Slopers oder der Finests zu sein, über das Eis auf ihn zugeschossen kam und eine Traube aus Spielern beider Teams ihm hinterherhetzte.

Nach dem Spiel beschlossen er und Dennis Johnson, in Gwennie's Old Alaska Restaurant zu frühstücken, einem zweistöckigen Wahrzeichen der Stadt nicht weit vom Flughafen entfernt. Gwennie's war berühmt für seinen Wunschbrunnen mit Holzbrücke, echtem Wasser und einem ausgestopften Grizzly, der einen ebenfalls ausgestopften Lachs fraß. Außerdem war es bekannt für enorme Portionen, keinerlei falschen Luxus und – für Active nach seinem kurzen, kostspieligen Ausflug nach Dutch Harbor besonders angenehm – niedrige Preise.

»Dann ist sie also am Leben.« Dennis schüttelte an ihrem Tisch im Obergeschoss staunend den Kopf, während die Bedienung, eine ältere Frau mit knallroten Haaren im Weggehen die Bestellung auf einen Block kritzelte: Zweimal Rentierwürste mit Eiern, für Active milde Wurst und Rührei, für Dennis scharfe auf Cajun-Art mit Spiegelei, beidseitig leicht gebraten. »Wie ist das möglich?«

Active hatte Dennis bei seinem Anruf aus Dutch Harbor am Vortag schon einiges berichtet, aber das Bild war skizzenhaft und wirr geblieben. Wenn er die Geschichte von Anfang bis Ende erzählte, würde ihm das vielleicht helfen, sie zu ordnen und seine eigenen Gefühle so weit herauszudestillieren, dass die Tatsachen erkennbar wurden.

Er breitete die Ereignisse vor Dennis aus, so gut er konnte in chronologische Reihenfolge gebracht und ohne etwas wegzulassen, zumindest bis er zu Grace Palmers Einladung kam, die Nacht mit ihr zu verbringen.

Das war etwas Persönliches, das Dennis nicht zu wissen brauchte. Er wäre sich dabei nur dumm vorgekommen. Aber weswegen eigentlich?

»Gut, dann seid ihr also im Regen spazieren gegangen?«, sagte Dennis. Active merkte, dass er einige Sekunden geschwiegen hatte, während er sich zu überreden versuchte, diesen Teil der Geschichte auszulassen.

»Und dann?«, beharrte Dennis. Vielleicht kam jetzt der Polizist in ihm zum Vorschein, der spürte, dass das, was hinter dem Schweigen steckte, wichtiger war als die vorausgehenden Worte.

War es das? Die Einladung oder Andeutung war erfolgt, einen Tag nachdem Grace Palmer ihm die Schneepfluggeschichte erzählt hatte, einen Tag nachdem er sie über die Angelegenheit ausgefragt hatte, nur einen Augenblick nachdem er sie nach dem geheimnisvollen Anruf per Handy gefragt hatte, der nicht in den Polizeiakten auftauchte. Hatte sie ihn mit dieser lavendelduftenden Wolke sexueller Möglichkeiten umgarnt, um …?

»Sie hat angeboten, mit mir ins Bett zu gehen.«

Dennis' Augenbrauen schossen nach oben und er lehnte sich leicht zurück. »Herrgott nochmal! Hast dus getan?«

Active schüttelte den Kopf und trank einen Schluck Kaffee. In diesem Moment kam der Rotschopf zurück und brachte das Essen. Riesige, dampfende Teller, die ein überwältigendes Aroma von Rentierfett und Bratfett verströmten. Normalerweise wurde ihm von diesen Gerüchen schlecht, aber jetzt, nachdem er mit lediglich einem Päckchen Macadamianüssen und zwei Tassen Aleutian-Air-Kaffee als Treibstoff die halbe Nacht im Flugzeug gesessen und dann zwei Stunden Hockey gespielt hatte, jetzt waren diese Aromen ein Hauch des Himmels. Er machte sich über das Essen her wie ein Mittelstürmer, der den Puck über das Eis treibt.

»Seima da Fill«, sagte Dennis ein paar Minuten später, den Mund voll Rentierwurst und Ei.

»Hat dir deine Mutter nie gesagt, dass man nicht mit vollem Mund spricht?«

Dennis kaute und schluckte und versuchte es noch einmal. »Zeig mir das Bild.«

Active versuchte, eine verständnisloses Gesicht aufzusetzen, aber Dennis sagte: »Komm schon, du weißt, was ich meine.«

Er wühlte in seiner Aktentasche. Endlich reichte er Dennis den Umschlag, den ihm Jaron Palmer in Chukchi überlassen hatte.

Dennis blätterte durch die Bilder, zog eines heraus und hielt es so, dass sie es beide sehen konnten. Es war die Wandbild-Aufnahme – die achtzehnjährige Grace Palmer auf der Klippe oberhalb von Chukchi.

»Sieht sie immer noch so aus?«

Active nahm das Foto und betrachtete es. »Ja, eigentlich schon. Sie ist älter geworden, aber an die Four Street erinnert nichts mehr, bis auf eine kleine Narbe hier.« Er berührte seinen Wangenknochen. »Und sie ist kein Mädchen mehr.«

Er gab Dennis das Bild zurück.

»Und wo war ihre Freundin Alice, als die schönste Frau Alaskas dir dieses verblüffende Angebot gemacht hat?«

»Es war in der zweiten Nacht, und von Alice keine Spur. Grace hat mir erzählt, dass Alice ausgezogen sei.«

Dennis drehte das Foto in Actives Richtung. »Und dazu hast du Nein gesagt?«

Active nickte und zuckte die Achseln.

»Das ist nicht nur … das ist …« Dennis verstummte und er sah das Bild an.

»Ein Geschenk Gottes«, murmelte Active.

»Was war das?«

»Nur etwas, das ihr Vater gesagt hat, als er mich bat, nach ihr zu suchen.« Er schüttelte den Kopf. »Sonnenschein und Anmut, ein Geschenk Gottes. So hat er sie genannt.«

»Da hat er wohl Recht.« Dennis' Blick ruhte auf dem Foto. »Das ist eine Schmeiß-deinen-Job-hin-und-lebe-in-einem-Zelt-wenns-sein-muss-Gelegenheit. Das ist ...«

»Das würdest du tun?«

Dennis legte das Bild hin und sah zum Fenster im Obergeschoss von Gwennie's hinaus. Gegenüber auf der Spenard Road war ein Harley-Davidson-Laden. Über sein Dach hinweg konnte man hundert Meilen entfernt im Westen die Gipfel der Alaska Range sehen, immer noch schneebedeckt vom vergangenen Winter, glitzernd im Morgenlicht.

»Könnte sein.«

»Aber du bist verheiratet, und deine Mädels ...«

»Könnte trotzdem sein, wenn sie mich gefragt hätte. Es gibt Chancen, die laufen einem nur einmal im Leben über den Weg, wenn überhaupt, und dann muss man eben Zugeständnisse machen.« Dennis hob seine Tasse an die Lippen und starrte Active über den Rand hinweg an. Der Ausdruck seiner braunen Augen war unergründlich. »Kein Mensch lehnt ein Geschenk Gottes ab.«

Active rang seiner Rentierwurst noch einige Bissen ab, während er überlegte, wie er die Sache wieder ins Geleis bringen konnte. Er hatte gehofft, Dennis würde den Fall mit den Augen eines Polizisten betrachten. Stattdessen hatte sich sein Freund von Grace Palmers Gesicht, sogar nur von einem Foto, in einen Nebel romantischer Fantasien ziehen lassen. In die Sehnsucht nach etwas, das es wahrscheinlich gar nicht mehr gab, falls es überhaupt je existiert hatte. In den Nebel, in dem auch Active selbst zwei Tage lang in den Illusionen gelebt hatte.

»Das Problem ist, ich wusste nicht, ob es beruflich oder privat ist«, sagte er endlich.

»Was?« Dennis wirkte einen Moment lang verblüfft, dann begriff er und wurde wieder Polizist. »Ach so, ich verstehe. Du stellst ihr ein paar Fragen über Angie Ramos' Tod und als Nächstes stellst du fest, dass sie ihre Freundin rausgeschmissen hat und dich einlädt, die Nacht mit ihr zu verbringen – ist es das?«

Active nickte.

»Hmm.« Jetzt musste Dennis sich die Sache durch den Kopf gehen lassen, während er sich durch seinen Teller voller Kalorien und Cholesterin arbeitete. »Und sie hat Angies Identität angenommen.«

Active nickte wieder.

»Aber sie hat eine plausible Erklärung dafür.«

Ein weiteres Nicken.

»Und es gibt kein Indiz, kein greifbares Indiz dafür, dass jemand Angie dabei behilflich war, unter den Schneepflug zu geraten?«

Active musterte seinen Freund. »Weißt du, solange du geglaubt hast, Grace Palmer wäre tot, da warst du bereit, Angie Ramos zu grillen. Und jetzt, wo Grace die Verdächtige ist, trittst du plötzlich als Perry Mason für die Verteidigung auf.«

Dennis sah ein wenig gekränkt drein, aber er gab nicht nach. »Das ändert nichts an der Tatsache, dass es keinen direkten Anhaltspunkt dafür gibt, dass Angie Ramos' Tod kein Unfall war, richtig?«

Active schüttelte den Kopf. »Außer die Sache mit dem Typen, der angeblich auf seinem Handy die Polizei gerufen hat, weil sie den Verkehr behinderten. Darüber habe ich nichts in den Akten entdeckt.«

»Ja, das ist eigenartig.« Dennis schob seinen inzwischen geleerten Teller zurück und zog seinen Kaffee näher. »Wenn die Zentrale auf diesen Anruf hin einen Streifenwagen geschickt hätte, müsste der ungefähr zur selben Zeit aufgetaucht sein wie der Schneepflug.« Er hob fragend die Augenbrauen.

»Genau. Aber eure Leute wurden erst geschickt, nachdem sich der Fahrer des Schneepfluges per Funk gemeldet hatte, jedenfalls steht es so in Cullars' Akte mit der himmlischen Toten.

Ich bin sie auf dem Flug von Dutch heute früh noch einmal durchgegangen.«

»Tja, aber wenn die Zentrale den Anruf bekommen und nie jemanden hingeschickt hat ...«

»Warum sollten Sie das unterlassen?«

»War da nicht ein Schneesturm in dieser Nacht? Wahrscheinlich hats in der ganzen Stadt gekracht. Da könnte es eine Weile dauern, bis man sich um eine Streitigkeit zwischen ein paar Besoffenen auf der Straße und einem Autofahrer kümmern kann.«

Active schüttelte den Kopf. »Aber der Anruf müsste doch in den Protokollen der Telefonzentrale auftauchen.«

»Ja, das schon.« Dennis nickte nachdenklich. »Ich werde das überprüfen und dir dann Bescheid sagen.«

In diesem Augenblick kam die rothaarige Kellnerin an ihren Tisch und fragte: »Kann ich bei euch Jungs jetzt kassieren?« Active nickte bloß, aber Dennis schäkerte eine Weile mit ihr herum, dass er sich gerne von ihr kassieren ließe, jederzeit. Sie ging grinsend und kopfschüttelnd davon und Dennis fragte Active, wo sie stehen geblieben wären.

Er brauchte ein paar Sekunden, bis er seine Gedanken wieder geordnet hatte. »Wir waren dabei, einen Spaziergang im Regen zu machen.«

Dennis nickte und Active nahm den Faden wieder auf und erzählte die Geschichte zu Ende, bis zu der quälenden Szene auf der kleinen Steinbank in den Hügeln über Captain's Bay.

Dennis runzelte die Stirn. »Also, erst lädt sie dich ein, die Nacht mit ihr zu verbringen, und dann erzählt sie dir all die schlimmen Dinge, die ihr Vater ihr und ihrer Schwester angetan hat?«

Active nickte und fühlte sich töricht und etwas benommen, weil er selbst nicht darauf gekommen war. »Scheiße.«

Dennis zuckte die Achseln. »Na ja, die Sache mit ihrem Vater könnte durchaus stimmen, würde ich sagen. Genau wie ihre Geschichte über Angie Ramos.«

Active nickte und sagte: »Sicher.«

»Aber höllisch schwer nachzuweisen. Besonders, wenn sie nicht mithilft.«

Active nickte wieder. »Möglicherweise ist sogar die Verjährungsfrist schon abgelaufen.«

»Nein, ich glaube nicht, dass Kindsmissbrauch jemals verjährt«, sagte Dennis, während die Kellnerin mit der Rechnung zurückkam. Sie zückten ihre Brieftaschen und blätterten ein paar Geldscheine auf den Tisch.

Dennis erhob sich und setzte seine Mütze auf. »Was willst du jetzt unternehmen?«

»Ich schreibe ein Protokoll des Gesprächs und schicke es dir. Du kannst es an die Mordkommission weiterleiten. Sollen die doch entscheiden, ob sie der Sache nachgehen wollen oder nicht.«

Dennis nickte. »Klar. Aber ich meine wegen ihres Vaters.«

Active zog die Stirn in Falten, während er Jaron Palmers Umschlag mit den Fotos wieder in den Aktenkoffer zurücklegte. »Ich weiß nicht.«

Er stand auf und sie gingen die Treppen hinunter in den Frühsommermorgen hinaus. Über Anchorage war ein Regenschauer niedergegangen, als das Flugzeug aus Dutch Harbor vor ein paar Stunden gelandet war. Jetzt hatte der Himmel aufgeklart und es blies eine frische Brise von Norden. Alles wirkte wie frisch gewaschen, sogar die Spenard Road.

»Und was hast du für Lucy besorgt?«, fragte Dennis, während sie in seinen Streifenwagen stiegen.

»Was meinst du?« Active durchlebte einen Augenblick schieren Entsetzens und begann sich eine Verteidigung zurecht zu legen. »Ihr Geburtstag war vor zwei Monaten. Ich habe ihr ein sehr hübsches ...« Er verstummte, als er den mitleidigen Ausdruck auf dem Gesicht seines Freundes bemerkte.

»Da bist du die ganze Zeit unterwegs, die Hälfte davon auch noch auf eigene Kosten in Dutch Harbor, während du der bestaussehenden Frau in Alaska nachläufst, und du bringst Lucy nicht einmal ein Geschenk mit?« Dennis stieß einen Pfiff aus. »Du bist erledigt.«

»Ich hatte keine Zeit mehr, und außerdem ist Lucy nicht so.«

»Ist sie eine Frau?«

Actives Miene hellte sich auf. »Vielleicht der Andenkenladen am Flughafen.«

Dennis schenkte ihm einen weiteren mitleidigen Blick. »Ja, ich wette sie ist ganz scharf auf ein T-Shirt mit einem Elch drauf. Wann geht dein Flieger?«

Active sah auf die Uhr. »In einer Stunde und neun Minuten. Das heißt, ich muss spätestens ...« Seine Worte gingen im Aufheulen von Dennis' Sirene und dem Kreischen von Reifen unter, während der Streifenwagen die Spenard Road hinaufjagte, in die dem Flughafen entgegengesetzte Richtung.

Ein paar Minuten später, wirklich nur ein paar wenige, hielt Dennis in einer Taxizone und wies mit großer Geste auf das Schild an der braunen Ziegelfassade des Gebäudes neben ihnen. »Willkommen bei Nordstrom's«, sagte er. »Ein echter Freund in der Not.«

Sie hasteten hinein und beschlossen im Laufen, es zuerst bei den Dessous zu versuchen. »Mit Dessous kannst du nichts falsch machen«, führte Dennis aus, »und außerdem arbeiten da die hübschesten Verkäuferinnen.«

Active war nahe daran, zu gestehen, dass er Lucy Generous ein Höschen schuldete – einen außerordentlich aufreizenden weißen Baumwollslip, um genau zu sein – aber er entschied, dass es auch für die engste Freundschaft Grenzen gab.

Stattdessen erinnerte er Dennis daran, wie sie als Teenager immer zu Nordstrom's gegangen waren und so getan hatten, als suchten sie Geburtstagsgeschenke für ihre Mutter, nur um die Verkäuferinnen anzugucken.

»Oh ja«, sagte Dennis. »Erinnerst du dich an die Blonde, Janene?«

Active erinnerte sich nicht nur an Janenes weizengelbes Haar, sondern auch an ihre außergewöhnliche Ausstattung. Schon damals, in der relativen Unschuld seiner Jugend, hatte er den Verdacht gehegt, dass nicht alle Teile von Janene ihr von Natur aus so gegeben waren, was seine Begierde und Bewunderung nur noch gesteigert hatte. »Das muss jetzt zehn oder zwölf Jahre her sein. Ich frage mich, ob wenigstens ihr Name echt war«, sagte Active, während sie die Rolltreppe hinauffuhren.

»Nicht doch«, sagte Dennis mit der Aura eines Mannes, der ein großes Geheimnis enthüllt. »Sie hieß Wanda. Wanda Goodwin.« Active wartete auf den Rest der Geschichte, aber Dennis sah ihn nur mit selbstzufriedenem Grinsen an, während die Rolltreppe nach oben rumpelte.

»Na schön, ich frage ja schon: Woher weißt du das? Du bist doch nicht mit ihr ausgegangen!«

»Nein, ich hab sie verhaftet.« Dennis trug jetzt einen triumphierenden Ausdruck zur Schau. »Vor ein paar Jahren, als ich bei der Sitte war. Sie tanzte im Illusionen und drehte nebenbei ein paar krumme Dinger.«

Active brauchte einen Augenblick, um diese deprimierende Neuigkeit zu verdauen. »Wie sah sie aus?«

Dennis schüttelte düster den Kopf. »Oh Nathan, was Vater Zeit und Wild Turkey selbst den Janenes dieser Welt antun, das ist … man darf gar nicht darüber nachdenken. Sei froh, dass du nicht dabei warst.«

Sie erreichten den zweiten Stock und gingen zur Dessousabteilung. Active sah, dass sie in bester Nordstrom's-Tradition von einer Blondine geleitet wurde, die vielleicht noch besser gebaut war als die ursprüngliche Janene.

»Mann, schau dir das an«, hauchte Dennis andächtig. »Genügend Bein für zwei Mädchen.«

Active blieb stehen und hielt seinen Freund am Arm zurück. »Ich kann das nicht.«

»Was denn!« Dennis wirkte gleichzeitig erstaunt und erzürnt. »Warum nicht?«

»Ich weiß Lucys Größe nicht.«

»Na und?«

»Ich werde doch nicht zu dieser Frau da hingehen und so machen« – er zeichnete die Umrisse einer imaginären Frauenfigur in die Luft – »und dann sagen: ›Ungefähr so groß.‹«

»Na gut«, seufzte Dennis. »Wie wärs dann mit Parfum? Die Bedienungen da unten sind so alt, dass sie unsere Mütter sein könnten, aber wenigstens sind die einzigen Größen, die sie da haben »teuer« und »unbezahlbar.«

Active nickte und wandte sich schnell zur Rolltreppe, bevor Dennis den Ausdruck auf seinem Gesicht sehen konnte. Einsilbig fuhr er hinunter und antwortete bloß mit Brummen und leisem Lachen auf Dennis' Gejammer über die verpasste Gelegenheit, bei Janenes Nachfolgerin Unterwäsche zu kaufen.

Als sie das Erdgeschoss erreichten, war sich Active sicher, dass sein Gesicht nichts mehr verriet. Und als sie die mit älteren Damen besetzte Abteilung erreichten, hatte er den Bericht noch einmal Revue passieren lassen, den er Dennis über seine Fahrt nach Dutch Harbor gegeben hatte. Grace Palmers Parfum hatte er nicht erwähnt.

Daher wirkte Dennis nicht im Geringsten erstaunt, als er jetzt die Verkäuferin danach fragte. Er sagte nur: »Diese Lucy nimmt also Lavendel, hm? Ist wohl ein etwas altmodisches Mädchen?«

Vierter Teil

Chukchi

Aggie Iktillik

Active kam nie dazu, Aggie Iktillik, Grace Palmers Tante, zu befragen. Und so erfuhr er auch nie, was sie über Grace' Missbrauch durch ihren Vater wusste oder was es mit der geheimen Kammer auf sich hatte, in die Grace mit Aggies Hilfe gelernt hatte, das Unerträgliche zu verschließen.

Die Ereignisse fanden statt, während Active auf dem Rückflug von Anchorage nach Chukchi war und – wie immer, wenn er in einem Flugzeug saß – tief und fest schlief. So konnte er sich erst später, durch die Gerüchteküche von Chukchi, durch die Zeitung und die Meldungen auf *Radio Kay-Chuck* ein Bild zusammensetzen.

Der Tag hatte ziemlich durchschnittlich angefangen, wie Cowboy Decker es ausgedrückt hätte. Er hatte um zehn Uhr morgens eine Fracht mit der Aztec nach Isignaq, deshalb stand er um halb neun auf, trank Kaffee und aß Froot Loops und einen Apfel zum Frühstück. Er rasierte sich, gab seiner Frau einen Kuss, setzte die Baseballmütze auf, schlüpfte in die Bomberjacke und fuhr mit seinem Kleinbus zu Lienhofer Aviation, wo er halb zehn ankam.

Delilah Lienhofer, die Frau des Inhabers, saß wie immer hinter dem Tresen, da Sam Lienhofer jetzt schon seit mehreren Jahren nicht mehr nüchtern gewesen war und selten vor dem frühen Nachmittag das Licht des Tages erblickte.

Wie üblich war sie mieser Laune und starrte ihn wütend an, als er die Tür des Lienhofer-Büros hinter sich zuknallte und mit seinem besten Buschpilotengrinsen sagte: »Tach, Boss. Wie stehts mit der 185?«

Er wusste ganz genau, dass die Cessna 185 wie ein Käfer auf dem Rücken auf einer Kiesbank des Nuliakuk River lag, was der heutige Anlass für Delilahs üble Laune war. Weil es Sommer war und Hauptsaison, hatte Delilah einen unerfahrenen jungen Piloten aus Kalifornien namens Terry eingestellt. Eigentlich hatte sie ihn nur bei einfachen Flügen von Flughafen zu Flughafen einsetzen wollen, bis er sich an die Fliegerei in der Arktis gewöhnt hatte.

Natürlich hatte es so nicht funktioniert. Am vergangenen Morgen waren drei Touristen hereinspaziert und hatten darum gebeten, dass einer dieser legendären Buschpiloten sie zu einem dieser legendären Angelplätze der Arktis flog, von denen sie so viel gehört hatten. Da kein anderer der legendären Lienhofer-Buschpiloten zur Verfügung und ein Umsatz in Höhe von mehreren hundert Dollar auf dem Spiel stand, hatte Delilah beschlossen, eine Ausnahme zu machen, nur dieses eine Mal, und Terry nicht nur von Flugplatz zu Flugplatz, sondern zu einer langen, einfachen Kiesbank gleich neben einem berühmten Rotforellen- und Äschenloch auf dem Nuliakuk zu schicken.

Der morgendliche Flug war bestens verlaufen. Aber als Terry am Nachmittag zurückflog, um die Touristen abzuholen, schaffte die Cessna 185 es nicht ganz, von der Kiesbank abzuheben und landete irgendwie auf dem Rücken im Flachwasser nahe dem Ufer. Die Touristen waren nass und aufgebracht, aber glücklicherweise unverletzt.

»Schrott, das ist die 185«, sagte Delilah. Dabei stellte sie ein paar Berechnungen auf einem Taschenrechner an und vertippte sich nicht ein einziges Mal. »Ich werde einen Scheiß-Helikopter chartern müssen, um sie da rauszuholen.«

»Jammerschade«, sagte Cowboy mit einer Stimme, die jegliches Mitgefühl vermissen ließ. »Ich hatte mich schon gefragt, ob Terry eigentlich wieder fit ist für die Kiesbank am Nuliakuk.«

»Scheiße«, wiederholte Delilah. »Wo ist Ihr Passagier?«

Cowboys Passagier hieß Delbert Lewis, ein Vermessungsingenieur aus Fairbanks. Er musste nach Isignaq wegen irgendeines Rechtsstreits über die neue Schule, die die Regierung dort baute.

Delilah freute sich, wenn die Regierung Leute in den Busch schickte, denn das brachte Geld. Die Regierungsbürokraten wollten, wenn möglich, immer nur mit den teuren zweimotorigen Maschinen transportiert werden. Sie glaubten, dass zwei Motoren sicherer wären als einer.

Cowboy studierte die Flugkarte der Gegend um Chukchi an der Bürowand und hatte die Frage immer noch nicht beantwortet.

»Ich sagte, wo ist Ihr verdammter Passagier?«

»Bin ich seine Mutter, oder was?« Cowboy studierte weiter die Karte und kehrte Delilah den Rücken zu. Wenn sie Streit wollte, konnte sie Streit haben. »Er hat noch dreißig Minuten, bevor er hier sein muss.«

Delilah murmelte etwas Unverständliches, aber obszön klingendes über Bürokraten und Buschpiloten und das Geklapper ihrer Tastatur beschleunigte sich. Dann verstummte das Geräusch.

»Ach ja, hätte ich fast vergessen«, sagte Delilah. »Wir haben eine Rückfuhre von Isignaq.«

»Ja? Wen denn?«

»Aggie Iktillik. Ihre Schwester ist krank und Aggie kommt her, um sich um sie zu kümmern.«

»Stimmt, sie ist ja Ida Palmers Schwester«, sagte Cowboy. »Ida hat Krebs hab ich gehört.«

»Ein Jammer.« Delilah sah grimmig drein. »Eine gute Frau, aber ein schweres Leben. Mit ihren beiden Mädchen hat es kein gutes Ende genommen. Und jetzt das.«

Cowboy nickte und dachte daran, wie es den Palmer-Mädchen ergangen war. Beide waren Schönheiten gewesen. Und dann hatte Jeanie sich umgebracht und das Letzte, was er von Grace gehört hatte, war, dass sie in Anchorage auf der Four Street lebte.

»Hat heute schon jemand den linken Motor angelassen in der Aztec?«

Ein langes Schweigen breitete sich aus. Cowboy wusste, was in Delilah vorging: Noch dümmer als seine angebliche Unkenntnis in dieser Frage war nur seine Erwartung, dass sie ihm eine Antwort geben würde. »Wer denn und wozu?«, sagte sie schließlich.

»Tut mir Leid, dass ich gefragt habe.« Er ging zum Telefon am anderen Ende des Tresens und rief die FAA-Station an, um sich den Wetterbericht aus Isignaq durchgeben zu lassen.

Hier an der Küste in Chukchi war das Wetter so mies wie immer. Ein kalter Westwind strich von den Überresten des Meereises heran und tief hängende Wolken jagten über den Himmel, eine Mahnung Gottes, dass Chukchi nicht dafür geschaffen war, von Menschen bewohnt zu werden. Und was zum Teufel hatte Cowboy Decker eigentlich immer noch hier verloren?

Er verbannte diese nicht beantwortbare Frage aus seinen Gedanken und hörte sich den Wetterbericht aus den FAA-Büros auf der anderen Seite des Flugplatzes an. Genau, wie er es erwartet hatte, klar und ruhig in Isignaq, Temperatur 22 Grad Celsius vor zwei Stunden, als der letzte Bericht aus dem kleinen Ort hundert Meilen landeinwärts von Chukchi eingegangen war.

Das war das klassische Sommerwetter an der arktischen Küste. Sobald im Landesinnern der Schnee schmolz und die Sonne auf die Tundra und die blanken Kiesbänke entlang der Flüsse traf, erwärmte sich die Luft und begann aufzusteigen. Das saugte wiederum kalte Luft vom Meer her an, die als Westwind direkt über Chukchi hinweg strich, während sie landeinwärts strömte, um ihrerseits den Platz an der Sonne einzunehmen.

Wenn sie in Isignaq ankamen, dachte Cowboy fröhlich, würde es wahrscheinlich um die siebenundzwanzig Grad sein. Fast so, als wäre man wieder in Amerika.

In manchen Ortschaften waren mehr als siebenundzwanzig Grad ein Problem, denn die Aztec brauchte immer ein anständiges Stück Landebahn. Und wie jedes Flugzeug brauchte sie umso mehr davon, je heißer und dünner die Luft wurde und so den Propellern den Vorschub und den Tragflächen den Auftrieb nahm. Aber Isignaq hatte eine hübsche Zwölfhundert-Meter-Piste auf einem Hügel oberhalb der Dorfes und des Flusses.

Er legte auf und ging nach draußen zu der Aztec, die in der Fliegergemeinschaft von Chukchi Drei-Drei-Mike genannt wurde, nach den letzten drei Ziffern ihrer FAA-Registriernummer.

Er machte einen Rundgang um das Flugzeug, um es zu inspizieren, dann entfernte er die Böensperren von den Steuerflächen und vergewisserte sich, dass sie frei beweglich waren. Er fuhr mit den Fingern über die Vorderkanten der Propeller, um zu prüfen, ob es irgendwelche Besorgnis erregenden neuen Steinschlagdellen gab, und schließlich klappte er die Verkleidung des linken Motors auf, um den Ölstand zu überprüfen.

Aber zunächst legte er die Hand auf den hinteren Zylinder der Lycoming-Maschine. Ja, er war kühl, was bedeutete, dass heute noch niemand das Flugzeug angelassen hatte, genau wie Delilah gesagt – oder besser: gefaucht – hatte. Aber man konnte nie ganz sicher sein, dass jemand bei Lienhofer wirklich über alles Bescheid wusste, was vorging. Nicht einmal Delilah.

Drei-Drei-Mike war im Grunde ein braves, altes Flugzeug, aber wie jede Maschine hatte sie so ihre Macken. Das schlimmste Problem war, dass der linke Motor ab und zu nicht anspringen wollte, wenn er warm war.

Das war eines der bleibenden Mysterien des Lebens für Cowboy und Henry Draper, den Mechaniker bei Lienhofer. Der Motor sprang einwandfrei an, wenn er kalt war, zum Beispiel, nachdem er über Nacht gestanden hatte. Aber kaum war er ein oder zwei Stunden lang gelaufen und man stellte ihn für ein paar Minuten ab, ließ er sich fast nicht mehr anlassen. Und etwa jedes zehnte Mal verfiel der Lycoming schlicht und einfach in den Winterschlaf.

Man konnte beim Anlassen die Batterie völlig leer orgeln, dann konnte man aussteigen und den Propeller von Hand drehen, bis man schwarz wurde, aber der linke Motor von Drei-Drei-Mike ließ sich für mehrere Stunden nicht mehr wach kitzeln, manchmal nicht einmal mehr über Nacht.

Er kontrollierte den Ölstand im linken Motor und befestigte gerade wieder die Verkleidung, als Delbert Lewis ihn von hinten ansprach. »He, Cowboy.«

Er wandte sich um und gab zurück: »He, Delbert. Ich brauche hier noch ein paar Minuten, dann sind wir startbereit. Steigen Sie schon mal ein, wenn Sie wollen. Werfen Sie ihr Zeugs einfach hinten rein.«

Lewis ging hinter den linken Flügel und lud ein paar Kisten und ein Dreibein durch die hintere Passagiertür ein. Cowboy schätzte ihn auf etwa dreißig, schlank, fit, ein Outdoor-Typ mit kurzem, braunem Pferdeschwanz und sauber geschnittenem braunen Bart. Er war in Fairbanks stationiert, kam aber mehrmals im Jahr zu Vermessungsarbeiten nach Chukchi, ein ruhiger, zuverlässiger Bursche. Vielleicht hatte er ein bisschen was von einem Draufgänger, aber er war vernünftig genug. Man konnte es ihm selbst überlassen, seine Ausrüstung zu verstauen und festzuzurren, wie er es gerade hinten in Drei-Drei-Mike tat, wo sie die beiden Rücksitze ausgebaut hatten, um Platz für Fracht zu schaffen.

Während Lewis es sich auf dem Passagiersitz bequem machte, überprüfte Cowboy den rechten Motor und ließ etwas Sprit aus den Benzinfiltern ab, um zu sehen, ob Wasser darin war. Da er keines entdeckte, kletterte er auf den linken Vordersitz.

Wie erwartet sprangen beide Motoren problemlos an, und ein paar Minuten später waren sie in der Luft und überquerten die Spitze der Jacobson-Halbinsel in östlicher Richtung. In tausend Metern Höhe ging Cowboy in den Horizontalflug über, während sie über die Isignaq-Bucht hinwegflogen, deren Eisdecke jetzt, wo es Sommer wurde, schnell dahinschwand. Die Mündung des Isignaq River, auf die sie zuhielten, war bereits eisfrei. Der Isignaq wälzte sich träge der Südflanke der Brooks Range entlang, eine große, blau-braune Schlange, die aus dem Hochland im Inneren ein paar hundert Meilen weiter im Osten herabkroch.

Nachdem sie die Küste hinter sich hatten, lag das Tal des Isignaq unter einem bis auf ein paar frühe Quellwolken klaren blauen Himmel. Sie entwickelten sich dort, wo das Land, besonders die gewaltigen Sandbänke entlang des Flusses, die Sonnenwärme aufsog und unsichtbare Säulen aus heißer Luft nach oben stiegen. Der Talboden war bereits weitgehend schneefrei, nur an schattigen Stellen tüpfelten noch vereinzelte weiße Bänke die braune Prärie.

»Herrgott, ich hatte ganz vergessen, wie schön das ist«, sagte Lewis neben Cowboy in sein Headset. »Ich sollte öfter nach Chukchi kommen. Vielleicht sogar hier draußen leben.«

»Ja, sicher.« Cowboy konnte sich nicht vorstellen, dass ein weißer Mann freiwillig nach Chukchi zog, obwohl er sich erinnern konnte, dass es ihm in den ersten Jahren, die er mit Linda hier verbracht hatte, auch ganz gut gefallen hatte.

»Gottes ureigenstes Land, Cowboy«, sagte Lewis. »Sie sollten sich glücklich schätzen.«

Der Landvermesser sah jetzt zum Fenster hinaus auf das Stückchen von Gottes ureigenstem Land, das direkt unter dem Flugzeug lag, deshalb konnte Cowboy nicht sagen, ob er ihn bloß aufziehen wollte. Er versuchte sich zu erinnern, was genau ihm damals an Chukchi gefallen hatte. Nein, er kam nicht mehr drauf.

»Mal sehen«, sagte Cowboy über das Headset zu dem Landvermesser. »Da wären zunächst mal unsere langen, dunklen, kalten Winter, gefolgt von unseren kurzen, kalten, verregneten Sommern. Dann wären da unsere Eskimos, die uns Weiße nicht allzu gerne in ihrem Land haben. Und dann ...«

»Machen Sie ihnen das zum Vorwurf?«, fragte Lewis. »Schauen Sie sich doch an, was wir ihnen gebracht haben – Krankheiten, Alkohol, Missionare. Wären Sie da nicht auch zornig?«

Cowboy wollte sagen, dass er persönlich nichts von alledem mitgebracht hatte, vor allem keine Missionare, aber er schluckte die Worte hinunter, da ihm einfiel, wie er für Lienhofer gelegentlich auch eine Ladung Schnaps zu einem Dorf da draußen geflogen hatte. Als das noch legal gewesen war, natürlich. Deshalb sagte er nur: »Ja, schätze da wäre ich auch nicht begeistert, aber es ist trotzdem kein Vergnügen, hier draußen ein Naluaqmiu zu sein.«

»Und wenn man eine Einheimische heiratet? Anscheinend haben die Weißen mit Eskimofrauen ein bisschen mehr Spaß am Leben.«

»Kann schon sein.« Drei-Drei-Mike traf zunehmend auf aufsteigende Luftmassen, während sie landeinwärts flogen, deshalb drehte Cowboy das Trimmrad ein wenig auf kopflastig, damit sie nicht immer höher kletterten. »Aber ich war schon verheiratet, als ich hier ankam, deshalb hatte ich diese Möglichkeit nicht.«

»Wie lange sind Sie überhaupt schon in Chukchi?«

Cowboy schwieg eine Weile, um nachzurechnen. »Achtzehn Jahre. Aber wir werden nicht mehr allzu lange hier bleiben. Linda kann in drei Jahren in Pension gehen, und am Tag darauf sind wir hier verschwunden.«

Er wollte auf seinen Plan zu sprechen kommen, einen Schreibtischjob bei einer der Pendler-Fluglinien in Anchorage anzunehmen, aber Lewis unterbrach ihn.

»Achtzehn Jahre, das ist eine lange Zeit für einen Buschpiloten, oder? Sie müssen das Gefühl haben, dass Sie den Risiken ein Schnippchen geschlagen haben.«

Cowboy fuhr ein wenig zusammen, dann sah er sich um und war erleichtert, dass Lewis anscheinend nichts bemerkt hatte.

Warum musste der Landvermesser unbedingt die Risiken erwähnen? Cowboy hasste es, über die Risiken nachzudenken. Er glaubte, dass sie hinter dem Traum steckten, den er in letzter Zeit mehrmals gehabt hatte: Er flog Drei-Drei-Mike und ganz plötzlich brach ein Flügel weg und flatterte davon und die Maschine trudelte außer Kontrolle und krachte gegen die Hügel, während er und seine Passagiere sich die Lungen aus dem Leib schrien.

Als er mit der Buschfliegerei angefangen hatte, hatte er sich nie Gedanken über die Risiken gemacht. Er glaubte einfach nicht, dass sie auch für ihn galten. Er hatte nichts als Verachtung dafür übrig und für die Leute, die sich darüber Sorgen machten. Irgendetwas in ihm sagte ihm, dass er die Risiken ignorieren durfte, dass er den Launen des Wetters, der Technik und des Glücks trotzen konnte, dass er mit jedem Notfall fertig und ewig leben würde.

Aber jetzt stellte er fest, dass er manchmal all die Fehler zusammenzählte, die er gemacht hatte, ohne den Preis dafür bezahlen zu müssen. Und er dachte an die anderen Piloten, die genau die selben Fehler begangen, aber nicht so viel Glück gehabt hatten. Er hatte angefangen, verrückte Gedanken zu haben, sogar im wachen Zustand. Er flog so vor sich hin, und plötzlich überfiel ihn der Drang, den Knüppel nach vorne zu drücken und im Sturzflug auf die Erde zuzurasen, statt darauf zu warten, dass die Risiken ihn eines Tages einholten. Früher oder später, wenn man …

»Haben Sie an der Uni viele Mathematikkurse belegt, Delbert?«

Lewis unterbrach seine Betrachtung des Isignaq River, der unter dem Flügel vorbeikroch und sah ihn von der Seite an. »Ja, schon. Warum?«

»Verstehen Sie etwas von Wahrscheinlichkeit?«

Lewis zuckte die Achseln und sein Blick ruhte wieder auf dem Fluss. »Statistik? Ja, ein bisschen. Aber beim Landvermessen ist nicht viel Statistik im Spiel. Nur Geometrie, Algebra, Trigonometrie und so weiter. Man misst etwas, das ist alles. Da bleibt nicht viel Platz für Ungewissheit.«

»Nun, sagen wir mal, man wirft 999 mal eine Münze und es ist immer Kopf. Muss dann beim nächsten Mal nicht Zahl kommen?«

Jetzt wandte sich Lewis zu ihm um und betrachtete ihn neugierig. »Mit einer sauberen Münze? Keine gezinkte?«

Darüber musste Cowboy eine Weile nachdenken. Welche Möglichkeiten zum Zinken hatte man denn als Buschpilot? »Ja, mit einer sauberen«, sagte er schließlich.

»Dann steht es fünfzig zu fünfzig für Kopf oder Zahl.«

»Müsste nicht zigmal Zahl fallen, als Ausgleich?«

Lewis schüttelte den Kopf. »Nein, die Vergangenheit zählt nicht. Es bleibt reiner Zufall.«

»Sind Sie sicher?«

»Ja, das ist das Wahrscheinlichkeitsgesetz.«

»Gut, das hätte ich auch gedacht.« Cowboy fühlte sich besser. Noch konnte er seine Ängste abschütteln und einfach seine Arbeit tun, aber während das Dorf Isignaq am Nordufer des Flusses in Sicht kam und er die beiden Lycomings für den Sinkflug drosselte, dachte er, dass es mit jedem Mal ein wenig schwieriger wurde.

Er flog einmal niedrig über das Dorf hinweg, damit Aggie Iktillik wusste, dass ihr Flugzeug da war und um Delberts Fahrer zu signalisieren, dass der Landvermesser angekommen war. Dann setzte er die Aztec auf der Schotterpiste auf und parkte auf dem Vorfeld, an dem dem Dorf am nächsten liegenden

Ende. Der Außentemperaturfühler zeigte mehr als siebenundzwanzig Grad hier auf der Hügelkuppe.

Er half Lewis beim Ausladen, während er die ganze Zeit nach riesigen, hungrigen Frühlingsmoskitos schlug und vergewisserte sich, dass der Vermessungsingenieur um vier Uhr nachmittags am nächsten Tag wieder abgeholt werden wollte. Ein staubiger roter Pick-up mit dem Schriftzug »Isignaq Inupiat Corp.« auf den Türen kam angefahren, um Lewis und seine Ausrüstung ins Dorf hinunterzubringen. Der Fahrer, ein netter Halbeskimojunge namens Isaac Boxer fragte, ob Drei-Drei-Mike Flugbenzin brauchte.

Cowboy verneinte und sagte, dass es der Maschine an nichts fehlte und dann fragte Isaac, ob er mit in die Stadt fahren wollte.

Cowboy rang einen Moment lang mit sich. Wahrscheinlich würde Aggie Iktillik jeden Augenblick mit einem Four-Wheeler angebraust kommen, um ihren Flug nach Chukchi zu erwischen, also konnte er genauso gut hier bleiben.

Oder er konnte sich von Isaac ins Dorf mitnehmen lassen, eine Zeit lang das Inlandwetter genießen, eine schöne kühle Traubenlimo im Laden trinken – das musste wunderbar schmecken in der Hitze! – und dann Aggie abholen, falls sie ihr nicht schon auf dem Weg in den Ort begegneten. Nach Isignaq zu fahren bedeutete eine kleine Verzögerung, aber dann hatte der linke Motor auch mehr Zeit zum Abkühlen.

»Klar, danke für das Angebot«, sagte Cowboy und kletterte auf die Ladefläche von Isaacs Pick-up.

Sie rumpelten vom Flughafen weg den Hügel hinab, während die Reifen weiße Staubwolken in der stehenden Luft aufwirbelten und Cowboy überlegte, ob die Temperaturen der globalen Erwärmung zuzuschreiben waren. Sicher, wenn man die Küste einmal verlassen hatte, konnte es in den arktischen Flusstälern im Sommer erstaunlich heiß werden, aber nicht so heiß und nicht so früh im Jahr. Er stand auf und hielt sich hinten an der Führerkabine fest, wo er Sonne und Wind gleichzeitig im Gesicht spüren konnte.

Isaac setzte ihn vor dem Isignaq General Store ab, einem großen Blockhaus an der Hauptstraße, ein paar Meter hügelaufwärts von der Stelle, wo der Fluss gurgelnd und rauschend vorbeifloss. Er ging hinein, um Dean Boxer zu begrüßen, Isaacs Vater und außerdem Besitzer und Gründer des Ladens von Isignaq.

Wie alle Dorfhändler, die Cowboy kannte, bot auch Boxer neueste und älteste Technologie Seite an Seite auf seinen Regalen feil. Die neusten CDs, aber auch stählerne Tierfallen und Schneemobilketten, Videorekorder und Muklukstiefel aus Karibuleder, Handys – er hatte nicht einmal gewusst, dass Handys in Isignaq funktionierten – und Pilot-Bread-Kekse, getrockneten Lachs und Fertiggerichte.

Und die Traubenlimo, die Boxer über den Tresen schob, während Cowboy fragte, wo er Aggie Iktillik zu ihrem Flug nach Chukchi abholen konnte.

Dean Boxer war einer der wenigen Weißen, die Cowboy kannte und die im Eskimoland glücklich zu sein schienen. Vielleicht, weil er eine Frau aus Isignaq geheiratet hatte und dadurch in ihrer Kultur ein wenig akzeptierter war. Außerdem hatte es bestimmt nicht geschadet, dass Boxer den einzigen Laden besaß, besonders da er klug genug gewesen war, einen Teil seines Lagerbestandes von Zeit zu Zeit zu verschenken, wie es das Eskimobrauchtum anscheinend erforderte.

»Stimmt, Aggie versucht seit einer Weile, nach Chukchi zu kommen«, sagte Boxer durch den gewaltigen grauen Bart hindurch, der fast sein gesamtes Gesicht bis auf Augen und Stirn bedeckte. »Sie ist zu Hause, soviel ich weiß. Soll ich sie anrufen?«

Er schob das Wechselgeld für die Traubenlimo über den Tresen und Cowboy nickte. Boxer erledigte den Anruf und vergewisserte sich, dass Aggie immer noch nach Chukchi wollte, dann rief er Isaac, damit er sie alle zusammen zum Flugfeld zurückchauffierte.

Ein paar Minuten später stand Cowboy wieder auf der Ladefläche von Isaacs Pick-up und rumpelte zurück auf den Hügel oberhalb der Ortschaft, während Aggie neben Isaac auf der Sitzbank saß. Neben sich hatte sie ein hübsches, schüchternes kleines Mädchen, vielleicht zehnjährig, das von der Sonne schon nussbraun gebrannt war. Aggie hatte sie mit den Worten vorgestellt: »Das ist meine kleine Nita.«

Beim Flugzeug angekommen, nahm Cowboy Aggies Gepäck, das aus einer großen, braunen Papiertüte mit Henkeln bestand – in der Arktis auch Eskimo-Samsonite genannt – und verstaute sie im Gepäckabteil im Nasenkegel von Drei-Drei-Mike, während er pausenlos nach den heißhungrigen Stechmücken vom Isignaq River schlug. Dann sagte er ihnen, dass sie einsteigen könnten und die kleine Nita neben ihm sitzen und Copilotin spielen durfte, wenn sie wollte.

Aber Aggie runzelte ein wenig die Stirn und sagte: »Nein, nicht nötig, sie bleibt hier bei Isaac und seiner Familie.« Also geleitete er Aggie zum rechten Vordersitz und begann mit seiner Außeninspektion.

Als er die linke Motorenverkleidung öffnete, um den Ölstand zu prüfen, legte er die Hand auf die Kühlrippen des hinteren Zylinders und riss sie mit einem unterdrückten »Scheiße!« wieder zurück, von dem er hoffte, Aggie hätte es nicht gehört. Es war jetzt fast eine Stunde her, dass er Drei-Drei-Mike abgestellt hatte, und noch immer war die linke Maschine zu heiß, um sie anfassen zu können. Er schloss die Verkleidung, gab ihr hoffnungsvoll einen freundlichen Klaps und stieg neben Aggie ein, die sich mit einer seiner Flugkarten Luft zufächelte.

»Arii!«, sagte sie. »Zu heiß für Eskimos.« Dann stieß sie ein hohes, mädchenhaftes Kichern aus und schenkte ihm ein breites, blitzendes Lächeln, das ihn daran erinnerte, dass sie Witwe war. Er fragte sich, ob die Geschichten stimmten, die man sich hier im Eskimoland von Witwen erzählte.

Sie schnallten sich an und er drückte den Startknopf für die rechte Maschine, die wie üblich klaglos ansprang und die Tür auf Aggies Seite zublies, die er, solange sie am Boden waren, zum Lüften offen gelassen hatte. Er griff hinüber und drehte den Handgriff, um sie zu verriegeln, dann betätigte er den linken Anlasser.

Über die Verkleidung hinweg sah er das erste Propellerblatt seinen Kreis beschreiben, dann das zweite, dann hustete der Motor und rüttelte und er dachte schon, er würde anspringen. Aber nein, der Propeller schlug zurück und blieb stehen.

Gut, vielleicht war der Motor abgesoffen. Er zog den Gas- und Gemischhebel ganz zurück, schaltete die Zündung aus und ließ die Maschine ein paar Sekunden lang durchdrehen, um überschüssiges Benzin hinauszublasen und die Zylinder zu trocknen.

Dann versuchte er wieder, den Motor anzulassen. Kein Mucks, kein Husten, kein Garnichts. Die Batterie begann nachzulassen, deshalb schaltete er den Anlasser aus und dachte eine Minute lang nach. Vielleicht waren die Einspritzdüsen verstopft und das Problem war nicht zu viel Benzin, sondern zu wenig. Er beschloss, ein paar Zündkerzen herauszuschrauben und nachzusehen.

Er zog den Gemischhebel ganz zu sich heran, um den rechten Motor abzustellen, der immer noch gleichmäßig im Leerlauf tuckerte und sah Aggie an. »Ich muss nachsehen, es dauert ein paar Minuten.«

Aggie hob die Augenbrauen in der Eskimogeste für »Ja«, machte die Tür auf ihrer Seite auf und fächelte sich mit seiner Flugkarte Kühlung zu.

Er kletterte hinaus und als er den Werkzeugkasten hinten aus dem Flugzeug holte, sagte Isaac, der zusammen mit der kleinen Nita auf der Haube seines Pick-up auf ihren Abflug wartete: »Hat Ihr Pony ein Hufeisen verloren, Cowboy?« Nita kicherte.

Cowboy wusste, dass Isaac es nicht böse meinte, es war einfach nur eine Prise dieses unterkühlten Eskimohumors, aber genau im selben Moment summte ihm ein riesiges Moskito in den Mund und das brachte das Fass zum Überlaufen und er sagte: »Gottverdammtes Dreckstück von Aztec, Himmelherrgott.« Ganz laut platze er heraus, sodass jeder es hören konnte – Aggie im Flugzeug, Isaac und Nita auf dem Pick-up und drei Eskimokinder, genauso braun wie Nita, die mit einem roten Honda Four-Wheeler heraufgekommen waren. Inzwischen hatte sich auch noch ein räudig aussehender Huskyköter eingestellt – wo zum Teufel war der eigentlich hergekommen? –, der im Schatten von Isaacs Kleinlaster saß und nach Moskitos schnappte.

Verlegen wandte er sich ab und wühlte in den Fächern der Sitzlehnen nach dem Insektenschutzspray, der immer im Flugzeug sein sollte, aber heute nicht auffindbar war. Er stieß einen Fluch aus – lautlos diesmal – gegen Draper, den Mechaniker, der wahrscheinlich den Moskitoschutz geklaut hatte. Dann packte Cowboy den Zündkerzenschlüssel und begab sich zum linken Motor.

Er schraubte die oberste Kerze aus Zylinder Nummer sechs und sah sie sich an, roch daran. Sie triefte nicht gerade von Benzin, was gegen seine Theorie vom abgesoffenen Motor sprach. Aber sie war auch nicht so trocken, dass verstopfte Düsen der Grund sein konnten. Eigentlich sah sie exakt so aus, wie sie sollte.

Vielleicht hatte eine Gasblase die Leitung verstopft. Cowboy hatte allerdings seine Zweifel, was Gasblasen in Benzinleitungen betraf. Er wusste nur, dass Gasblasen die Universalentschuldigung waren, wann immer Draper oder irgendein anderer Mechaniker mit einem Problem am Flugzeug nicht klar kam.

Dieser verdammte widerliche Draper, der seinen Overall nie wusch und die Haare auch nicht, soweit Cowboy feststellen konnte. Gasblasen waren wahrscheinlich seine kleine, miese Mechanikerrache an den Leuten, die die Flugzeuge flogen und dabei halbwegs sauber blieben, während er an ihnen arbeiten und sich mit Motorenöl beschmieren musste.

Cowboy schraubte die Kerze wieder in Nummer sechs. Es konnte nicht schaden, noch eine andere zu überprüfen, vielleicht in Zylinder Nummer vier, da der auf der selben Seite des Motors lag wie Nummer sechs. Und er würde die untere Zündkerze nehmen, nicht die obere. Wenn die Maschine wirklich abgesoffen war, dann war der überschüssige Sprit auf den Grund des Zylinders geflossen.

Er steckte den Schlüssel auf die Kerze und ruckte am Griff. Sie gab nicht nach, keinen Millimeter. Der gottverdammte Draper hatte sie wahrscheinlich absichtlich zu fest angezogen, einfach um Cowboy das Leben schwer zu machen, wenn er unterwegs daran herumschrauben musste, wie jetzt gerade.

Er stützte sich mit dem Rücken am Propeller ab, packte den Griff des Schlüssels mit beiden Händen und drückte mit aller Kraft seiner Arme und Schultern. Plötzlich gab die Zündkerze nach, gerade als ihn ein Moskito in die empfindliche Stelle gleich hinter dem linken Ohr stach. Er zuckte zusammen, als der Schlüssel abrutschte und seine rechte Hand gegen die heißen, scharfen Kühlrippen von Nummer sechs schlug. Schon quoll er heraus, dieser abscheuliche ›Mechanikerwein‹ aus Blut, Öl und Schweiß und tropfte von seinen verbrannten Fingerknöcheln auf die Schottersteine des Vorfeldes.

Er trat von der Maschine zurück und schüttelte seine Hand hin und her. »Gottverdammte Mistkiste«, jammerte er in sich hinein und schwor sich, Draper und vielleicht auch Delilah Lienhofer umzubringen, wenn er wieder in Chukchi war. Der Schmerz ließ nach und während er sein Taschentuch herauszog, um es sich um die Knöchel zu wickeln, bemerkte er, dass der Husky sein schattiges Plätzchen neben Isaacs Pick-up verlassen hatte und jetzt unbeeindruckt das rechte Hauptfahrwerk der Aztec anpinkelte. Im selben Moment kam das kleinste der drei Kinder, die mit dem Four-Wheeler heraufgefahren waren, auf Cowboy zugerannt, der seine Knöchel verarztete und kreischte »Hassu puttemacht?« und rannte kichernd wieder davon.

Er machte kehrt, starrte in die offen stehende Verkleidung des linken Motors und dachte an eine andere Gelegenheit, wo er ihn im Stich gelassen hatte. Das war in Ebrulik gewesen, im Frühjahr, bei kälterem Wetter und Temperaturen unter Null, wenn er sich recht entsinnen konnte, aber der Motor hatte trotzdem nicht gewollt. Er war in den Dorfladen zurückgelaufen, um Draper anzurufen, und Draper war auch nichts eingefallen – ausnahmsweise hatte er nicht einmal etwas über Gasblasen erzählt – bis auf eines.

»Versuchen Sie, mit einem Motor heimzufliegen«, hatte Draper gesagt.

»Was?«, hatte Cowboy ungläubig erwidert.

»Klaro«, hatte Draper gemeint. »Während wir geredet haben, habe ich im Handbuch nachgeschlagen. Das Wetter ist kalt und Sie haben tausend Meter Startbahn. Am besten, Sie schreiben gleich mit.«

Draper hatte ihm gesagt, dass der Start zu schaffen war, wenn er auf achtundfünfzig Knoten kam, bevor er siebenhundert Meter der Piste in Ebrulik hinter sich hatte. Wenn nicht, konnte er Gas wegnehmen und hatte mit den restlichen dreihundert Metern noch reichlich Platz zum Anhalten.

Und so hatte es Cowboy auch gemacht. Er war rausgegangen, hatte siebenhundert Meter der Startbahn in Ebrulik abgeschritten und zwei Kiefernzweige in den Schnee gesteckt, um die Stelle zu markieren. Dann hatte er Drei-Drei-Mikes rechte Maschine angeworfen und war mit quälend langsamer Beschleunigung die Piste entlang gerollt. Zu langsam, da war er sicher, aber bei den Kiefernzweigen hatte er sein Tempo drauf, also rollte er weiter und am Ende der Startbahn tanzte Drei-Drei-Mike bereits auf den Zehenspitzen und er konnte sie ganz problemlos hochziehen. Und während er nach Chukchi zurückflog, hatte er wieder einmal gestaunt, wie viel der schmierige, abstoßende Henry Draper von seinen Flugzeugen verstand, oder zumindest von Drei-Drei-Mike.

Er ging zurück zum Motor, zog die Zündkerze fest und schloss die Verkleidung. »Aggie«, sagte er, »ich muss die Startbahn markieren. Ich bin gleich zurück, und dann können wir los.«

Aggie hatte inzwischen aufgehört, sich zuzufächeln und beschäftigte sich mit irgendeiner Handarbeit in ihrem Schoß – es sah aus wie ein Fellhandschuh –, die sie aus ihrer Tasche gezogen hatte. Sie blickte nur kurz auf und hob die Augenbrauen. Offensichtlich gehörte sie zu den Eskimofrauen der alten Schule, die immer irgendeine Handarbeit dabei hatten.

Cowboy ging die Startbahn entlang bis zu der Klippe über dem Fluss. Dieses Ende der Piste lag näher am Vorfeld, also wollte er von da aus einfach dreihundert Meter zurückgehen und die Stelle markieren, wo er abbrechen musste, wenn er die Mindestgeschwindigkeit nicht erreicht hatte. Vielleicht sollte er sich mit den Handbüchern hinsetzen und selbst alles nachrechnen, aber er war nicht einmal sicher, ob sie im Flugzeug waren – damals, in Ebrulik, waren sies jedenfalls nicht – und außerdem hatte er kein Problem mit einem Motorausfall mehr durchgerechnet, seit – ja, seit wann eigentlich? Henrys Angaben sollten ausreichen, wenn er ein bisschen Spielraum ließ.

Er erreichte das Ende der Piste, die Stelle, wo sie auf den Dorffriedhof von Isignaq stieß, hinter dem gleich die Klippe kam. Das war im Busch keine ungewöhnliche Anordnung, denn Hügelkuppen galten als ideale Standorte sowohl für

Flugstreifen als auch für Friedhöfe, aber es war schon ein bisschen unheimlich. Die Buschpiloten machten ihre Witze darüber und sagten, das sei nur deswegen so, damit man einen gleich in dem Loch lassen könnte, das man in den Boden bohrte, wenn beim Abheben der Motor ausfiel.

Er kehrte um und maß dreihundert Schritte ab, was ihn beinahe bis zum Vorfeld zurück brachte, direkt auf eine kleine Erhebung auf der Piste. Er markierte die Stelle, indem er sein Taschentuch von den inzwischen kaum noch blutenden Knöcheln wickelte und es an das nächste Landebahnlicht knotete.

Dann ging er zurück zum Flugzeug und betätigte den Anlasser für den rechten Motor. Er sprang prompt an und Cowboy ließ ihn ein paar Minuten lang laufen, um die Batterie wieder zu laden, bevor er es noch einmal mit dem linken Motor versuchte. Nichts.

Er gab auf und sah Aggie an. »Wir fliegen mit einem Motor nach Hause«, sagte er.

Sie runzelte die Stirn. »Sind Sie sicher?«

»Sicher, ich mache das nicht zum ersten Mal. Deshalb haben wir zwei Motoren – einen als Ersatz.« Er verzog seinen Mund und hoffte, dass es wie ein zuversichtliches Buschpilotengrinsen aussah.

Aggie betrachtete ihn zweifelnd, dann zuckte sie die Achseln und nahm ihre Handarbeit wieder auf.

Er rollte Drei-Drei-Mike zum entfernten Ende der Startbahn, trat links auf die Bremse und ins Ruder und ließ den rechten Motor kurz aufheulen. Gehorsam schwang Drei-Drei-Mike auf dem linken Hauptfahrwerk herum und nahm die Startposition ein. Er sah zwölfhundert Meter Schotterpiste vor sich liegen, über der heiße Luft stand und die Grabsteine des Friedhofs im Sonnenlicht flimmern ließ.

Langsam ging er seinen Cockpit Check durch und überlegte noch einmal sorgfältig. Sicher, heute war es heißer, fast dreißig Grad wärmer als an dem Tag in Ebrulik. Das reduzierte natürlich den Vorschub des Propellers und den Auftrieb der Tragflächen, außerdem war er mit Aggie im Flugzeug etwas schwerer. Andererseits hatte er fast dreihundert Meter Startbahn mehr, die ihm in Ebrulik nicht zur Verfügung gestanden hatten. Dreihundert Meter Spielraum. Ziemlich gute Chancen.

Wenn er den Flug damals überstanden hatte, dann sollte dieser hier auch kein Problem sein, dachte Cowboy, während er auf die Piste starrte. Sobald sie in der Luft waren, würde es behaglich werden im Cockpit. Das Brummen der Motoren, die Anzeigen auf dem Armaturenbrett, der Steuerknüppel wie ein kleines Lebewesen in seiner Hand. Die Luft aus den Ventilationsdüsen, die die Hitze vertrieb, bis es angenehm kühl wurde. Keine Moskitos, keine Hunde, keine Kinder.

Und selbst wenn es nicht klappte, er musste einfach den Geschwindigkeitsanzeiger im Auge behalten und wenn er bei der Markierung noch zu wenig Tempo hatte, dann blieben ihm noch dreihundert Meter, um vom Gas zu gehen, in die Bremsen zu steigen und in einer Staubwolke zum Stillstand zu schlittern, bevor er den Friedhof erreichte. Vielleicht etwas peinlich, aber nicht besonders gefährlich.

Er trat fest auf beide Bremsen, schob den rechten Gashebel nach vorne und ließ ihn da, bis der Motor so hoch drehte wie überhaupt möglich. Dann löste er die Bremsen und der rechte Motor brüllte, während der Propeller des linken wie ein gebrochener Arm über der Verkleidung in die Luft ragte.

Mit quälender Langsamkeit kroch die Nadel des Geschwindigkeitsmessers die Skala hinauf. Zwanzig Knoten, dreißig, vierzig, fünfzig. Das Vorfeld auf der rechten Seite kam jetzt immer näher, was bedeutete, dass das Taschentuch, das den Dreihundert-Meter-Punkt markierte, nicht mehr weit war.

Er hatte dreiundfünfzig Knoten drauf, jetzt fünfundfünfzig, aber niemals würde er bis zum Taschentuch achtundfünfzig schaffen, das sah er, darum legte er die rechte Hand auf den

Gashebel und wollte ihn gerade zurückreißen und die Bremsen reinhauen, als er auf den kleinen Buckel in der Startbahn direkt neben seinem Taschentuch traf.

Drei-Drei-Mike schwang sich ein, zwei Meter in die Luft und er spürte einen gewissen Ruderdruck, und als sie wieder herunterkam, berührten die Räder nicht mehr ganz die Startbahn. Es war nur ein Bodeneffekt, das wusste er, sie flogen noch nicht richtig. Aber seine Instinkte sagten ihm, dass Drei-Drei-Mike bereit dazu war. Also ließ er den Gashebel auf Vollgas stehen und versuchte, die träge Maschine mit winzigen Ruderausschlägen höher zu kitzeln. Er beugte sich über das Armaturenbrett nach vorne, als könnte er dem brüllenden rechten Motor damit noch ein Quäntchen mehr Kraft entlocken.

»Schau dir das an, Nita, er hat nur einen Motor laufen«, sagte Isaac, während Cowboy über die Piste in Startposition rollte und das Flugzeug herumschwenkte, sodass die Nase auf den Friedhof und den Fluss zeigte.

Nita zuckte bloß die Achseln. Cowboy war ein Naluaqmiu, und diese Naluaqmiut schienen zu wissen, was sie taten, wenn es um Flugzeuge ging. Genau wie ihr Onkel Jaron Palmer, der Naluaqmiut-Prediger, der mit seinem eigenen Flugzeug durch die Dörfer zog, um Gottesdienste abzuhalten.

Aber Isaac stieß sich von der Haube des Lasters ab und ging näher zur Startbahn. Seine angespannten Schultern verrieten Besorgnis.

Nita glitt von der Motorhaube, stellte sich neben ihn und wurde immer ängstlicher, während ihr Blick zwischen seinem verkrampften Gesicht und dem Flugzeug hin und her wanderte, das nun auf der Startbahn auf sie zu gerollt kam.

»Was ist los, Isaac?«

»Ich weiß nicht. Ich habe so eine Maschine noch nie mit einem Motor starten sehen.«

Nita sah das Gesicht ihrer Mutter hinter der Scheibe vorbeihuschen und fühlte sich etwas besser, als sie sah, wie das Flugzeug den kleinen Buckel in der Piste erreichte und sich in die Luft erhob. Aber danach schien es nicht in der Lage zu sein, weiter zu steigen. Es schlich über die Landebahn wie ein großer Käfer, die Räder knapp über dem Schotter, und dann hörte sie einen Knall.

Als sie sich zusammengereimt hatte, dass er von den Rädern des Flugzeugs kam, die gegen den Friedhofszaun und die Grabsteine prallten, verschwand das Flugzeug selbst bereits hinter der Klippe. Ein paar Sekunden später hörte sie das gedämpfte Geräusch einer Explosion vom Ufer her und sie schrie bereits »Aaka! Aaka!«, als der ölige schwarze Rauch hinter der Abbruchkante der Klippe aufzusteigen begann.

Sie wollte hinrennen, aber Isaac packte sie am Arm und zog sie in seinen Laster. »So kommen wir schneller hin«, sagte er und nahm die Straße, die über das Dorf zum Flussufer führte.

Die letzten Nachrichten auf *Kay-Chuck* lauteten, dass Cowboy Decker immer noch im Koma lag und laut dem Arzt wenig Hoffnung für ihn bestand. Active seufzte, schaltete das Radio ab, parkte seinen Suburban vor der Pfingstkirche und lehnte sich im Fahrersitz zurück.

Er dachte, dass Aggie Iktilliks Tod für Jaron Palmer, den Pastor der Pfingstgemeinde, zu keinem besseren Zeitpunkt hätte kommen können, wenn er wirklich seine Tochter Grace missbraucht hatte. Aggie Iktillik, die einzige, der Grace außer ihrer Mutter davon erzählt hatte. Sagte jedenfalls Grace.

Hatte Jaron Palmer, selbst ein erfahrener Buschpilot, den Motor von Cowboy Deckers Maschine manipuliert? Aber wie hätte er wissen können, dass Decker versuchen würde, die zweimotorige Aztec mit nur einem Motor zu starten?

Und warum hätte er es tun sollen? Schließlich war er,

Nathan Active, gerade erst dabei, ihm mitzuteilen, dass seine Tochter Grace noch am Leben war. Hatte Palmer es schon vorher erfahren? Er zermarterte sein Gehirn, wem er von Grace erzählt hatte. Nur Dennis. Und von Dennis wusste der Pastor es bestimmt nicht. Oder von Pauline Generous, Lucys Großmutter? Active erinnerte sich undeutlich an den Abend, als er von Telefonsex mit Lucy phantasiert, aber nur ihre Großmutter an den Apparat bekommen hatte. Er war ziemlich sicher, dass er Pauline nichts gesagt hatte. Bestimmt nicht, dass er Grace Palmer in Dutch Harbor aufgestöbert hatte. Nein, damals hatte er ja noch gar nicht gewusst, dass Grace Palmer unter dem Namen Angie Ramos dort lebte. Er hatte gedacht, sie hätte unter einer Schneefräse in Anchorage den Tod gefunden.

Er seufzte abermals, rastete das Lenkradschloss des Suburban ein und stieg aus.

Das Arbeitszimmer des Pastors

Jaron Palmer wischte sich die Augen mit einem roten Taschentuch und stützte die Ellenbogen auf den großen Eichentisch in seinem Arbeitszimmer in der Pfingstkirche von Chukchi. »Sie müssen mir verzeihen, Nathan. Ich bin sonst nicht so.« Sein schleppender Südstaatenakzent war noch deutlicher als sonst.

Er fuhr sich abermals über die Augen und sprach weiter: »Wissen Sie, zu erfahren, dass man Grace gefunden hat, so bald nach ... Sie haben das von Idas Schwester gehört?«

Active nickte. »Alle reden davon. Ich habe in der Zeitung darüber gelesen und gerade, als ich herfuhr, um mich mit Ihnen zu treffen, kam es wieder auf *Kay-Chuck.* Es tut mir Leid für Sie.«

»Dieser Cowboy. Ein wandelndes Desaster, es war nur nicht vorherzusehen, wann es eintreten würde. Wir Piloten wussten alle Bescheid, aber was soll man machen?« Der Geistliche tippte auf einen Notizblock auf dem Schreibtisch vor sich. Das oberste Blatt war halb voll geschrieben. »Ich wollte gerade eine Grabrede für die Beerdigung meiner Schwägerin morgen aufsetzen. Beerdigungen sind immer schwer, aber wenn es um die eigene Familie geht …«

»Ihre Tochter hat eine Tante Agnes erwähnt, als ich sie in Dutch Harbor getroffen habe. Anscheinend hat Grace sich ihr als kleines Mädchen anvertraut.«

Er lauerte auf Palmers Reaktion. Hatte er da ein winziges Zusammenzucken gesehen? Mit Sicherheit nicht mehr als das. »Wie geht es übrigens Grace' Mutter?«

»Nun, im Moment geht es ihr recht gut, Gott seis gedankt. Aber die Ärzte haben auf lange Sicht nicht viel Hoffnung. Und Aggies Tod …« Er schüttelte den Kopf. »Aber wenigstens werden die Neuigkeiten von Grace sie aufmuntern. Sie sagten, dass Grace dort unten Arbeit hat?«

Active nickte. »In einer Fischfabrik. Sie nennen es dort ›am Schleimband‹.«

Palmer lachte gezwungen. »Wie sieht sie aus?«

Active starrte ihn an. Der Geistliche wirkte verwirrt. »Geht es ihr gut?«

»Sehr gut, jedenfalls körperlich. Man sieht ihr kaum noch an, dass sie einmal auf der Straße gelebt hat, außer einer kleinen Narbe hier.« Active berührte seinen Wangenknochen. »Sie scheint bemerkenswert widerstandsfähig zu sein. Beinahe unzerstörbar sogar.«

»Kommt sie nach Hause zu uns?« Palmers Stimme klang an der Oberfläche beiläufig, möglicherweise unterschwellig angespannt. Vielleicht aber auch nicht.

»Das glaube ich nicht.«

Palmer öffnete den Mund, als wolle er fragen, weshalb,

schloss ihn aber wieder und griff nach einem Stift. »Wie heißt die Firma? Ida will sie bestimmt anrufen.«

»Elizabeth Cove Seafoods«, sagte Active. »Sie wohnt dort in einer Pension namens Triangle Bunkhouse.«

Palmer kritzelte die Angaben auf seinen Block.

»Wollen Sie nicht selbst anrufen?«

»Ich glaube, das überlasse ich ihrer Mutter.«

»Das ist besser so.« Active zog Notizbuch und Kugelschreiber heraus. »Ich bezweifle, dass Grace mit Ihnen sprechen würde.«

Palmer wirkte schmerzlich berührt, kritzelte auf seinem Block herum und das Schweigen dehnte sich aus, bis es den Raum auszufüllen schien wie dicht gepackter Schnee. Auf einem Bücherregal hinter Palmer tickte eine Uhr, von der Straße her drang das Brummen eines vorbeifahrenden Four-Wheelers. Schließlich seufzte Palmer und sah hoch zu Active. »Warum sagen Sie das so?«

»Weil Sie sie belästigt haben. Das sagt sie jedenfalls.«

Palmer schloss die Augen, schüttelte den Kopf und benutzte sein Taschentuch. »Ich hatte schon befürchtet, dass sie wieder mit den alten Geschichten anfängt. Wir haben versucht, sie in psychotherapeutische Behandlung zu geben, als sie mit diesem Gerede anfing, aber sie hat sich geweigert. Der Psychologe meinte, dass heranwachsende Mädchen manchmal ihre ... ihre Fantasien auf ihre Väter projizieren. Ich weiß nicht, vielleicht hat es damit zu tun, dass Grace ein gemischtrassiges Kind ist. Naluaqmiiyaq, so nannten sie die anderen Kinder in der Schule. Halbblut. Ich schätze ... ich habe gehofft – wir haben gehofft –, dass Grace da herauswachsen würde.«

»Ich sollte Sie vielleicht auf Ihre Rechte hinweisen.«

Palmer hob erschrocken den Kopf, oder jedenfalls bot er eine gute Imitation des Erschreckens. »Sie meinen, Sie glauben ihr? Diesem irren ... diesem armen, verlorenen Mädchen?«

»Mir kam sie nicht irr vor.«

Palmer warf Active einen argwöhnischen Blick zu. »Sie ist sehr schön, nicht wahr?«

»Sie haben das Recht, zu schweigen«, begann Active. »Möchten Sie Ihren Anwalt anrufen?«, fragte er, nachdem er die verfassungsmäßigen Rechten aufgezählt hatte.

Palmer sah bekümmert drein, verletzt. Active fragte sich, wie sein Auftritt vor einem Geschworenengericht ankäme und kam zum Schluss, dass er wohl erfolgreich wäre.

»Natürlich will ich keinen Anwalt«, sagte Palmer. »Ich bin unschuldig. Ich habe nie ... ich könnte nie ... meine eigene Tochter!«

»Töchter, genau genommen. Grace sagt, dass Sie der Vater des Kindes waren, mit dem Jeanie schwanger war, als sie Selbstmord beging.«

»Und Sie meinen, ich muss mich wirklich gegen diese schrecklichen Anschuldigungen verteidigen?«

Active nickte. »Eine Untersuchung ist unumgänglich.«

»Aber es gibt keinerlei Beweise, nur das Geschwätz eines armen, verlorenen Mädchens. Sie war damals krank und sie ist heute noch krank.« Er verstummte und dachte eine Weile nach. »Und aus welchem Grund hätte ich meine eigenen Töchter missbrauchen sollen? Wenn ich ... wenn meine Frau ... nun ja, es gibt da immer ein oder zwei Damen in der Gemeinde, die andeuten, dass sie glücklich wären, mich mit allem zu versorgen, was ich brauche. Das scheint in den Pfingstgemeinden so Brauch zu sein, und die Eskimos, Ihr eigenes Volk, Nathan, sind ziemlich praktisch veranlagt, was die Schwächen des Fleisches angeht.«

Er brach ab, als wäre ihm gerade etwas eingefallen. »Ich dachte, die Trooper befassen sich nur mit regionalen Fällen. Warum verhören Sie mich?«

Active zuckte die Achseln. »Ich habe das mit der Stadtpolizei abgestimmt. Wir untersuchen den Fall.«

»Mein Wort steht gegen das von Grace und ich sage, es ist

nie geschehen. Niemals!« Palmer schlug mit der flachen Hand so heftig auf seinen Notizblock, dass der Stift zu Boden sprang. »Ich bin ein Mann Gottes. Wissen Sie eigentlich, was so ein Gerede anrichten kann? Nicht, dass es irgendjemand glauben würde, natürlich. Aber wenn solche Geschichten an die Öffentlichkeit gelangen, bleibt immer ein Makel zurück.«

»Grace sagt, dass Sie es getan haben. In ihrem Schlafzimmer, im Bad, sogar hier.« Active umfasste mit einer Geste das Arbeitszimmer, in dem sie saßen.

»Ich, das ist … Es ist mein Glaube, nicht wahr? Ich bin ein bibeltreuer, gläubiger Christ mit einem Südstaatenakzent, also bin ich auch der geborene Kinderschänder, richtig? Deshalb glauben Sie ihr. Aber das ist nichts als ein hässliches Vorurteil, Nathan. Genauso, als würde ich Sie anblicken und nichts als einen dummen Eskimo sehen oder einen betrunkenen Wilden, wie eine Menge Weiße es tun. Sie sollten sich schämen und Gott um Vergebung bitten, so wie ich es beim Nachtgebet für Sie tun werde.«

Active spürte, wie ihm das Blut ins Gesicht schoss. Schweigend kritzelte er in sein Notizbuch, als würde er jedes Wort mitschreiben, das Palmer gesagt hatte.

Der Geistliche schnippte mit den Fingern. »Hören Sie, wenn ich mich dieser … dieser Scheußlichkeit schuldig gemacht hätte, warum in Gottes Namen hätte ich Sie darum bitten sollen, sie zu suchen? Erinnern Sie sich nicht mehr, wie ich Sie zur Highschool gebeten und Ihnen diese Fotos gegeben habe? Klingt das nach einem Mann, der schuldig ist?«

»Es klingt nach einem Mann, dem kein anderer Ausweg eingefallen ist, als seine Frau ihn darum gebeten hat. Und außerdem haben Sie ohnehin nicht geglaubt, dass jemand Grace finden könnte. Sie schienen jedenfalls nicht sehr enttäuscht, als ich sagte, dass ich nicht nach Anchorage könne, um sie zu suchen. Und dann gab es immer noch die Möglichkeit, dass sie den Mund hält, weil ihre Mutter so krank ist. Oder vielleicht sind Sie schlicht und einfach übergeschnappt. Das denkt jedenfalls Grace.«

Palmer schauderte. »Ich muss mir so etwas nicht anhören. Sie gehen jetzt besser.«

»Sie sagt, dass sie damals mit ihrer Mutter gesprochen hat.« Active stand auf und ging zur Tür.

»Ja, das hat sie.« Palmer erhob sich und kam hinter seinem Schreibtisch hervor. »Und mit ihrer Tante Aggie auch. Aggie mag ihr vielleicht geglaubt haben, aber nicht meine geliebte Ida.« Er verstummte und ein Ausdruck entsetzten Begreifens zeichnete sich auf seinem Gesicht ab. »Mein Gott, Sie glauben doch nicht, dass Ida und Aggie ... also nur Ida, wo Aggie jetzt tot ist, dass Ida vor Gericht gegen mich aussagen würde? Sie wollen doch nicht etwa mit Ida sprechen, in ihrem Zustand? Halten Sie sich fern von meiner Familie!«

Palmers Arbeitszimmer lag im ersten Stock und Active war schon halb die mit gerahmten Bildnissen blonder, blauäugiger Jesusse gesäumte Treppe hinuntergestiegen, als er ein Geräusch hinter sich hörte. Er drehte sich um und sah, dass der Geistliche in der Tür seines Arbeitszimmers stand und auf ihn herabstarrte.

»Halten Sie sich fern von meiner Familie, Nathan!«, schrie Palmer, während Active sich wieder abwandte und die Stufen hinunterging. »Das ist es, was wir nötig haben! In Ruhe gelassen zu werden! Wir alle!«

Active atmete schwer, als er aus dem Treppenhaus auf die Second Street hinaustrat, wo der Westwind durch den Sommernachmittag wehte. Das Eis in der Chukchi Bay war während seiner Abwesenheit zurückgewichen und gegen Westen war jetzt bis zum Horizont die offene Wasserfläche sichtbar. Der Nebel, den der Westwind im Sommer mit sich brachte, war heute noch nicht aufgezogen und das führte zu einer seltsamen Kombination aus kalter Luft und heißer Sonne. Es fühlte sich gut an und half ihm, nach der Auseinandersetzung mit Palmer wieder einen klaren Kopf zu bekommen, während er in seinen Suburban stieg. Palmer würde vor Geschworenen wesentlich überzeugender wirken als seine Tochter. Vielleicht sagte er sogar die Wahrheit.

Blieb nur noch seine Frau Ida. Hatte es Sinn, sie mit hineinzuzerren? Egal, was Grace ihr vor Jahren erzählt hatte, es war lediglich Hörensagen, und Palmers Aussage, dass seine Tochter »damals krank und heute noch krank« war, war kaum widerlegbar. Ohne neutrale Zeugen würde kein Staatsanwalt Zeit und Geld für einen solchen Fall verschwenden.

Er ließ den Suburban an und dann fiel ihm ein, dass er nicht wusste, wo Palmer wohnte. Er würde sich den Weg von der Zentrale beschreiben lassen müssen.

Lucy Generous' Stimme klang förmlich und geschäftsmäßig, als sie ihm mitteilte, dass das Haus der Palmers an der Beach Street lag und ihm die Nummer durchgab.

Er versuchte vergeblich, sich zu erinnern, zu welchem Teil der Beach Street die Nummer gehörte und betätigte frustriert den Mikrofonknopf. »Was liegt da in der Nähe?«

»Es ist zwei Häuser weiter von meiner Aana Pauline.« Selbst über den kratzigen Polizeikanal war die Kälte in Lucys Stimme unüberhörbar.

Er war versucht, sie gleich jetzt über Funk zum Abendessen einzuladen, irgendwas, egal was, aber es widerstrebte ihm, dazu einen offenen Kanal zu benutzen, wo jeder mithören konnte. Er sich nahm fest vor, bei seiner Rückkehr in die Polizeizentrale bei Lucy vorbeizuschauen und die Einladung nachzuholen. Trotzdem nagte ein unbestimmtes Schuldgefühl an ihm, weil es ihm peinlich gewesen war, über Funk mit Lucy zu reden. Und weil er nicht gewusst hatte, dass Jaron Palmers Haus nur zwei Häuser entfernt lag von dem ihrer Großmutter Pauline Generous. Er hatte Lucy dort weiß Gott oft genug abgesetzt oder abgeholt. Gereiztheit legte sich wie Raureif auf ihn, weil er sich schuldig fühlte und weil Lucy Generous es fertig brachte, dass er sich wegen nichts und wieder nichts schuldig fühlte.

Er setzte den Suburban in Gang und holperte in nördlicher Richtung die Beach Street entlang. Das betagte Fahrzeug produzierte ein bislang nicht aufgetretenes Knacken aus der Richtung des rechten hinteren Stoßdämpfers, wann immer er durch ein besonders tiefes Schlagloch fuhr. Der Gedanke deprimierte ihn, dass er sich mit Billy Clarkson in Verbindung setzen musste, dem Frachtagenten der Alaska Airlines, der nebenbei einen Wartungsvertrag für die Trooper-Fahrzeuge hatte. Dann fiel ihm wieder ein, dass Evelyn O'Brien jetzt für Clarkson zuständig war, dessen Mangel an Tatkraft nur von seinen Preisen übertroffen wurde. Active lächelte leise und vergnügt bei dem Gedanken, wie Evelyn sich Clarkson vorknöpfen würde. Er hörte sie schon ins Telefon bellen: »Was zum Teufel bilden Sie sich ein! Sollen meine Trooper auf dem Hosenboden fahren, während sie zwei Wochen lang auf Ihre Scheiß-Ersatzteile warten?!« So nannte sie sie immer. Ihre Trooper.

Er kam bei Pauline vorbei und sah schon zwei Türen weiter das Haus der Palmers. Es war ein zweigeschossiges, weißes Schindelhaus. Erst jetzt fiel ihm auf, dass es hinten an das Grundstück angrenzte, auf dem die Pfingstkirche an der Second Street stand.

Palmers Schindelhaus war so alt, dass es noch aus einer Zeit stammte, als neue Häuser in Chukchi in Holzbauweise aufgestellt wurden: eine Schindel nach der anderen, statt aus Sperrholz zusammengenagelt oder als vorgefertigte Module per Schiff angeliefert zu werden, wie es im Chukchi von heute bei Neubauten üblich war. Trotz seines Alters schien es in gutem Zustand zu sein. Ein sauberer Anstrich, keine zerbrochenen Fenster oder herumstehende, schrottreife Schneemobile. Der Ort, an dem die junge Grace Palmer so große Angst gehabt hatte, ihr Vater würde ihr auf die Toilette nachsteigen, dass sie wegen Verstopfung im Krankenhaus behandelt wurde.

Lange Zeit rührte sich nichts auf sein Klopfen. Dann hörte er leise Geräusche hinter der Tür und schließlich öffnete sie sich ungefähr zehn Zentimeter weit.

Ein vielleicht zehnjähriges Mädchen spähte durch dicke Brillengläser in den Kunnichuk und sagte dann: »Meine Tante will nicht mit Ihnen sprechen. Sie sagt, Onkel Jaron hat Ihnen schon alles gesagt, was sie weiß.«

Active war einen Augenblick lang sprachlos über die Tatsache, dass Ida Palmer schon von seinem Besuch bei Jaron Palmer wusste. Dann wurde ihm klar, dass der Pastor sie angerufen haben musste, während Active in seinem Suburban durch die Beach Street rumpelte.

Erst jetzt fiel ihm auf, warum ihm das Mädchen so bekannt vorkam. Sie hatte eine verblüffende Ähnlichkeit mit den Bildern von Grace Palmer im selben Alter. Er fragte sich kurz, wer sie sein mochte, aber dann erinnerte er sich, dass sie Ida Palmer »Tante« genannt hatte. Hatte Grace Palmer nicht eine Cousine aus Isignaq erwähnt? Das erklärte die Ähnlichkeit. Sie musste die Tochter von Idas Schwester Aggie Iktillik sein, die mit Cowboy Decker abgestürzt war. Er überlegte, ob er ihr sein Beileid ausdrücken sollte, war sich aber nicht sicher genug, dass seine Vermutung stimmte.

»Sag deiner Tante, dass ich eine Nachricht von ihrer Tochter bringe«, sagte er.

Das Mädchen verschwand und ließ die Tür offen stehen, also trat er ein und machte sie hinter sich zu. Im Wohnzimmer hingen Elch- und Karibugeweihe, ein weißer Widderkopf mit mächtigen gedrehten Hörnern, ein Grizzlyfell lag auf dem Fußboden. Und wieder ein blauäugiger, weißer Jesus an der Wand, nebst Fotos der Familie Palmer. Einige waren Kopien derjenigen, die Jaron Palmer ihm damals in der Highschool gegeben hatte. Andere zeigten einen Jungen, in dem er den Sohn Roy vermutete. Das jüngste zeigte Roy und zwei Kameraden in Uniform auf einer Militärbasis in einer Landschaft, die vage europäisch anmutete.

»Sie bringen eine Nachricht von Gracie?«, sagte eine Stimme hinter ihm.

Er wandte sich um und sah sich einer Inupiat-Frau mittleren Alters gegenüber. Sie stand in der Tür des Ganges, in dem das Mädchen verschwunden war. Für einen Sommertag war Ida Palmer sehr warm angezogen. Wollene Hosen, Strickjacke, Robbenfell-Pantoffeln. Sie wirkte ein wenig dünn und hatte Augenringe, aber sie sah nicht so aus, als wäre sie dem Tode nahe.

Die Krankheit hatte ihr Gesicht gezeichnet, aber man bekam trotzdem einen Eindruck, woher Grace Palmer ihre Schönheit hatte. Obwohl sie die Augen ihres Vaters besaß, konnte Active jetzt Ida Palmer in Grace' Gesicht erkennen und umgekehrt. Es war leicht, sich das hübsche Inupiat-Mädchen vorzustellen, das sie gewesen sein musste, als sie Jaron Palmer heiratete.

Die Nichte tauchte unsicher hinter Ida auf und sah schüchtern und verlegen drein.

»Ich muss Sie unter vier Augen sprechen.« Er nickte dem Mädchen zu. »Vielleicht könnte sie in einem anderen Zimmer warten.«

Die Frau wandte sich zu dem Mädchen um und berührte es an der Schulter. »Nita, machst du uns bitte Tee? Möchten Sie einen, Mr. Active?«

Er schüttelte den Kopf und sagte: »Nein, danke.« Das Mädchen verschwand wieder im Gang und Ida schloss die Tür hinter ihr. Entfernt hörte er Wasser laufen und Geschirr und Töpfe klappern.

Ida Palmer ging zu einem Armsessel und ließ sich langsam und vorsichtig hineinsinken. »Ich kann nicht mehr allzu lange stehen. Sie können sich da drüben hinsetzen.« Sie wies auf eine Couch, blassgrün mit großen, weißen Blumen gemustert.

Active betrachtete die Frau und versuchte zu entscheiden, ob er ihr tatsächlich die Nachricht übermitteln durfte, die ihm Grace Palmer in Dutch Harbor aufgetragen hatte. »Sagen Sie ihr, dass ich ihr nichts vorwerfe«, hatte sie im Regen auf dem Hügel über Captain's Bay gesagt.

Falls Ida Palmer die Geschichte ihrer Tochter über den Missbrauch immer noch nicht glaubte, würde sie auch die Nachricht nicht annehmen. Hingegen konnte die Aufregung ... aber Ida Palmer war die letzte Zeugin, die irgendeinen Teil von Grace' Geschichte stützen konnte.

»Sie hat mich gebeten, Ihnen zu sagen, dass sie es Ihnen nicht vorwirft. Dass Sie ihr nicht geglaubt haben, als sie Ihnen erzählte, was ihr Vater ihr angetan hat.«

Ida Palmers Gesicht verzog sich schmerzlich, verwandelte sich aber rasch in eine abweisende, versteinerte Maske. »Er ist ein Mann Gottes und so etwas würde er niemals tun. Er weiß, dass er dafür in der Hölle schmoren würde.«

»Grace sagt, er war der Vater von Jeanies Baby.«

»Dann ist sie diejenige, die in der Hölle schmoren wird, weil sie diese alten Märchen wieder aufwärmt. Ich hatte gehofft, jetzt, wo ich so krank bin, vergisst sie das alles und kommt nach Hause. Damit wir alle wieder zusammen sein können, wieder eine Familie, aber ich fürchte ...« Ihre Augen wurden feucht; sie trocknete sie mit einem Taschentuch, das sie aus einer Tasche ihrer Strickjacke hervorholte.

Die Tür zum Gang ging auf und Nita kam mit einem dampfenden Becher Tee herein, den sie auf einem Tischchen neben Ida Palmers Sessel abstellte. »Ich habe viel Zucker reingetan, genau wie dus magst.«

Die ältere Frau nickte und bedeutete Nita dann, dass sie wieder gehen solle. Sie verschwand im Gang und die Tür klickte hinter ihr ins Schloss.

»Es hat mir Leid getan, vom Absturz Ihrer Schwester zu hören. Ist Nita ihre Tochter?«

Ida Palmer nickte. »Es ist fast, als liege ein Fluch auf dieser Familie. Grace, Jeanie und jetzt Aggie.« Sie schüttelte den Kopf, Tränen liefen ihr über die Wangen.

»Wie nimmt Nitas Vater es auf?«

Ida Palmer hatte jetzt die Augen geschlossen und ihr Kopf ruhte auf der Sessellehne. »Sie hat keinen Vater, sie ist jetzt Waise. Der Mann meiner Schwester ist auf dem Fluss umgekommen, als Nita drei war.«

Active dachte schweigend darüber nach, während Ida etwas vor sich hinsummte, das wie ein Kirchenlied klang oder ein Country-Song auf Kay-Chuck. »Will The Circle Be Unbroken?« Ja.

»Wohin kommt sie nach der Beerdigung?«, fragte er.

»Oh, wir nehmen sie zu uns. Sie hat ihren Onkel Jaron immer gemocht, und sie kann ihm helfen, wenn ich ... solange ich krank bin.«

»Und nachdem Sie ... wenn Sie nicht mehr gesund werden?«

»Er wird ihr ein wirklich guter Vater sein, das weiß ich genau.«

»Darf ich mich ein bisschen mit ihr unterhalten?«

Sie hob den schmalen Kopf mit der papierdünnen Haut und starrte ihn mit dunklen, schmerzerfüllten Augen.

»Ich will nicht, dass Sie ihr mit diesen alten Geschichten Angst machen, Mr. Active. Lassen Sie Nita in Ruhe. Unsere Familie hat wegen Grace schon genügend durchgemacht.« Der Kopf sank wieder nach hinten und die Augen schlossen sich. »Lassen Sie uns alle in Ruhe, Mr. Active. Das ist es, was meine Familie jetzt braucht. Lassen Sie uns in Ruhe.«

Er erhob sich und fragte sich, ob Jaron Palmer seiner Frau angewiesen hatte, was sie sagen sollte. Er legte ihr eine seiner Visitenkarten in den Schoss. »Ich hoffe, dass Sie Recht haben, Mrs. Palmer. Aber falls irgendetwas ... falls Sie Ihre Meinung aus irgendeinem Grund ändern sollten, rufen Sie mich bitte im Büro an.«

Sie schlug die Augen auf, nahm die Karte und steckte sie zu dem Taschentuch in ihre Strickjacke. »Ich glaube nicht, dass das geschehen wird, Mr. Active. Eine meiner Töchter ist tot, die andere ist verloren und irr. Ich werde nicht zulassen, dass Nita etwas zustößt, niemals.« Einen Moment lang blitzte ein silberner Schimmer in den müden schwarzen Augen auf und er fühlte sich an die verlorene und irre Tochter erinnert, an Grace.

Dreieck

Nein, die Frau, die sich am Telefon bei Elizabeth Cove Seafoods meldete, konnte Angie Ramos nicht vom Schleimband wegholen, außer in einem Notfall – und es war doch kein Notfall, oder? – dann nein, sie konnte niemanden vom Schleimband wegholen, aber sie konnte eine Nachricht für Miss Ramos entgegennehmen. »Ja? Trooper Active in Chukchi anrufen? Also gut – und sie hat die Nummer? Also gut, wir geben ihr die Nachricht in der nächsten Arbeitspause, nein, halt, sie hat heute frei, wir geben sie ihr morgen.«

Im Triangle Bunkhouse war es so ziemlich dieselbe Geschichte, nur dass diesmal ein Mann am Apparat war und nicht die Frau mit dem spanischen Akzent, bei der er sich vor ein paar Tagen angemeldet hatte. »Nein, wir können niemanden an den Apparat holen, aber wir können eine Nachricht entgegennehmen und sie in ihrem Postfach hinterlegen. Nein, wir wissen nicht, ob sie im Haus ist oder nicht. Solange jemand seine Miete zahlt, heißt es: wir stellen keine Fragen, wir geben keine Antworten, ha-ha.« Active fühlte sich gleichzeitig gereizt und unzulänglich, als er seinen Namen hinterließ und sagte, dass er aus Chukchi anrief und Angie Ramos seine Nummer kannte.

Dann hatte er endlich das Gefühl, alles Menschenmögliche getan zu haben. Er versuchte, die Familie Palmer für einen Moment zu vergessen und ging nach unten zur Funkzentrale, um Lucy Generous zum Essen einzuladen, bei ihm oder im Restaurant, ganz wie sie wollte.

»Wozu?«, lautete ihre Antwort. »Wozu?« Sie war sommerlich angezogen. Jeans, gelbes, kurzärmliges T-Shirt, die langen Haare geflochten und hochgesteckt. Ein weißes Sweatshirt mit Kapuze hing über der Rückenlehne ihres Stuhls.

»Nun, ich dachte, essen müssen wir doch beide. Das können wir genauso gut gemeinsam tun.« Er grinste und hoffte, dass es halbwegs so spaßig klang, wie er es beabsichtigt hatte und wartete auf ihre Reaktion.

Es kam keine, nicht einmal eines ihrer berühmten »Hmmmms!« Er zog die kleine silberne Schachtel hinter seinem Rücken hervor. »Ich hab dir was mitgebracht.«

Sie warf einen Blick darauf, griff aber nicht danach, deshalb stellte er sie auf den Tresen der Funkzentrale. »Es ist von Nordstrom's.«

»Du warst eine ganze Woche weg und hast mich kaum angerufen.«

»Ich war ziemlich beschäftigt.«

Sie griff nach der Schachtel, machte sie auf und betrachtete das Fläschchen. »Mit der Suche nach Grace Palmer?«

Er sah wie gebannt zu, wie sie den Verschluss aufschraubte, mit dem Finger die kleine Öffnung berührte, dann die Innenseite ihres Handgelenks betupfte und schnupperte. Er musste gegen den Impuls ankämpfen, die Augen zu schließen und tief einzuatmen, als ihm ein Hauch von Grace Palmers Parfum entgegenwehte.

»Nett«, sagte Lucy achselzuckend. Sie schraubte die Flasche zu und steckte sie in die Schachtel zurück. »Hast du sie gefunden?«

»Können wir darüber beim Essen reden?«

»Ich will überhaupt nicht über Grace Palmer reden.«

»Gut, dann lassen wir das. Hör mal, es tut mir Leid, dass ich nicht angerufen habe, während ich weg war. Wenn ich jetzt in mein Büro raufgehe und dich anrufe, hab ich dann eine Chance mit dir zum Essen zu gehen?« Jetzt zuckte ein winziges Lächeln in ihren Mundwinkeln.

»Ich nehme die 911. Ich habe nämlich schon das Mittagessen verpasst und wenn ich nichts zu Abend kriege, ist es ein Notfall«, sagte er. Jetzt war ihr Grinsen echt.

»Gut, ich hole dich also nach der Arbeit ab und wir gehen ... Lieber zu mir oder in den Northern Dragon?« Er wartete in einer fiebrigen Mischung aus Selbstverachtung und Begierde und Vorfreude und Furcht auf ihre Antwort. Er wusste genau, wo sie landen würden, wenn sie in seine Wohnung kam und Grace Palmers Parfum trug, und er fühlte sich noch mieser und schäbiger als damals, als er das Fläschchen bei Nordstrom's gekauft oder als er es ihr vor ein paar Sekunden überreicht hatte.

Sie warf ihm einen schiefen Blick zu, dann blickte sie starr geradeaus, als wäre ihre Konsole die interessanteste Sache in der gesamten Polizeizentrale von Chukchi. »Du bist der Hungrige von uns beiden. Was möchtest du denn?«

»Vielleicht im Dragon«, sagte er nach einer langen Pause. Er kam sich edel vor und unehrlich und niedergeschlagen zur gleichen Zeit, und er beschloss, bei nächster Gelegenheit die Flasche versehentlich zu zerbrechen. Am besten bevor sie noch mehr von dem Parfum auflegen konnte.

Lucy seufzte leicht und sagte: »Schön.« Sie war eine Weile still und dann, die Augen immer noch auf die Konsole gerichtet: »Wie hat sie ausgesehen?«

Er versuchte, nicht zusammenzuzucken, als er wieder dieselbe Frage hörte. Jeder, der sie gekannt hatte, schien sie zu stellen, wenn er erfuhr, dass sie wieder aufgetaucht war. »Ich dachte, du möchtest nicht über sie reden.«

»Das will ich auch nicht.«

»Vielleicht müssen wir das aber.«

Er hatte den Eindruck, dass sie gerade antworten wollte, aber dann summte ihre Konsole und ein Knopf leuchtete auf. Sie drückte ihn und sagte: »Chukchi Öffentliche Sicherheit.«

Er sagte: »Bis nach der Arbeit dann«, und wollte weggehen, aber sie hob den Finger und meinte: »Er ist gerade hier. Wer spricht da, bitte?«

Er kannte die Antwort, noch ehe sie mit beherrschtem und kühlem Blick zu ihm aufsah und sagte: »Es ist Angie Ramos. Willst du es hier annehmen?« Sie deutete auf den Apparat auf dem Tresen der Funkzentrale, an dem ein Lämpchen blinkte.

»Nein, im Büro«, sagte er und lief mehrere Stufen auf einmal nehmend nach oben, bevor er zur Besinnung kam und sich dazu zwang, seine Schritte zu kontrollieren.

Ihre Stimme klang leise und warm, als er sein Bürotelefon abhob. Er fragte sich einen Moment, ob Lucy unten mithören konnte. »Hi, Nathan.«

»Hi. Danke für den Rückruf. Wie gehts Ihnen?«

»Recht gut, würde ich sagen. Ich hatte heute frei. Ich bin in die Hügel gegangen und habe die letzte der Marlboros geraucht, die Sie für mich gekauft haben.«

»Ich hoffe, ich habe nicht irgendwelche schlechten Angewohnheiten gefördert.«

Sie lachte ein wenig. »Nein, ich habe keine neuen angenommen.«

»Das ist gut«, sagte er, und dann wusste er nicht weiter. Wie sollte er anfangen? Sie löste das Problem für ihn.

»Also. Sie haben angerufen?«

Er räusperte sich. »Ich habe heute mit Ihren Eltern gesprochen.«

»Mit beiden?«

»M-hm.«

»Doch nicht über …«

»Ich …«

»Nathan, ich habe doch gesagt, dass ich nie wieder darüber

sprechen will! Es muss jetzt in dieser geheimen Kammer verschlossen bleiben.«

»Ich hatte das Gefühl, nicht anders zu können.«

Sie seufzte. »Wie schon gesagt, ich mache keine Aussage und ich trete nicht in den Zeugenstand.«

»Aber es gibt da etwas, das ...«

»Nein, habe ich gesagt!«

»Aber ...«

»Wie gehts Ida?«

»Nicht allzu schlecht«, sagte er. »Sie sieht ein wenig schwach und zerbrechlich aus und bewegt sich sehr vorsichtig, aber sie braucht noch keine fremde Hilfe. Das Haus sieht gepflegt aus.«

»M-hm. Ich wollte, ich hätte eine Marlboro.«

Er hörte ein Geräusch, als ob jemand an ihr vorbeiginge – der Münzfernsprecher des Triangle lag im Gang, wie er sich erinnerte –, dann raschelnde und knisternde Laute. Vielleicht wechselte sie den Hörer ans andere Ohr.

»Was hat sie gesagt über, über ...?«

»Sie glaubt Ihnen nicht. Sie sagt, sie werden in der Hölle schmoren, weil Sie diese alten Märchen wieder aufwärmen.« Er versuchte zu lachen, es ins Komische zu ziehen, aber dann merkte er, wie hoffnungslos das war und räusperte sich so laut, dass er selbst darüber erschrak.

»Es ist eine Verdrängungstaktik, Nathan.«

»Ja.«

»Und Jaron?«

»So ziemlich dasselbe, bis auf den Teil mit dem Höllenfeuer.«

Sie erwiderte nichts, aber er konnte ihren Atem hören – schnelle Atemzüge, als ob sie um Fassung rang und versuchte, nicht zu weinen. »Jaron hat gesagt, dass sie versucht hätten, Sie zu einem Therapeuten zu schicken, aber sie hätten sich geweigert.«

»Scheiße, ja.« Jetzt lag kein Zittern in ihrer Stimme, lediglich Zorn. »Es gab nur eine einzige Psychologin in Chukchi und die sang im Chor der Pfingstgemeinde. Tut sie wahrscheinlich immer noch. Sue-Ellen Mabry.«

»M-hm.«

»Glauben Sie mir eigentlich?«

Er merkte, wie wichtig ihr das war, also sagte er Ja, ohne sich sicher zu sein. Am Telefon klang sie nicht so überzeugend.

»Da ist noch etwas anders«, sagte er in ihr Schweigen hinein.

»Was?« Ihre Stimme klang angespannt, alarmiert.

»Das wollte ich vorhin schon sagen. Ihre Tante Aggie ist vor ein paar Tagen bei einem Flugzeugabsturz ums Leben gekommen. Ein Pilot namens Cowboy Decker hat versucht, ein zweimotoriges Flugzeug mit nur einem Motor zu starten und ist dabei abgestürzt.«

Ihr Atem ging schneller und schneller und dann hörte er unterdrücktes Schluchzen. Er vermutete, dass sie die Hand über die Sprechmuschel gelegt hatte oder sie gegen die Brust presste.

»Es tut mir Leid«, sagte er und wartete, bis sie sich beruhigt hatte.

»Und Nita? Ist sie auch tot?« Ihre Stimme war zittrig und klang tränenerstickt.

»Nein, Nita war nicht im Flugzeug.«

Dann ein langes Schweigen. »Wer hat sie jetzt? Verdammt noch mal, Nathan, sind Sie da? Wer hat sie jetzt? Nathan!« Es war ein einziges, verzweifeltes Aufheulen.

»Sie ist bei Ihren Eltern. Ich glaube, sie haben vor, sie zu adoptieren, oder jedenfalls Ihr Vater, falls Ihre Mutter vorher stirbt.«

»Nathan, das dürfen Sie nicht zulassen! Er wird, er wird, wenn meine Mutter nicht mehr da ist …«

»Wollen Sie, dass ich Ihre Geschichte dem Staatsanwalt vortrage?«

»Ich ... oh Gott.« Ein langes Schweigen trat ein, dann kam das bittere Auflachen, das er aus Dutch Harbor kannte. »Wozu? Wer würde mir schon glauben?«

»Jaron hat seine Verteidigung bereits skizziert: Sie waren damals krank im Kopf, Sie sind es heute noch.«

Sie holte Luft und stieß dann laut den Atem aus. »Ja. Ja, ohne Tante Aggie ... es würde ihn nur bestärken, wenn ich ihn aufs Korn nehme und der Schuss daneben geht. Nathan, Sie müssen unbedingt mit Nita sprechen und herausfinden, was mit ihr los ist.«

»Das ist nicht so einfach. Ihre Mutter hat ihre Zustimmung verweigert. Ich werde mit meinem Chef reden und sehen, was wir in so einem Fall unternehmen können. Vielleicht ein Sozialarbeiter ...«

»Sie meinen Sue-Ellen Mabry?« Sie sagte es mit einem weiteren barschen Auflachen.

»Vielleicht ist sie nicht mehr hier. Vielleicht ist die Stelle neu besetzt worden.«

»Das glaube ich kaum. Sie hat immer gesagt, dass sie ihre Lebensaufgabe gefunden hat: für das geistliche Wohl der Eskimos sorgen und gottgefällige Werke tun.«

»Ich kann ihn zumindest wissen lassen, dass ich ihn im Auge behalte. Wenn ich bei Sue-Ellen einen Antrag stelle, wird er wahrscheinlich davon erfahren, oder?«

»Vermutlich, aber ich bezweifle, dass ihn das aufhalten würde.«

»Nun«, sagte er, »ich halte Sie auf dem Laufenden.«

»Ja, danke.«

»Kommen Sie zurecht?«

»Natürlich nicht, aber ich werde es schon irgendwie schaffen.«

»Was wollen Sie tun?«

»Jetzt? Ich gehe aus und besorge mir entweder ein paar Marlboros oder ein Ticket für den nächsten Flug zur Four Street.«

»Das ist nicht Ihr ernst, mit der Four Street.«

»Mir war noch nie was ernster.« Es klickte und dann war die Leitung tot.

Er legte auf und versuchte, sich dazu aufzuraffen, bei der Verwaltung am Nordende der Stadt anzurufen und zu fragen, ob das Jugendamt überhaupt noch jemanden in Chukchi sitzen hatte. Seit dem Rückgang der Ölförderung auf dem North Slope waren Budgetkürzungen verhängt und Abteilungen verkleinert worden. Und wenn ja, ob es immer noch Sue-Ellen Mabry war. Vielleicht war sie ja weitergezogen, um irgendeiner anderen Bande armseliger Wilder geistlichen Beistand zu leisten. Aber er brachte es nicht über sich. Er hatte genug vom Sumpf der Geschichten der Familie Palmer oder von Grace Palmers Wahnsvorstellungen, je nachdem, wie man es betrachtete.

Vielleicht konnte er die Bücher über zumindest einen Aspekt der Amazing-Grace-Affäre schließen, oder wenigstens sich selbst daraus austragen.

Die Sache mit Angie Ramos. Er musste seine Vernehmungen von Grace Palmer in Dutch Harbor niederschreiben und an Dennis Johnson schicken, dann konnte Dennis die Akten an die Mordkommission weiterleiten und er, Nathan Active, konnte sie vergessen.

Er brauchte ein paar Stunden dazu, aber als er fertig war, war er mit dem Ergebnis halbwegs zufrieden. Es war nicht ganz einfach gewesen, den Bogen von einer simplen Nachforschung für die Familie Grace Palmers bis zu Öldividendenbetrug und Identitätstausch zu schlagen – das war doch gewiss irgendeine Art von Vergehen, auch wenn er nicht genau sagen konnte, welches. Und dann die eigentliche Mordsache, deren Dreh- und Angelpunkt die Frage war, wie Angie Ramos unter die Schneefräse geraten war. Alles hing davon ab, ob das APD jemals die Telefonaufzeichnungen aus der Nacht ihres Todes finden würde.

Das größte Problem war, dass er eigentlich nie so richtig dazu gekommen war, Grace Palmer über ihre Rechte zu belehren. Je weniger er darüber sagte, desto besser wahrscheinlich. Am Ende ließ er diesen Aspekt ganz weg.

Er druckte den Bericht aus, steckte eine Kopie in einen Umschlag und adressierte ihn an Dennis Johnson.

Nach kurzem Überlegen holte er den Bericht noch einmal auf den Bildschirm, kopierte den Text und hängte ihn an eine E-Mail an, die er ebenfalls an Dennis schickte. Seiner Meinung nach wurde es höchste Zeit, dass in der Sache etwas geschah. Hauptsache, dieses Knäuel von Geheimnissen, das Grace Palmer auf den Fersen folgte wie eine Bande von Racheengeln, wurde endlich aufgeklärt.

Er ging zurück zur Funkzentrale, wo Lucy Generous wieder einmal ihre ganze Aufmerksamkeit der Konsole vor sich widmete.

»So«, sagte er. »Gilt unsere Verabredung noch?«

»Willst du denn noch?«

Er nickte. »Natürlich.«

»Müssen wir über sie reden?«

Er nickte wieder. »Ich fürchte, ja.«

Sie seufzte und ließ die Schultern hängen. »Also gut.«

»Gut«, sagte er. »Ich hole dich ab, wenn deine Schicht zu Ende ist.«

Lucy Generous sah kläglich zu, wie Nathan sein Rindfleisch Szechuan hinunterschlang, als wäre das ein ganz gewöhnlicher Tag, ein ganz gewöhnliches Abendessen im Northern Dragon, wonach sie in seine Wohnung gehen würden, um … wie lange war das her?

Das letzte Mal war es an dem Freitag geschehen, bevor Nathan nach Anchorage flog. Heute war Montag, der zweite Montag seit damals. Das machte zehn Tage, seit sie zum letzten Mal diese dahinschmelzende Glückseligkeit erlebt hatte. Eine andere Bezeichnung fand sie nicht dafür. Die Begriffe, die man in den Frauenmagazinen las, schienen alle nicht zu passen, sie klangen obszön oder mechanisch, keine Spur von, na ja, dahinschmelzender Glückseligkeit.

Bevor sie Nathan kennen gelernt hatte, hatte sie kaum sexuelle Erfahrungen gehabt. Lediglich mit einem Jungen gleich nach der Highschool, Jimmy Kalina, und mit ihm nur zweimal. Ein netter Junge, der jetzt in Nome auf die Handwerksschule ging und Elektriker werden wollte. Aber Jimmy Kalina war unerfahren gewesen, ungeschickt und schnell, und als sie sich nach dem zweiten Mal immer noch unberührt gefühlt hatte, zutiefst unberührt, hatte sie ihm gesagt, dass sie es nicht mehr tun wollte. Jimmy hatte das Interesse verloren und ein anderes Mädchen gefunden, Esther DeLong, die in dem Ruf stand, dass sie es tun wollte, und zwar so oft wie möglich.

Das war ihr ganzer sexueller Erfahrungsschatz gewesen. Keine besonders aufregende Sache, aber anscheinend notwendig, wenn man einen Mann halten wollte. Doch wozu eigentlich, wenn Sex einen langweilte?

Ohne groß darüber nachzudenken hatte sie deshalb angenommen, dass sie eine alte Jungfer werden, oder bestenfalls irgendeinen freundlichen Mann heiraten würde, der sie mochte und nicht allzu viel Sex von ihr verlangte. Vielleicht gerade genug, dass sie die zwei Kinder bekam, einen Jungen und ein Mädchen, die immer am Rande des Bildes zu schweben schienen, wenn sie sich ihre Zukunft vorstellte.

Und dann war ihr eines Tages Nathan aufgefallen. Er war schon seit einem Jahr in Chukchi, als es passierte. Sie hatte ihn oft gesehen. Normalerweise blieb er jeden Tag bei ihrer Funkzentrale stehen, um ein wenig mit ihr zu flachsen. Sie hatte sich beiläufig gefragt, ob er vielleicht diesen ganz netten Ehemann abgeben könnte, der gerade genug Sex für zwei Kinder wollte, dann aber nicht mehr daran gedacht, bis er eines Tages aufhörte, bei ihr stehen zu bleiben.

Er ging einfach beim Betreten oder Verlassen des Gebäudes an ihrem Schalter vorbei, wirkte gedankenverloren und sagte kein Wort. Nicht einmal ein Nicken, und da bemerkte sie ihn zum ersten Mal richtig oder bemerkte, dass er stillschweigend und ohne dass es ihr aufgefallen wäre eine große Bedeutung in ihrem Leben gewonnen hatte.

Als er sich so plötzlich zurückgezogen, so beiläufig und ohne Erklärung, wie er gekommen war, saß ihr der Schrecken darüber tief im Herzen. Sie wollte fragen, was sie denn getan hatte, sich entschuldigen, ohne überhaupt zu wissen, wofür, aber das war natürlich lächerlich. Er empfand offensichtlich nichts für sie, und ob er bei ihrem Schalter stehen blieb oder nicht, hatte nichts zu bedeuten. Und deshalb waren ihre Fragen Fragen, die nicht gestellt und ihre Entschuldigungen Entschuldigungen, die nicht angeboten werden konnten.

»Was soll ich nur tun?«, hatte sie ihre Aana Pauline gefragt, nachdem sie ihr die Lage erklärt hatte.

»Mach dich hübsch, riech gut, lächle viel und warte«, hatte Aana Pauline geraten.

Aana Pauline war zweiundsiebzig Jahre alt und eine sehr traditionsbewusste Inupiaq, aber Lucy hatte ihren Rat, was Menschen und vor allem Männer betraf, immer als zeitlos empfunden. Deshalb hatte sie den Rat befolgt, obwohl er ihr eigentlich unzulänglich vorkam.

Wie auch immer, eines Tages stand Nathan wieder an ihrem Schalter, schäkerte und lächelte – diese Lippen! – als hätte er nie damit aufgehört.

Sie begann, mit ihm zu flirten, errötete gelegentlich, wenn er sie auf eine bestimmte Art ansah und fühlte, wie sie sich öffnete, aufblühte wie das Meer kleiner Blumen, das in jedem Frühjahr, wenn die Sonne den Schnee wegschmolz, die Tundra in einem kurzen, wilden Aufwallen überschwemmte.

Und plötzlich, von einem Tag auf den anderen, begriff sie das ganze Getue um den Sex. Denn sie wollte Nathan Active, spürte eine warmes, sehnsüchtiges Ziehen da unten, das sie bei Jimmy Kalina nicht gefühlt hatte, sich nicht einmal hätte träumen lassen. Sie musste den Blick von Nathan abwenden, wenn er in die Funkzentrale kam, damit ihre Stimme nicht zitterte oder sie einfach in Tränen ausbrach.

Aber alles flirten, alle Andeutungen, alles lächeln, sich hübsch machen und gut riechen schien Nathan Active nicht zu erreichen. Er war zufrieden damit, jeden Tag ein paar Minuten mit ihr in der Funkzentrale zu plaudern, und das wars.

Dann, mit Aana Paulines Hilfe in Rat und Tat, hatte sie ihn eines Abends unter dem Vorwand zu sich gelockt, dass Pauline eine Mitfahrgelegenheit zum Bingo brauchte. Aber Pauline war natürlich – wie abgesprochen – nicht da und sie hatte Nathan hereingebeten, um auf sie zu warten. Und dann hatte sie ihn damit verführt, dass sie sich nackt von ihm sehen ließ, während sie sich nach dem Duschen die Haare ausbürstete.

In dieser Nacht hatte sie erstmals die dahinschmelzende Glückseligkeit kennen gelernt und sofort verstanden, warum die Frauenzeitschriften ständig darüber schrieben. Selbst wenn sie ihr diese obszönen, mechanischen Namen gaben.

Sie erinnerte sich, dass seit damals nie mehr als drei oder vier Tage zwischen einem Beisammensein mit Nathan und dem nächsten gelegen hatten, außer in den fünf oder sechs Tagen jeden Monat, an denen es ihnen beiden keinen Spaß machte. Inzwischen war es so wichtig für sie wie Nahrung und Wasser. Nicht Sex an sich. Sie hatte vergeblich versucht, sich Sex mit Jimmy Kalina vorzustellen, als er eines Tages in der Funkzentrale aufgetaucht war und Anspielungen auf die alten Zeiten gemacht hatte. Es war Sex mit Nathan Active, den sie brauchte.

Und jetzt war es schon zehn Tage her, zehn Tage, während denen er durch ganz Alaska hinter Grace Palmer, der Schönheitskönigin hergejagt war. Zehn Tage, und er saß einfach so da und aß unbekümmert sein chinesisches Essen, als ginge ihn das alles nichts an. Er bemerkte nicht einmal, dass sie ihre Mahlzeit kaum anrührte und nur mit den Essstäbchen spielte. Zehn Tage, und sie saßen hier in diesem Restaurant statt bei ihm zu Hause, wo sie das Essen vorbereiten und dann ihre Körper hätten sprechen lassen können, während es garte. Die wichtigen Dinge sagen, die keiner Worte bedurften, dann essen, dann wieder die Sprache der Körper und dann, wenn es immer noch sein musste, konnten sie über Grace Palmer sprechen und alles andere, was sich nur in Worten ausdrücken ließ.

Aber hier saß er und schlug sich den Bauch voll mit Rindfleisch Szechuan und sah vielleicht ein wenig gedämpft drein, aber nicht besonders bange oder besorgt, auf keinen Fall so elend und zu Tode erschrocken, wie sie sich fühlte.

Er erzählte eine Geschichte, der sie kaum zu folgen vermochte. Irgendwas über eine ehemalige Prostituierte, die in Anchorage eine Stretch Limousine fuhr, nein, in Dutch Harbor, es musste Dutch Harbor sein, weil diese Frau anscheinend das Gefühl hatte, so viele Flüge verpasst zu haben, dass sie nie mehr nach Anchorage zurückkehren würde. Absoluter Unsinn, es gab schließlich immer noch einen späteren Flug. Wahrscheinlich hätte die Erzählung einen Sinn ergeben, wenn sie nicht über diese Frage nachgedacht hätte, die ihr endlich eingefallen war. Eine Frage, die hoffentlich ihren Mut nicht überforderte, und die ihn vielleicht endlich dazu bringen würde, über ihre Beziehung und seine Gefühle für sie nachzudenken.

Die Frage lautete nicht »Liebst du mich?« oder »Wirst du mich heiraten?«

So etwas durfte sie auf keinen Fall fragen, nicht einmal: »Was empfindest du für mich?« Aber diese eine Frage war denkbar. Sogar Aana Pauline meinte, dass es funktionieren konnte.

»Was willst du?« So lautete die Frage. Unverfänglich und harmlos zunächst, aber unter der Oberfläche gefährlich und abgründig, denn wenn Nathan sich einmal darauf eingelassen hatte, gab es keinen einfachen Weg zurück. Jede Wendung musste tiefer und tiefer zu seinem Herzen führen und sie würde herausfinden, was wirklich dort vorging. Vielleicht würde das sogar Nathan selbst gelingen.

Sie trank einen Schluck Tee, holte Luft, befeuchtete ihre Lippen und versuchte, den Mut aufzubringen, zu sagen: »Kann ich dich etwas fragen?«, als Nathan mit seiner Geschichte von der Limousine in Dutch Harbor fertig war. Er stieß seinen Teller zurück und sah sie an – richtete diese erstaunlichen, einsamen Augen direkt auf sie – und sagte: »Also, wegen Grace Palmer.«

Es tat ihm weh, zu sehen, wie sie zusammenzuckte, als hätte er ihr einen Schlag versetzt. »Ich will nicht über sie reden.« Sie starrte auf ihre Mahlzeit, die sie die ganze Zeit, wie ihm aufgefallen war, kaum angerührt und nur darin herumgestochert hatte, während er sein Rindfleisch Szechuan hinunterschlang.

»Ich glaube, wir müssen es.«

»Na gut, aber ich will nicht hier über sie reden. Können wir zu dir gehen?« Sie sah zu ihm hoch, errötete leicht und senkte den Blick wieder.

»Wie wärs mit unserem Parkplatz?« Sie zuckte die Achseln und nickte, während er die Rechnung nahm und im Kopf addierte. Er zahlte bar, denn er wollte nicht so lange warten, bis die Kreditkarte überprüft war, und dann traten sie hinaus in den Westwind, der über die Beach Street pfiff. Jetzt, am Abend, stieg der Nebel vom Meer herauf und man fühlte sich in Chukchi so kalt, klamm und eingeschlossen wie in einem Sarg. Lucy zitterte und zog die Kapuze ihres Sweatshirts hoch, während Nathan die Beifahrertür des Suburban aufschloss und ihr beim Einsteigen half.

Er beeilte sich, den Motor anzulassen und die Heizung auf höchste Stufe zu drehen. Zufrieden spürte er ein wenig Wärme aus dem Gebläse kommen und war dankbar, dass das Auto nicht vollständig ausgekühlt war, während sie beim Essen saßen.

Er fuhr zu ihrem Parkplatz an der Beach Street und kam sich dabei ziemlich dumm vor, denn der Nebel hüllte alles in windzerfetztes Grau, sodass es eigentlich keinen Grund gab, da am Ufer zu sitzen und auf die Chukchi Bay hinauszustarren. Außer einem, und der war die Gewissheit, dass sie im Bett landen und zehn verlorene Tage nachholen würden, wenn sie zu ihm nach Hause gingen. Nichts würde dann über Grace Palmer gesagt werden und die Atmosphäre zwischen ihnen bliebe vergiftet.

Und hier, während der Motor vor sich hinbrummte, der Lüfter surrte, der Wind um den Wagen heulte, das Auto selbst gelegentlich unter einer heftigeren Bö erzitterte und die kleinen Wellen, die so etwas wie die Brandung von Chukchi waren, sich leise rauschend auf den Uferkies ergossen, erzählte er ihr die Geschichte von Grace Palmer.

Er begann damit, wie Jaron Palmer vor zehn Tagen gefragt hatte »War sie nicht wunderschön?« und ließ nichts aus bis zum heutigen Nachmittag, als er Dennis Johnson seinen Bericht gemailt hatte.

Lucy war lange still, nachdem er geendet hatte, nippte nur an ihrem Tee, den sie aus dem Restaurant mitgenommen hatte und blickte nachdenklich drein. »Dann hat sie also möglicherweise diese Angie Ramos vor den Schneepflug gestoßen?«

Er nickte. »M-hm.«

Lucy nippte wieder an ihrem Tee. »Und sie ist möglicherweise von ihrem Vater missbraucht worden?«

Er nickte abermals. »Hast du je Gerüchte darüber gehört? Über sie oder Jeanie?«

Lucy schüttelte den Kopf. »Nichts. Und so etwas würde sich hier ziemlich schnell herumsprechen.«

Er dachte nach. Durfte er ihr glauben? Lucy betrachtete Grace Palmer als Rivalin und würde es wahrscheinlich vorziehen, wenn er dachte, dass Grace die Inzest-Geschichte erfunden hatte, oder verrückt war, oder beides. Er überlegte gerade, wie er diese Fragen in etwas andere Worte kleiden konnte, als Lucy selbst eine Frage einwarf.

»Und sie hat dich eingeladen, mit ihr zu schlafen?«

Er nickte, blieb stumm.

»Und du wolltest es?«

Er nickte wieder, hätte gerne den Blick abgewandt, aber das wäre ihm feige vorgekommen.

»Aber du hast nicht.«

Er schüttelte den Kopf.

»Und warum?«

Er suchte nach einer Antwort, während sie ihren Tee trank und ihn musterte. Irgendwie hatte sie in diesem Gespräch die Oberhand gewonnen und darüber war er erleichtert.

»Und?«, fragte sie, und er liebte sie dafür, dass sie das Selbstvertrauen hatte, fordernd zu klingen. Nicht weinerlich oder klagend, einfach fordernd.

»Ich dachte, sie wollte vielleicht, dass ich darüber vergesse, wie Angie Ramos gestorben ist. Und außerdem kam es mir einfach nicht richtig vor.«

»Warum?«

»Ich bin nicht ganz sicher. Ich habe nicht das Gefühl, dass sie sich aus freiem Wunsch auf eine sexuelle Beziehung einlassen kann.«

»Aber es war nicht meinetwegen?«

Er schüttelte den Kopf.

»Und du würdest ganz gerne, wenn« – hier machte Lucy mit der Hand eine vage Geste in Richtung des Nebels vor dem Wagen, was ihm wie ein ziemlich gutes Bild für Grace Palmers

Situation vorkam – »wenn all das sich aufgeklärt oder einfach in Luft aufgelöst hat oder etwas in der Art.«

»So sieht es aus.«

Lucy schüttelte den Kopf, zog die Parfumschachtel aus einer Tasche ihres Sweatshirts. »Und du hast mir das mitgebracht, weil du wolltest, dass ich wie sie rieche?«

Er nickte.

»Wenn wir ...?«

Er nickte wieder.

»Wirst du etwa rot, Nathan?«

»Ich glaube schon.«

»Wann bist du das letzte Mal rot geworden?«

»Ich kann mich nicht erinnern.«

Sie war lange still und nippte an ihrem Tee, bis der Styroporbecher leer war, dann warf sie ihn in den Vinyl-Abfallbeutel, der am Zigarettenanzünder des Suburban hing. Sie rutschte im Sitz herum, bis sie ihn gerade ansehen konnte. »Nathan, was willst du?«

Er brachte es nicht heraus, also sagte sie es für ihn. »Grace Palmer?«

Er nickte.

»Und mich?«

Er nickte wieder und erwartete, dass sie explodieren würde.

»Du möchtest, dass ich jetzt mit zu dir komme und dieses Lavendelparfum auflege, damit ich wie Grace Palmer rieche, und mit dir ins Bett gehe, stimmts?«

Er nickte und schloss die Augen und wartete. Egal was sie jetzt tun würde, es war ihr gutes Recht und er hatte nicht vor, Widerstand zu leisten. Fluchen, ihn schlagen, was immer sie wollte, solange sie nicht gerade die .357 nahm, um ihn zu erschießen. Sie war nicht sehr groß, und sie konnte hoffentlich nicht allzu hart zuschlagen.

»Gut«, sagte sie.

Er riss die Augen auf. »Was?«

»Gut, lass uns fahren.« Sie beugte sich zu ihm und küsste ihn hart. »Leg den Rückwärtsgang ein und lass uns fahren. Er liegt gleich neben Parken.« Sie deutete auf den Schalthebel und kicherte.

Er gehorchte, setzte zurück auf die Beach Street und fuhr durch den Nebel nach Süden zu seiner Wohnung. »Ich hätte gedacht, du würdest fuchsteufelswild sein. Oder traurig. Alles, aber das nicht.«

Sie sah ihn an und ein Anflug von Ernsthaftigkeit überschattete die Fröhlichkeit in ihren Augen und Lippen, aber nicht lange. »Das ist das erste Mal, dass du mir je gesagt hast, dass du etwas von mir willst, Nathan. Zumindest stehe ich irgendwo auf der Liste, und ich bin hier und Grace Palmer ist unten auf den Aleuten und vielleicht ist sie schon bald im Gefängnis und in ungefähr einer Stunde wirst du dich nicht einmal mehr an ihren Namen erinnern.«

Sie kicherte wieder und legte ihm eine Hand auf den Oberschenkel, sehr hoch oben auf den Schenkel und er dachte insgeheim, dass irgendein Wahnsinn sie beide in seinen Bann geschlagen hatte. Es konnte nicht schaden, diese Nacht zu genießen. Wahrscheinlich wäre es sogar eine Art Verbrechen gegen die Natur oder das Schicksal oder gegen die Launen des Glücks gewesen, sie nicht zu genießen. Denn eins war ziemlich sicher: dass Gott oder Satan oder wer immer das hier ausgeheckt hatte, ihm nie wieder eine Nacht wie diese schenken würde, oder seinen Augen den Anblick eines Gesichtes, das so leuchtete wie das von Lucy Generous.

Gnadenfrist

Zu seiner großen Überraschung hielt die Situation, die er geschaffen hatte, indem er sich Lucy über Grace Palmer anvertraute, wesentlich länger an als diese erstaunliche Nacht.

Es ging sogar immerzu so weiter. Ohne Plan und ohne es anfangs auch nur zu bemerken, verbrachte er einen verdammt schönen Sommer mit Lucy Generous.

Versüßt wurde er noch durch ein geteiltes, aber unausgesprochenes Gefühl, dass ihre Beziehung in einer Art Ruhe vor dem Sturm existierte, der jederzeit ausbrechen oder auch ausbleiben konnte, je nachdem, wie die Geschichte mit Grace Palmer sich entwickelte.

Grace war am Rande seines Bewusstseins immer präsent und lauerte in den Schatten seiner Beziehung zu Lucy, außer in ihren intensivsten und intimsten Momenten. Irgendwann begann er, diese Zeit als Gnadenfrist für sich und Lucy zu betrachten, obwohl er das ihr gegenüber nie so ausdrückte. Es war eine Spanne, die möglicherweise keine höhere Lebenserwartung hatte als die weißen Büschel des Wollgrases, die nun auf den sanften Hügeln um Chukchi im Wind wehten.

Das hieß nicht, dass er seine beruflichen Verbindungen zu Grace Palmer gekappt hätte. Er stellte fest, dass es derzeit keinen Beamten in Chukchi gab, der dafür qualifiziert gewesen wäre, das mögliche Opfer eines Kindesmissbrauchs zu vernehmen. Die nächste solche Person saß im Regionalbüro des Jugendamts in Nome und war eine Art rundreisender Fürsorgebeamter, dessen nächster Besuch in Chukchi in drei Wochen fällig war. Active bat um einen Termin für einen Besuch bei Nita Iktillik, derzeit in der Obhut von Reverend Jaron Palmer, und beließ es dabei.

Eines Tages kam eine E-Mail von Dennis Johnson, dass die Mordkommission beschlossen hatte, zwei Ermittlungsbeamte nach Dutch Harbor zu schicken, um Grace Palmer zum Tod von Angie Ramos zu befragen. Dennis berichtete, dass die beiden Ermittler über Actives Versäumnis, die Verdächtige über ihre Rechte zu belehren nicht gerade begeistert gewesen wären. Ein Verfahrensfehler, der nur durch Actives vollständiges Versagen übertroffen wurde, irgendetwas Sinnvolles aus ihr herauszubringen. Der diensthöhere der beiden APD-Beamten hatte Actives Vorgehen in dem Satz zusammengefasst: »Typischer Trooper-Heißsporn, wahrscheinlich ist ihm der Schwanz beim Anblick unserer Schönheitskönigin so angeschwollen, dass sein Verstand ausgesetzt hat.«

Eine Woche später berichtete Dennis in einer weiteren E-Mail, dass die APD-Ermittler auch nicht mehr aus Grace Palmer herausbekommen hatten, aber wenigstens war das Nichts verwendbar, weil sie sich vorher die Mühe gemacht hatten, sie über ihre Rechte zu belehren.

Die Mordkommission war immer noch nicht sicher, ob sie einen Fall hatten, weil die Protokolle der Telefonzentrale aus der Nacht von Angie Ramos' Tod weiterhin verschollen blieben. Falls die Sache je vor Gericht kam, würden diese fehlenden Protokolle zusammen mit Grace Palmers Behauptung, Angie Ramos erst allein gelassen zu haben, nachdem Hilfe unterwegs war, ein Loch in die Anklage reißen, aus dem jeder halbwegs brauchbare Verteidiger eine Menge Zweifel für die Angeklagte schürfen konnte. Auf Anraten des Bezirksstaatsanwalts kehrte das APD das Unterste zuoberst, um die fehlenden Aufzeichnungen zu finden. Diese Bemühungen hatten bereits zu einer lautstarken Auseinandersetzung zwischen Polizeichef und Archivleiter geführt, und zwar in einem sehr belebten Gang im APD-Hauptquartier.

Und, ach so, ja, hatte Dennis hinzugefügt: Grace Palmer hatte die APD-Ermittler gebeten, eine Nachricht weiterzuleiten: Fick dich, Nathan.

Active seufzte und schloss die E-Mail. Wenigstens war

Grace Palmer nicht länger sein Problem. Die Polizei in Anchorage würde sie des Mordes an Angie Ramos anklagen, oder auch nicht. Deren Sache, deren Problem.

Das Jugendamt würde mit Nita Iktillik sprechen oder auch nicht, würde sie Jaron Palmer wegnehmen oder auch nicht, würde einen Bericht an die Trooper und den Bezirksstaatsanwalt von Chukchi zwecks eines Verfahrens gegen Jaron Palmer einreichen oder auch nicht. Nicht Nathan Actives Problem. Nicht jetzt, noch eine ganze Weile nicht, vielleicht nie.

Und so ließ er sich die erste Hälfte des Sommers mit einigermaßen gutem Gewissen und einem kaum getrübten Gefühl von Freude und Leichtigkeit durch seine Gnadenfrist treiben. Ihm schien, als befänden er und Lucy Generous sich ganz allein auf einem Floß auf einem großen, träge dahinfließenden Fluss, der kein Ende zu nehmen schien.

Dann kulminierte alles in einem perfekten Tag, vergleichbar mit jener magischen Nacht, nachdem er Lucy die Geschichte von Grace Palmer erzählt hatte. Etwas, das unwiederholbar war.

Sie tauchten spät an einem Samstagmorgen aus den Tiefen des Schlafes auf, immer noch ineinander verschlungen von der Nacht zuvor, und dann hatten sie Sex, oder – wie Lucy es ausdrückte – sie liebten sich, bevor sie noch richtig wach waren.

Sie duschte, während er wieder eindöste, anschließend duschte er, während sie Frühstück machte: verlorene Eier, Muffins, und schließlich, denn es war Sommer und die Preise waren selbst in Chukchi nicht unbezahlbar, frische Melone.

Sie frühstückten fast wortlos, und danach fuhren sie mit dem Suburban los, um Pauline Generous' Fischernetz zu leeren. Inzwischen gehörte es eigentlich nur noch dem Namen nach Pauline, hatte ihm Lucy erklärt, denn Pauline wurde zu alt, um selbst das Skiff zu führen und das Netz auszulegen. Somit war es jetzt eigentlich Lucys Fischernetz und ihr Skiff, darüber bestand stillschweigendes Einverständnis.

»Leerst du es wirklich ganz alleine?«, fragte er, während sie südwärts durch die Stadt Richtung Süden rumpelten. Ihr Ziel war der kleine Strand hinter dem Flughafen, an dem Paulines Netz verankert war. Es überraschte ihn immer wieder, was Lucy alles konnte. Einmal hatte er sie bei Pauline abholen wollen und dabei angetroffen, wie sie den Durchlauferhitzer der alten Dame zerlegte. »Das Heizelement ist durchgebrannt«, sagte sie. »Ich setze gerade ein neues ein.« Und das hatte sie völlig selbstständig getan, während er ihr dabei zusah. Nur am Schluss hatte sie sich helfen lassen, da durfte er die Abdeckung festhalten, während sie sie mit vier Schrauben an den Ecken wieder befestigte.

»Ja, ich leere es ganz alleine«, sagte Lucy mit süffisantem Lächeln. »Alle Inupiat-Frauen lieben das Fischen, und wenn du nicht so ein Naluaqmiiyaq wärst, wüsstest du das.«

»Naluaqmiiyaq« war die Bezeichnung, mit der ihn Lucy und so ziemlich jeder andere in Chukchi belegte, wann immer er seine Unkenntnis der Inupiat-Kultur verriet. Es bedeutete »beinahe weißer Mann«.

»Nun, ich versuche es zu lernen«, sagte er.

»Ein Glück, dass du eine geduldige Lehrerin hast. Hier abbiegen.«

Sie deutete auf eine tief ausgefahrene, sandige Fahrspur, die durch die Müllkippe von Chukchi zum Ufer führte.

Er folgte ihren Richtungsangaben bis zu einem kurzen Stückchen Strand, wo eine Leine, die an einer oberhalb der Hochwasserlinie in den Kies gerammten Metallstange verankert war, vom Ufer zu Paulines Netz führte. Ein paar Meter weit draußen dümpelte das Skiff vor Anker, und ein Seil verlief vom Heck zu einem weiteren Landanker, um den Bug in die Wellen zu richten, die der stetige Westwind vor sich her trieb.

Lucy zog zwei Paar Watstiefel aus dem Suburban und warf ihm eines davon zu. »Siehst du das Boot da draußen?«, fragte sie mit einem für seine Begriffe übertriebenen Sarkasmus.

»Zieh diese Watstiefel an und wate raus zum Boot, klettere hinein und setz dich ganz still hin, bis ich komme.«

Sein Blick wanderte zweifelnd zwischen den Watstiefeln und dem Skiff hin und her, während sie ihre Anweisungen ergänzte. »Steig über den Spiegel ein, sonst bringst du es zum Kentern.« Er sah sie verständnislos an, bis sie sagte: »Das ist der Teil quer über dem Heck, an dem der Motor hängt.« Sie schüttelte den Kopf.

Er versuchte, Lucys Vorbild zu folgen und die Watstiefel anzuziehen, indem er auf einem Bein balancierte, während er den Stiefel über das andere hochzog, aber schließlich musste er sich dazu doch auf ein Stück Treibholz setzen.

Dann watete er zu dem Boot hinaus und hievte sich über das Teil am Heck, wobei ihm ein Schwall des kalten, salzigen Meerwassers von Chukchi in die Stiefel lief. Er hangelte sich zum Bugsitz und sah zu, wie Lucy die große, viereckige weiße Plastikwanne aus dem Suburban holte, die sie bei Pauline mitgenommen hatten, und sie dort abstellte, wo die Heckleine des Boots am Strand festgemacht war.

Sie machte die Leine los, ergriff die Wanne und watete zum Boot, wobei sie es irgendwie schaffte, die Achterleine mit einer Hand aufzurollen, während sie die Wanne in der anderen hielt. Am Boot angekommen, warf sie Wanne und Leine hinein, und blieb einen Moment lang stehen, während sie die Bewegung des Bootes im Seegang abschätzte. Das hätte er auch besser tun sollen. Dann machte sie einen kleinen Satz und schon saß sie mit über den Spiegel baumelnden Beinen auf der Achterbank des Bootes und hatte keinen Tropfen Meerwasser in ihren Watstiefeln, dessen war er sicher. Sie verstaute die Leine unter ihrem Sitz, stellte die Wanne zwischen die beiden Sitzbänke und kontrollierte den Benzinstand in dem roten Tank neben sich.

»Sieht gut aus«, sagte sie und begann, die Startleine des Johnson-Außenborders zu ziehen. Der Motor sprang nicht an und schließlich ging ihr die Luft aus und sie setzte sich außer Atem hin.

»Vielleicht könntest du es mal versuchen.«

Er schob sich vorsichtig zum Heck, setzte sich neben sie und zog zweimal an der Leine, ebenfalls ohne Erfolg.

»Scheiße«, sagte sie. Es war das erste Mal, dass er sie das sagen hörte; vielleicht inspirierte sie die Tatsache, dass sie auf einem Fischerboot waren. Sie hantierte an der Seite des Motors, ließ Active zweimal ziehen, verstellte irgendetwas und ließ ihn noch einmal ziehen. Diesmal erwachte der Johnson blubbernd zum Leben. Zunächst stotterte er ein wenig, aber dann lief er gleichmäßig. »Du hast ein magisches Händchen«, sagte sie.

»Was war denn?«

Sie zuckte die Achseln. »Ich weiß nicht. Das hat er manchmal.«

»Wirklich?«, fragte er und ein Verdacht keimte in ihm auf.

»Nein, das hat er wirklich manchmal.« Sie grinste und zwinkerte ihm zu. »Manchmal. Und manchmal nicht.«

Er begab sich zurück auf den Bugsitz. Sie kuppelte die Schraube ein, drehte am Gasgriff und fuhr das Skiff ein paar Meter vorwärts, sodass sie den Buganker aufholen konnte. Dann steuerte sie die Reihe von Bojen an, die den oberen Rand von Paulines Kiemennetz markierten. Es hing wie ein Vorhang quer im Weg, den die Keta-Lachse auf ihrer Wanderung entlang des Ufers zur Mündung des Katonak River nahmen, ein paar Meilen nördlich von Chukchi.

Sie folgte der Bojenreihe bis zu dem Punkt, wo sie am ablandigen Ende verankert war und stellte den Motor ab. In der unvermittelten Stille klang das Klatschen der Wellen gegen die Aluminiumhaut des Skiffs plötzlich ganz laut. Sie reichte ihm einen Bootshaken und wies ihn an, das Netz über den Bug des Bootes heraufzuholen und sich dann neben sie auf die Achterbank zu setzen.

Er gehorchte und langsam begriff er, wie es funktionierte. Sie zog das Netz nach hinten, bis es beinahe in ihrem Schoß lag und stieß die Wanne mit dem Fuß nach vorne zum Bug. Der stetige Westwind trieb das Boot auf den Strand zu, während das Netz über ihre Knie und die Seiten des Bootes glitt. Die ersten beiden Lachse tauchten zappelnd auf und sie zeigte ihm, wie er ihre Kiemen aus dem Netz lösen musste, bevor er sie in die Wanne im Bug warf.

Und so begann eine magische Stunde in der Mitte eines perfekten Tages. Er und Lucy allein auf ihrem Floß, das träge über das unruhige, blaugrüne Wasser auf den Strand zuglitt. Das Klatschen der Wellen gegen das Boot, das Kreischen zweier hungriger Möwen, die droben ihre Kreise zogen, die Hitze der Sonne als Ausgleich für den frischen Wind und umgekehrt, das Knarren des Netzes, während es über das Boot glitt. Die Lachse, die in der Wanne umherschnellten, ein Ausdruck von Freude auf Lucys Gesicht, der ihn an das erinnerte, was sie über die Liebe der Inupiat-Frauen zum Fischen gesagt hatte. Ihre kleinen Scherze und Aufschreie gespielten Abscheus über einige der Dinge, die das Netz ans Tageslicht förderte, besonders einen abscheulichen Fisch mit Glupschaugen und riesigem Maul, den sie Irish Lord nannte.

»Stell dir mal vor, du wärst eine irische Lady und wachst neben so etwas auf«, sagte sie kichernd, als sie ihn zurück ins Meer warf.

Sie machten sich wieder an die Arbeit und die Keta-Lachse kamen einer nach dem anderen in den Maschen des Netzes herauf, bis das Skiff das uferseitige Ende der Bojenreihe erreichte. Hier war die Verankerungsleine angeknüpft, die zu der Stange am Strand führte.

»Nicht schlecht«, sagte sie, als er das Netz wieder über den Bug des Bootes ins Wasser beförderte. Sie stand auf und zählte, indem sie mit dem Finger in die Luft tippte, während das Boot von den Wellen zum Strand getragen wurde. »Siebzehn, ganz gut für einen Naluaqmiiyaq und eine Telefonistin, was? An die hundert Pfund, schätze ich.«

»Ganz gut«, sagte er, aber er dachte weniger an den Fisch als an den Verlauf des Tages und der vergangene Stunde.

Anschließend lieferten sie ein Dutzend Ketas bei Pauline ab. Die alte Dame murrte, dass es zu wenige und zu kleine Fische seien. Die Eskimomädchen von heute hätten eben keine Ahnung mehr davon, wie man ein Netz ablas.

Lucy grinste bloß, während sie die Ketas auf einem Schneidetisch aus Sperrholz neben Paulines Hütte legte und der alten Dame dabei half, den ersten Lachs zu köpfen, auszunehmen und der Länge nach zu halbieren, die beiden Hälften abzuschaben und sie kopfunter auf ein Trockengestell aus Kiefernholzstangen zu hängen.

Es dauerte nicht lange und Pauline grinste auch und die beiden lachten und schwatzten auf Inupiaq miteinander. Einmal stellte Pauline eine Frage, in der Actives Name vorkam. Dann sahen sie zu ihm hin und steckten kichernd die Köpfe zusammen und er merkte, dass es bei der Unterhaltung der beiden Frauen um mehr ging als ihre gemeinsame Leidenschaft fürs Fischen.

Er lächelte und ging ein Stück weit weg, damit sie den Fisch zerlegen und vor männlichen Ohren sicher Klatsch und Tratsch austauschen konnten. Die Nebelbank, die mit dem Westwind kam, begann sich draußen auf dem Meer aufzubauen. Er konnte zusehen, wie der grauweiße Gürtel am Horizont anschwoll. In ein paar Stunden würde er sich wie ein Tuch über Chukchi gelegt haben, aber bis dahin konnten er und Lucy längst zurück in seiner Wohnung sein. Einer der Keta-Lachse würde im Ofen brutzeln, während sie das taten, was Lucy eben gerne tat, während das Essen garte.

Er vernahm Paulines schroffe Stimme hinter sich. »Den Rest zerlege ich. Du und Nathan könnt jetzt gehen.«

Lucy wusch sich die Hände an einem Hahn an der Außenwand von Paulines Hütte und dann stiegen sie in den Suburban.

»Wir haben noch fünf Ketas da hinten.« Er deutete mit dem Daumen über seine Schulter auf die Wanne im Fond. »Brauche ich wirklich so viele?«

»Du kriegst bloß zwei. Einen zum Abendessen und einen für das Gefrierfach. Die restlichen drei bringen wir deiner Mutter.«

»Was?« Normalerweise war es seine Mutter, die ihm Essen vorbeibrachte. Er spürte, dass Lucys Vorhaben, seiner Mutter den Fisch zu schenken, ein neuer Zug oder Gegenzug in der ihm unverständlichen Rivalität zwischen den beiden Frauen war.

»Ich bestimmt nicht.« Er schüttelte den Kopf. »Ich bringe Martha keinen Fisch. Wahrscheinlich hat Leroy sowieso schon welchen besorgt.«

»Nein«, sagte Lucy mit selbstzufriedenem Lächeln. »Hat er nicht. Ich habe nachgesehen, und er hat sein Netz noch nicht einmal gesetzt.«

Active sagte nichts und ließ auch den Suburban nicht an.

»Na schön, du Feigling, du kannst ja im Auto bleiben, während ich sie ihr an die Tür bringe.« Sie gab ihm einen Klaps aufs Knie. »Jetzt lass uns fahren!«

Kopfschüttelnd ließ er den Suburban an und folgte der Beach Street bis zu der Seitenstraße, an der Martha und Leroy wohnten. Der immer noch nicht reparierte rechte hintere Stoßdämpfer fügte sein »Klonk« zur Symphonie des Krachens, Klapperns und Quietschens des alten Wagens hinzu, wann immer er durch ein Schlagloch fuhr.

Als sie Marthas Haus erreichten, blieb er sitzen und sah zu, wie Lucy die Hecktür des Suburban öffnete, ein Stück Schnur aus dem Bodensatz aus altem Krempel herauskramte und es durch die Kiemen und Kiefer dreier Lachse fädelte – der drei größten, wie ihm schien.

Lucy ging mit den drei herabbaumelnden Fischen in der Hand zum Haus, öffnete die äußere Tür und verschwand im Kunnichuk.

Ungefähr drei Minuten später kam sie wieder heraus, nicht nur unverletzt, sondern strahlend.

»Was hat sie gesagt?«

»Sie hat gar nichts gesagt.« Lucys Grinsen wurde noch breiter. »Sie war nicht einmal da. Nur dein Stiefbruder Sonny. Ich habe ihm einfach gesagt, er soll sie in die Spüle legen und Martha sagen, dass ich sie gebracht habe.«

Das Grinsen verwandelte sich in ein Kichern und selbst er musste lachen bei dem Gedanken an Marthas Reaktion, wenn sie nach Hause kam und Fische von Lucy Generous in ihrer Küche vorfand.

Bei ihm zu Hause angelangt warf Lucy einen der verbleibenden Keta-Lachse in die Spüle und wickelte den anderen in Plastikfolie. Mit ein wenig Geschiebe schaffte sie es, ihn in das Gefrierfach seines Kühlschranks zu zwängen. Dann nahm sie sich den Fisch in der Spüle vor. Er wollte helfen, aber sie funkelte ihn nur an. »Kommt nicht infrage. Keine Inupiat-Frau würde jemals einen Mann Fisch zerteilen lassen.«

Also lehnte er sich gegen die Arbeitsfläche und sah zu, wie sie den Fisch vorbereitete, ihn in den Ofen schob und die Klappe mit einem Knall schloss.

»So«, sagte sie mit einem Anflug von Triumph. »Wir haben noch fünfundvierzig Minuten. Komm mit, du da.«

Sie packte ihn am Gürtel und zerrte ihn zum Schlafzimmer.

»Warte mal«, sagte er. »Wir stinken nach Fisch. Sollten wir nicht erst duschen?«

Sie murmelte etwas, das wie Naluaqmiiyaq klang, aber sie schwenkte, ihn immer noch am Gürtel hinter sich herziehend, zum Badezimmer ab.

Sie schafften es nicht bis ins Schlafzimmer. Die Dusche dauerte die ganzen fünfundvierzig Minuten lang, bis der Fisch fertig war. Dann aßen sie, sie gestattete ihm, den Abwasch zu machen und anschließend sahen sie sich »Die Hochzeit meines besten Freundes« im Kabelfernsehen an. Schließlich kamen sie doch noch ins Schlafzimmer und eine Stunde später war Lucy eingeschlafen und schnurrte vor sich hin, ihr verschwitztes Haar über seine Brust gebreitet.

Sie sah im Schlaf so kindlich aus, so wehrlos, dass er sich fragte, ob aus diesem perfekten Tag vielleicht ein Dauerzustand werden konnte.

Er vermutete, dass sie ihn mindestens fünfmal so sehr liebte wie er sie, aber vielleicht reichte ihre Liebe für sie beide aus. Ihre Beziehung schien in letzter Zeit durch ein Meer von Glück zu treiben, und vielleicht war es besser, solche Berechnungen ganz sein zu lassen und einfach so weiterzumachen, als könne die Gnadenfrist niemals enden. Zumindest konnte er dafür sorgen, dass er nichts unternahm, um sie zu beenden.

Nathans Lied

Die Ziffern auf dem Radiowecker zeigten 1:38, als Active aus dem Schlaf erwachte. Er fragte sich, was ihn geweckt hatte, als er Lucy sagen hörte: »Was? Wer ist da?«

Dann wurde ihm klar, dass das Telefon geläutet haben musste. Wahrscheinlich falsch verbunden, um diese nachtschlafende Zeit. »Wer ist dran?«, fragte er und begann schon wieder einzudösen.

»Ich weiß nicht«, sagte Lucy. »Irgendwelche Betrunkene in einer Bar, glaube ich. Klingt, als ob sie pfeifen.«

»Mmm ... leg doch einfach ...« Er setzte sich mit einem Ruck auf. »Was? Lass mich.«

Lucy gab ihm den Hörer. Sie wirkte verwirrt in dem trüben Mittsommer-Zwielicht, das durch die Fensterläden drang.

»Grace! Sind Sie das?« Er wurde laut, versuchte sich Gehör zu verschaffen über die fröhliche Melodie, die er schon einmal gehört hatte, im Speisesaal des Triangle Bunkhouse in Dutch Harbor. »Hallo? Grace? Hören Sie auf zu pfeifen!«

Lucy stand auf, zog sich einen blauen Bademantel über und begann, im Zimmer auf- und abzugehen.

Das Pfeifen verstummte und Grace Palmer sagte: »Sie haben der Polizei erzählt, ich hätte Angie getötet. Wie konnten Sie so etwas nur glauben, Nathan?«

Sie sprach undeutlich und er konnte Bargeräusche im Hintergrund hören: eine Musikbox, gedämpftes Getrappel und Rumoren, ein Durcheinander aus Gesprächen, Gläser- und Flaschenklirren.

»Wo sind Sie?«

»Im Junction, als ob Sie das einen Scheißdreck kümmert, Sie – Moment mal.« Er hörte eine männliche Stimme im Hintergrund etwas von einer Flasche Bacardi sagen, dann Grace' verschwommene Stimme, jetzt durch irgendetwas gedämpft, wahrscheinlich hielt sie die Hand über die Muschel. Sie sagte, er solle doch auf den Parkplatz gehen und sich selbst einen blasen, wenn ers nicht erwarten konnte.

Dann kam ihre Stimme wieder in normaler Lautstärke. »Ich habe dieses kleine Lied für Sie gemacht, Nathans Lied, und Sie haben denen erzählt, dass ich Angie getötet habe. Wie konnten Sie nur?« Sie begann wieder zu pfeifen.

»Sie sind die logische Verdächtige.«

»Scheiß auf Ihre Logik! Haben Sie denn kein Herz?« Sie schrie jetzt. »Sie glauben, ich hätte über meinen Vater gelogen …«

Sie bedeckte die Sprechmuschel wieder und er hörte gedämpften Streit mit demjenigen, der mit dem Bacardi wartete. »Eine Minute, habe ich gesagt, verdammt noch mal!«

Sie nahm das Gespräch wieder auf, wo sie es unterbrochen hatte, als wäre nichts geschehen. »... auch über meinen Vater, oder?«

»Ich weiß nicht.«

Sie stieß ein tiefes Klagegeheul aus, eine urweltliche Mischung aus Wut und Trauer. »Kein lebendiger Mensch glaubt mir irgendetwas. Angie hat mir geglaubt und meine Tante Aggie, aber jetzt glaubt mir niemand mehr. Ich wusste, dass ich Ihnen nie etwas hätte erzählen dürfen.« Sie verstummte und er meinte zu hören, wie sie tief an einer Zigarette sog, dann den Rauch ausstieß.

»Hören Sie, darf ich Ihnen einen Freund vorbeischicken, damit er Sie abholt? Er ist ein Bulle, aber er wird Sie nicht festnehmen. Er bringt sie nur irgendwo hin, wo Sie Ihren ... wo Sie sich ausschlafen können.«

»Scheiße, nein, der glaubt auch bloß, ich hätte Angie getötet, wenn er ein Freund von Ihnen ist.« Sie verstummte wieder, um zu rauchen. »Ich hab hier auf der Four Street alle Freunde, die ich brauche, und die glauben mir.« Sie bedeckte die Sprechmuschel und ihre gedämpfte, betrunkene Stimme sagte: »Du glaubst mir doch, oder Jake? Jack? Du glaubst mir, nicht wahr, Jack?«

Sie sprach wieder in den Hörer. »Haben Sie gehört? Jack glaubt mir. Der ist nicht wie Sie.«

Eine Stimme aus der Vermittlung schaltete sich ein und forderte sie auf, Geld nachzuwerfen, dann klickerten weitere Münzen in den Schlitz.

»Kann ich bitte mit Jack reden?«, sagte Active, als keine Münzen mehr fielen.

»Wozu, damit Sie ihm sagen können, dass ich Angie getötet und über meinen Vater die Unwahrheit gesagt habe? Fick dich, Nathan.« Sie nahm einen Zug von ihrer Zigarette. »Warum hast du mich nicht in Ruhe gelassen?«

Er hörte, wie sie ein Aufschluchzen unterdrückte und wieder an ihrer Zigarette sog.

»Ich bin nach Dutch Harbor gekommen, um Angie zu suchen. Das wissen Sie doch. Ich ahnte nicht, dass Sie es sind.«

»Ich habs geschafft von dem Kerl wegzukommen und dem ganzen Mist, und vielleicht gings mir nicht gerade gut, aber ich hab wenigstens funktioniert. Und dann tauchst du auf, die Polizei glaubt, ich hätte Angie umgebracht und jetzt hat er auch noch Jeanie, nein, ich meine Nita – Gottverdammtnochmal, einen Moment, Jack! – oh Nathan, was hast du getan, du gottverdammter ... was zum Teufel soll ich nur tun, ach Scheiße ...«

Sie legte auf oder versuchte es wenigstens. Dem Geräusch nach hatte sie den Hörer nach der Gabel geworfen und nicht getroffen. Jetzt baumelte er an seiner Schnur und registrierte die Lebensäußerungen des Junction. Er hörte Grace Palmer sagen: »Schon gut, verdammt noch mal, gehen wir«. Der Klang der Musikbox. Jemand setzte ein Tablett mit Gläsern in der Nähe des Telefons ab. Stimmen: »Endlich!«, »Wurde auch Zeit!« und »Unser Schutzengel.« Dann meldete sich die Vermittlung und verlangte nach mehr Geld und er hängte ein.

Er blickte auf und sah, dass Lucy ihn vom Fußende des Betts her musterte.

»War sie das?«

Er nickte.

»Wo ist sie?«

»In einer Bar namens ›The Junction‹.«

»In Dutch Harbor?«

»Nein, Anchorage. Sie ist wieder auf der Four Street gelandet.«

»Four Street.«

Er nickte.

»Oh«, sagte Lucy. »Das ist schlimm. Es tut mir Leid, das zu hören.«

Der nächste Tag war ein Montag. Nachdem Active sich eine Tasse Kaffee geholt und die Tagespost gesichtet hatte, holte er tief Luft und wählte Dennis Johnsons Nummer in Anchorage. Im APD-Hauptquartier hob niemand ab, nur Dennis' Mailbox war dran, deshalb legte Active wieder auf und blätterte seine Rolodex-Kartei durch, bis er Dennis' Visitenkarte fand. Er hatte sich richtig erinnert, da stand seine Mobiltelefonnummer. Beim dritten Läuten meldete sich Dennis.

Active nannte seinen Namen und fragte, wie es mit dem Fall Angie Ramos vorwärts ging.

»Weiß nicht, hab in letzter Zeit nichts mehr davon mitbekommen.« Active hörte Verkehrsgeräusche und das Krächzen des Polizeifunks im Hintergrund und ihm wurde klar, dass Dennis in einem Streifenwagen saß.

»Nicht, seit sie von der Vernehmung deiner Schönheitskönigin in Dutch Harbor zurück sind«, sagte Dennis, nachdem der Polizeifunk sich wieder beruhigt hatte. Anscheinend war die Durchsage nicht für ihn bestimmt gewesen. »Warum, was ist los?«

»Grace Palmer ist wieder in Anchorage.«

»Machst du Witze?«

»Ich dachte, du möchtest das vielleicht an die Mordkommission weiterleiten.«

»Warum machst du das nicht selbst? Den Fall bearbeitet ein gewisser Lieutenant Boardman. Warte mal, ich glaube, ich muss hier irgendwo seine Karte haben, oder du rufst bei der Zentrale an …«

»Nein, es wäre mir lieber, wenn du das übernimmst. Ich will nicht in diesen Fall verwickelt werden, wenn es sich irgendwie vermeiden lässt.«

Dennis seufzte. »Bleib dran, ich suche nur schnell was zum Schreiben. Ich muss rechts ranfahren.«

Active hörte ein paar Sekunden lang nur Fahrgeräusche, dann meldete sich Dennis wieder. »Also gut, wo ist sie?«

»Sie hat mich gestern Nacht aus dem Junction angerufen, nein, heute Morgen, kurz nach halb zwei. Sie war ziemlich betrunken und ich glaube, sie war mit einem Kerl namens Jack zusammen.«

»Weißt du, warum sie wieder in Anchorage ist?«

Active schwieg. Es widerstrebte ihm, eine genauere Erklärung zu geben. Aber in einem Mordfall musste alles zu den Akten genommen werden, sogar scheinbar unwichtige Dinge. »Ich glaube, der Besuch der Mordkommission hat sie aus dem Geleis geworfen.«

»Ja, die Jungs können manchmal ganz schön grob sein.«

»Vielleicht war es eher meine Einmischung, die es ausgelöst hat.«

»Deine Einmischung? Du hast doch lediglich weitergegeben, was sie dir in Dutch Harbor erzählt hat.«

»Jup.«

»Tut mir leid, Mann.«

»Jup.« Active räusperte sich. »Irgendwas Neues von den fehlenden Telefonprotokollen?«

Dennis lachte leise. »Ach ja. Der Staatsanwalt hat einen Durchsuchungsbefehl ausgestellt und ihn dem Chef präsentiert.«

Trotz seiner trüben Stimmung musste Active lachen, als er sich die Situation ausmalte. »Der Chef war vermutlich nicht gerade glücklich?«

»Gar nicht. Er denkt laut darüber nach, dass der Archivleiter wieder Knöllchen verteilen darf, sobald es zu schneien anfängt. Sogar die Anchorage Daily News hat Wind von dem Durchsuchungsbefehl bekommen und es letzten Sonntag auf Alaska Ear gesendet.«

»Tja, in der Klatschspalte zu landen dürfte eine lehrreiche Erfahrung für beide gewesen sein«, sagte Active.

Sie legten auf. Evelyn O'Brien war während Actives Gespräch mit Dennis ins Büro gekommen und hatte feixend einen zusammengelegten Zettel auf seinen Schreibtisch fallen lassen. Active faltete ihn auf und stöhnte, als er die drei Worte las, die darauf gekritzelt standen: Carnaby – Tierhaltung – Nimiuk.

Nimiuk war ein Dorf hundert Meilen östlich von Chukchi, wo ein paar der Männer eine seltsame Vorliebe dafür entwickelt hatten, sich mit Hündinnen Befriedigung zu verschaffen. Der Staatsanwalt in Chukchi und die Trooper versuchten, derartige Fälle unter den Teppich zu kehren oder einfach die Akten verschwinden zu lassen. Aber von Zeit zu Zeit tauchte ein Fall von Tierhaltung auf – diese Bezeichnung hatte sich inzwischen eingebürgert –, der sich nicht unter Verschluss halten ließ, und dann war der Polizeiapparat des großartigen Staates von Alaska verpflichtet, in seiner ganzen, Ehrfurcht gebietenden Majestät einzuschreiten. Schließlich galt Sodomie immer noch als ein Verbrechen gegen Frieden und Würde selbigen großartigen Staates von Alaska.

Active ging in Carnabys Büro und warf dem Leiter der Trooperabteilung den Zettel auf den Tisch. »Nicht ohne eine unterschriebene Anzeige des angeblichen Opfers.«

Carnaby sah auf. »Sehr komisch. Jetzt setzen Sie sich und halten den Mund.«

Active setzte sich, aber den Mund hielt er nicht. »Ich bin nicht dran und außerdem kann man diese Geschichten sowieso nicht verfolgen, weil es keine Aussage des Opfers gibt und dann steht das Wort des Verdächtigen gegen das irgendeines Zeugen …«

Carnaby hob seine große rechte Hand. »Diesmal gibt es ein Videoband.«

»Was? Der Kerl hat sich selber gefilmt, während er …« Active verstummte, unfähig, Worte zu finden für das, was sich auf dem Videoband befinden musste.

Carnaby senkte den Blick auf ein Blatt mit handschriftlichen Notizen und nickte. »Während er mit einem dreijährigen weiblichen Malamute namens Jewel, äh, zugange war. Ein

Auge blau, eines braun, nach Angaben unseres örtlichen Beamten ein bildhübsches Tier. Aber er hat sich nicht selbst gefilmt, das hat Jewels Besitzer mit einer dieser Überwachungskameras gemacht. So ein Ding, mit dem die Leute neuerdings ihre Babysitter kontrollieren.«

Active schüttelte den Kopf. »Mein Gott, warum denn? Das ist doch nicht etwa eine Art von, Art von …«

Carnaby grinste. »Eifersuchtsdrama? Nein, anscheinend ist Marcus Ashashik der Besitzer von Jewel – Sie wissen doch, wer das ist, oder?«

»Der Hundeschlittenfahrer? Der vor ein paar Jahren das Iditarod gewonnen hat?«

Carnaby nickte. »Genau der. Der Stolz von Nimiuk. Wie auch immer, anscheinend stammt Jewel von einer langen Reihe legendärer Leithunde ab und verspricht, selbst einer der besten zu werden. Mr. Ashashik macht sich Sorgen, dass sie vielleicht eine, äh, Verletzung erleiden könnte, die es verunmöglicht, diese berühmte Zuchtlinie fortzusetzen.«

Active schüttelte sich.

»Exakt«, sagte Carnaby. »Der angebliche Täter, ein gewisser Willie Piqnaraq, weigert sich trotz Mr. Ashashiks Beschwörungen, von seinem Tun abzulassen. Und das, obwohl Marcus ihm sogar die Dienste von Jewels Schwester aus dem selben Wurf angeboten hat, die, wie es heißt, ebenso attraktiv ist, aber nicht über Jewels Führungsqualitäten verfügt. Das war anscheinend für Marcus der Tropfen, der das Fass zum Überlaufen brachte. Er ging zum Computerraum in der Schule von Nimiuk, um sich per Internet eine Überwachungskamera zu bestellen. Und damit hat er uns an den Punkt gebracht hat, an dem wir jetzt stehen.«

Carnaby verschränkte die Arme vor der Brust, lehnte sich zurück und strahlte Active an. »Ein wasserdichter Fall.«

»Wozu brauchen Sie mich dann? Klingt so, als hätte der Beamte vor Ort schon fast alles erledigt.«

»Nicht direkt. Seine Vernehmungs- und Schreibtechnik ist, äh, nicht besonders ausgeprägt, und er hat kein Tonbandgerät, und außerdem hat er noch Urlaub und ...«

»Mit anderen Worten, es ist eine Familienangelegenheit?«

»Bei dem angeblichen Täter handelt es sich zufällig um seinen Schwiegervater, ja.«

Active schüttelte resignierend den Kopf. »Also gut, was muss ich tun? Doch hoffentlich nicht das Videoband ansehen?«

»Doch, ich fürchte, das müssen Sie sich mit eigenen Augen ansehen, Nathan. Außerdem müssen Sie Marcus vernehmen und auch Willie, falls er noch eine Aussage machen will, nachdem Sie ihm seine Rechte vorgelesen haben. Sie werden ihn doch auf seine Rechte hinweisen?«

Active zuckte innerlich zusammen. Hatte Carnaby von seinem Versäumnis im Fall Grace Palmer in Dutch Harbor erfahren? Falls ja, was hatte er dann noch alles gehört? »Aber natürlich«, bestätigte Active mit einem Nicken.

»Gut. Sie können heute Nachmittag hinfliegen und die beiden vernehmen – oder auch nur Marcus –, sich das Band ansehen und Willie in Gewahrsam nehmen. Morgen sollte der Fall abgeschlossen sein, spätestens übermorgen.«

Active blickte von seinem Notizbuch auf, in das er alles mitgeschrieben hatte. »Was ist mit Jewel? Ist sie ein Beweisstück? Soll ich sie mitbringen?«

»Nein, ich bin sicher, Marcus wird dafür sorgen, dass sie bei bester Gesundheit vor Gericht erscheint.«

Active dachte einen Augenblick lang nach. »Brauchen wir irgendwelche, äh, Laboruntersuchungen von Jewel? Ich muss doch keine Proben nehmen oder Abstriche machen oder etwas in der Art?«

Carnaby schürzte die Lippen und schüttelte den Kopf. »Ich glaube, das Videoband wird für sich selbst sprechen und in jedem Fall fand Jewels letzte Begegnung mit dem angeblichen

Täter vor, lassen Sie mich nachsehen, sechs Tagen statt, deshalb würde eine Laboruntersuchung kein schlüssiges Ergebnis mehr liefern. Wenn Mr. Piqnaraqs Verteidiger eine DNA-Analyse will, das soll nicht unsere Sorge sein.«

Active schloss sein Notizbuch und erhob sich. »Danach bin ich dann aber für eine ganze Weile von der Leine, ja? Mindestens ein Jahr lang keine Tierhaltungsfälle mehr!«

Carnabys Augen verengten sich nachdenklich. »Wissen Sie, Nathan, das waren eben wirklich gute Fragen. Den Hund als Beweismaterial sicherzustellen, die Laboranalysen und alles. Ich glaube, Sie haben vielleicht eine besondere Ader für solche Fälle, und uns fehlt schon lange einen Spezialist für Tierhaltung ...«

Active rannte hinaus und knallte Carnabys Tür zu, damit er sich den Rest nicht auch noch anhören musste.

Evelyn O'Brien wartete vor Carnabys Büro, und ihr Grinsen war triumphierender denn je. Sie schien ihn persönlich dafür verantwortlich zu machen, dass die Bürocomputer nach seiner Rückkehr von der Schulung in Anchorage auf Windows umgestellt worden waren. Sie hatte einen Aufkleber an ihren Apple gepappt: »Ich trenne mich erst dann von meinem Macintosh, wenn ihr meine toten, starren Finger von der Maus lösen müsst.« Sie hatte mit Unheil verkündender Miene zugesehen, als sie sich dann tatsächlich von ihm trennen musste und er durch einen funkelnagelneuen Dell ersetzt wurde.

Seitdem hatte sie jedes Missgeschick, das Active widerfuhr, voller Schadenfreude registriert und er hatte den Verdacht, dass sie auch aus reiner Bosheit Billy Clarkson noch nicht genügend Dampf gemacht hatte, dass er den lockeren Stoßdämpfer an seinem Suburban reparierte. Den, der jedes Mal »Klonk« machte, wenn er durch ein Schlagloch fuhr. Den Fall von Tierhaltung in Nimiuk betrachtete sie offensichtlich als weitere willkommene Rache.

»Hier, Ihre Reiseunterlagen.« Sie reichte ihm einen Umschlag. »Sie fliegen um zwölf Uhr mittags mit Lienhofer. Bon voyage.«

Er ging zurück in sein Büro und wollte gerade die Tür zumachen, als er noch einmal ihre Stimme hörte: »He, Nathan! Da möchte man doch am liebsten heulen, nicht wahr?«

Er begann, seine Sachen für Nimiuk zusammenzusuchen und überlegte mit aufkeimender Dankbarkeit, dass ihn das wenigstens für ein paar Tage von Grace Palmer ablenken würde.

Jaron Palmer

Zwei Tage vergingen, bevor Active nach Chukchi zurückkehrte, da es sich als unmöglich erwiesen hatte, den Tierhaltungsfall abzuschließen, bevor die Nachmittagsmaschine des nächsten Tages flog.

Er kam mit dem Videoband zurück, mit einem vollständigen Bericht und einer unterschriebenen Anzeige von Marcus Ashashik. Und mit einem gedemütigten Willie Piqnaraq, einen älteren Witwer, der kaum Englisch verstand und dessen einzige Aussage gewesen war: »Besser das, als mit kleinen Mädchen, wie viele von diesen alten Knackern.«

Nachdem er Willie in seiner Zelle im oberen Stockwerk des Polizeigebäudes abgeliefert hatte, kehrte Active gegen halb vier in sein Büro zurück, um den Bericht über diesen absurden Fall zu schreiben. Er hoffte immer noch, dass sich irgendeine entscheidende Lücke in der Beweiskette auftun würde, aber er zögerte, selbst eine zu fabrizieren, weil er schon die Sache mit Grace Palmers Rechten bei ihrer Vernehmung in Dutch Harbor vermasselt hatte. Er konnte es sich nicht leisten, so bald darauf schon wieder aufzufallen.

Sein Telefon klingelte und er hob ab, dankbar für die Unterbrechung.

»Rat mal, wer gleich zu dir ins Büro kommt?« Es war Lucy Generous' Stimme, aber sie hatte einen seltsamen Unterton.

»Keine Ahnung, wer denn?«

»Grace Palmer. Aber sie duftet nicht nach Lavendel.« Bevor er irgendetwas erwidern konnte, hatte Lucy aufgelegt.

Er stürzte auf den Gang hinaus, gerade als Grace Palmer den obersten Treppenabsatz erreichte, erst in die falsche Richtung sah, sich dann umwandte und ihn entdeckte.

»Tag, Nathan«, sagte sie, als sie ihn erreichte. Sie zitterte unmerklich und sah aus, als käme sie direkt von der Four Street – schmutzige Jeans und ein Arbeitshemd, über dem sie einen fleckigen, grünen, hüftlangen Parka trug. Sie füllte das Büro mit dem Geruch nach altem Tabakqualm, abgestandenem Alkohol, Staub und Schweiß. Ein Auge zierte ein violett und braun schillerndes, zwei oder drei Tage altes Veilchen, und direkt unter dem linken Ohr hatte sie einen verschorften Schnitt. Ihr Gesichtsausdruck war verschlossen und nicht zu deuten, die Fuchsaugen wie unter einer Eisschicht. »Hast du eine Minute Zeit?«

Wortlos führte er sie unter Evelyn O'Briens neugierigem Blick in sein Büro und schloss die Tür. Er ging hinter seinen Schreibtisch und bedeutete ihr, auf einem der grünen Plastikstühle davor Platz zu nehmen. Da sie stehenblieb, setzte er sich auch nicht.

»Was ist los?«, fragte er schließlich.

»Er ist tot, Nathan.« Sie wühlte in der großen Seitentasche ihres Parkas und zog schließlich eine halbautomatische Pistole hervor, stieß seine Schale mit Kugelschreibern und Bleistiften zur Seite und warf die Waffe auf den Schreibtisch. Sie polterte auf den Papierkram des Nimiuk Falles. »Der Schweinehund ist tot.«

Er starrte dümmlich auf die Pistole und fragte: »Wer ist tot?«, obwohl er die Antwort bereits kannte.

»Jaron.« Sie sank in eine der grünen Stühle und begann zu schluchzen, dieselbe Art von Schluchzen, die er auf dem Hügel oberhalb von Captain's Bay in Dutch Harbor von ihr gehört hatte.

»Sind Sie sicher, dass er tot ist?«

Sie nickte. »Ich glaube schon.«

»Wo?«

»In seinem Arbeitszimmer in der Kirche.«

Er hob den Hörer ab und drückte einen Knopf.

»Vermittlung.« Lucys Stimme klang kühl und geschäftsmäßig. Sie musste an ihrer Konsole gesehen haben, wer anrief.

»Nathan hier«, sagte er, nur für den Fall, dass ihre Konsole nicht funktionierte. »Ich glaube, Jaron Palmer ist erschossen worden. Schick sofort die Sanitäter in sein Arbeitszimmer in der Kirche, außerdem die Stadtpolizei. Und sag Jim Silver Bescheid.«

»Einen Moment, bitte«, sagte Lucy, jetzt wirklich völlig geschäftsmäßig. Sie ging auf eine andere Leitung und die Warteschleifenmusik, eine Einspeisung von Kay-Chuck, schaltete sich ein.

In weniger als zwei Minuten war sie zurück. »In Ordnung, alle sind unterwegs. Chief Silver war nicht da, aber ich habe ihn beim Mittagessen zu Hause erreicht. Er fragt, ob es schon einen Verdächtigen gibt.«

»Sag ihm, ich hätte jemand in Gewahrsam.«

»Wen? Du meinst Grace? Grace hat ihn erschossen?«

»Anscheinend.«

»Das ist schrecklich.« Lucy klang erleichtert.

Er legte auf und betrachtete Grace Palmer, die immer noch im Stuhl zusammengesackt saß, aber nicht mehr weinte. Sie starrte auf ihre Händen, die mit dem Reißverschluss ihres Parkas spielten. Zehn Zentimeter rauf, zehn Zentimeter runter.

»Sie haben ihn umgebracht, oder?«

Sie hob die Augen und begegnete seinem Blick. »Glaubst du das?«

Er nickte.

Sie ließ den Blick wieder sinken. »Ich weiß nicht, was ich tun soll, Nathan.«

Sein Kassettenrekorder stand immer noch auf dem Tisch, wo er ihn beim Auspacken nach dem Ausflug nach Nimiuk hingestellt hatte. Er tippte darauf. »Wollen Sie eine Aussage machen?«

»Ich, ich, ich weiß nicht, was ich tun soll. Kannst du mir helfen?« Sie blickte auf und sah ihm in die Augen.

Er erwiderte ihren Blick einen Augenblick lang, bevor er etwas sagte. »Sie haben das Recht zu schweigen. Alles, was Sie sagen, kann und wird vor Gericht gegen Sie verwendet werden. Sie haben das Recht auf einen Anwalt. Falls Sie sich keinen Anwalt leisten können, wird ihnen vom Gericht einer zur Verfügung gestellt werden.«

Sie senkte den Blick und ihre Schultern zitterten, aber er konnte keinen Laut von ihr vernehmen, bis sie sagte: »Dann sollte ich wahrscheinlich mit einem Anwalt sprechen.«

Er spürte eine Welle von Erleichterung darüber, dass er sich nicht weiter mit diesem schrecklichen Fall befassen musste, außer Jim Silver Bericht zu erstatten. »Die Stadtpolizei wird bald hier sein. Sie werden Ihnen helfen, wenn Sie keinen Anwalt kennen.«

Sie und nickte.

»Möchten Sie Kaffee? Limonade? Kleenex?«

»Nur ein Kleenex, danke.«

Er reichte ihr die kleine Schachtel, die er zur Bildschirmreinigung neben seinem Computer aufbewahrte. Sie zog eines heraus, schnäuzte sich und steckte das Tuch in die Tasche.

Ein paar Tage nach Jaron Palmers Tod machte Active seine Aussage vor Silver und Charlie Hughes, dem Bezirksstaatsanwalt von Chukchi. Er berichtete, wie Grace mit der Pistole in seinem Büro aufgetaucht war. Das gerichtstechnische Labor in Anchorage hatte sie schnell als die Tatwaffe identifiziert, aus der die beiden Kugeln abgefeuert worden waren, die den Pastor der Pfingstgemeinde getroffen hatten.

In seiner Aussage beschrieb er auch die Zeit, die Grace auf der Four Street verbracht hatte, seine eigene Reise nach Dutch Harbor, ihren Verführungsversuch, ihre Fantasie, den »sich spiegelnden Mann« zu ertränken, ihren Aufschrei aus Wut und Schrecken, als sie erfahren hatte, dass die verwaiste Nita bei den Palmers leben würde, und ihren Anruf aus dem Junction bei Active zu Hause ein paar Tage vor der Schießerei.

Und Active gab an, dass in einem weiteren Mordfall gegen sie ermittelt wurde, und zwar durch einen Lieutenant Boardman bei der Mordkommission in Anchorage. Er schloss mit einer Zusammenfassung des Angie Ramos Falls.

»Was für eine Geschichte«, sagte Silver nach einem Augenblick des Schweigens. Der Polizeichef war groß und korpulent, sein Gesicht war von Aknenarben übersät. Er war schon zur Zeit von Actives Geburt in Chukchi gewesen. Active vermutete, dass er immer noch da sein würde, zeitlos wie der Westwind, wenn er, Active, lange fort war.

»Was für eine Geschichte«, sagte Silver abermals. Er schüttelte den Kopf. »Herrgott!«

»Ohne Scheiß«, sagte Charlie Hughes, der neben Active am Schreibtisch saß, Silver gegenüber, und seine blauen Augen zwinkerten über den rosigen Wangen. Hughes war seit ungefähr einem Jahr ohne rechte Begeisterung in Chukchi tätig, und Active glaubte, dass sein Hauptehrgeiz war, jeden Fehler zu vermeiden, der seine baldmöglichste Versetzung an einen wärmeren Ort verzögern konnte.

»Ja, sie hat eine Menge durchgemacht.« Active zuckte die Achseln. Als er Grace Palmers Geschichte erstmals zusammenhängend erzählt hatte, und zwar Lucy Generous, war er selbst erstaunt gewesen. Jetzt war er nur noch niedergeschlagen. »Und wie passt das mit Ihren sonstigen Erkenntnissen zusammen?«

Silver berichtete, dass man Jaron Palmer am Tag, als er erschossen wurde, das letzte Mal kurz nach eins lebend gesehen hatte, und zwar in seinem Arbeitszimmer in der Kirche. Er hatte die kleine Nita mitgenommen, damit Ida ein wenig Ruhe hatte. Später rief sie dann an, dass Nita noch in den Laden gehen und ein paar Dinge fürs Abendessen besorgen solle. Nita hatte sich auf den Weg zu Arctic Mercantiles gemacht und danach gab es eine Lücke, bis Grace Palmer den halbautomatischen Colt auf Nathan Actives Schreibtisch geworfen hatte.

Hughes rieb sich das Kinn. »Ich habe kein besonders gutes Gefühl dabei. Dieser Anruf der Mutter, auf den hin Nita das Arbeitszimmer verlassen hat. Ich weiß nicht.«

Active sah den Staatsanwalt an. »War es denn ungewöhnlich, das Mädchen zum Laden zu schicken?«

Hughes schüttelte den Kopf. »Anscheinend macht sie das öfter, seit sie so krank ist. Und das kleine Mädel hat seinen Spaß daran, weil sie dann bestimmen darf, was es zum Nachtisch gibt. Ganz normal, sagen die Leute aus dem Laden. Und Nita auch.«

»Dann ist doch nichts seltsames daran«, sagte Active. »Was sagt Grace Palmer dazu?«

»Absolut gar nichts«, meinte Hughes. »Ihre Anwältin hat auf nicht schuldig plädiert, und das ist bis jetzt alles.«

Active hob die Augenbrauen in der Geste der Weißen für ›Sieh mal an‹. »Wer ist eigentlich ihre Anwältin?«

»Theresa Procopio«, sagte Silver. »Neue Pflichtverteidigerin, Abschluss in Stanford, soll ziemlich gut sein. Ich glaube, sie ist in die Provinz gegangen, um zu verhindern, dass das übermächtige, böse System die armen, unterdrückten Alasker vom Lande unterbuttert.«

Hughes richtete seine unwahrscheinlich blauen Augen auf

Active. »Ich habe mich nur gefragt, warum Grace Palmer ausgerechnet zu Ihnen kommt, um sich zu stellen, Nathan. Fällt Ihnen dazu etwas ein?« Hughes nahm einen Schluck Kaffee aus einem Styroporbecher, während er auf die Antwort wartete.

»Vielleicht hat sie gedacht, ich würde einen Fehler machen«, sagte Active nach kurzem Nachdenken und betrachtete seine Knie, um Hughes' Blick zu vermeiden. »Als ich sie in Dutch Harbor wegen des Mordfalls in Anchorage vernommen habe, habe ich, hm, vergessen, sie auf ihre Rechte hinzuweisen. Das machte die Dinge für das APD etwas kompliziert, aber sie haben es wieder hingekriegt.«

»Ja, wir haben so etwas läuten hören«, sagte Hughes.

Silver hob die Hand und blickte mitfühlend drein. »Machen Sie sich keine Vorwürfe deswegen, Nathan. So etwas kann einmal vorkommen.«

»Nicht bei mir.« Active schüttelte den Kopf. »Nie wieder. Als ich sie gefragt habe, ob sie eine Aussage über den Tod ihres Vaters machen wollte und anfing, ihr ihre Rechte zu verlesen, da schien sie das Interesse daran zu verlieren und verlangte nach einem Anwalt.«

Hughes nickte. »Dann war das vielleicht der Grund, warum sie zu Ihnen kam. Aber es gibt auch Unstimmigkeiten wegen des Colts.«

»Ich habe gehört, dass es die Waffe ihres Vaters war.«

Hughes nickte abermals und zog einige Blätter aus einem Stapel zwischen sich und Silver. »Sie stammt aus Jarons Überlebenskoffer aus dem Flugzeug, den er im Keller der Kirche aufbewahrte, wenn er ihn nicht brauchte. Das sagt jedenfalls seine Frau. Anscheinend wird aus abgestellten Flugzeugen öfter mal etwas gestohlen?« Er ließ fragende Blicke zwischen Active und Silver hin und her wandern, die beide nickten.

»Vermutlich wusste Grace schon als Kind, wo er die Waffe aufbewahrte«, fuhr Hughes fort. »Also ging sie in den Keller der Kirche, nahm sie aus seinem Überlebenskoffer, ging rauf und erschoss ihn.«

Active nickte. »Klingt logisch.«

Silver schüttelte den Kopf. »Charlie denkt, es fehlt eine Kugel.«

»Der Colt hat ein achtschüssiges Magazin«, sagte der Staatsanwalt. »Wir haben noch fünf Patronen darin gefunden, eine steckte in Jaron und eine in der Wand des Arbeitszimmers hinter seinem Schreibtisch, wo sie gelandet ist, nachdem sie zuvor seine Hand durchschlagen hatte. Außerdem haben wir zwei Hülsen auf dem Boden gefunden. Fünf plus zwei macht sieben. Wo ist Nummer acht?«

»Soll das ein Quiz sein? Sagen Sies mir.«

»Können wir nicht. Nummer acht ist unauffindbar«, sagte Hughes.

»Vielleicht hatte er nur sieben Patronen im Magazin.«

»Im Überlebenskoffer war auch eine Zwanzigerschachtel mit Munition für den Colt. Davon haben genau acht Patronen gefehlt. Wo also ist Nummer acht?«

»Vielleicht hat Jaron eine Patrone abgefeuert«, sagte Active. »Um den Colt zu testen oder die neue Munition aus der Schachtel oder so.«

Hughes nickte. »Vielleicht. Aber warum lädt er dann die Patrone nicht nach, bevor er die Pistole verstaut?«

»Ist das denn so wichtig?«, fragte Active. »Es bleiben doch bei jedem Fall ein paar lose Enden übrig, kleine Ungereimtheiten.«

»Sicher, sicher. Immer«, sagte Hughes. »Aber mir machen sie Sorgen, und eure Geschworenen hier sind ziemlich schwer zu überzeugen.«

»Aber entscheidend ist doch, dass Jaron Palmer mit der Waffe ermordet wurde und Grace Palmers Fingerabdrücke darauf waren, oder?«

»Absolut«, sagte Hughes. »Stimmt beides, außerdem gab es

Pulverspuren an ihrer rechten Hand. Das hat das Labor ohne jeden Zweifel nachgewiesen.« Hughes nickte und seine blauen Augen zwinkerten.

Hughes' Augen zwinkerten ständig, wie Active herausgefunden hatte. Das hatte nichts zu bedeuten. Trotzdem, er hatte so einen eigenartigen Gesichtsausdruck aufgesetzt. »Aber ...?«

Hughes schüttelte den Kopf. »Aber es sind ausschließlich die Fingerabdrücke von Grace Palmer auf der Waffe. Warum sind keine Abdrücke von Jaron darauf?«

Active zuckte die Achseln. »Gute Frage.«

»Ich weiß auch keine Antwort, und das beunruhigt mich«, sagte Hughes. »Genauso wie Patrone Nummer acht. Fehlende Kugeln, fehlende Fingerabdrücke, das macht mir Sorgen.«

Silver winkte abwehrend. »Ich habe ihm schon gesagt, dass Waffen sowieso nur schlecht Fingerabdrücke aufnehmen. Zu viele raue Oberflächen und zu viel Öl. Wir hatten Glück, überhaupt Grace Palmers Fingerabdrücke darauf zu finden.«

»Das weiß ich und jeder Polizeibeamte weiß es auch«, sagte Hughes. »Aber versuchen Sie mal, es den Geschworenen klar zu machen, wenn der Verteidiger darauf herumreitet.«

»Vielleicht hat Jaron sie gereinigt, bevor er sie verstaut hat«, sagte Active.

»Da sehen Sies, Charlie«, sagte Silver. »Habe ich Ihnen nicht gesagt, dass Nathan etwas einfällt, was die Geschworenen überzeugt? Er ist intelligent, er war auf der Universität und der Trooper-Akademie.« Er zwinkerte belustigt.

»Ja«, sagte Hughes. »Jaron holt sie aus seinem Überlebenskoffer, feuert sie einmal ab und reinigt sie dann so gründlich, dass nicht einmal mehr ein verschmierter Fingerabdruck übrig bleibt. Dann packte er sie wieder weg, ohne nachzuladen.« Er schüttelte den Kopf.

»Was wollen Sie damit sagen? Glauben Sie, dass Grace Palmer nicht die Täterin ist?«

»Doch, ich glaube, sie hat es getan. Aber ich frage mich, was die Geschworenen bei all diesen kleinen Lücken in der Beweisführung glauben werden.« Hughes trank einen Schluck Kaffee und wirkte bedrückt.

»Gibt es Hinweise darauf, dass die Anwältin die Geschichte mit dem Kindesmissbrauch als Grund für den Mord an Jaron ins Spiel bringen will?«, fragte Active.

»Das ist das Schlimmste daran«, sagte Hughes. »Das braucht sie gar nicht. Das erledige ich für sie. Ob es stimmt oder nicht, ich muss sagen, dass Grace zumindest behauptete, dass sie missbraucht wurde und überzeugt war, dass Nita das selbe Schicksal drohte. Wo sollte ich sonst ein Motiv hernehmen? Ich habe das Gefühl, mir bleibt gar nichts anderes übrig.«

Er sah zwischen Silver und Active hin und her, aber von dieser Seite kam kein Trost.

Hughes schüttelte den Kopf. »Um Ihre Frage zu beantworten, es gibt keinerlei Hinweise darauf, was sie im Sinn haben. Wie gesagt, sie schweigen sich aus.«

Active blätterte in den Akten, bis er Ida Palmers Aussage fand. Er überflog sie und blickte hoch zu Hughes und Silver. »Sie haben Grace' Mutter nicht zu dem Kindesmissbrauch vernommen?«

»Dazu hatten wir noch keine Gelegenheit«, sagte Hughes. »Nach dem Mord ist sie zusammengebrochen. Kein Wunder – wo ihr Mann tot und ihre Tochter die einzige Verdächtige ist. Sie war nicht in der Lage, mit uns zu sprechen, außer einer kurzen Vernehmung gleich nach der Tat.«

»Dann ist sie im Krankenhaus?«

»Nein, sie ist zu Hause. Soviel ich weiß, kümmern sich die Damen aus Jarons Gemeinde um sie und das Mädel.«

Active zuckte die Achseln. »Eigentlich ist es gar nicht von Bedeutung, was Ida dazu zu sagen hat. Jaron war für Grace keine Bedrohung mehr, also wäre es ohnehin keine Notwehr gewesen, selbst wenn es stimmt. Und dass sie Angst hatte, er könnte Nita dasselbe antun, ist keine Rechtfertigung.«

»Juristisch gesehen nicht.« In Hughes' cherubinischen Zügen breitete sich Niedergeschlagenheit aus. »Aber die Männer unter den Geschworenen werden diese Schönheitskönigin ansehen, während sie erzählt, was ihr Vater ihr angetan hat. Tränen werden in diesen unvergleichlichen Augen stehen und die Geschworenen werden zutiefst empört sein über Jaron Palmer, um nicht zu sagen eifersüchtig auf ihn, und sie werden ihn verurteilen, indem sie sie freisprechen.«

Hughes wirkte deprimierter denn je, als er fortfuhr. »Und die Frauen unter den Geschworenen – wie viele von ihnen haben eine Tochter oder Schwester oder Freundin, die denselben Weg gegangen ist wie Grace Palmer, aber den Rückweg nicht mehr gefunden hat? Diese Damen werden dasitzen und sich sagen: »Wir leben in einer Männerwelt und ein Mädchen hat es schwer, vor allem ein hübsches, und selbst wenn diese Grace vielleicht ein bisschen weit gegangen ist, um ihre kleine Nichte zu beschützen: manchmal muss eine Frau eben die Regeln brechen, denn es sind Männer, die die Regeln aufstellen.«

Active betrachtete Hughes' cherubinische Gesichtszüge mit neuem Respekt. Er hatte in Chukchi schnell gelernt und zeigte unerwarteten Tiefgang.

Hughes' Blick wanderte von Silver zu Active und er schüttelte den Kopf. »Ich sehe es kommen, genauso werden sie mich austricksen, Grace Palmer und ihre Stanford-Anwältin. Ich muss den Kindesmissbrauch als Motiv in die Verhandlung einbringen, und dann wird Grace in den Zeugenstand treten und von ihrem verpfuschten Leben erzählen und die Geschworenen werden zu dem Ergebnis kommen, dass der Gerechtigkeit bereits Genüge getan ist.«

Hughes sah Active an. »Was meinen Sie, Nathan? Hat sie Ihnen die Wahrheit über Jaron gesagt?«

Grace Palmer war in Dutch Harbor sehr überzeugend gewesen und bei ihrem Anruf aus dem Junction innerlich aufgewühlt. Und irgendetwas musste sie so getroffen haben, dass sie wieder auf der Four Street gelandet war. Aber es war unmöglich zu entscheiden, was der Auslöser gewesen war. Vielleicht etwas so Simples wie die Anfälligkeit der Eskimos für Alkohol, dem sie erst seit ein paar Generationen ausgesetzt waren.

»Ich bin sicher, dass sie daran glaubt«, sagte er. »Ob es wahr ist, weiß ich nicht. Sie … sie kann sehr überzeugend sein.«

»Genau das befürchte ich«, sagte Hughes.

»Warum schlagen sie ihnen dann keinen Handel vor?«, fragte Active. »Wenn sie in Stanford war, sollte diese Theresa Procopio doch klug genug sein, zu wissen, dass sie gute Karten dafür hat.«

»Ist mir auch ein Rätsel. Vielleicht zielen sie auf einen Freispruch ab.« Hughes runzelte die Stirn und schüttelte den Kopf. »Wie schon gesagt, mit meiner Hilfe, wenn ich den Kindesmissbrauch in die Verhandlung einbringe, könnte es klappen. Ich bin am Arsch, das merke ich schon.«

»Ach wo, Kopf hoch, Charlie.« Silvers Miene war jovial, entspannt, das Gesicht eines Mannes, der seine Arbeit getan und den Fall den Anwälten und Geschworenen und dem Richter übergeben hat. »Sie werden sich besser fühlen, wenn es erst losgeht und Sie vor Gericht die Zeugen ins Verhör nehmen und Ihre Beweise vortragen können.«

Hughes' blaue Augen hielten Actives Blick fest. »Warum ist sie nicht geflüchtet? Einfach ins Flugzeug gestiegen, nach Dutch Harbor zurück oder sonst wo hin, wo man sich einfach in Luft auflösen kann?«

Active starrte Hughes einen Moment lang an und überlegte. »Haben Sie schon mit ihr gesprochen?«

Hughes schüttelte den Kopf. »Bis jetzt hat ausschließlich Theresa Procopio das Reden übernommen, ohne dabei viel zu sagen.«

»Sie ist zu müde, um wegzulaufen.« Active schwieg und dachte weiter nach. »Es steckt so tief in ihr verborgen, dass man es erst merkt, wenn man eine ganze Weile mit ihr gesprochen hat. Ich bin nicht einmal sicher, ob sie selbst es weiß, aber die Müdigkeit ist da. Irgendwo tief drinnen ist Grace Palmer völlig ausgebrannt.«

Active blieb seinem Entschluss treu und hielt sich aus dem Fall heraus. Grace Palmer wurde des Mordes an ihrem Vater angeklagt, und der Sommer schleppte sich dahin.

Die Geschichte machte Schlagzeilen auf *Kay-Chuck*, aber nicht lange. Grace Palmer plädierte auf nicht schuldig, schwieg sich ansonsten aus und ihre Anwältin sagte auch nichts. Die Kaution wurde wegen ihrer Vergangenheit als Vagabundin auf eine Million Dollar festgesetzt und sie blieb bis zur Verhandlung in Haft. Irgendwann wurde es langweilig, ewig dasselbe zu wiederholen und die *Kay-Chuck*-Meldungen über den Fall verstummten mangels neuer Entwicklungen.

Active war überrascht, dass Grace' Behauptung, Jaron habe sie als Kind missbraucht, es nie bis in die Nachrichten schaffte. Er hatte erwartet, dass sie und Theresa Procopio damit an die Öffentlichkeit gehen würden, um moralischen Druck auf zukünftige Geschworene auszuüben. Was immer dann der Richter im Prozess über Irrelevanz sagen mochte. Aber er hörte kein Wort darüber auf *Kay-Chuck* und kam zu dem Schluss, dass der kleine Provinzsender wahrscheinlich zu zimperlich war, ein führendes Mitglied der Gemeinde einen Kinderschänder zu nennen. Die *Anchorage Daily News* bekam Wind von dem Fall und brachte einen Artikel in ihrem Metro-Teil unter der Schlagzeile »Buschschönheit wegen Vatermord angeklagt.« Aber das Blatt erwähnte den Kindesmissbrauch ebenso wenig wie *Kay-Chuck* und konzentrierte sich stattdessen auf Grace Palmers Tage als Miss North World. Sie brachten das Foto, das auf Wandbildformat vergrößert in der Chukchi Highschool hing. Und daneben das Polizeifoto von Grace Palmer mit einer Zahnlücke nach ihrer Festnahme wegen Prostitution im Junction.

In der Beziehung mit Lucy Generous gingen die Dinge steil bergab. Er verlor das Interesse am Sex. Lucy nahm es zur Kenntnis, aber sie sprachen nie darüber.

Worüber sie bei ihrem letzten Streit diskutierten waren Kleider.

»Hast du einen Moment Zeit?« Es war Donnerstagabend und das Essen stand auf dem Herd, aber sie taten nicht mehr das, womit sie sich Anfang des Sommers vergnügt hatten, während das Essen köchelte. Lucy sah sich die Alaska-Nachrichten im Buschkanal an, während er ein paar Überweisungen ausfüllte und dann auf und ab tigerte. Schließlich machte er sich daran, seinen Schrank aufzuräumen.

»Lucy? Hast du mal Zeit?« Anscheinend hatte sie ihn beim ersten Mal nicht gehört.

»Sicher, was ist denn?«, rief sie vom Sofa aus dem winzigen Wohnzimmer der Junggesellenhütte zurück.

»Kannst du mal herkommen?«

Mit einem Satz stand sie in der Schlafzimmertür, ein hoffnungsvolles Lächeln auf den Lippen. Das Lächeln erstarb, als sie sah, dass er neben dem Schrank stand und alles andere als liebeslustig aussah. Sie lehnte sich gegen den Türrahmen, als wolle sie Abstand halten.

»Ein paar von deinen Hosen, deinen Jeans und Zeugs hängen schon wieder zwischen meinen.« Er deutete in den Schrank, wo sie beide ihre Kleider aufhängten, seit Lucy zu ihm gezogen war. Lucys Kleider hingen am linken Ende der Holzstange, dann ihre Blusen, Hosen und Jeans. Dann seine Hosen, seine Hemden. So sollte es jedenfalls sein.

»Tut mir Leid.« Sie zuckte die Achseln. »Ich hab wahrscheinlich beim Aufhängen nicht richtig aufgepasst. Ich wollte dir nicht den ganzen Platz wegnehmen.«

»Das sage ich doch gar nicht. Es ist nur …«

»Ich hab gesagt, dass es mir Leid tut.«

»Das weiß ich. Aber du sollst nicht denken, ich wäre ein

Ungeheuer. Wenn du deine Strumpfhose am Duschvorhang trocknen willst, dann tu das, und du kannst deine Lockenwickler auch im Waschbecken liegen lassen. Das macht mir nichts aus.«

»Ich verstehe das mit den Hosen, Nathan.« Sie kam zum Schrank und stellte sich neben ihn.

»Es ist wirklich bloß eine Frage der Effizienz. Wenn wir gegenseitig unsere Kleider durchwühlen müssen, um unsere eigenen zu finden, dauert das doppelt so lang. Verstehst du?«

Sie sah ihn an, schüttelte den Kopf und begann, die Sachen umzuhängen. »Klar, ich verstehe. Und es tut mir Leid, dass ich sie durcheinander gebracht habe. Und jetzt hänge ich meine wieder dahin, wohin sie gehören.«

Schließlich schob sie ihre ganzen Sachen ein paar Zentimeter nach links, sodass ein Zwischenraum entstand. »Da, schau. Keine Berührungspunkte mehr.«

Dieser letzte Satz kam zwischen zusammengebissenen Zähnen heraus und er wusste, dass es Zeit war, allerhöchste Zeit, diese idiotische Diskussion zu beenden. Warum zum Teufel hatte er es eigentlich für nötig gehalten hatte, damit anzufangen?

»Ich meine, es ist ja nur eine Kleinigkeit. Natürlich kann ich mit durcheinander hängenden Hosen leben, wenn es sein muss, aber ...«

»Ist. Schon. Gut. Nathan.« Jedes Wort kam heraus wie ein Boxhieb. »Ich verstehe. Es ist dir wichtig.«

»Ich hätte nicht davon anfangen sollen. Ich hätte die Hosen selbst umhängen sollen, wie immer.«

»Nein, es ist wichtig, dass du sagst, was dich beschäftigt. Wie könnten wir sonst die Atmosphäre bereinigen?«

»So Kleinigkeiten summieren sich halt.«

Sie starrte ihn an, die Hände in die Hüften gestemmt. »Nathan, es sind nur Kleider. Schau, ich hänge meine Hosen und das Zeugs hier rüber.« Sie hob die ganze Abteilung ihrer

Hosen mit einer Hand von der Stange und schob mit der anderen ihre Blusen neben seine Hosen. Dann hängte sie ihre Hosen dahin, wo vorher die Blusen gewesen waren. »Da, siehst du? Meine Hosen, meine Oberteile, deine Hosen, deine Hemden. Keine Verwechslungsmöglichkeiten mehr. Zufrieden?«

»Fein, wenn es dir nichts ausmacht.«

»Tut es nicht.« Sie schüttelte mit Nachdruck den Kopf. »Ich schwöre, es macht mir nichts aus.«

»Also gut, dann.«

»Gut«, sagte sie. Sie verstummte und betrachtete ihre Kleider. Dann verengten sich ihre Lider und sie sah ihn mit zusammengekniffenen Augen an.

»Nichts ist gut!«, schrie sie. »Gottverdammt, du Mistkerl, es geht gar nicht um die Klamotten! Gib es doch wenigstens zu! Es geht um sie!«

Sie stolperte hinaus und er hörte sie unter der Küchenspüle hantieren. Er ging zur Schlafzimmertür, gerade als sie mit einer Rolle weißer Müllbeutel zurückkam. Sie rollte einen ab und fing an, ihre Kleider hineinzustopfen, einige davon noch am Bügel hängend.

»Komm schon, was soll das? Was machst du da?«

»Meine Klamotten werden dir dein Leben nicht länger durcheinander bringen.« Sie hatte einen Müllbeutel voll gestopft und riss einen zweiten von der Rolle.

»Du bringst mein Leben nicht durcheinander. Ich mag es doch so.«

»Lügner! Warum hast du mich dann nicht mehr angerührt, seit deine Knast-Schönheit ... ach, Scheiße!«

Ihr Ende der Kleiderstange war jetzt leer. Sie zerrte die Müllsäcke ins Wohnzimmer, riss einen dritten von der Rolle und stampfte ins Badezimmer. Er hörte Flaschen in den Sack klirren, während er ihr aus dem Schlafzimmer folgte und sich wunderte, warum sie nicht zerbrachen, warum da so viele davon waren. Wie tief sie schon in sein Reich eingedrungen war!

»Hör mal, es tut mir Leid wegen, wegen, du weißt schon.« Er wedelte mit der Hand in Richtung Schlafzimmer. »Wir könnten uns Hilfe suchen. Eine Therapie machen oder so.«

»Hah!« Sie stampfte zum Telefon am Ende des Sofas. »Du willst keine Hilfe, du willst Grace Palmer.«

Sie funkelte ihn an. »Oder etwa nicht?«

Er hielt ihrem Blick nicht stand. »Ich weiß nicht. Sie ist eine Mörderin. Anscheinend. Vielleicht eine Doppelmörderin.«

Lucy nahm den Hörer ab und wählte. »Schicken Sie bitte ein Taxi zur Trooperhütte?«, sagte sie nach ein paar Sekunden. »Danke.«

»Lass das sein, sei nicht albern. Ich fahr dich doch.«

»Nein danke!« Sie packte die drei Müllbeutel, riss die Tür auf und stapfte in den Kunnichuk, dann musste sie mit den Säcken kämpfen, um die Außentür aufzubekommen. »Verdammt!«, sagte sie, bevor sie sich schließlich hindurchzwängte.

Sie setzte sich auf den Treppenabsatz in den kalten, windgepeitschten Regen, der vor vier Tagen begonnen hatte und den Eindruck machte, als würde er andauern, bis er sich in ein paar Wochen in Schnee verwandelte. Sie saß vornübergebeugt, den Kopf beinahe zwischen den Knien, und ihre Schultern zitterten.

»Warte wenigstens drinnen bis das Taxi kommt. Du wirst ja ganz nass.«

Ihre einzige Antwort war, sich halb umzudrehen und die Kunnichuk-Tür zuzuknallen.

Er beobachtete sie aus dem Wohnzimmerfenster, konnte nur ihr rechtes Bein vom Knie abwärts sehen und von Zeit zu Zeit ihre rechte Schulter. Schließlich kam ein alter Ford-Kombi angefahren, auf dessen Dach ein »Arctic E-Z Ride« Schild leuchtete. Sie warf die Müllsäcke auf die Rückbank, stieg neben dem Fahrer ein und das Taxi fuhr davon, während er sich wieder einmal wunderte, wie viel Unheil man ohne jede böse Absicht anrichten konnte.

Er wandte sich ab und spürte zum ersten Mal im Leben das Bedürfnis, sich zu betrinken. Er dachte an Lucy im Taxi und Jaron Palmer auf dem Friedhofshügel und an dessen unter Mordverdacht stehende Tochter im Gefängnis. Und wenn er sich größere Mühe gab, den Verdacht wegen Kindesmissbrauch gegen den Pastor zu erhärten? Oder Grace Palmer vor Gericht zu bringen, weil sie Angie Ramos vor den Schneepflug gestoßen hatte? Oder einfach Lucy Generous zu lieben?

Herbsthektik

Der Sommer neigte sich seinem Ende entgegen und Regen und Westwind wurden zum Dauerzustand.

Cowboy Decker, der die Ärzte in Erstaunen versetzt hatte, indem er nach neun Tagen aus dem Koma erwachte, kam mit einem immer noch vom Knie abwärts in Gips liegenden Bein nach Hause und konnte sich an nichts erinnern. Er trug eine diagonale Narbe quer über die Stirn, wo er im Cockpit der Aztec gegen irgendetwas geprallt war, und hatte die meiste Zeit einen abwesenden Blick.

Willie Piqnaraq wurde vor Gericht gestellt und Theresa Procopio sorgte dafür, dass die Geschworenenbank mit älteren Inupiat-Männern besetzt wurde. Active konnte sehen, wie ihre Ungläubigkeit sich in Amüsement verwandelte, als Hughes das Videoband abspielte und schließlich in Entrüstung mündete über die perversen Handlungen, die Willie, der da gelassen am Tisch der Verteidigung saß, an Jewel vorgenommen hatte, der legendären Leithündin von Marcus Ashashik. Active war erleichtert und nicht besonders überrascht, als die alten Jäger und Walfänger dafür stimmten, Willie Piqnaraq laufen zu lassen.

Was den Grace Palmer Fall anging, hielt sich Active so weit wie möglich fern und lernte die Vorzüge seiner innerlichen Betäubung zu schätzen. Sie ließ ihn zumindest funktionieren, und mehr konnte er sich wohl auch nicht erhoffen.

Aber was immer sich in dem Fall tat, es dauerte und dauerte, während der Sommer sich in den Herbst quälte. Der Regen verwandelte sich in nassen Schnee, der nicht lange liegen blieb. Darauf folgte eine endlose Reihe immer kürzer werdender Sonnentage, greller Tage, warm zunächst, aber nach jeder Nacht ein wenig kälter, bis die Pfützen am Morgen Eisränder hatten und die Tundra auf den Steilufern hinter der Bucht sich orangerot verfärbte.

Das Städtchen verfiel in seine übliche Herbsthektik, wie jedes Jahr, seit Active hier war. Wahrscheinlich war es immer so zugegangen, seit die allerersten Inupiat gelandet waren und das allererste Karibuzelt auf der kiesigen Halbinsel aufgeschlagen hatten, wo später einmal Chukchi entstand. Die Hämmer schlugen bis zum letzten Tageslicht, um neue Verschalungen zu befestigen oder Dächer zu reparieren. Boote legten von der Beach Street ab, fuhren flussaufwärts und kehrten tief im Wasser liegend zurück, schwer beladen mit arktischer Rotforelle, Weißfisch, Elch oder Karibu und großen Behältern mit Heidelbeeren und Brombeeren, gesammelt von Frauen und Kindern, während die Männer jagten oder schliefen. Der letzte Frachtkahn der Saison warf ein paar Meilen vor der Küste Anker und eine Flottille kleinerer Schiffe schwärmte aus, um die Lebensmittel und Lastwagen und Schneemobile zu leichtern und in höchster Eile durch die Untiefen zu den Docks von Chukchi zu schaffen.

Ob sich diese Hektik auch im Fall Grace Palmer bemerkbar machte, konnte Active nicht sagen. Er hielt sich aus der Ferne durch die Gerüchteküche der Polizeizentrale auf dem Laufende, und fragte sich, woran die Verzögerung liegen mochte, wo doch alle Indizien geradewegs auf Grace hindeuteten, die in ihrer Zelle im obersten Stock des Gebäudes in Gewahrsam saß.

Aber er fing keine Diskussion darüber mit Jim Silver oder Charlie Hughes an. Er wollte auf keinen Fall riskieren, in den Fall verwickelt zu werden.

Deshalb schob er die ganze Sache mit einem innerlichen Achselzucken beiseite und war froh, dass es nicht sein Problem war, den Fall Grace Palmer vor Gericht zu bringen oder ein Plädoyer zu halten. Er wandte seine Aufmerksamkeit der Akte zu, die aufgeschlagen auf seinem Schreibtisch lag und einen Fall von Alkoholschmuggel betraf. Es wurde langsam Zeit für einen erneuten Plausch mit Donnie Grant, dem Schmuggler. Zeit, ihn noch einmal daran zu erinnern, dass er im Gefängnis saß, während sein Lieferant in Chukchi unbehelligt herumspazierte und vielleicht gerade in diesem Augenblick sein Boot für einen Ausflug flussaufwärts zur Karibujagd belud. Während Donnies Freundin droben in Ebrulik zweifellos gerade das tat, was Freundinnen traditionell taten, während ihre Männer im Knast saßen.

Actives Telefon zirpte und er hob ab. »Nathan«, sagte Jim Silvers Stimme. »Haben Sie eine Minute Zeit? Ich sitze hier oben in meinem Büro mit Charlie Hughes und es hat sich etwas ergeben im Fall Palmer.«

»Ich bin nicht sonderlich interessiert daran. Ich habe Ihnen schon alles gesagt, was ich weiß.«

»Oh, das hier wird Sie interessieren. Glauben Sie mir.«

Active seufzte und antwortete: »Na schön.« Er ging nach oben und machte einen Zwischenstopp am Automaten im Aufenthaltsraum, um sich mit einem Pepsi light zu wappnen. Silver kochte den stärksten Kaffee von Chukchi und bestand darauf, ihn in Styroporbechern zu servieren, weil er glaubte, dass nur Styropordämpfe das volle Aroma der Bohnen zur Entfaltung brachten.

Die beiden Männer starrten ihn an, als er Silvers Büro betrat und das Pepsi light auf der Kante des mitgenommenen Metallschreibtischs des Polizeichefs abstellte.

»Sie werdens nicht glauben, Nathan«, sagte Silver endlich. »Charlie und ich saßen gerade zusammen, um uns zu überlegen, wie wir den verdammten Grace-Palmer-Fall endlich vor Gericht bringen können, als Theresa Procopio anrief. Sie hat uns gebeten, ins Krankenhaus zu kommen. Ida Palmer will den Mord an ihrem Mann gestehen.«

Active war für einen Augenblick wie vom Donner gerührt. Dann begriff er, was da vor sich ging und schnaubte empört. »So ein Blödsinn. Sie lügt, um ihre Tochter zu schützen. Wie sind denn Grace' Fingerabdrücke auf die Pistole gekommen? Wie kommen die Schmauchspuren an ihre Hände? Warum gab es keine Rückstände an Idas Händen? Sie haben Ida doch überprüft, oder?«

Hughes nickte.

»Oh ja«, sagte Silver. »Sie und die kleine Nita auch, wo wir schon dabei waren. Beide sauber.«

»Also deuten alle Indizien auf Grace Palmer. Das ist nicht wegzudiskutieren.«

»Ich weiß nicht.« Hughes zupfte sich am Kinn und legte die Stirn in Falten. »Ich hatte bei der Geschichte von Anfang an ein komisches Gefühl. Die fehlende Kugel, und dass Jarons Fingerabdrücke nicht auf der Waffe waren ...«

Der Bezirksstaatsanwalt seufzte. »Vielleicht war Grace Palmer nur ein Köder, um uns von ihrer Mutter abzulenken. Das würde erklären, warum Theresa Procopio uns den ganzen Sommer lang mit einem Haufen von blödsinnigen Verfahrensanträgen hingehalten hat.«

»Blödsinn ist das entscheidende Wort!«

Beide Männer starrten Active überrascht an, und er begriff, dass sie vielleicht zum ersten Mal gehört hatten, dass er die Stimme erhob. Mit einer gewaltigen Anstrengung gelang es ihm, ruhiger weiterzusprechen. »Ida ist einfach eine sterbende Frau, die lügt, um ihre Tochter zu retten. Nur darauf haben sie gewartet, dass Ida zu krank wird, um vor Gericht gestellt zu werden, damit sie dieses falsche Geständnis machen kann. Sie ist der Köder, nicht Grace.«

Hughes betrachtete ihn mit skeptischer Miene. »Glauben Sie wirklich, sie ist so eiskalt, dass sie ihrer Mutter das zumuten würde?«

»Ja, ich glaube, sie würde alles tun, um sich selbst zu retten«, sagte Active. »Sie ist eine Frau, die für eine Flasche Bacardi mit jedem ins Bett geht.«

Ein unbehagliches Schweigen breitete sich aus. Es dauerte an, bis Active die Achseln zuckte und wegsah. Silvers Stuhl scharrte und er stand auf. »Tja, wir werden es nicht herausfinden, indem wir hier herumsitzen. Gehen wir rüber und hören es uns selbst an.« Er betrachtete Active einen Moment lang. »Die Einladung gilt genau genommen nur für Charlie und mich, aber wir hätten Sie gerne dabei, Nathan. Wir wollen Ihre Meinung, nachdem Ida ihr Sprüchlein aufgesagt hat, ja?«

Active fühlte, dass der Fall, dass Grace Palmer ihn wieder zu verschlingen drohte und öffnete den Mund, um abzulehnen, aber dann rollte eine Woge des Zorns auf das fuchsäugige Mädchen über ihn hinweg, das eine solche Macht auf ihn, auf jeden Mann, ausübte.

»Das würde ich um nichts in der Welt verpassen wollen.« Er stand auf und ging zur Tür.

»Warten Sie noch eine Sekunde.« Hughes griff zum Telefon auf Silvers Schreibtisch. »Ich muss jemanden hinbestellen, um die Sache aufzuzeichnen.«

Intensivstation

Ida Palmer war an diesem Nachmittag die einzige Patientin auf der Intensivstation des Bezirkskrankenhauses von Chukchi, aber sie war alles andere als allein. Die verwelkte, hohläugige Frau mit Schläuchen aus Armen und Nasenlöchern war im Mittelpunkt einer lauten, durcheinander wimmelnden Gruppe, als Active, Hughes und Silver eintrafen.

Theresa Procopio, angespannt und mit lockigem Haar, sprach mit einer jungen, Active unbekannten Inupiaq, die gerade eine Videokamera aufbaute und auf Ida Palmer richtete.

Eine Inupiat-Gefängniswärterin saß in einem Stuhl daneben, hatte alles im Blick und sagte gar nichts. Neben ihr saß eine weiße Frau, in der Active eine Anwaltsgehilfin aus Hughes' Büro zu erkennen glaubte. Sie hielt einen Stenoblock und einen Kassettenrekorder im Schoß.

Grace Palmer, in blauer Gefängniskleidung, saß zu Idas Linken und hielt ihr die Hand des Armes, der nicht mit dem Beutel der intravenösen Kanüle verbunden war. Sie betrachtete ihre Mutter mit einem Ausdruck, der, wie Active annahm, töchterliche Liebe vermitteln sollte. Er stieß Silver an. »Was hat sie hier zu suchen?«

»Wir haben ihr einen wöchentlichen Besuch gestattet, seit ihre Mutter so krank ist«, sagte Silver.

Active schüttelte den Kopf, und gab sich keine Mühe, sein Missfallen zu verbergen. »Ich bin sicher, sie hatten die eine oder andere interessante Unterhaltung.«

Silver warf ihm einen unbehaglichen Seitenblick zu. »Zu dem Zeitpunkt schien es ein Gebot der Menschlichkeit zu sein.«

Die Kamerafrau sagte: »Alles bereit, Theresa.«

Procopio straffte sich und sah die Neuankömmlinge an. Wie Charlie Hughes war sie neu in Chukchi und hing noch an den Accessoires ihres Yuppiedaseins. Sie trug ein dunkelblaues Kostüm.

»Hallo, Jungs«, sagte sie zu den Dreien. »Willkommen. Wir sind bereit, wenn Sie es sind.«

»Was genau geht hier vor, Theresa?«, fragte Hughes.

»Ida und Grace werden auf alle ihre gesetzmäßigen Rechte verzichten – gleich nachher, auf Band – und Ihnen berichten, wie Jaron gestorben ist. Danach können Sie Ihre Fragen stellen und sich überlegen, was Sie weiter unternehmen wollen.«

Hughes schürzte die Lippen, dann nickte er und nahm den Stuhl neben seiner Anwaltsgehilfin und der Gefängniswärterin. Er nickte der Gehilfin zu, die eine Taste am Kassettenrekorder drückte und ihn auf das Bett zwischen Ida und Grace legte. Hughes selbst brachte ein kleines Notizbuch und einen Stift zum Vorschein. Theresa Procopio nickte ihrer Kamerafrau zu, die einen Knopf am Camcorder drückte und das Nicken erwiderte.

Procopio nannte Zeit und Datum und blickte dann Mutter und Tochter an. Sie ließ sie ihre Namen für die Aufnahmegeräte und die Stenografin sagen, dann stellte sie ihnen eine Reihe von Fragen, die festhalten sollten, dass sie ihre Rechte kannten, freiwillig darauf verzichteten und wussten, dass alles, was sie sagten, gegen sie verwendet werden konnte.

»Warum fangen Sie nicht einfach an, Ida?«, fragte der Staatsanwalt, als sie die Formalitäten hinter sich gebracht hatten.

Die zusammengesunkene Gestalt im Bett war still, die Augen geschlossen. Active fiel zum ersten Mal auf, dass die kranke Leber ihre Haut gelb verfärbt hatte. Ihr Herz- und Kreislaufmonitor piepste und irgendwo im Hintergrund surrte leise noch ein anderes Gerät. Aus dem Schwesternzimmer draußen vor der Intensivstation konnte man leise ein Fernsehgerät hören. Endlich schlug Ida Palmer die Augen auf. Das eingefallene Gesicht, eingerahmt von feuchten Strähnen schwarzgrauer Haare, sah aus, als könnte es keinen Ton herausbringen, aber als sie sprach, war Active überrascht, wie kräftig ihre Stimme klang.

»Ich habe Jaron getötet«, begann Ida Palmer. »Ich habe meinen Mann getötet, weil ich ihn mit der kleinen Nita sprechen hörte, und als ich hörte, was er sagte, da wusste ich, dass Gracie immer die Wahrheit gesprochen hat. Dass er ihr und Jeanie das Schlimme angetan hat. Auch wenn ich es vorher nie glauben wollte. Und ich wusste, die kleine Nita wird die Nächste sein, wenn ich ihn nicht aufhalte.« Sie begann zu weinen und sagte ein paar Worte auf Inupiaq zu Grace.

»Es ist gut, Aaka.« Grace' Stimme war weich, während sie die Hand der alten Frau streichelte und ihr die Wangen mit einem Kleenex trocknete.

»Ida, möchten Sie, dass Esther für sie dolmetscht?« Theresa Procopio deutete auf die Wärterin, die aufstand und ans Bett trat. »Fühlen Sie sich wohler, wenn Sie Inupiaq sprechen können?«

Die Frau auf dem Bett schüttelte den Kopf. »Nein, ich weiß, dass ihr Naluaqmiut mich besser versteht, wenn ich Englisch spreche.«

»Gut«, sagte die Procopio. »Warum fangen Sie nicht mit dem Zeitpunkt an, als Grace Sie besuchen kam, an dem Tag, als Jaron getötet wurde. Die Herren werden Ihnen dann besser folgen können.«

Die Gestalt im Bett stieß einen müden Seufzer aus. »Gut, das werde ich.« Sie verstummte, als müsste sie ihre Energie sammeln. Einen Moment lang wirkte sie fast wie tot, bis auf ein unterdrücktes Feuer, das in ihren Augen glomm.

»Ich war allein zu Hause und ruhte mich aus«, begann sie. »Nita war in der Kirche bei Jaron, wo er seine Predigten schreibt. Dann klopfte es an der Tür und es war Gracie. Sie sah schrecklich aus, ganz zerschlagen und roch wie eine Bar. Ich sagte ihr, sie soll weggehen, weil ich weiß, was sie über Jaron sagen wird, die selben alten Lügen wie immer, das sagte ich.« Sie schniefte ein wenig und Grace trocknete ihr wieder die Wangen. Ida drückte die Hand ihrer Tochter und lächelte matt. »Aber Gracie fing an zu weinen und sagte, diesmal muss ich zuhören, sonst endet Nita wie sie oder wie Jeanie, und ich weiß nicht warum, aber schließlich sagte ich ja und ließ sie herein.«

Sie schloss eine Minute die Augen, und als sie sie wieder aufschlug, glomm dasselbe unterdrückte Feuer darin.

Grace, sagte sie, habe die alten Geschichten von Jaron Palmer wiederholt, wie er seine beiden Töchter missbraucht habe, die selben Geschichten, die Ida Palmer nie hatte glauben wollen und immer noch nicht glauben wollte.

Dann hatte Gracie nach Nita gefragt, und als sie erfuhr, dass sie bei Jaron im Arbeitszimmer war und ihm bei seiner Predigt half, da hatte Gracie ein klagendes Heulen angestimmt, genau wie Ida selbst, als Jeanies Sarg sich ins Grab senkte und Gracie hatte gesagt: »Da fängt er immer damit an, im Arbeitszimmer. Da fängt er immer damit an.« Und Gracie war, immer noch weinend, gegangen.

Danach hatte Ida sich wieder hingelegt, hatte versucht, sich einzureden, dass ihre Tochter doch schon immer gelogen hatte und verrückt war, aber in ihrem Herzen hatte sich eine schlimme Ahnung immer weiter ausgebreitet. Wie der Krebs, der all die Jahre in ihrer Leber gewachsen war und nicht zu wachsen aufhören wollte und sie hatte beschlossen, dass sie in Jarons Arbeitszimmer gehen und sich selbst überzeugen musste.

Sie war die Treppe zum Arbeitszimmer hinaufgeschlichen und hatte vor der Tür gelauscht. Gerade erklärte Jaron der kleinen Nita, dass Gott Eva anders als Adam geschaffen habe, damit Eva Adam dienen konnte.

»Da wusste ich, dass alles wahr ist, was Gracie jemals gesagt hat, denn Gracie hatte mir genau dasselbe erzählt, als es anfing.

Dass er gesagt hat, dass Gott Eva anders geschaffen hat. Aaah, warum habe ihr nie geglaubt, warum?«

Die letzten Worte waren ein gequälter Aufschrei und dann verstummte Ida und blickte in die Runde, als könnte einer der Anwesenden ihre Frage beantworten. Als ihr Blick einen Moment lang auf Active ruhte, sah er zu Boden und wartete, dass sie fortfuhr. Endlich begann sie wieder zu sprechen.

»Da saßen sie Seite an Seite, die kleine Nita mit der Bibel im Schoss, und Jaron streichelt ihr mit einer Hand das Knie, während er mit der anderen auf die Seite deutet. Die arme Kleine. Versteht gar nicht, was passiert. So jung und voller Vertrauen. Sie weiß nichts von Männern. Ich musste sie da rausholen, deshalb habe ich angerufen, dass sie zum Einkaufen gehen soll.«

Sie stockte. »Sie war ganz begeistert davon, was Onkel Jaron ihr von Adam und Eva erzählt hat. Gar nicht besorgt oder aufgeregt.«

Es sollte Nitas Lieblingsnachtisch geben, Oreo-Plätzchen mit Vanilleeis. Ida hatte ihr gesagt, sie dürfe auf dem Nachhauseweg ein paar Oreos essen, aber nicht mehr als fünf, also hatte Nita die Bibelstunde voller Begeisterung verlassen und war zum Laden gelaufen.

Danach war Ida lange Zeit im Wohnzimmer sitzen geblieben und hatte überlegt, was sie tun sollte. Endlich hatte sie beschlossen, dass es nur einen Weg gab. Eine ihrer Töchter war verloren, die andere tot, und bald würde die kleine Nita niemanden mehr haben, der sie vor Jaron schützen konnte.

»Also bin wieder in die Kirche zurückgegangen, habe seine Pistole aus dem Keller geholt und ihn erschossen.« Stille herrschte im Krankenzimmer, nur die Geräusche der medizinischen Apparate und das mühsame Atmen der alten Frau waren zu hören. Nach ein paar Sekunden sprach sie weiter. »Sein Gott muss ihn beschützt haben, denn mit dem ersten Schuss habe ich ihn verfehlt. Ich bin oft mit ihm auf die Jagd gegangen, mit dem Flugzeug, bevor die Kinder kamen, und ich konnte besser schießen als er. Aber ich habe ihn nur in die Hand getroffen. Er hat gar nicht begriffen, was geschieht. Er hat nur auf das Loch in seiner Hand gestarrt. Aber beim zweiten Mal habe ich besser gezielt.«

Der Schuss hatte Jaron Palmer in die Brust getroffen, ins Herz, wie sie dachte. »Das ist für das, was du meinen Mädchen angetan hast«, hatte sie gesagt.

Sie hatte gedacht, er wäre bereits tot, wie er so in seinem Stuhl zusammengesunken saß, die Hand, die durchschossene Hand, auf die Stelle gepresst, wo das Blut aus seiner Brust strömte. Aber er hatte die Augen noch einmal aufgeschlagen und sie angesehen und mit schwacher, blubbernder Stimme gesagt: »Aber ich habe sie doch geliebt. Ich habe euch alle geliebt.« Dann war er nach vorne über seinem Schreibtisch zusammengebrochen und sagte nichts mehr und regte sich nicht.

»Dann habe ich die Pistole wieder in seinen Koffer gesteckt, ich weiß nicht, warum, und bin nach Hause gegangen, um nachzudenken. Ich wollte die Polizei rufen und mich stellen, aber wozu, sie würden sowieso dahinter kommen, und dann kam Nita zurück und wusste von nichts, und was hätte denn aus ihr werden sollen? Und dann kam Gracie, mit der Pistole in der Hand und hat mich gefragt, ob ich ihn getötet habe.«

Eine Schwester betrat das Krankenzimmer. Sie warf einen Blick auf die Monitore und kritzelte Notizen auf ein Schreibbrett auf dem Tisch neben Idas Bett. Dann wandte sie sich um und betrachtete stirnrunzelnd die Versammlung. Sie war über fünfzig, eine Weiße, kräftig gebaut, mit eisengrauen Haaren und einer dicken Brille, die an einer Schnur um ihren Hals hing. »Sind Sie jetzt bald fertig?«, fragte sie und ihr Stirnrunzeln verstärkte sich.

»Ida, warum ruhen Sie sich jetzt nicht aus und lassen Grace erzählen?«, fragte Theresa Procopio. Ida nickte und drückte die Hand ihrer Tochter. Grace Palmer räusperte sich und betrachtete einen Moment lang die Hand ihrer Mutter.

»Nachdem Mom mich rausgeschmissen hatte«, begann sie, »bin ich eine Weile in der Stadt herumgewandert, und dann ging ich zum alten Friedhof hinter dem Arctic-Mercantile-Laden, um Jeanies Grab zu besuchen. Es kam mir so vor, als wären all die Jahre vergangen, ohne dass sich das Geringste geändert hätte. Niemand glaubte mir, und Jaron würde weiter ... kleinen Mädchen wehtun.«

Die quecksilbrigen Augen hatten einen entrückten Ausdruck, als ruhte ihr Blick auf etwas jenseits der Wände der Intensivstation. »Also beschloss ich, zur Kirche zurückzugehen und ihn umzubringen. Ich konnte nicht mehr existieren, solange er weiterlebte und einfach immer so weiter machte, also war es auch egal, wenn ich wieder im Gefängnis landete.«

Und dann, so berichtete sie ihnen, war sie in die Kirche zurück und in den Keller gegangen, um nachzusehen, ob Jaron seinen Überlebenskoffer mit der Pistole immer noch dort aufbewahrte. Sie hatte die Waffe gefunden, die selbe alte Waffe in demselben alten Halfter, die Waffe, mit der Jaron ihr das Schießen beigebracht hatte, als sie acht oder neun war. Damals hatte der Rückstoß sie beinahe umgeworfen. Dann war sie in sein Arbeitszimmer hinaufgegangen, um ihn mit seiner eigenen Waffe zu erschießen und hatte ihn bereits tot vorgefunden. Sein Blut bedeckte den Schreibtisch wie ein roter Teppich, auf dem er, so hoffte sie, direkt durch die Tore der Hölle schreiten würde, der Mistkerl.

Sie verstummte und lehnte sich leicht nach hinten, als würde sie vor ihren eigenen Worten zurückschrecken.

»Na egal«, fuhr sie fort. »Ich saß im Arbeitszimmer und betrachtete ihn eine Weile und dann kam ich zu dem Schluss, dass es Mom gewesen sein musste, und es machte mich sehr glücklich, dass sie mir endlich geglaubt hatte und ihm nach all den Jahren entgegen getreten war.«

Grace hielt inne und wischte sich die Augen mit einem Kleenex, dann die ihrer Mutter und drückte ihre Hand.

»Und dann beschloss ich einfach, dass der Mistkerl nicht noch ein Opfer bekommen sollte, wenn ich es verhindern konnte. Also habe ich Mom gesagt, dass ich mich um alles kümmern würde. Alles, was sie tun musste, war, die Überraschte zu spielen und zu sagen, dass sie von nichts wusste, wenn die Polizei kam, um ihr zu mitzuteilen, dass ich Jaron ermordet hatte.«

Ida Palmer fiel ein. »Ich sagte Nein, sie ist noch so jung und ich sterbe bald, ich kann es nicht zulassen. Aber sie sagte, nein, ich soll diese letzten paar Monate bei Nita sein und wir hatten einen großen Streit deswegen. Sie musste mir versprechen, wenn ich nicht wieder gesund werde, wenn ich zu krank bin, um das Krankenhaus zu verlassen, dann werden wir die Wahrheit sagen.«

Grace nickte. »Ich habe Mom gesagt, sie soll ein paar Teller mit sehr viel Spülmittel abwaschen, falls ihr Typen ihre Hände auf Schmauchspuren untersucht« – hier nickte Ida – »und dann ging ich in Nathans Büro und gab ihm die Pistole. Ich konnte natürlich kein Geständnis ablegen wegen des Versprechens, das ich Mom gegeben hatte, aber ich wollte sicherstellen, dass ich für eine Weile die einzige Verdächtige bleibe.« Sie hielt mit einem nach innen gewandten Lächeln inne und ihre Augen blitzten silbern auf. Active spürte, dass sie auf etwas wartete, hatte das seltsame Gefühl, dass sie ihm wieder mal einen Schritt voraus war, ihnen allen.

Er sagte: »Wenn Sie die Waffe nie abgefeuert haben, wie sind dann die Schmauchspuren an Ihre Hände gekommen?«

»Ach, ich habe schon geschossen.« Ihr Lächeln wurde breiter. »Man muss nicht allzu viele Fernsehkrimis gesehen haben, um über Schmauchspuren Bescheid zu wissen. Also bin ich in den Kirchenkeller gegangen und habe die Pistole auf einen großen Holzpfeiler abgefeuert und dann habe ich drauf geachtet, meine Hände nicht zu waschen. Das Einschussloch ist hinter ein paar alten Chorhemden versteckt, die an einem Nagel an dem Pfeiler hängen.«

Active dachte eine Weile nach, bevor er wieder sprach. »Und die Patronenhülse werden wir vermutlich in einem dieser Hemden finden?«

Ihr Lächeln wurde noch breiter, ihre Zähne blitzten und sie sah ihm fest in die Augen. »Nein, ich glaube, die wirst du in einer Schale mit Bleistiften und Kugelschreibern auf deinem Schreibtisch finden. Ich habe sie da hineinfallen lassen, als ich dir die Waffe gebracht habe.« Die Szene im Büro stand Active lebhaft vor Augen. Als Grace die Schale zur Seite gestoßen und den Colt auf seinen Tisch geworfen hatte, hatte es da ein leises Klirren gegeben?

Sie senkte den Blick, sodass ihr Lächeln einen Augenblick lang einen privaten Scherz widerzuspiegeln schien, den nur sie verstand. Dann wandte sie ihm wieder ihren Blick zu. »Die Schale hast du doch in letzter Zeit nicht aufgeräumt oder, Nathan?«

»Wir sind am Arsch.« Charlie Hughes starrte unheilvoll auf Actives Schreibtisch, wo die leere 45er-Patronenhülse, die sie gerade aus der Schale mit den Stiften gefischt hatten, in einem Plastiksäckchen lag. »Doppelt am Arsch. Angeschissen, in den Arsch gefickt, gebumst und hergenommen wie Marcus Ashashiks Leithündin.«

Er hob den Blick und fixierte Active. Das Glitzern in seinen blauen Augen war jetzt ein Lodern. »Gute Arbeit, Sie Teufelskerl.«

»Das beweist überhaupt nichts.« Active merkte, dass seine Stimme schrill und angespannt klang und versuchte, sich wieder in die Gewalt zu bekommen. »Ich sage weiterhin, es ist nur ein Trick, um Grace vom Haken zu kriegen. Ich kann einfach nicht glauben, dass Sie ihr auch nur ein Wort davon abkaufen.«

»Kommt nicht darauf an, was wir glauben«, sagte Silver. »Die Frage ist, würden die Geschworenen es glauben? Ich meine schon.«

»Ich stimme Ihnen zu.« Hughes lächelte Active säuerlich an. »Eins müssen Sie zugeben: dass Grace Sie das Entlastungsmaterial für sich hat aufbewahren lassen, das hat Klasse. Die Geschworenen werden sich ausschütten vor Lachen.«

»Das ist kein Entlastungsmaterial!« Active griff nach dem Beutel mit der Hülse darin und schüttelte ihn. »Das beweist doch nur, dass sie auf einen Pfeiler geschossen hat. Nicht, dass sie ihren Vater nicht erschossen hat.«

»Na und?«, sagte Hughes. »Wir sind in jedem Fall am Arsch. Wenn wir Grace vor Gericht stellen und dieses Videoband abspielen, oder schlimmer noch, wenn wir zulassen, dass Grace und Ida alles vor Gericht noch einmal erzählen ... hören Sie, die Geschworenen werden Grace nicht einfach freisprechen, sie werden mich kreuzigen wegen mutwilliger Zeitverschwendung.« Er schauderte.

»Und das weiß diese Theresa Procopio ganz genau«, sagte Silver.

Hughes schüttelte sich abermals. »Nathan, wir haben sogar Ihren Tierhaltungsfall verloren, und da war nicht die kleinste Lücke in der Anklage, nicht die geringste.«

»Genau«, stimmte Silver ein. »Das ganze verdammte System geht noch vor die Hunde.« Er hob seinen Styroporbecher an die Lippen, um sein Grinsen zu verbergen, aber es endete damit, dass er Kaffee aus der Nase schnaubte. An diesem Punkt platzte auch Active hilflos heraus und die ganze Anspannung, der Stress des Tages und des verwickelten, verdrehten Grace Palmer Falls löste sich in einem tief aus dem Bauch kommenden Gelächter.

»Jesses«, sagte Hughes. »Was habe ich nur verbrochen, dass man mich hier raus zu euch Einfaltspinseln schickt? Das ist nicht zum Lachen!«

Active beruhigte sich langsam wieder und versuchte, ernsthaft dreinzuschauen. »Na gut, was ist dann mit Ida? Schneller Schuldspruch, oder?«

Hughes schnitt eine Grimasse. »Ja, tolle Aussichten. Kein Geschworener würde eine sterbende Frau verurteilen, für den unwahrscheinlichen Fall, dass sie überhaupt wieder gesund genug wird, um verhandlungsfähig zu sein.«

»Aber sie hat gerade gestanden«, sagte Active. »Ist das nicht gleichbedeutend mit einem Schuldspruch?«

Hughes sah noch griesgrämiger drein. »Nein, ich habe im Krankenhaus beim Hinausgehen mit Theresa gesprochen, sie wird alles daran setzen, dass Ida Palmer nie einen Fuß ins Gefängnis setzt, nicht mal in einen Gerichtssaal. Sie hat geschworen, mein Büro so lange mit Anträgen zu Idas Verhandlungsunfähigkeit zu überschwemmen, bis wir nachgeben.«

Active schüttelte den Kopf. »Eine von beiden hat es zweifellos getan. Was wollen Sie unternehmen?«

»Verdammt gute Frage.« Hughes stützte einen Ellbogen auf Actives Schreibtisch und musterte die Hülse im Beutel. »Ich glaube, ich werde Theresa Procopios Rat annehmen: Die Vorwürfe gegen Grace fallen lassen, Anklage gegen Ida erheben und dann das Verfahren so lange aussetzen, bis es ihr gut genug geht, um vor Gericht gestellt zu werden. Was ganz offensichtlich nie der Fall sein wird. Und dann werde ich sie in die Obhut … tja, des Krankenhauses entlassen, nehme ich an.«

Active schüttelte verzweifelt den Kopf. »Ich denke immer noch, dass Grace es getan hat. Sie ist klüger als der Herrgott selbst und sie hat mich pausenlos an der Nase herumgeführt.« Er packte den Beutel und schüttelte ihn abermals. »Und jetzt seid ihr Jungs ihr auch noch auf den Leim gegangen, und ihr wollt sie damit durchkommen lassen.«

Hughes zuckte die Achseln. »Wie schon gesagt, ich bin in jedem Fall am Arsch. Wenigstens ist die Angelegenheit damit erledigt, ohne dass ich schon wieder einen verdammten Freispruch in meinen Akten habe.«

Active blickte im Büro umher und suchte verzweifelt nach einer Inspiration und plötzlich fiel es ihm wieder ein. »Überprüfen Sie wenigstens den Angie-Ramos-Fall, bevor Sie hier den Deckel drauftun.«

»Wozu sollte das gut sein?«

»Ich weiß nicht. Vielleicht kriegen Sie ein Druckmittel in die Hand. Vielleicht hat die Polizei in Anchorage mit den Leuten auf der Four Street gesprochen, mit denen sie zusammen war, bevor sie hier heraufgekommen ist. Vielleicht hat einer von ihnen sie sagen hören, dass sie nach Hause fährt, um ihren Vater zu töten.«

»Nein.« Hughes zog eine Grimasse und winkte ab. »Lohnt nicht Zeit und Aufwand. Vergessen Sies, Nathan.«

»Na gut, schön, dann rufe ich eben an.« Er griff nach seinem Telefon, drückte den Lautsprecherknopf, sodass sie alle mithören konnten und dann fiel sein Blick auf seine Armbanduhr. Es war schon nach sechs, draußen war es dunkel bis auf ein paar orange-weiße Flecken, wo das Licht der Straßenlampen auf die spärliche herbstliche Schneedecke fiel. Er ließ die Schultern hängen. »Tut mir Leid, das muss wohl bis morgen warten.«

»Na schön, rufen Sie mich an, wenn Sie irgendetwas herausfinden«, sagte Hughes.

Hughes und Silver erhoben sich und ihre Stühle scharrten über den Boden.

»Sie haben doch nichts dagegen, wenn wir das mitnehmen, oder?« Silver hob den Beutel mit der Hülse von der Schreibunterlage hoch.

»Keine Sorge«, sagte Hughes. »Sie kriegen sie zurück, wenn das alles vorbei ist. Als kleines Souvenir.«

Dennis Johnson ging am nächsten Morgen weder an sein Schreibtischtelefon noch an sein Handy und es wurde Nachmittag, ehe er Actives Nachricht auf seinem Anrufbeantworter vorfand und zurückrief.

»Wie ist denn der Stand der Dinge in der Angie-Ramos-Sache?«, fragte Active, nachdem sie die einleitenden Artigkeiten hinter sich gebracht hatten.

»Weißt du nicht mehr – ach, ich hab vergessen, dich anzurufen, stimmts? Tut mir Leid.«

»Was?« Actives Kehle war so eng, dass das Wort herauskam, als wäre er im Stimmbruch.

»Deine Schönheitskönigin ist aus dem Schneider. Cullars hat es gemeldet.«

»Cullars? Der Kerl aus der Vermisstenabteilung? Komm schon, sag!«

»Ja, er hat die fehlenden Telefonprotokolle aus der Nacht von Angie Ramos' Tod gefunden. Nun, nicht direkt gefunden. Er hat einfach eines Tages bei den Archivleuten angerufen und gesagt: ›Wann schafft ihr Kerle endlich eure Kartons aus meinem Keller?‹«

»Du meinst …«

»Ja, die Archivabteilung hatte sie die ganze Zeit direkt vor der Nase. Die Schachteln, die im Gang herumstanden, als wir bei ihm waren.«

»Das muss ja schwer Eindruck auf den Chef gemacht haben.«

»Oh ja. Der Archivleiter hat einen formellen Tadel in seine Personalakte bekommen. Wir dachten erst, es wäre nur ein Gerücht, aber irgendjemand hat der *Anchorage Daily News* eine Kopie zugespielt und dann kam es sogar auf *Alaska Ear.*«

»Dann ist Grace Palmers Unschuld also definitiv erwiesen? Die Protokolle haben ihre Geschichte gestützt?«

Dennis lachte leise. »Kann man wohl sagen. Der Typ mit dem Handy hat sich ungefähr neunzig Sekunden nach seinem ersten Anruf nochmal gemeldet und gesagt, dass eine der Frauen sich vom Schauplatz entferne, und zwar die unverschämte, die ihm geraten hatte, sich selbst einen zu blasen. Er meinte, dass sie schon einen halben Block weiter auf der Four Street sei und glatt entkommen würde, wenn wir nicht endlich anfingen, uns wie Polizisten statt wie Bürokraten zu benehmen.«

»Das wars dann wohl«, murmelte Active.

»Mehr als das, nach Lieutenant Boardmans Ansicht«, sagte Dennis. »Er lässt dem Trooper-Heißsporn freundliche Grüße übermitteln und sagt, er faxt deinem Chef eine Rechnung für die ganze APD-Zeit, die bei der Jagd nach deinem Phantom draufgegangen ist.«

»Ich habe nur alles bis zum logischen Ende verfolgt.«

»Ja, schon gut. Möchtest du deiner Schönheitskönigin die frohe Botschaft selbst überbringen? Kann sein, dass die Mordkommission sie verständigt, vielleicht aber auch nicht.«

»Ich sage ihr Bescheid.«

»Wie läuft überhaupt diese Geschichte bei euch droben? Hat sie wirklich ihren alten Herrn abgeknallt, weil er mit ihr als Kind rumgemacht hat?«

Active wechselte den Telefonhörer ans andere Ohr und sagte so lange nichts, dass Dennis fragte: »He, Alter, bist du noch dran?«

»Ja, ich bin da. Ihre Mutter hat gestern ein Geständnis abgelegt.«

»Tatsächlich? Hast du nicht gesagt, dass sie schwer krank ist – Lungenkrebs oder sowas?«

»Leberkrebs, aber zur Zeit der Schießerei war sie mehr oder weniger in einer Remissionsphase.«

Dennis stieß einen Pfiff aus. »Ganz schön zähe Weiber, die ihr Eskimos da großzieht. Ich würde mir eine schnappen, wenn ich du wäre.«

»Wenn ich deinen Rat brauche ...«

»Besonders eine bestimmte.«

»Ja.«

»Jetzt, wo sie keine Doppelmörderin mehr ist.«

»Ja.«

»Machs gut, Alter.«

»Ja. Machs gut.«

Active legte auf und saß lange Zeit schweigend an seinem Schreibtisch. Schließlich verließ er das Büro und stieg zum obersten Stock des Polizeigebäudes hinauf, wo die Stadt ihr Vier-Zellen-Gefängnis unterhielt. Die Inupiat-Wärterin, die Grace Palmer tags zuvor ins Krankenhaus begleitet hatte, brachte ihn zu ihrer Zelle.

Grace ließ eine Ausgabe von *Tess von d'Urbervilles* sinken und lächelte ihn an. »Tut mir Leid wegen der Hülse, Nathan. Es ist einfach über mich gekommen.«

Er sah weg. »Die Polizei von Anchorage hat Sie im Fall von Angie Ramos' Tod entlastet. Sie haben endlich die Telefonprotokolle aus jener Nacht gefunden, mit dem Handyanruf. Zwei Anrufe, genau genommen. Der Bursche hat ein zweites Mal angerufen und berichtet, dass Sie den Schauplatz verließen und die Bullen sich besser beeilen sollten.«

»Und schämst du dich jetzt nicht ein bisschen?«

Er wandte sich um und starrte sie an, bis sie den Blick abwandte, um ein Eselsohr in ihre Seite zu kneifen und das Buch zu schließen.

»Sehen Sie mich an«, sagte er.

Sie richtete ihre Fuchsaugen wieder auf ihn.

»Wer hat Ihren Vater ermordet?«

Sie riss die Augen weit auf, ohne Zwinkern, unbeirrt. »Meine Mutter.«

Er hielt dem Blick ein paar Sekunden lang stand, dann nickte er und ging.

Wieder zurück im Büro suchte er Charlie Hughes' Nummer heraus, wählte und teilte dem Staatsanwalt mit, dass Grace Palmer von Anchorage entlastet worden war.

Hughes stieß einen erleichtert klingenden Seufzer aus und sagte, er würde die hiesigen Vorwürfe ebenfalls fallen lassen und Anklage gegen Ida Palmer erheben, vielleicht sogar verdeckte Anklage, und dann gar nichts mehr tun, es sei denn, der Gesundheitszustand der Witwe besserte sich wie durch ein Wunder so weit, dass sie ein Verfahren durchstehen konnte.

»Dann ist Grace also wirklich aus dem Schneider? Sie hat immerhin die Strafverfolgung behindert, um ihre Mutter zu schützen, oder nicht?«

»Nathan, fangen Sie nicht wieder damit an. Lassen Sie die Frau zufrieden. Ich habe mit dem Geld der Steuerzahler besseres zu tun, als Grace Palmer zu drangsalieren.«

»War nur eine Frage.«

»Gut.«

»Und Sie hat sich in Dutch Harbor Öldividenden erschlichen.«

Hughes seufzte abermals. »Ich will nichts mehr davon hören. Rufen Sie den Staatsanwalt in Dutch Harbor an.«

»Nun, Sie sind mein offizieller Verbindungsmann zur Kriminalabteilung.«

»Also gut, Sie haben Ihre Pflicht getan. Und jetzt geben Sie endlich Ruhe!«

Die Zeit nahm für Nathan Active wieder ihren normalen Lauf, die Landschaft wurde weißer, die Tage wurden kürzer, bis dann der erste Schneesturm des Winters von der Beringsee herauf gegen den Süden Chukchis fegte. Zwei Tage und Nächte lang war das Städtchen so abgeschnitten, als wäre es immer noch ein zusammengedrängtes Häuflein von Gras- und Treibholzhütten mit Fenstern aus Seehunddarm. Keine Jets konnten starten oder landen, die Charterflotte hing fest und nicht einmal die ältesten und erfahrensten Jäger wagten sich mit dem Schneemobil hinaus.

Bei Anbruch des dritten Tages ließ der Wind nach, der Himmel klarte auf und der Ort erstickte in Weiß. Lange, breite Dünen aus perfektem Titanweiß mit blauen Schatten erstreckten sich auf der Leeseite jedes Gebäudes, bei der Highschool und dem Zeughaus der Nationalgarde und den anderen großen Gebäuden sogar über hundert Meter weit. Am späten Vormittag vernahm Active ein Dröhnen aus der Richtung des Flughafens, als der erste Jet nach dem Schneesturm aufsetzte und die Schubumkehr einschaltete, und gegen Mittag hatten die städtischen Schneepflüge die Straße vor seiner Hütte geräumt. Er buddelte den Suburban aus der Schneewehe in seiner Einfahrt und war auf dem Weg ins Büro, als er auf *Kay-Chuck* hörte, dass Ida Palmer während des Schneesturms gestorben war und die Beerdigung in zwei Tagen auf dem Friedhofshügel jenseits der Bucht von Chukchi stattfinden würde.

Die Sprecherin erinnerte die Zuhörer an das kürzliche Ableben Jaron Palmers, an die Vorwürfe, die gegen seine Tochter erhoben und wieder fallen gelassen worden waren. Und daran, dass der Fall immer noch offiziell ungelöst war, auch wenn es Gerüchte gab, dass ein Geschworenengericht verdeckte Anklage erhoben habe.

Er hatte angenommen, dass Grace Palmer die Stadt nach dem Tod ihrer Mutter verlassen und nach Anchorage oder Fairbanks gehen würde – vielleicht, bei ihrer außergewöhnlichen Intelligenz, auch nach Harvard, um ihr Studium wieder aufzunehmen – aber sie blieb, während der Winter nach und nach Einzug hielt. Sie hatte eine Stelle in der Verwaltung der Gray-Wolf-Kupfermine angenommen, die in den Ausläufern der Brooks Range hundert Meilen nördlich des Städtchens lag. Er vernahm das durch die Gerüchteküche, während er Augenkontakt oder gar eine Unterhaltung mit Grace Palmer sorgsam vermied, wenn er ihr auf der Straße begegnete. Wenn er sie rechtzeitig entdeckte, wechselte er die Straßenseite oder machte kehrt, um ein Zusammentreffen zu vermeiden.

Ebenfalls durch die Gerüchteküche hörte er, dass Grace versuchte, die kleine Nita zu adoptieren, die sich langsam von ihrem dreifachen Schock erholte: dem Verlust ihrer Mutter bei dem Flugzeugabsturz in Isignaq, dann ihres geliebten Onkels Jaron durch Mörderhand und schließlich dem Tod ihrer ebenso geliebten Tante Ida an Leberkrebs.

Eines Tages, während er sich durch den Herbst in den Winter treiben ließ, fand er sich an der Funkzentrale wieder und lud Lucy Generous zum Abendessen ein. Er hoffte, sie würde sagen »Wo?«, sodass er antworten konnte »Bei mir?«, ganz wie in den alten Tagen. Und das hätte sie auch fast getan, da war er sicher, aber dann stahl sich ein trauriges Lächeln auf ihr Gesicht und sie sagte: »Lieber nicht, Nathan. Ich hoffe nur, dass eines Tages jemand dein Herz öffnen wird, wie du meins geöffnet hast.«

Er versuchte, ihren Blick einzufangen, aber sie starrte auf ihre Vermittlungskonsole. »Danke«, sagte er nach einer Weile. »Danke für alles.«

Nicht lange danach sah er sie immer öfter mit einem jungen weißen Lehrer in der Stadt, der gerne jagte und Basketball in der Stadtliga spielte. Nathan fand, dass Lucy recht glücklich wirkte, und er hoffte, der Lehrer würde gut zu ihr sein.

Er saß gerade an seinem Schreibtisch, ein paar Wochen vor Weihnachten, dachte darüber nach und fragte sich, wie die ganze Geschichte mit Grace Palmer und den beiden Morduntersuchungen derartige Veränderungen hatten auslösen können. Er konnte es einfach nicht verstehen, aber er begriff ja ohnehin sehr wenig, wenn es um sie ging. Trotzdem war er sicher, dass sie die Ursache war.

Sein Telefon schrillte und als er abnahm, klang Lucys

Stimme bemüht neutral. »Grace Palmer ist auf dem Weg zu dir rauf.«

Er dachte einen Moment lang daran, sich auf die Herrentoilette zu verdrücken, aber er befürchtete, Grace würde ihm einfach nachgehen. Also holte er sich im Hauptbüro eine frische Tasse Kaffee, kehrte in sein eigenes Büro zurück und wartete.

Er beobachtete durch die Scheibe in seiner Tür, wie sie das äußere Büro betrat und mit Evelyn O'Brien sprach. Keine sichtbaren Spuren der Four Street mehr, keine Abschürfungen oder Schnitte, keine Narben außer der auf ihrem Wangenknochen, die er schon in Dutch Harbor bemerkt hatte. Sie hatte sich die Haare wachsen lassen und sie reichten ihr jetzt beinahe bis auf die Schultern, schwarzglänzend mit einem kaum merklichen rotbraunen Schimmer, wenn das Licht im richtigen Winkel einfiel. Sie trug Sorel-Stiefel und Jeans und einen roten, knielangen Winterparka mit riesigem Pelzbesatz, der nach Wolf aussah. Der Wind des abklingenden Schneesturms ließ zwar nach, blies aber immer noch mit fünfundzwanzig Stundenkilometer Geschwindigkeit über die Tundra, und ihre Wangen waren leicht gerötet.

Sie war wieder die Grace Palmer des Wandbilds in der Highschool, aber zur Frau erblüht. Und es gab noch einen weiteren Unterschied: Der alte Trotz war verschwunden, als hätte er nie in diesen Fuchsaugen gebrannt.

Evelyn O'Brien sah ihn durch die Scheibe fragend an und er nickte. Dann folgte er Grace Palmer mit den Augen, während sie zu seiner Tür ging, sie öffnete und sich in einen seiner Besucherstühle setzte. Sie füllte das kleine Büro mit dem Duft kalter, sauberer Luft, wie ihn jemand mitbringt, der aus einem Wintertag hereinkommt. Und mit dem Duft nach Lavendel. Er dachte, sie würde »Hallo« sagen oder »Nathan« oder irgendwas, aber sie starrte ihn nur an.

»Hallo«, sagte er endlich. »Wie geht es Ihnen?«

»Nicht schlecht, wenn man bedenkt, dass ich jetzt eine Waise bin.« Die Fuchsaugen funkelten einen Moment lang.

Er suchte nach Worten. »Tut mir Leid wegen Ihrer Mutter«, brachte er schließlich heraus.

»Danke.« Sie nickte. »Du hast gehört, dass ich versuche, Nita zu adoptieren?«

Er hob die Augenbrauen. Inupiat für Ja.

»Darum bin ich hier«, sagte sie. »Das Jugendamt reitet auf meiner Zeit auf der Four Street herum. Ich denke, es würde helfen, wenn ein Polizist für mich bürgt. Du, sozusagen.«

»Was könnte ich ihnen schon sagen, das sie nicht schon wissen?«

»Bitte.«

Es war das erste Mal, dass er dieses Wort von ihr hörte, das erste Mal, so weit er sich erinnern konnte, dass sie ihn um etwas anderes als Zigaretten bat.

»Vielleicht könntest du einfach sagen, dass ich einen anständigen Charakter habe und die Probleme hinter mir liegen, wegen denen ich auf der Four Street gelandet bin.«

»Tun sie das?«

»Absolut.« Die Fuchsaugen blitzten auf, als sie an ihm vorbeisah, in unbestimmte Weiten. »Als ich letzten Sommer mit diesem Typ namens Jake in einem Unterschlupf aus Plastikfolie aufgewacht bin ...«

»Ich glaube, sein Name war Jack.«

»Tatsächlich?« Sie schien amüsiert, dass er sich daran erinnerte. »Da hast du wohl Recht. Egal, jedenfalls fiel mir auf, dass er ein bisschen wie Jaron aussah und dass sie alle ein bisschen wie Jaron waren. Wenn sie ihm nicht ähnlich sahen, dann haben sie so geklungen wie er oder so gerochen oder die Bibel zitiert.«

Sie verstummte und blickte Active an. »Es kommt mir fast so vor, als wären wir wieder im Triangle. Du hast nicht zufällig eine Marlboro da, oder?«

Er stellte fest, dass er grinsen musste, während er den Kopf schüttelte. »Tut mir Leid. Das Gebäude ist rauchfreie Zone.«

»Hmm. Das ist nicht mehr das Chukchi meiner Jugend. Da durfte man hier sogar im Krankenhaus rauchen.« Sie erwiderte sein Grinsen und fuhr fort: »Ich habe mir also Jake angesehen, nein, Jack, wie er da in dem Unterschlupf seinen Rausch ausschlief und ich dachte daran, dass Cowboy Decker meine Tante getötet und Jaron jetzt Nita in seiner Gewalt hatte. Und da wusste ich, dass dieser Absturz ein Zeichen des Schicksals war. Dass es für mich nie vorbei sein würde, es sei denn, ich setzte dem allem selbst ein Ende, oder meinem Leben, wie Jeanie es getan hat. Da habe ich beschlossen, nach Hause zurückzukehren und die Sache in die Hand zu nehmen. Meine Mutter ist mir zuvorgekommen, Gott segne sie. Aber als ich Jaron da über seinem Schreibtisch zusammengesunken sah, in dem Arbeitszimmer, wo er immer ... ja, in dem Moment wusste ich plötzlich mit absoluter Sicherheit, dass es vorbei war. Aus. Als hätte jemand den Stein von meinem Grab weggerollt und ich wäre auferstanden.«

Sie hielt inne und dachte ein paar Sekunden nach. »Was dir alles ohne Zweifel schlagend beweist, dass ich mich perfekt zur Adoptivmutter eigne.«

»Gibt es niemanden in Isignaq, der Nita aufnehmen könnte? Keine anderen Verwandten?«

»Nicht von Aggies oder Idas Seite der Familie. Ich glaube der Mann von Tante Aggie, mein Onkel, hatte einen Halbbruder, aber der ging zur Navy und es heißt, dass er nie nach Alaska zurückgekehrt ist. Er muss irgendwo im großen Da Draußen leben.« Einen Augenblick lang wurde ihr Ausdruck unerbittlich. »Wie auch immer, ich würde sie nie irgendeinem Mann anvertrauen, den ich nicht kenne, nicht, wenn ich es verhindern kann. Das ... das könnte ich einfach nicht.«

»Können Sie sie ernähren? Ich meine, Sie wissen doch wie es ist mit Kindern. Sie brauchen Zahnspangen, die richtigen

Klamotten, CDs – mein Stiefvater sagt, er könnte sich ein eigenes Flugzeug leisten, wenn er nicht alles für Basketballschuhe für meinen Stiefbruder ausgeben müsste.«

Sie wedelte mit der Hand, als wollte sie das Problem verscheuchen wie eine Stechmücke. »Ach, ich habe meine Ersparnisse aus Dutch Harbor, und Jaron war ziemlich gut gestellt für einen Buschprediger. Hatte das Flugzeug und das Haus, eine kleine Lebensversicherung, sogar einen Rentenanspruch.«

»Die Pfingstkirche hat eine private Altersvorsorge?«

»Heutzutage schon.« Sie breitete die Hände aus. »Moderne Zeiten. Egal, auch nach der Aufteilung mit meinem Bruder Roy werden Nita und ich zurechtkommen.«

»Ich nehme an, Sie haben schon etwas aufgesetzt, das ich unterschreiben soll?«

Sie lächelte und reichte ihm einen Umschlag aus ihrem Parka. »Habe ich.«

Er öffnete den Umschlag und überflog das Schreiben, das sich darin befand. Dann zog er einen Stift aus der Schale auf seinem Schreibtisch. »Ich nehme an, ihr beide werdet wegziehen, wenn die Adoption durch ist?«

»Vermutlich«, sagte sie. Er war überrascht von ihrem zögerlichem Ton. »Ich bin nicht ganz sicher, was Nita und Anchorage angeht. Die Stadt war schon für eine Menge Mädels vom Lande der Ruin. Du weißt schon.«

Sie grinste ihr fuchsäugiges Grinsen und er musste unwillkürlich zurückgrinsen, obwohl sie von sich selbst sprach. Wie konnte sie darüber nur Witze reißen?

»Wissen Sie, Sie sind vielleicht eine komische Nudel.« Ihre Augen weiteten sich, als er fortfuhr. »Bei Ihrem Aussehen, als mathematisches Genie mit fotografischem Gedächtnis. Sie können diesen Trick mit den Telefonnummern, Sie sind anscheinend physisch unzerstörbar und jetzt sitzen Sie hier und machen Witze über Ihr Leben auf der Four Street, nach allem, was Ihnen zugestoßen ist und Sie, Sie …« Er fand keine Worte mehr und schüttelte den Kopf.

»Amazing Grace, zu deinen Diensten.«

»Und Sie – wer zum Henker war eigentlich Shakespeares Freundin?«

»Aemilia Lanyer. Die »Dark Lady« seiner Sonette.«

»Ich dachte, sie wäre ein großes Rätsel. Hat er sie nicht erfunden oder so?«

Sie schüttelte den Kopf. »Das Geheimnis ist schon eine ganze Weile gelüftet. Aemilia war eine umwerfende Brünette, die Karriere gemacht hat als Freundin der Reichen und der Mächtigen, von Shakespeare ganz zu schweigen. Als sie in die Vierziger kam und erfuhr, dass seine Sonette endlich veröffentlicht werden sollten, ist sie dem schnell zuvorgekommen und hat ihre eigene Version der Ereignisse publiziert.« Grace grinste jetzt breit. »Zu dem Zeitpunkt war sie schon ziemlich religiös und wahrscheinlich nicht mehr ganz so umwerfend. Was vielleicht erklärt, warum sie einen so feministischen Standpunkt gegenüber den Aktivitäten eingenommen hat, in die sie sich enthusiastisch hineingestürzt hat, als sie noch jung und anziehend war.«

»Die Sache mit den Männern, die die Leiber entwürdigen, die sie tragen? War das das Zitat?«

Sie nickte mit einem weiteren Grinsen. »M-hm.«

»Wie viele Menschen in Alaska wissen wohl davon?«

»Mindestens zwei, inzwischen.«

Er schüttelte den Kopf. »Und Sie haben Charlie Hughes und Jim Silver sich im Kreis drehen lassen, was den Mord an Ihrem Vater betrifft. Und der Trick mit der Patronenhülse in meiner Stiftschale …«

»Ich wollte dich damit nicht in Verlegenheit bringen, jedenfalls nicht am Anfang. Aber als ich sie damals in deinem Büro hier in meiner Parkatasche entdeckt habe, da musste ich ja etwas damit anstellen, zumindest bis ich wusste, wo du stehst.

Ich wollte dir eigentlich die Wahrheit sagen und dich bitten, Ida zu schützen, solange sie noch lebte. Aber du hast sofort angenommen ich hätte es getan und mir meine Rechte verlesen und du warst so …« Sie zuckte die Achseln und lächelte. »Na ja, es war eine Idee aus dem Stegreif, aber du siehst ja, es hat funktioniert.«

»Sie haben das aus dem Stegreif erfunden?«

Sie nickte. »Ohne Plan. Aber am Ende hast du das bekommen, was du verdient hast, findest du nicht? Diese Patronenhülse wollte dir sagen, dass du manchmal auf dein Herz hören solltest, Nathan Active. Falls du eins hast.«

»Das frage ich mich manchmal selbst«, murmelte er.

Sie schien einen Augenblick in sich hineinzuhorchen. Dann: »Was, wenn ich nicht weggehe? Ich denke, ich könnte mein Jura-Vordiplom hier am College machen.«

Er legte den Stift zurück, um seine Reaktion zu verbergen, aber sie musste etwas in seinem Gesicht gelesen haben.

»Was ist?«, fragte sie.

»Nichts. Bleiben Sie oder gehen Sie, wie Sie wollen.«

»Du willst mich nicht in der Nähe haben?«

»Es wäre schmerzhaft, wenn man bedenkt.«

»Was bedenkt?«

Er beschrieb einen Halbkreis mit der Hand, der all die Dinge einzuschließen schien, die zu schmerzhaft waren, um sie einzeln aufzuführen. »Es ist mehr, als ich erklären kann.«

Sie schwieg einen langen Augenblick und fummelte am Reißverschluss ihres Parkas herum. »Nita und ich haben uns gefragt, ob du heute vielleicht zum Abendessen kommen würdest? Ich meine, wegen der Unterschrift unter das Empfehlungsschreiben und allem.«

»Kochen können Sie auch?«

»Ich kann die Sachen aus der Verpackung nehmen und warm machen, ja. Und sicher, wenn es nötig wäre, könnte ich auch lernen, zu marinieren und zu würzen und zu panieren und zu mixen und unterzuheben, oder was Martha Stewart sonst noch so alles kann.«

Er ließ es sich durch den Kopf gehen. Es konnte nicht schaden, Grace und Nita zusammen zu erleben, wenn seine Unterschrift schon auf einem Empfehlungsschreiben an die Adoptionsbehörde auftauchte. »Sicher. Wo wohnen Sie denn?«

Sie warf ihm einen eigenartigen Blick zu. »Bei uns zu Hause natürlich. Bei mir, inzwischen. Roy und ich haben uns so geeinigt.«

»Sie wohnen in Jarons Haus? Ist das nicht irgendwie … unheimlich?«

Sie schüttelte den Kopf und ließ ihre Zähne in einem wölfischen Grinsen aufblitzen. »Nein, zum ersten Mal seit ich zwölf war, fühle ich mich dort wohl, jetzt, wo der Mistkerl tot ist.«

Sie warf einen Blick auf das Schreiben, das immer noch auf seinem Tisch lag und lächelte. »Tja, unterschreibst du jetzt oder nicht?«

Er starrte auf den Brief. »Wer hat ihn wirklich getötet?«

»Wie ich gesagt habe. Ida.«

Er betrachtete den Brief, dann wieder sie.

»Du wirst es niemals wissen, oder?«, sagte sie.

Er schüttelte den Kopf. »Niemals.« Er schob ihr den Brief über den Schreibtisch hinweg zu. »Tut mir Leid. Ich kann einfach nicht, ohne es zu wissen.«

»Herrgott, Nathan, wann weißt du überhaupt etwas?«

»Wenn ich es mit eigenen Augen sehe. Alles andere sind nur … Indizien.«

»Und wenn du es nicht mit eigenen Augen siehst?«

»Weiß ich es nicht.«

Ihr Gesicht wurde weich und sie beugte sich über den Tisch und berührte seine Hand. »Armer Kerl. Weiß du nicht, dass Glauben alles ist, was wir im Leben wirklich haben? Wissen wäre zu viel verlangt.«

Er versuchte, sich an eine Sache, nur eine einzige Sache zu erinnern, in der ihn Grace Palmer belogen hätte. Er konnte es nicht. Plötzlich stiegen ihm heiße Tränen in die Augen. Er musste heftig zwinkern und Glauben wallte in ihm auf und tauchte die vergangenen Monate wie eine aufgehende Sonne in ein neues Licht. Grace, die ihn in Dutch Harbor nach Nita gefragt hatte, die nach Nita gefragt hatte, als sie von Cowboys Absturz mit Aggie gehört hatte, Grace, die kreischte: »Wer hat sie jetzt?«

»Wann ist Nita eigentlich zur Welt gekommen?«

Sie senkte den Blick. »Ist das wichtig?«

»Wo ist sie geboren worden?«

»Warum ist das wichtig?« Ihre Stimme klang gepresst.

»Sie ist deine Tochter, nicht wahr? Und Jarons. Du hast sie in Anchorage bekommen, als du auf der Universität warst und irgendwie hast du sie deiner Tante anvertraut ... was war es, eine dieser Stammesadoptionen?«

»Das ist absurd.«

»Sieh mich an und sag das noch mal.«

Stattdessen wandte sie sich ab und ihre Schultern begannen zu zucken. »Lass es niemanden wissen. Bitte.«

»Ging es die ganze Zeit nur darum? Den Fall nicht zur Verhandlung zu bringen, weil wir dann irgendwie die Wahrheit über Nita herausgefunden hätten?«

Sie nickte, immer noch von ihm abgewandt, und sah zum Fenster hinaus. »Ja, und natürlich darum, Ida zu schützen. Nachdem du so misstrauisch warst, hatte ich Angst, du würdest Charlie Hughes und Jim Silver sagen, was ich dir in Dutch Harbor erzählt hatte, und sie würden nachforschen und irgendwie Nitas Geburts- und Adoptionsurkunden in die Hand bekommen, deshalb ... ja, ich habe einfach das Beste gehofft und Theresa mauern lassen, bis Ida zu krank war.«

Sie drehte sich zu ihm um und wischte sich mit dem Handrücken über die Augen. »Ich war bereit, mich schuldig zu bekennen, falls sonst die Wahrheit über Nita ans Tageslicht gekommen wäre. Alles, nur das nicht. Aber dann wurde Ida endlich krank genug, dass wir weitermachen und die Wahrheit über Jarons Tod sagen konnten. Charlie und Jim haben das mit Nita wohl nie erraten, und ich habe gehofft, die Wahrheit würde mit Jaron und Aggie und Ida begraben bleiben …« Sie hob die Augenbrauen, und diesmal war es der fragende Ausdruck der Weißen. »Wird sie das? Begraben bleiben? Nita soll nicht damit leben müssen.«

Er sah auf das Schreiben herab, bis sein Blick wieder klarer wurde. Dann hustete er, nahm den Stift und unterschrieb. »Du hast Recht. Nita soll nicht damit leben müssen. Und du auch nicht.« Er sah sie an.

»Danke, Nathan.« Sie stieß die Luft aus und er merkte erst jetzt, dass sie den Atem angehalten hatte. Dann zwinkerte sie ein paar Mal heftig, faltete den Brief zusammen und schob ihn wieder in ihren Parka. »Weißt du, Nita hat immer noch Schlafstörungen. Ich gehe mit ihr zur Therapie bei der Stammesheilerin, der alten Nelda Qivits, aber es ist noch ein langer Weg.«

Er nickte und wunderte sich wieder einmal, wo das Gespräch hinführen sollte. Aber er sagte sich, dass es eigentlich sinnlos war, sich darüber Gedanken zu machen, wenn es um Grace Palmer ging.

Sie rückte ihren Stuhl so, dass sie ihm direkt gegenüber saß. »Deshalb hat das Krankenhaus ihr ein Beruhigungsmittel verschrieben. Ich muss es ihr nach dem Abendessen geben, und dann schläft sie bis zum Morgen durch wie ein Baby.«

»Na ja, sie braucht sicher ihre Ruhe.«

»Ein Erdbeben könnte sie nicht aufwecken. Nicht einmal eine Stange Dynamit.«

Da fiel ihm wieder etwas ein, diesmal ihre Unterhaltung im Gang des Triangle Bunkhouse und wie sie »Vielleicht ein andermal« auf dem Hügel oberhalb von Captain's Bay gesagt hatte. »Worauf willst du, äh, meinst du …«

Sie nickte und steckte ihre Hände unter die Oberschenkel wie ein nervöses Kind. »Ich habe mich gefragt, ob du mir vielleicht hilfst, meine Genesung zu vollenden.« Angesichts seines schockierten Ausdrucks fügte sie in hastig herausgestoßenen Worten hinzu: »Ich hab dir schon in Dutch Harbor gesagt, dass ich nicht weiß, wie normale Menschen so etwas machen.«

»Im Haus deines Vater?« krächzte er aus enger, trockener Kehle.

Sie blickte ihm offen in die Augen, der direkteste Blick, dem er sich je gegenüber gesehen hatte. »Ich glaube, genau da muss es sein«, sagte sie. »Idealerweise in seinem Bett.«

»Warum ausgerechnet ich?«

»Das habe ich dir schon gesagt. Du bist den ganzen weiten Weg gekommen.«

»Das ist keine Antwort.«

»Ich weiß. Aber wenn du zum Essen kommst, erkläre ich es dir. Danach.«

Er sah einen Moment zum Fenster hinaus, dann wieder zu ihr. »Ich komme zum Essen, aber, was das andere betrifft, ich weiß nicht, ich …«

Das stille, nach innen gekehrte Lächeln breitete sich auf ihrem Gesicht aus. »Vielleicht wirst du es wissen, wenn du es mit eigenen Augen siehst«, sagte sie. Und zwinkerte ihm zu.

Er starrte sie an. »Du machst mir eine Heidenangst.«

Sie lächelte wieder, erhob sich und wandte sich mit einem Aufblitzen aus ihrem Augenwinkel zum Gehen. Sie pfiff die kleine Melodie, die sie in Dutch Harbor um seine Telefonnummer herum arrangiert hatte.

Evelyn O'Brien starrte ihr nach, während sie aus seiner Tür kam, das äußere Büro durchquerte und zur Haupttür in den Gang hinaustrat. »Was war das für ein Lied, das sie da gepfiffen hat? Kommt mir irgendwie bekannt vor.«

»Es ist kein Lied, es ist ein Stück. Und es heißt Nathans Lied.« Er tauchte schnell in sein Büro zurück und schloss die Tür, während sie ihm ein »Vielen Dank, Blödmann« hinterherschleuderte und sich wieder ihrer Tastatur zuwandte.

Dank

Viele Menschen haben dazu beigetragen, dass diese Geschichte das Licht der Welt erblicken konnte, und ich bedanke mich bei ihnen allen. Ganz besonders möchte ich die Hilfe von Helen Jung und Jim Paulin hervorheben, zwei Reportern, die mir Dinge über Dutch Harbor erzählt haben, die ich sonst nie erfahren hätte. Ebenfalls danke ich Roy Emmons vom Anchorage Police Department, der mir sagte, was geschieht, wenn in Alaskas größter Stadt eine Leiche gefunden wird, die nicht identifiziert werden kann.

Einige Anmerkungen zur Sprache

»Eskimo« ist die wohl bekannteste Bezeichnung für diejenigen amerikanischen Ureinwohner, um die es in diesem Buch geht. Sich selbst nennen sie jedoch »Inupiat«, was so viel bedeutet wie »das Volk«. »Eskimo«, ein Wort, das die Weißen nach Alaska mitbrachten, ist der Name, den die Indianerstämme im Osten von Kanada ihren nördlichen Nachbarn gaben. Vermutlich bedeutete er »die rohes Fleisch essen«.

Wie auch immer, im heutigen Nordwestalaska sind »Eskimo« und »Inupiat« mehr oder weniger austauschbar, zumindest wenn Englisch gesprochen wird, und so werden die Begriffe auch in diesem Buch verwendet.

Wenn man sich korrekter ausdrücken will – als Journalist beispielsweise –, dann ist »Inuit« die wohl am weitesten verbreitete, allgemein akzeptierte Bezeichnung für Eskimovölker in Sibirien, Alaska, Kanada und Grönland (die aber keineswegs alle Inupiat sind). Der Begriff »Inuit« stammt nicht aus Alaska, und so wird er von den Inupiat an der Nordwestküste des Staates selten verwendet. Demzufolge taucht er auch in diesem Buch nicht auf.

Die Inupiat nennen ihre Sprache »Inupiaq«. Einige Worte daraus – die in Nordwestalaska am häufigsten zusammen mit Englisch gebraucht werden – kommen in dieser Geschichte vor. Sie sind im folgenden aufgelistet, einschließlich Aussprache und Bedeutung. Da die Schreibweise in den Wörterbüchern variiert, wird jeweils diejenige Schreibweise verwendet, die bei den des Inupiaq nicht mächtigen Lesern am ehesten die richtige Aussprache evoziert.

Inupiaq-Glossar

Aaka (Ah-kah)	Mutter
Aana (Ah-nah)	Großmutter, alte Dame
Arii! (Ah-dih)	Das tut weh!
Inupiaq (In-ju-pack)	Die Eskimosprache des nördlichen Alaska; ein einzelner Eskimo aus Nordalaska
Inupiat (In-ju-pat)	Plural von Inupiaq; die Eskimovölker in Nordalaska
Kunnichuk (Ka-nie-tschack)	Sturmschuppen, Windfang
Mukluks	Traditionelle Schneeschuhe
Naluaqmiiyaq (Nah-lock-mi-ock)	Fast weiß; ein Halbblut
Naluaqmiu (Nah-lock-mi)	Ein Weißer
Naluaqmiut (Nah-lock-mi)	Mehrere Weiße, die Weißen

Stan Jones

Stan Jones wurde 1947 in Anchorage, Alaska, geboren, wo er auch heute noch lebt. Studiert hat er am California Institute of Technology und an der University of Alaska. Er hat als Journalist für fast alle großen Zeitungen in Alaska gearbeitet, u.a. bei der *Fairbanks Daily News* und der *Anchorage Daily News,* war als Nachrichtenchef bei *Radio Kotzebue* und hat etliche Journalistenpreise erhalten. Als Spezialist für Umweltpolitik und als begeisterter Buschpilot weiß Stan Jones genau, wovon er in seinen Büchern erzählt. Zurzeit arbeitet Stan Jones an weiteren Romanen über den eigenwilligen Inupiat-Cop Nathan Active und seine Abenteuer in der Arktis. Man hat Stan Jones als »Tony Hillerman in Schneeschuhen« bezeichnet. Richtig daran ist, dass Jones uns aus erster Hand spannende Einblicke in die Kultur der Inupiat gibt. Aber gemessen an Hillerman schreibt er bedeutend lakonischer und mit eisgekühltem Witz.

T.W.

Bibliografie

White Sky, Black Ice (1999, dt. *Weißer Himmel, schwarzes Eis,* 2000); *Amazing Grace* (unveröffentlicht, dt. *Gefrorene Sonne,* 2001).

Interview mit Stan Jones

Thomas Wörtche: Wo genau liegt eigentlich Chukchi? Auf der Karte ist es nicht zu finden, aber ich würde es irgendwo in der Gegend von Kotzebue ansiedeln.

Stan Jones: Ja, erwischt. In der Tat ist Chukchi Kotzebue nachempfunden. Ich habe dort ein paar Jahre gewohnt und dort ist auch mein Sohn zur Welt gekommen. Zu Gunsten der Einwohner von Kotzebue muss ich aber betonen, dass die Begebenheiten der Nathan-Active-Geschichten reine Erfindung sind. Kotzebue, aber das wissen Sie vermutlich, hat seinen Namen von Otto von Kotzebue, der bei der russischen Expedition dabei war, die 1816 die Nordwestküste Alaskas kartographierte.

Gibt es eigentlich viele Inupiaq bei den State Troopern, der Staatspolizei?

Natürlich gibt es State Trooper, die Inupiaq sind. Der derzeitige Chef der State Trooper ist »Alaska Native«, wenn auch, so glaube ich wenigstens, kein Inupiaq. In allen Polizeibehörden, auf allen Ebenen gibt es »native cops«. Unter dem Aspekt ist Nathan Active eine realistische Figur.

Wenn wir schon über Realitäten reden: Sie sind ja selbst ein begeisterter Busch-Pilot. Wie viele von Cowboy Deckers Abenteuern haben Sie selbst erlebt?

Das stimmt, ich bin viel in der Arktis geflogen und habe jede Minute genossen. Glücklicherweise bin ich nie abgestürzt, aber ein paar Mal war es ziemlich knapp – diese Situation haben die meisten Buschflieger schon mal erlebt. Das Vorbild für Cowboy Decker ist, zum Teil wenigstens, ein Pilot, den ich gekannt habe. Deckers Flug und Absturz in *Gefrorene Sonne* folgt ziemlich genau dem letzten Flug dieses echten Piloten. Der allerdings kam ums Leben. Und: Er hatte keine Passagiere an Bord.

Und Amazing Grace selbst? Hat die auch ein reales Vorbild?

Amazing Grace ist beinahe reine Erfindung. Beinahe deswegen, weil etliche Schönheitsköniginnen aus kleinen Eskimodörfern kommen. Eine von ihnen ist heute sogar Senatorin in unserem Parlament. Ein weiterer Aspekt der Figur stammt von einem Hinweis, den ich während meiner Zeit bei der Zeitung Anchorage Daily News bekommen hatte. Er besagte, dass eine ehemalige Schönheitskönigin (natürlich nicht die Senatorin) obdachlos auf der Fourth Avenue (so heißt die Four Street in Wirklichkeit) lebe. Wir gingen der Sache nach, aber es war nichts dran. Als Idee hat sich das jedoch bei mir festgesetzt, bis ich *Gefrorene Sonne* schreiben konnte.

Man liest und hört immer wieder, dass Sie »auf Umweltpolitik spezialisiert« seien. Können Sie uns das bitte genauer erklären?

Ich bin Pressesprecher einer Organisation, die sich »Prince William Sound Regional Citizens' Advisory Council« nennt, also ein Interessenverband der Anwohner des Prince William Sound ist. Dieser Verband wurde nach dem Exxon-Valdez-Unglück 1989 gegründet und will verhindern, dass sich eine solche Umweltkatastrophe in Alaska wiederholt. Wir verfolgen dieses Ziel durch peinlich genaue Überwachung aller Bewegungen von Öltankern im Prince William Sound und im Golf von Alaska. Weil wir selbst keine Kompetenzen haben, sind wir eine Art Lobby für sicherere Verfahren – gegenüber der Ölindustrie und den entsprechenden Regierungsstellen. Wir können, wenn nötig, auch sehr laut werden in der Öffentlichkeit. Mehr über uns finden Sie bei http://www.pwsrcac.org.

Die neue Bush-Administration hat eine vielkritisierte Initiative zur Ausbeutung von Bodenschätzen in Naturschutzgebieten von Alaska gestartet. Wie schätzen Sie das ein?

Es geht hauptsächlich darum, Teile des Gebietes des »Arctic National Wildlife Refuge« für die Erschließung und Förderung von Erdöl zu öffnen. Es gibt eine heftige Debatte um die daraus resultierenden Umweltschäden, aber objektiv betrachtet ist es wohl so, dass die Schäden relativ gering wären. Die Erschließung soll nur auf dem Festland erfolgen, was unkontrollierten Ölverlust unter dem Eis der Beaufort Sea ausschließt. Die

Erschließungen in der Pruedhoe Bay ganz in der Nähe haben keine negativen Folgen für die Karibuherden dort ergeben. Zudem ist die Technik heute soweit fortgeschritten, dass die Erdoberfläche nur sehr wenig beschädigt werden muss; d. h. die ganze Infrastruktur der Bohrungen (Straßen, Gebäude, Bohrtürme, Pipelines etc.) kann dank neuer Techniken sehr gering gehalten werden. Ein Teil der Gegner des Bush-Plans räumt denn auch ein, dass die reinen Umweltschäden gering sein würden. Das Hauptargument für die Gegner des Projekts – und, wie ich vermute, für die meisten Amerikaner – ist aber, dass wieder eine Wildnis all den menschlichen Aktivitäten, die mit den Ölbohrungen einhergehen, ausgesetzt ist. Das ist eher ein ästhetisches bzw. moralisches Argument, kein biologisches oder umwelttechnisches Argument im wissenschaftlichen Sinn.

Außerdem muss man bedenken, dass nur ein kleiner Teil des Reservats davon betroffen ist, ein schmaler Streifen entlang der Küste. Die großartigen Berglandschaften der Brooks Range wären nicht betroffen. Jede wilde Natur hat ihre eigenen Schönheiten, aber kaum jemand würde diesen Küstenstreifen so toll finden, dass er als Tourist dorthin wollte. Es handelt sich um flache, baumlose Tundra, keine Berge oder Hügel, bloß flache Seen mit Sümpfen dazwischen. Im Sommer ist es dort nass und matschig, es wimmelt von Mücken und abgesehen von ein paar Wasservögeln gibt es nichts. Im Winter ist die Gegend sturmgepeitscht und kalt. Das Gelände bietet auch keine Unterschlupfmöglichkeiten zum campen. Vermutlich sehen die meisten Menschen in Alaska beide Seiten: Die Vorteile – höhere Einkünfte des Staates – und die Nachteile – die Störung einer Wildnis. Der Ausgang einer Abstimmung wäre vollkommen ungewiss.

Ist Alaska eigentlich ein reicher Staat?

Ziemlich reich, würde ich sagen. Wir haben ganz anständige Schulen und eine gute medizinische Versorgung. Alaskas Einkünfte kommen hauptsächlich vom Öl und von der Bundesregierung. Die meisten Arbeitsplätze stellen Öl, Fischfang, Tourismus und Verwaltung.

Eine Besonderheit ist die »Alaska Permanent Fund Dividend« – ein Auszahlungsmodus für Ölgelder. Dieser Fond wurde vor fünfundzwanzig

Jahren gegründet, in ihn fließt ein bestimmter Teil der Einnahmen der Erdölindustrie. Inzwischen ist der Fond 25 Milliarden Dollar wert und die Erträge werden jährlich verteilt. Letztes Jahr hat jeder einzelne Bürger Alaskas 2000 Dollar daraus bekommen. Dieses Jahr werden es wegen der Börsenkrise nur 1850 Dollar sein, aber das macht für eine vierköpfige Familie immer noch 7400 Dollar. Die Schecks gehen jeweils im Oktober an 600 000 Leute – und sofort boomen Kaufleute, Autohändler, Fluggesellschaften und Bordelle, die prompt »Permanent Fund«-Sonderangebote anbieten. Weil das im Detail zu kompliziert für einen Roman ist, hab ich es in »Gefrorene Sonne« einfach »Öldividende« genannt.

Und wo stecken dann die Probleme von Alaska?

Armut auf dem flachen Land, im Busch. In den winzigen Dörfchen gibt es nichts zu verdienen, das führt dann zu dem unvermeidlichen Bündel von Problemen: Alkoholismus, hohe Selbstmordrate und Gewalt in der Familie. Und so weiter ... Ich habe ja in »Weißer Himmel, schwarzes Eis« davon erzählt.

Eigentlich sind Sie ja Journalist, der Öffentlichkeit hat. Trotzdem benutzen sie ausgerechnet den Polizeiroman als Erzählform ...

Die Möglichkeit, Dinge zu sagen, die ich im Radio oder in einer Zeitung so nicht sagen kann, war sicher ein Grund. Und weil ein Polizist notwendigerweise Außenseiter und Beobachter ist, das ist schließlich sein Job. Das erlaubt ihm, seine Nase in Dinge zu stecken und nachzubohren, zu beobachten und dann darauf zu reagieren, wenn etwas merkwürdig erscheint. Deswegen ist Nathan nicht wirklich ein Bürger von Chukchi, deswegen habe ich ihm Adoptiveltern in Anchorage gegeben. Zurück in Chukchi als Trooper ist er ein Fremder und genauso überrascht, was er da so sieht, wie irgendein Weißer, der zum ersten Mal in eine solche Gemeinde kommt.

Wie werden Sie eigentlich mit den langen Wintern fertig?

Gar nicht einfach zu beantworten. Ich weiß auch nicht genau warum, aber ich mag Kälte und Schnee. Wirklich, je kälter und je mehr Schnee, desto besser. Ich würde eigentlich lieber in der Arktis wohnen als in Anchorage, wo die Winter viel, viel milder sind. Ich mag einfach den Anblick der Arktis – offenes, weites Land ohne Bäume und die meiste Zeit des Jahres zugedeckt mit einer schimmernden, weißen Decke. Ich bin sowas wie ein begeistertes Amateurfotograf, vielleicht erklärt das, warum ich diesen Anblick so gerne mag.

Sie lieben Alaska wirklich? Wann mehr, wann weniger?
Vermutlich liebe ich es, weil ich hier geboren bin und hier die längste Zeit meines Lebens verbracht habe. Mit anderen Worten: Ich bin es gewohnt. Und mir gefällt es, in einem unerschlossenen Land zu leben. In riesigen Teilen Alaskas hat der Mensch noch keine Spuren hinterlassen. Alaska ist so groß und so wild, dass man den Eindruck hat, es gehe einem nie aus, dass man nie alles gesehen haben wird. In diesem Sinn ist es ein sehr romantisches Land.

Nur eines ist wirklich abscheulich: Der April in Anchorage. Der Schnee ist weg, aber das Land ist noch nicht grün. Alles ist braun und tot. Wenn unsere Regierung etwas Gutes tun möchte, müsste sie den April verbieten. Wenn meine Leserinnen und Leser nach Alaska kommen wollen, bloß nicht im April. Lieber von Juni bis September!

Schmeckt Ihnen eigentlich Muktuk, also Walspeckstreifen?
Hm, ja, ich mag Muktuk, aber nur ganz frisch. Wenn es nicht ganz frisch ist, schmeckt es irgendwie schal und fischig, nicht sehr empfehlenswert. Es gibt aber noch ein anderes, sehr gutes Inupiaq-Gericht, »Mikiuk«. Das ist sauer vergorenes Fleisch und ich weiß nicht genau, wie es hergestellt wird, aber in kleinen Mengen ist es wunderbar – scharf und würzig, eher eine Vorspeise. Und gefrorener roher Fisch ist natürlich gut, besonders wenn man eine Weile draußen in der Kälte war.

Sie erzählen in Gefrorene Sonne *völlig selbstverständlich die Episode über sexuelle Beziehungen zwischen Mensch und Hund. Haben Sie das erfunden?*
Na ja, es gibt da oben in der Arktis ein gewisses Dorf, wo man, wie es heißt, umfänglich der »Tierhaltung« obliegt. Auf diesen Begriff bin ich erst

in Verbindung mit ebenjenem Dorf gestoßen. Glücklicherweise habe ich diese Art von Beiwohnung nie mit ansehen müssen, also kann ich nicht eigentlich bezeugen, dass so etwas tatsächlich vorkommt …

Und wie geht es weiter mit Nathan Active?

Ich bin gerade mit dem nächsten Roman fertig. Er wird »Shaman Pass« heißen und es geht um einen Mord in der Gegenwart, der mit einem Mord in der Vergangenheit zusammenhängt. Wie der Titel schon sagt, kommen auch Schamanen vor. Nathan muss bei großer Kälte anstrengende Reisen unternehmen, er wird verwundet und es gibt, natürlich, exzellenten, wiederbelebenden Sex!

Vielen Dank, Stan Jones.

Weitere Informationen über Stan Jones:
www.unionsverlag.ch

Stan Jones kann man unter folgender Adresse schreiben:
sjones@alaska.net

Der Übersetzer

Peter Friedrich, 1956 geboren und aufgewachsen in Caracas/Venezuela, studierte in Deutschland Theaterwissenschaft, Ethnogeografie, Kunstgeschichte und Sinologie/Japanologie. Jobs als Oldtimer-Restaurator, Filmkritiker, Reporter, Skilehrer. Seit 1987 lebt er in Süddeutschland als Filmemacher, Autor, Designer von multimedialen Museumsausstellungen und als Übersetzer aus dem Englischen.

Der hohe Norden im Unionsverlag

Anne Cameron
Töchter der Kupferfrau
Die Entstehung der Menschen nach den Überlieferungen der Nootka-Indianerinnen auf Vancouver Island: Kupferfrau ist die Urmutter, ihre Kinder zeugen die Menschen. Frauen planen und bauen das Haus, entwickeln die Gemeinschaft. Dann kommen die weißen Eroberer.

Joan Clark
Der Triumph der Geraldine Gull
Am Rande der Hudson Bay, zwischen der Baumgrenze und den Eisbergen, liegt verloren und vergessen das Indianerdorf Niska. Ein Fluch scheint über ihm zu liegen, bis die rätselhafte, unbezähmbare Geraldine Gull mit ihrer Vision den Bann bricht.

Farley Mowat
Der Schneewanderer
Mowats Geschichten erzählen von Leben und Natur in der Arktis, von den Überlieferungen der Inuit. Immer tiefer taucht er ein in die Tundra, in die herbe Lieblichkeit des Sommers, wenn winzige Blütensterne die Steppe wie ein Teppich bedecken.

Jørn Riel
Das Haus meiner Väter
Die Geschichte des Inuit-Jungen Agorajaq, seiner zwei weißen Väter, seiner drei Onkel und ihrem Haus am Fuß des Berges, der Miss Molly genannt wird.

Jury Rytchëu
Traum im Polarnebel
Durch einen Unfall muss der Kanadier John MacLennan in einer Siedlung der Tschuktschen an der eisigen Nordküste Sibiriens überwintern. Aus einem Winter wird ein ganzes Leben.

Im Spiegel des Vergessens
Nach einer langen Reise quer durch den Kontinent klopft der junge Tschuktsche Gemo am Portal der Leningrader Universität an, weil er studieren will. Tastend geht er seinen Weg, als Fremdling in der europäischen Kultur und in der offiziellen Kulturpolitik. Seine Herkunft lässt ihn nicht los.

Wenn die Wale fortziehen
Diese poetische Schöpfungslegende der Tschuktschen von der ursprünglichen Gemeinschaft von Mensch und Wal, von der Einheit von Mensch und Natur, ist eine Vorahnung der heutigen Zeit.

Die Reise der Anna Odinzowa
Anna heiratet den jungen Tschuktschen Tanat, damit sie als Ethnografin aus nächster Nähe das Leben der Nomaden erforschen kann. Sie lernt nach den uralten Gesetzen der Tundra zu leben und wird zur Nachfolgerin des alten Schamanen.

Bestellen Sie unseren kostenlosen Verlagsprospekt:
Unionsverlag, CH-8027 Zürich, mail@unionsverlag.ch

metro – Spannungsliteratur im Unionsverlag

Guillermo Arriaga
Der süße Duft des Todes

Mongo Beti
Sonne, Liebe, Tod

Blue Lightning

Pierre Bourgeade
Das rosa Telefon

R. Bradley, S. Sloan
Temutma

Jerome Charyn
Der Tod des Tango-Königs

Driss Chraïbi
Inspektor Ali im Trinity College

Pablo De Santis
Die Übersetzung; Die Fakultät

Garry Disher
Drachenmann

Jon Ewo
Torpedo; Rache

Santiago Gamboa
Verlieren ist eine Frage der Methode

Alicia Giménez-Bartlett
Hundstage; Boten der Finsternis; Gefährliche Riten

Friedrich Glauser
Schlumpf Erwin Mord; Matto regiert; Die Fieberkurve; Der Chinese; Die Speiche; Der Tee der drei alten Damen

Chester Himes
Die Geldmacher von Harlem; Lauf Mann, lauf!; Der Traum vom großen Geld; Fenstersturz in Harlem; Heiße Nacht für kühle Killer; Plan B

»Die metro-Bände gehören auf jeden Fall zum Besten, was derzeit an so genannter Spannungsliteratur zu haben ist.«
Michaela Grom, Südwestrundfunk

Jean-Claude Izzo
Total Cheops; Chourmo; Solea

Stan Jones
Weißer Himmel, schwarzes Eis; Gefrorene Sonne

Yasmina Khadra
Morituri; Doppelweiß

Brian Lecomber
Letzter Looping

William Marshall
Manila Bay

Bill Moody
Solo Hand; Moulin Rouge, Las Vegas

Christopher G. Moore
Haus der Geister; Nana Plaza

Walter Mosley
Socrates in Watts; Socrates' Welt

Katy Munger
Beinarbeit – Ein Fall für Casey Jones

Celil Oker
Schnee am Bosporus; Foul am Bosporus

Jerry Raine
Frankie Bosser kommt heim

M. K. Wren
Medusa Pool

Helen Zahavi
Donna und der Fettsack; Schmutziges Wochenende